MINGUO TONGSU XIAOSHUO
DIANCANG WENKU

民国通俗小说典藏文库·张恨水卷

天上人间

张恨水◎著

中国文史出版社

图书在版编目(CIP)数据

天上人间 / 张恨水著. — 北京 ：中国文史出版社，2018.5

(民国通俗小说典藏文库 · 张恨水卷)

ISBN 978-7-5205-0003-6

Ⅰ. ①天… Ⅱ. ①张… Ⅲ. ①长篇小说-中国-现代 Ⅳ. ①I246.5

中国版本图书馆 CIP 数据核字(2018)第 010534 号

责任编辑：卢祥秋
整　　理：澎　湃

出版发行：中国文史出版社
网　　址：http://www.chinawenshi.net
社　　址：北京市西城区太平桥大街 23 号　邮编：100811
电　　话：010-66173572　66168268　66192736（发行部）
传　　真：010-66192703
印　　装：廊坊市海涛印刷有限公司
经　　销：全国新华书店
开　　本：720×1020　1/16
印　　张：18.75　　字数：235 千字
版　　次：2018 年 5 月第 1 版
印　　次：2018 年 5 月第 1 次印刷
定　　价：55.00 元

小说大家张恨水（代序）

张赣生

民国通俗小说家中最享盛名者就是张恨水。在抗日战争前后的二十多年间，他的名字真是家喻户晓、妇孺皆知，即使不识字、没读过他的作品的人，也大都知道有位张恨水，就像从来不看戏的人也知道有位梅兰芳一样。

张恨水（1895—1967），本名心远，安徽潜山人。他的祖、父两辈均为清代武官。其父光绪年间供职江西，张恨水便是诞生于江西广信。他七岁入塾读书，十一岁时随父由南昌赴新城，在船上发现了一本《残唐演义》，感到很有趣，由此开始读小说，同时又对《千家诗》十分喜爱，读得“莫名其妙的有味”。十三岁时在江西新淦，恰逢塾师赴省城考拔贡，临行给学生们出了十个论文题，张氏后来回忆起这件事时说：“我用小铜炉焚好一炉香，就做起斗方小名士来。这个毒是《聊斋》和《红楼梦》给我的。《野叟曝言》也给了我一些影响。那时，我桌上就有一本残本《聊斋》，是套色木版精印的，批注很多。我在这批注上懂了许多典故，又懂了许多形容笔法。例如形容一个很健美的女子，我知道‘荷粉露垂，杏花烟润’是绝好的笔法。我那书桌上，除了这部残本《聊斋》外，还有《唐诗别裁》《袁王纲鉴》《东莱博议》。上两部是我自选的，下两部是父亲要我看的。这几部书，看起来很简单，现在我仔细一想，简直就代表了我所取的文学路径。”

宣统年间，张恨水转入学堂，接受新式教育，并从上海出版的报纸上获得了一些新知识，开阔了眼界。随后又转入甲种农业学校，除了学习英文、数、理、化之外，他在假期又读了许多林琴南译的小说，懂得了不少描写手法，特别是西方小说的那种心理描写。民国元年，张氏的父亲患急症去世，家庭经济状况随之陷入困境，转年他在亲友资助下考入陈其美主持的蒙藏垦殖学校，到苏州就读。民国二年，讨袁失败，垦殖学校解散，张恨水又返回原籍。当时一般乡间人功利心重，对这样一个无所成就的青年很看不起，甚至当面嘲讽，这对他的自尊心是很大的刺激。因之，张氏在二十岁时又离家外出投奔亲友，先到南昌，不久又到汉口投奔一位搞文明戏的族兄，并开始为一个本家办的小报义务写些小稿，就在此时他取了“恨水”为笔名。过了几个月，经他的族兄介绍加入文明进化团。初始不会演戏，帮着写写说明书之类，后随剧团到各处巡回演出，日久自通，居然也能演小生，还演过《卖油郎独占花魁》的主角。剧团的工作不足以维持生活，脱离剧团后又经几度坎坷，经朋友介绍去芜湖担任《皖江报》总编辑。那年他二十四岁，正是雄心勃勃的年纪，一面自撰长篇《南国相思谱》在《皖江报》连载，一面又为上海的《民国日报》撰中篇章回小说《小说迷魂游地府记》，后为姚民哀收入《小说之霸王》。

1919 年，五四运动吸引了张恨水。他按捺不住“野马尘埃的心”，终于辞去《皖江报》的职务，变卖了行李，又借了十元钱，动身赴京。初到北京，帮一位驻京记者处理新闻稿，赚些钱维持生活，后又到《益世报》当助理编辑。待到1923年，局面渐渐打开，除担任“世界通讯社”总编辑外，还为上海的《申报》和《新闻报》写北京通讯。1924年，张氏应成舍我之邀加入《世界晚报》，并撰写长篇连载小说《春明外史》。这部小说博得了读者的欢迎，张氏也由此成名。1926年，张氏又发表了他的另一部更重要的作品《金粉世家》，从而进一步扩大了他的影响。但真正把张氏声望推至高峰的是《啼笑因缘》。1929年，上海的新闻记者团到北京访问，经钱芥尘介绍，张恨水得与严独鹤相识，严即约张撰写长篇小说。后来张氏回忆这件事的过程时说：“友人钱芥尘先生，介绍我认识《新闻报》的严独鹤先生，他并在独鹤先生面前极力推许我的小说。那时，《上海画报》（三日刊）曾转载了我的《天上人间》，独鹤先生若对我有认识，也就是这篇小说而已。他倒是没有什么考虑，就约我写一篇，而且愿意带一部分稿子走。……在那几年间，上海洋场章回小说走着两条路子，一条是肉感的，一条是武侠而神怪的。《啼笑因缘》完全和这两种不同。又除了新文艺外，那些长篇运用的对话并不是纯粹白话。而《啼笑因缘》是以国语姿态出现的，这也不同。在这小说发表起初的几天，有人看了很觉眼生，也有人觉得描写过于琐碎，但并没有人主张不向下看。载过两回之后，所有读《新闻报》的人都感到了兴趣。独鹤先生特意写信告诉我，请我加油。不过报社方面根据一贯的作风，怕我这里面没有豪侠人物，会对读者减少吸引力，再三请我写两位侠客。我对于技击这类事本来也有祖传的家话（我祖父和父亲，都有极高的技击能力），但我自己不懂，而且也觉得是当时的一种滥调，我只是勉强地将关寿峰、关秀姑两人写了一些近乎传说的武侠行动……对于该书的批评，有的认为还是章回旧套，还是加以否定。有的认为章回小说到这里有些变了，还可以注意。大致地说，主张文艺革新的人，对此还认为不值一笑。温和一点的人，对该书只是就文论文，褒贬都有。至于爱好章回小说的人，自是予以同情的多。但不管怎么样，这书惹起了文坛上很大的注意，那却是事实。并有人说，如果《啼笑因缘》可以存在，那是被扬弃了的章回小说又要返魂。我真没有料到这书会引起这样大的反应……不过这些批评无论好坏，全给该书做了义务广告。《啼笑因缘》的销数，直到现在，还超过我其他作品的销数。除了国内、南洋各处私人盗印翻版的不算，我所能估计的，该书前后已超过二十版。第一版是一万部，第二版是一万五千部。以后各版有四五千部的，也有两三千部的。因为书销得这样多，所以人家说起张恨水，就联想到《啼笑因缘》。”

不论张氏本人怎样看，《啼笑因缘》是他最有影响的作品，这一点毫无疑问，可以随便举出几件事来证明。《啼笑因缘》发表后，被上海明星公司拍成六集影片，由当时最著名的电影明星胡蝶主演，同时还被改编为戏剧和曲艺，在各地广泛流传；再有《啼笑因缘》被许多人续写，迫使张氏不得不改变初衷，于1933年又续写了十回，张氏在《我的写作生涯》中说：“在我结束该书的时候，主角虽都没有大团圆，也没有完全告诉戏已终场，但在文字上是看得出来的。我写着每个人都让读者有点儿有余不尽之意，这正是一个处理适当的办法，我绝没有续写下去的意思。可是上海方面，出版商人讲生意经，已经有好几种《啼笑因缘》的尾巴出现，尤其是一种《反啼笑因缘》，自始至终，将我那故事整个地翻案。执笔的又全是南方人，根本没过过黄河。写出的北平社会真是也让人又啼又笑。许多朋友看不下去，而原来出版的书社，见大批后半截买卖被别人抢了去，也分外眼红。无论如何，非让我写一篇续集不可。”这种由别人代庖的续作，出书者至少有四种：惜红馆主《续啼笑因缘》、青萍室主《啼笑因缘三集》、康尊容《新啼笑因缘》和徐哲身《反啼笑因缘》。虽然远不如《红楼梦》续作之多，但在民国通俗小说中已经是首屈一指了。张氏在《我的小说过程》一文中还说："我这次南来，上至党国名流，下至风尘少女，一见着面便问《啼笑因缘》。这不能不使我受宠若惊了。"

《啼笑因缘》使张氏名声大振，约他写稿的报刊和出版家蜂拥而至，有的小报甚至谣传张氏在十几分钟内收到几万元稿费，并用这笔钱在北平买下了一所王府，自备一部汽车。这自然不是事实，但张氏当时收到的稿酬也有六七千元，的确不能算少。这样，他就可以去搜集一些古旧木版小说，想要作一部《中国小说史》。就在此时，日寇侵华的"九一八事变"爆发，张氏的希望随之化为泡影。作为一位爱国的作家，在国难当头的状况下自不会沉默，张恨水在 1931 至 1937 的几年间，先后写了《热血之花》《弯弓集》《水浒别传》《东北四连长》《啼笑因缘续集》《风之夜》等涉及抗敌御侮内容的作品。

1934 年，张恨水到陕西和甘肃走了一遭，此行使他的思想发生了很大的变化。张氏在《我的写作生涯》中说："陕甘人的苦不是华南人所能想象，也不是华北、东北人所能想象。更切实一点地说，我所经过的那条路，可说大部分的同胞还不够人类起码的生活。……人总是有人性的，这一些事实，引着我的思想起了极大的变迁。文字是生活和思想的反映，所以在西北之行以后，我不违言我的思想完全变了，文字自然也变了。"此后，他写了《燕归来》，以描写西北人民生活的惨状。

抗日战争全面爆发后，张恨水取道汉口，转赴重庆，于 1938 年初抵达，即应邀在《新民报》任职。抗战八年间，他除去写了一些战争题材的小说外，还有两种较重要的作品，即《八十一梦》和《魍魉世界》（原名《牛马走》），均先于《新民报》连载，后出单行本。抗战胜利，张氏重返北平，担任《新民报》经理，此后几年他写了《五子登科》等十来部小说，但均未产生重大影响。1948 年底，张氏辞去《新民报》职务。1949 年夏，他患脑溢血，经过几年调治，病情好转，张氏便又到江南和西北去旅行。1959 年，张氏病情转重，至 1967 年初于北京去世，终年七十三岁。

张恨水一生写了九十多部小说，印成单行本的也在五十种左右。说到张氏作品的总特色，一般常感到不易把握，因为他总在不断地变。其实，这“变”就正是张恨水作品最鲜明的总特色。

张恨水是一个不甘心墨守成规的人，他好动不好静，敢于否定自己，这正是作为开创者必须具备的素质。读一读张氏的《我的写作生涯》，就会发现他总是在讲自己的变，那变的频繁、动因的多样，在民国通俗小说作家中实属仅见。……待到《金粉世家》《啼笑因缘》相继问世，张恨水的名声已如日中天，他在思想上的求新仍未稍解，他说：“我又不能光写而不加油，因之，登床以后，我又必拥被看一两点钟书。看的书很拉杂，文艺的、哲学的、社会科学的，我都翻翻。还有几本长期订的杂志，也都看看。我所以不被时代抛得太远，就是这点儿加油的工作不错。”

追求入时，可说是张恨水的一贯作风，不仅小说的内容、思想随时而变，在文字风格上也不断应时变化。仅就内容、思想方面的变化而言，在民国通俗小说作家中也很常见，说不上是张氏独具的特色，但在文字风格上也不断变化，就不同于一般了。张氏在《我的写作生涯》中经常提到这方面的事例，譬如他曾提及回目格式的变化，他说：“《春明外史》除了材料为人所注意而外，另有一件事为人所喜于讨论的，就是小说回目的构制。因为我自小就是个弄辞章的人，对中国许多旧小说回目的随便安顿向来就不同意。即到了我自己写小说，我一定要把它写得美善工整些。所以每回的回目都很经一番研究。我自己削足适履地定了好几个原则。一、两个回目，要能包括本回小说的最高潮。二、尽量地求其辞藻华丽。三、取的字句和典故一定要是浑成的，如以‘夕阳无限好’，对‘高处不胜寒’之类。四、每回的回目，字数一样多，求其一律。五、下联必定以平声落韵。这样，每个回目的写出，倒是能博得读者推敲的。可是我自己就太苦了……这完全是‘包三寸金莲求好看’的念头，后来很不愿意向下做。不过创格在前，一时又收不回来。……在我放弃回目制以后，很多朋友反对，我解释我吃力不讨好的缘故，朋友也就笑而释之，谓不讨好云者，这种藻丽的回目，成为礼拜六派的口实。其实礼拜六派多是散体文言小说，堆砌的辞藻见于文内而不在回目内。礼拜六派也有作章回小说的，但他们的回目也很随便。”再譬如他在谈及《金粉世家》时说：“以我的生活环境不同和我思想的变迁，加上笔路的修检，以后大概不会再写这样一部书。”诸如此类的变化不胜列举。

张氏的多变还体现在题材的多样化。他说：“当年我写小说写得高兴的时候，哪一类的题材我都愿意试试。类似伶人反串的行为，我写过几篇侦探小说，在《世界日报》的旬刊上发表，我是一时兴到之作，现在是连题目都忘记了。其次是我写过两篇武侠小说，最先一篇叫《剑胆琴心》，在北平的《新晨报》上发表的，后来《南京晚报》转载，改名《世外群龙传》。最后上海《金刚钻小报》拿去出版，又叫《剑胆琴心》了。”第二篇叫《中原豪侠传》，是张氏自办《南京人报》时所作。此外，张氏还写过仿古的《水浒别传》和《水浒新传》，他说："《水浒别传》这书是我研究《水浒》后一时高兴之作，写的是打渔杀家那段故事。文字也学《水浒》口气。这原是试试的性质，终于这篇《水浒别传》有点儿成就，引着我在抗战期间写了一篇六七十万字的《水浒新传》。""《水浒新传》当时在上海很叫座。……书里写着水浒人物受了招安，跟随张叔夜和金人打仗。汴梁的陷落，他们一百零八人大多数是战死了。尤其是时迁这路小兄弟，我着力地去写。我的意思，是以愧士大夫阶级。汪精卫和日本人对此书都非常地不满，但说的是宋代故事，他们也无可奈何。这书里的官职地名，我都有相当的考据。文字我也极力模仿老《水浒》，以免看过《水浒》的人说是不像。"再有就是张氏还仿照《斩鬼传》写过一篇讽刺小说《新斩鬼传》。张恨水的一生都在不停地尝试，探寻着各色各样的内容及表达方式，他甚至也写过完全以实事为根据、类似报告文学的《虎贲万岁》，也写过全属虚幻的、抽象的或象征性的小说《秘密谷》，他的作风颇有些像那位既不愿重复前人也不愿重复自己的现代大画家毕加索。

张恨水写过一篇《我的小说过程》，的确，我们也只有称他的小说为"过程"才最名副其实。从一般意义上讲，任何人由始至终做的事都是一个过程，但有些始终一个模子印出来的过程是乏味的过程，而张氏的小说过程却是千变万化、丰富多彩的过程。有的评论者说张氏"鄙视自己的创作"，我认为这是误解了张氏的所为。张恨水对这一问题的态度，又和白羽、郑证因等人有所不同。张氏说："一面工作，一面也就是学习。世间什么事都是这样。"他对自己作品的批评，是为了写得越来越完善，而不是为了表示鄙视自己的创作道路。张氏对自己所从事的通俗小说创作是颇引以自豪的，并不认为自己低人一等。他说："众所周知，我一贯主张，写章回小说，向通俗路上走，绝不写人家看不懂的文字。”又说：“中国的小说，还很难脱掉消闲的作用。对于此，作小说的人，如能有所领悟，他就利用这个机会，以尽他应尽的天职。”这段话不仅是对通俗小说而言，实际也是对新文艺作家们说的。读者看小说，本来就有一层消遣的意思，用一个更适当的说法，是或者要寻求审美愉悦，看通俗小说和看新文艺小说都一样。张氏的意思不是很明显吗？这便是他的态度！张氏是很清醒、很明智的，他一方面承认自己的作品有消闲作用，并不因此灰心，另一方面又不满足于仅供人消遣，而力求把消遣和更重大的社会使命统一起来，以尽其应尽的天职。他能以面对现实、实事求是的态度对待自己的工作，在局限中努力求施展，在必然中努力争自由，这正是他见识高人一筹之处，也正是最明智的选择。当然，我不是说除张氏之外别人都没有做到这一步，事实上民国最杰出的几位通俗小说名家大都能收到这样的效果，但他们往往不像张氏这样表现出鲜明的理论上的自觉。

张恨水在民国通俗小说史上是一位名副其实的大作家，他不仅留下了许多优秀的作品，他一生的探索也为后人留下了许多可贵的经验。

目　录

第一回

家住绿杨边风来欲醉
香粉红女伴客去添愁

四月初旬，不寒不热，在北京正是最好的天气。头两天下了一阵大雨，半空中的浮尘都洗了一个干净。满城马路边的槐树，又青又嫩的新叶结成一团，簇拥在树枝上。东西长安街，是北京最广阔又最美丽的马路。南北两边的街树，排着绿云也似的，牵连不断。两边绿树对峙，中间一条马路，其直如矢，成了一条绿巷，遥遥地看去，又有旧皇城遗留下三座朱砂门洞锁住在当中，真个有些像西洋来的水彩画。

在东长安街的中间有一道石桥，横跨在一条河上。这河自西郊昆明湖进城，穿过故宫，由景山东边，迤逦向下。据一般人传说下来，这就叫着御河。古人所谓“铜沟流翠，红叶传诗”，都是这种地方的古典了。沿着这御河，东西两岸都种着高大的垂柳。北方气候和江南不同，这个时候，论起来是初夏，实在和江南春暖花香的气候一般，因之这些柳树，还不十分的绿，犹自带着一半鹅黄色。太阳光斜照在树丛里，风吹着柳条摆动，犹自金光一闪一闪。这些柳条，最长的有一丈来长，东岸的树向西歪，西岸的树向东歪。两边的树虽然隔着一条河，可是连接到了一处，全覆在河上，把河里的水色都映绿了。

头两天的雨水，成了河里几尺春潮，兀自未曾退尽。河水一深，把岸上的柳树影子都倒插在水里。长的柳丝直拖到水面，引着水里的影子，拂来拂去。在这柳树丛中，恰好架着一道石板桥，倒很有些诗情画意哩。桥的东边，有一座西式的红楼，外面围着一道短墙，夹着两扇西式的绿漆门。门边悬了一块木牌，上面写明了“教员寄宿舍”。原来这里前前后后不少的中学大学，有些没有家眷的教授，就邀合了一班朋友，在这里组织一个寄宿舍。

这一日天气既好，又是一个星期日，住在这里的教员，除了一位周秀峰先生而外，都忍不住地出去了。这些人，有的是陪了女朋友上公园，有的是去听戏、看电影，有的是出门应酬朋友。周秀峰却好端端的觉得身上有些困倦，懒洋洋地拿了一本书，躺在床上看。

这寄宿舍里全是教员，就和其他的公寓不同。平常的时候，大家在寄宿舍里，除了低微的谈话声、读书声而外，偶然有一两个人吹着洞箫和拉梵哑铃，便没有别的声音。今天大家不在家，只留了一个听差守大门带接电话，就越发显得沉寂了。周秀峰看了几页书，却又没有什么意思，一看窗户外面，天色十分干净，一点云彩也没有。太阳光晒着窗户，暖烘烘的，有一只长脚蜜蜂，在玻璃窗里映着阳光乱扑。周秀峰呆看了一阵蜜蜂，倒替它难受，穿了鞋子下床，便把窗户开了，让那蜜蜂出去。

这窗户外面是一道楼廊，栏杆上新设着一列盆景，是蔷薇、月绣球之类，另有两只蜜蜂，飞着钻进花心里去。看它下半截身子，在花外一闪一动，大概是吸取花里的香汁，都吸得酣醉了。

周秀峰一想，这好的天气，在家里睡着，还不如一个蜜蜂能及时行乐了，无论如何要出去绕一个弯儿，于是换了一套薄呢的西服，拿着手杖，戴了帽子，走出门来。在屋子里是急于要出来，可是走出大门，又觉得怅怅无所之。看一看太阳，已经偏在柳梢头上，要到远处去游逛也来不及了，好在天气温和，身上穿着这种轻便的西装，非常舒适，顺着河沿，就在绿柳荫中向南走去。

走到长安街，见有些人一面谈笑，一面在树林子里散步，自己也就情不自禁地跟着走了一阵。一直走到天安门，远远望见中山公园门口的车子，重重叠叠，遮了一大片敞地。进去的游人还是络绎不绝。周秀峰一想，到了这里，进去走走也好，于是买票进了门，绕着社稷坛转了一个圈圈，依然不减少无聊的情味。加上那些游人，三三两两，笑语风生，愈显得自己孤独。还有那俏装的妇女，迎面过去，身上的脂粉香，顺着风往人身上直扑，令人好好的会生一种感触。

周秀峰想着，不出来是无聊，出来了是更无聊，回去吧。刚走到“公理战胜”牌坊边，两个穿西装的小孩子，光着一截大腿，一跑一跳，走了过来，后面跟着一个西装男子、一个外国妇人。这妇人手上拿着一条细白的钢链子，牵着一只羊毛小哈巴狗。周秀峰在这一条狗上，就认得那是刘子厚的比国太太，那个西装男子，自然是老同学刘子厚了。

周秀峰未曾说话，刘子厚拿起帽子，便在斜阳中晃了一晃。周秀峰抢上前几步，和刘子厚点了点头，刘太太便伸出手来，和他握了一握。刘子厚道：“你是一个人吗？”周秀峰笑道：“我是一个孤独者，到哪里也是一个人。”一句话未了，两个小孩跑了回来，抱住周秀峰的大腿，连叫周叔叔。周秀峰抚摸着小孩的头，对刘子厚道：“要像你这样游园，那才有趣，像我，是多么单调！”刘子厚笑道：“你既然这样感到寂寞，算你来好了，不如来巧了。我今天晚上，要到平安戏院去看游艺会，请你也同去，消遣一晚上。”周秀峰道：“不要客气吧。我在报上看见，至少是五块钱一张票。”刘子厚道：“我买的是楼下一个包厢，小孩子不让他们去，统共就是两个人，有的是座位，何必不去？”周秀峰道：“包厢不是三十元吗？其价可观啊！你对于这游艺会，倒有很浓厚的兴趣。”刘子厚对他的比国太太笑道：“她以为这是难得的盛会，老早就说去。”刘太太知道周秀峰是不大说法国话的，勉强操着北京话道：“这个游艺会很好，周先生去不去？”周秀峰道：“既然有座位，我倒可以借借光。是哪个包厢，告诉我，回头我好来找。”

刘子厚道：“你还要到哪里去？”周秀峰道：“我不能饿着肚子去，还要回家吃晚饭呢。”刘子厚道：“不必回去，我们一块儿到德国饭店去吃晚饭，好不好？”周秀峰笑道：“我不懂你们阔人是什么用意，吃饭非德国饭店不可？那里的东西，比哪一家也贵。”刘子厚道：“这也是习惯。我们一些朋友都是到那里去吃饭，有几回一去，觉得很合适，便喜欢去了。”周秀峰道：“既然你们是吃家常便饭，我就恭敬不如从命了。”刘子厚听他说愿意去，便对夫人说了一句法国话。刘太太笑了一笑，对周秀峰道：“我先走一步，回头再会。”说毕，牵着狗，带着两个孩子先走了。周秀峰道：“怎么样，太太不去吗？”刘子厚皱眉道：“带着两个孩子，又有一只狗，未免太累赘了。我叫她先送回去，回头再在饭店里会。”

周秀峰笑道：“因为太太的缘故，我看府上欧化得很厉害。”刘子厚道：“在旁人看来，以为我家里洋气太重，可是据我们夫人自己说，差不多和中国人同化了。”周秀峰笑道：“我不信，你能举出一个例子吗？”刘子厚道：“那很多，一时却不知说哪一件最好。”周秀峰道：“要能随便就举出一个例子来，那才见得你的话属实。”二人一路说话，一面走着路，刘子厚把两只手插在裤袋里，低头看着脚尖出神，笑道：“我举一个例子，你未必肯信。”周秀峰道：“你且说出来听听。”

刘子厚道：“我家里别的用费罢了，就是这笔伙食账，我也觉得过分。我们老太太和两位姑小姐，同着一班家里人，都是使筷子碗，共着菜碗吃大米饭的。我们这太太，第一件就不会使筷子，叫她也吃中国饭，那怎样办得到？所以她初回国来的时候，依然还是用刀叉吃面包，于是家里除了原来的厨子而外，又雇了两个做大菜的厨子。有了厨子，就要厨房，有了厨房，又添出许多柴米油盐的开支。有时候老太太他们高兴也要吃一回西餐，中餐还是预备了，因此这两个西餐厨子，糊里糊涂地一开账，一个月竟会开上三四百元。到了一年以后，我们太太也学着会使筷子了，自行提议，在一处吃中餐，把西餐厨房取消，一直到如今，她吃了五年大米饭，居然有几样中国菜是她爱吃的，这不算她和中国人同化吗？”

周秀峰笑道：“哦！我想起来了，你之所以常要到大菜馆去，也就为的嫂夫人有鲈鱼莼菜之思，去尝尝家乡风味哩。”刘子厚道：“正是这样。我们一个礼拜至少有一次去吃大菜。礼拜六的晚餐，那简直是固定的一件事了。”

周秀峰笑道：“娶外国太太，样样都好，就有一件美中不足。”刘子厚道：“有一件什么事不好办？”周秀峰笑道：“阔人所要的东西是：汽车、洋房、姨太太。别的你都可以办，姨太太你就万难想到。因为外国太太，别的事可以和中国人同化，多妻制度这件事，她是不能同化的。”刘子厚笑道：“那也不见得。”周秀峰道：“你说不见得，你敢娶姨太太吗？”刘子厚笑道：“我现在不需要姨太太，所以我就没有讨姨太太。等我需要的时候，我自然有法子办理。”周秀峰笑道：“除了事实所限制，男子哪有不需要姨太太之理？你老兄要说这种官话，恐怕到老也是不需要的了。”刘子厚道：“听你的话，你倒是赞成多妻制的人了？”周秀峰笑道：“一妻我还没有呢，哪里还敢望多妻？”

刘子厚走着路，默然不语，嘴角上却露出一丝微笑。两个人并排，比着脚步走，一直走了四五十步。刘子厚突然问道：“秀峰，你说实话，你有爱人没有？”周秀峰笑道：“我有了爱人，我就有了夫人了。因为我成家的心事，比盼望什么事还急切。有人爱我，我马上就要娶她的。现在我没有夫人，就是没有爱人。”刘子厚道：“我不和你开玩笑，我问你这句话，是有用意的。”周秀峰道：“你要我说实话，我就说的是实话。我还有什么可说的呢？”刘子厚道：“听你的语气，你所谓没有爱人，是没有人爱你。但是你既这样盼望成家，你心爱的人也没有吗？”周秀峰笑道：“事涉暧昧，这个就恕我不能奉告。”刘子厚道：“这么说，你一定是有所爱的了。那我刚才所言，算是白说，不然的话，我倒可以给你一个机会，想喝你的冬瓜汤呢。”

周秀峰笑道：“怎么着？你能给我一个机会。你何妨说出来，是怎样一个人？我要怎样去认识她？”刘子厚道：“不必说了。你心目中已经有了爱人，你就朝那方面进行得了，何必又要我给你机会，去弃旧迎新呢？”周秀峰道：“我并没有告诉你我有所爱，你何以断定我有爱人？就算我有爱人，我爱她，她不爱我，也是枉然。你现在若能给我一个机会，也许彼此都能爱好起来。到了那时，我自然丢了不爱我的，去就爱我的。至于弃旧迎新四个字，那简直说不上。因为现在我所爱的，她并不知道我爱她，她更不爱我，怎样用得上一个弃字？”

刘子厚笑道：“你真解释得很明白。看你这种情形，倒很愿意我给你一个机会呢。好吧，明后天我遇见了那人，约着她在一个地方谈谈。那个时候，我另外通知你，让你前去，于是乎我一介绍，你们成了朋友了。像你这样的人才，是很合她私订的条件的。只要你爱她，你这事就成了。”周秀峰道：“人生最难解决的婚姻问题，你怎么看得这样容易?”刘子厚笑道：“这事情说难就难，说易就易。你若肯依我的话，我包管你可以得到一个美丽的夫人。”周秀峰道：“好，那我就全指望着你这位月老的努力。”

刘子厚在衣服里面掏出一个瑞士表，看了一看，便道：“我的车子大概已经回到大门口了，不必再走了，我们出去吧。”周秀峰和他一路走出大门口来，果然他那一辆漆着瓦灰色的轿式汽车，已经停在大门的左边，坐上车去，车夫也不用吩咐，呼的一声，便直向东城德国饭店而去。刘子厚坐在车靠椅上，向后一仰，脚向前一伸，笑道：“今天逛公园，走的路太多，我两只脚已经有些酸了。”周秀峰道：“公园里多大地方? 多绕几个圈圈，也不过两三里罢了。我们在美国读书的时候，有时候赶不上火车，二三十里路常常走的，怎么一回国来，两条腿就宝贵起来了?”

刘子厚道：“真是怪事！在外国的时候，我每天都是六点钟起来。自从到了北京，慢慢地就晚下来了。从前是早衙门，八点钟也就起床了。后来改为晚衙门，每日竟会睡到十一二点钟起来。更不要说走路了，一出门，就要坐车子。在北京不过做了六七年的官，把一些朝气消磨得干干净净了。还是你们当教授的好，依然还是学校生活，每日可以起早。工作和吃饭，也有一定的时候，容易保持健康。”周秀峰道：“你所羡慕我的事，并不是我特有的，你一样可以做到。”

刘子厚道：“这就因为环境的关系了。起初是并没有什么事要你起早，而且家里人多半是不起早的，因此自己想着，何必起得那样早？先睡睡吧。有几天一睡去，自然就会成了习惯。睡觉不能起早，饮食和做事的时间就都要挪动了。我夫人常说，在中国住得太久了，人的志趣和健康都要减色，因此就劝我到外国去住些时候。就是她自己，也觉得把欧洲人的本性渐渐失去，很愿意到欧洲去一趟。”

周秀峰道：“你说在中国住得太久就有暮气吗？那也不见得。刚才你很羡慕我的生活，我就住在中国，而且还同你住在一城，这又怎样解释呢?”刘子厚道：“还是那句话了，各人的环境不同。人一做了官，行遍中国，也不会有良好的环境。若要改良，非出洋不可。至于教育界，环境本来好，就用不着迁地为良了。”说到这里，车子停住已经到了德国饭店。周秀峰跟着刘子厚一进门，那饭店里的西崽，就对刘子厚点头一笑道：“太太早来了。”

饭店里的西崽，向来架子是很大的，不大爱理人，这又是外国人开的饭店，西崽的身价越发高了。刘子厚这样得西崽的欢迎，倒出乎周秀峰意料之外。但是从这一点看来，刘子厚花的钱也就可观了。这时，刘太太开了一瓶汽水，喝着等候，见他们前来，竟学了中国人，点了点头。周秀峰道：“我是很不客气的，一请就到。”刘太太笑了一笑，让开横头的主席，给刘子厚坐了，周秀峰和刘太太便坐在两对面。刘子厚拿起桌上的菜牌子看了一看，顺手递给周秀峰，将手搓了一搓，问道：“吃点什么酒？叫他们开一瓶白兰地吧?”周秀峰道：“不喝酒吧。我的量小，有半杯就醉了，何必开一瓶子?”刘子厚道：“喝点甜的得了。”说着，将手对站在旁边的西崽扬了一扬。一会儿工夫，就取来两瓶酒，一瓶是白兰地，一瓶是葡萄酒。刘太太那瓶汽水，只喝了大半杯。她嫌甜，吃饭有些不对口味，又新开了一瓶咸的。周秀峰勉强喝了两杯葡萄酒，就觉脖子以上有些热烘烘的，停了没喝。看看刘子厚酒杯里，那一杯白兰地，也不过喝了一大半。西崽拿着酒瓶，还要给他斟酒时，刘子厚用手向上一拦，表示不要了。

等到上了咖啡，刘子厚笑着对周秀峰道："你现在学会了抽烟吗？"周秀峰道："抽是可以抽，并没有瘾。"刘子厚又吩咐西崽取了两根雪茄来。周秀峰取了一根抽着，正是口轻的，觉得味淡香醇。抽着烟，说了几句话，抬头一看壁上的挂钟，已经有八点半钟。刘子厚道："我们该回去了。"只在他说这句话，西崽已送一张白纸精印的账单过来。周秀峰斜眼一看，那总数上填着十七元八角。细账上，烟的项下开着二元四角。刘子厚在身上摸出两张十元钞票，只找着一张一元的，一齐交给他了。周秀峰看了，心里不觉一动，极随便地吃一餐晚饭，竟花到二十块钱，这生活程度未免太高。我们教书，能教三块现洋一点钟，人家就觉得挣钱很容易。要是这样吃法，教一个礼拜的书，算他每天一点钟，也只够阔人一餐饭钱，又何容易之有呢？

他正在想着，刘子厚笑道："你说不会抽烟，怎样抽烟抽得很出神？"周秀峰笑道："我们是穷措大，没有抽过好烟，自然要细细咀嚼一番。不然，花了你一块二毛钱，又不充饥，又不解渴，又不知道是什么味儿，不太冤吗？"刘子厚道："不要取笑我吧。这也不算好烟。你没有听见过吗？从前有一位虞总长，每天要抽五十块钱的雪茄。中国买不到这么好的东西，还要打电报到外国去买，你又当作何感想呢？"周秀峰道："谁能和他比？他十几年来久在官场，是奢侈出了名的人。"

刘子厚道："不要谈了，我们走吧，时候到了。这次游艺会，没有一项不出色，我们不要耽误了，好的没看见。"刘太太听见说，已经披上外衣，刘子厚搀着她一只胳臂，周秀峰在一边跟着出来。这时，外面已经满街灯火了，远望公使馆后身的跑马场，一片雾沉沉的，天色已是十分黑暗。坐上汽车，更不耽搁，一直就到平安电影院来。院门口一片小小的敞地，已经停满了车子。刘子厚道：“我们来迟了不是？里面大概都满座了。”

三人进到里面，坐在包厢里，往楼上下一看，果然人满了。一看散座上的客，有一半是外国人。就是中国人里面，又有三分之二是穿西装的。更有一层，在座的男客，身边不带着女眷的，竟没有几个。周秀峰笑道：“唉，我不该来!”刘子厚道：“那是为什么?”周秀峰道：“你看，这里面的人，一个个都带着花团锦簇的爱人，叫人看了，又是忌妒，又是羡慕。”刘子厚还要说话时，台上一场跳舞已经过去，换了提钢琴合奏，于是楼上楼下，陡然肃静起来。他挺了挺身子，又整了一整领结，牵了牵衣襟，注意着台上，就望下听音乐了。

这个当儿，周秀峰心神一定，就觉得有一阵浓郁的脂粉香不住地直袭鼻端。原来包厢下面散座里，前后有五六位艳装的女子，倒有两个人拿出粉镜来，低着头，只顾向鼻子两边抹粉。刘子厚偶然一回头，见周秀峰的目光直向女座上看，不觉露出一丝微笑。正在他微笑的时候，却有一个女子，站起半截身子，半偏着，向这边包厢里微微一鞠躬。周秀峰先倒是愣住了，后来看见刘子厚也和她点头，这才知道他们是朋友，因为刘子厚在发笑之时，曾把目光对着自己注意了一番，笑容兀自未休，心想，不要是疑我看人吧？于是也就装着不知，只看台上的游艺。游艺场中的光阴，好像大年夜放花盒子一般，眨眨眼就过去的。

不久，一切游艺都已演完，最后是几个外国人合串的一本独幕剧。这些人都是临时练习的，毛手毛脚，一点趣味也没有。周秀峰皱着眉对刘子厚道：“我要先走一步了。”刘子厚道：“这种好机会，你愿意失掉吗?”周秀峰道：“这种机会算了吧。我失掉一百回，也不足介意。”刘子厚道：“你对她不满意吗?”周秀峰道：“他们这简直是胡闹。”刘子厚无故碰了一个钉子，正自不好意思，这时听到他说出“他们”两个字，才知道他误会了，笑道：“你以为是说台上的戏呢。我说的机会，是我们先说的那件事。”

周秀峰听了，不免心里一动，那目光早是闪电的一般，向座上的女客看了一遍，远远看去，觉得个个都好，心想，子厚要介绍的，到底是哪一个呢?刘子厚见他目光四射，不由得在一旁微笑。周秀峰道：“子厚，你给我开玩笑吗?”刘子厚笑道：“你别着急，再等几十分钟，这个哑谜就可以揭破了。”他说话时，目光一直向前，没有望着周秀峰。周秀峰也就随着他的视线，向前看去，只见他所注目的地方，正是刚才对他行礼的那位女郎。

在这种盛行剪发的时候，她竟留了一头漆黑的头发，纽着辫子，挽了一个蝴蝶结，身上穿着豆绿色的上衣，罩着蟠桃领的杏黄坎肩，黑的光髻之下，鲜艳的衣服之上，露出一截光脖子。这虽然坐在侧面，看不见她的脸色，只看这种颜色的调和，就觉得这人是很美的。若是有这样漂亮的女人做夫人，那自然是一生的幸福。不过看她很华丽，能够和我先做朋友吗?

刘子厚尽自由他去出神，并不理会。一直到了戏已闭幕，满园子人散场了，刘子厚和那位姑娘点了点头，又将手招了一招。她会意，也点头相答，一会儿工夫，就到这边包厢里来了。她依次地和刘子厚夫妇握了握手。刘子厚便低垂着手，向周秀峰这边一伸，做个介绍的姿势，说道：“这是密斯脱周，我们在美国的老同学。”然后又转过身来，照样地给周秀峰介绍，说道：“这是密斯黄，我们同乡。”

周秀峰正要点头行礼，黄女士早伸出一只雪白的胳膊来。他这才知道人家慨然地让他握手，于是半鞠着躬，用手托住黄女士四个指尖，微微地摇撼了几下。就在这一摇撼的时候，只见她第四个指头上戴了镶着一粒很大钻石的戒指，在那手腕上，有一只最新式的手镯。这镯子是用极细的金丝，编成两条平行金链；两条链子的中间，连缀着无数的翡翠瓣儿；一瓣翡翠之下，又垂着四五分长的金线穗子；穗子的末端缀着芝麻大的小玩意儿，像虫鱼花草用具之类。

这一刹那间，周秀峰虽不能看得十分精细，因为是初次见识的珍品，脑筋里就把这镯子的模样深深地印下来了。黄女士含着笑容，倒很觉无事似的，回头却去和刘太太说话。这时，周秀峰因她站在身边，只觉粉香馥郁，熏人欲醉。再冷眼看她的脸色，白里泛红，真是苹果一般。一笑眼珠在深黑的睫毛里一转，另有一种媚态。若不是座客全已散了，他真愿意在这包厢里多坐一会儿。

刘子厚问道："密斯黄是坐车子来的吗？"黄女士道："今天晚上，家父有事，自己坐去了。遇见了密斯脱刘，那就很好，我可以搭你的车子了。"说到这里，对着周秀峰眼珠一转，笑道："啊哟，这里还有一位贵客呢，也许是要送的吧。"周秀峰笑道："密斯黄请便吧。敝寓离这里很近，一拐弯儿就到了，用不着坐车子呢。"黄女士笑道："我是后来的，应该要让密斯脱周。"刘子厚笑道："他倒说的是真话。他住寄宿舍，离此不远。"黄女士笑着和周秀峰点了点头道："谢谢。"周秀峰一想，这事并不用着谢我，现在要怎样答复人家，倒觉得是无辞可措，也就模模糊糊对人家一笑。刘子厚夫妇走出包厢，黄女士也在后面跟着，于是一同坐上汽车去了。

周秀峰离了平安影院，一个人独自走回去。这个时候，已经有一点多钟了。御河桥两岸，没有一个行人。天上既然没有月亮，这里的路灯，又隔着很远一盏，柳树丛中，越发是黑漆漆的。柳条被晚风吹着，向两边一扬开，中间露出一条闪动的东西，闪动着许多星光，和天上的星光倒映着。到了这里，倒觉得风吹在身上有些凉意，这境地更觉得清冷。正行中，呼突呼突，觉得有一种声音送入耳鼓。及至走近，看见一点黄色的光，贴着地慢慢过来。两下相遇，原来是空着的人力车，想是车轮滚着浮土，那光是破车灯呢。一个车夫将车把夹在胁下，拖了车子过来，黑影之中，轻轻地问了一句："要车?"周秀峰没有作声，摆了摆头。其实车夫并没有看见，悄悄地拖着车过去了。

周秀峰一想，人世的繁华真是如幻梦一般。刚才在平安影院里，五光十色，是多么热闹，只十几分钟，就变得一点痕迹都没有了。这个时候的我，和那拉车的车夫，不是在同一个境地里吗？一夜欢娱是这样，扩充起来，十年八年的欢娱也是这样。正自想到很伤感的时候，脚下忽然汪的一声，一团黑影一逡，倒吓了一跳，原来是一条野狗，睡在街头，被他踩了一脚了。

他抬头一看，不知什么时候，已走过了自己寄宿舍的门口。回转身来，走了几十步，回到寄宿舍门口，将门铃按了一阵，听差才披了衣服来开门。进得门去，屋子里也是黑洞洞的，倒有两三处断续的呼声可以听见，大概大家都睡了。自己走上楼，开了房门，扭亮电灯，倒觉得屋子里有一阵凉气。原来南墙上一扇玻璃窗，出门的时候忘了关住，兀自开着呢。他关上窗户，身上还凉阴阴的。口渴了，想喝一杯茶，一摸茶壶，其凉侵骨，就着壶嘴子吸了一口，直觉有一股凉气射入心脏，便把茶壶放下，心想刘子厚这时回去，怕不是仆役围绕着，还要大吃其夜宵吧？我是热茶都想不到一口。睡吧，没什么可想的了。于是展开棉被，倒头便睡，就觉得时而在公园，时而在德国饭店，时而在平安电影院。

后来觉得有什么东西掀动头发，脸上有些痒痒的。睁开眼睛一看，那玻璃窗又开了，不大的南风吹到床上来，便自言自语道："昨晚睡觉，我记得关了窗户的，是谁又把我的窗户开了？"屋子里有人答道："周先生，是我呢。你不是对我说过，早上要打开窗户，吸新鲜空气吗？"周秀峰昂起头来一看，铁床横头，挂的毯子上面，露出一颗黑头，垂着一条辫子。他这才知道是街坊陈大娘的二女儿。她今年十二岁，名字叫小竹子。因为陈大娘是个寡妇，家里很穷，就给人洗洗衣服，带做点粗针活度日。这寄宿舍里人的衣服，大大小小都归她浆洗。陈大娘将衣服晾干，熨折得好了，就叫小竹子送来。她们就住在这南墙下面一个大杂院儿里。她是差不多天天来，谁住哪一间屋子里，她都知道。门若是开着，或者是掩着，她便将这人的衣服送了进来。门若是关着，她便将衣服交给听差。这天清早，她送了周秀峰的衣服来，见他的房门是虚掩着，推门伸进头来一望，见周秀峰睡着没醒，便把衣服放在一张杌凳上。正自转身要走，见窗户边放了几张画片，就走过去拿着看。因为窗户是关的，顺手又把窗子开了。

周秀峰见是她，一翻身便坐了起来，笑道："你瞧瞧，桌上的钟有几点了？"竹子道："可真不早，九点多了。今天怎么起来这样迟？"周秀峰道："昨晚上听戏来着，不是你开了窗户，我还醒不了呢。我的衣服都得了吗？"竹子道："凳子上的不是？那双袜套也得了，你瞧。"说着，就在杌凳上取了那一双袜套，送给周秀峰看。周秀峰接过来，见是用漂白竹布做的，用白丝细密地缝着底，笑道："这袜套很费功夫，是谁做的？"竹子扶着铁床的栏杆，只是低头微笑。周秀峰道：“不用猜我就知道，这是你姐姐做的，对不对?”竹子笑道：“不是的，是我妈做的。”

周秀峰一面穿衣服下床，一面就伸头向窗子外一望，便问道：“这袜套是什么时候做好的?”竹子道：“是昨天下午得的。”周秀峰道：“这是你瞎说了。你那院子里晾了许多衣服，全是你母亲昨日下午洗的，哪里有工夫给我做这双袜套?”竹子笑道：“倒是我姐姐做的，可是她不许我告诉人。”周秀峰道：“她为什么不让你告诉人呢?”竹子道：“我不知道。”周秀峰笑道：“你一定知道，不过不肯说罢了。”竹子笑道：“他们都不让我说出来，我不能告诉你。”周秀峰道：“你不告诉我，我也知道了。你回去问问，这袜套要多少钱?”竹子道：“我来的时候就问了。我姐姐说，随便你给吧，不给也不要紧。”周秀峰便在衣袋里掏了一块钱给她，说道：“你把钱交给你母亲，随便在我账上算得了。”竹子道：“你前两天给的钱，还多着呢，怎么又给钱?”周秀峰道：“我昨天上午，听到你母亲对房东说话，直央告迟缓几天。你拿回去凑合着给房钱，那还不好吗?”竹子听说，果真拿走了。

周秀峰洗过脸，吃了一点儿点心，已到了上课的时候，便挟着一包讲义，到学校里上课去了，一直到下午方才回家。回家的时候，在绿柳丛中，缓缓走路，恰好碰到了陈大娘。陈大娘后面，跟着一个十七八岁的姑娘，头上梳着丫髻，又光又黑。沿着额际，有小小一丛稀疏的鬈发。雪白的脸上，露出两鬓下的长毫毛，正是表示中国人固有的一种处女美。她穿了一件新蓝布长衫，袖子短短的，露出两只白胳膊。这正是陈大娘的大女儿，名字叫玉子。周秀峰每日在窗下看书撰讲义的时候，常见她在一间开着窗户的屋子里做针线，因此，虽不说话，却和她很面熟。

陈大娘看见他，便笑着说道：“周先生，劳您驾，今儿早上，又先腾了一块钱给我们。”在陈大娘说话的时候，玉子却将身子一闪，避在她母亲的身后，把脸偏到一边，呆定着目光，不肯向这边看来。周秀峰也就不便对她看去，因对陈大娘道：“这是小事，反正我将来要拿钱给你的，这不过提早几天罢了。那双袜套做得好，要多少钱?”陈大娘笑道：“那是家里找一点儿零布片做的，还算钱吗?”周秀峰道：“做得很好。我打算买一点布，请你给我做一套小裤褂，你有工夫吗?”陈大娘道：“粗针活，怕做不好吧？我是没工夫，我这大孩子倒是能做，不过她接的活很多，怕要耽搁您的日子。”周秀峰还没有答话，玉子便轻轻地拉了她母亲的衣服一下，说道：“把那些活压一压也不要紧的。”陈大娘笑道：“要不，周先生您就把布拿来吧。”周秀峰道：“好，我今晚买好了布，放在家里，你明天可叫你二姑娘来拿。”陈大娘道：“哟！您还那样客气。一个小丫头，您就叫她的名字得了。”

周秀峰笑了一笑，问道：“你这上哪儿去?”陈大娘道：“到东安市场去买些东西。”周秀峰笑道：“好极了，你顺便给我把布买来吧。”说着，就在身上掏了一张五元的钞票，交给陈大娘，说道：“我是做两身小裤褂，这些钱买布，大概够了。”陈大娘道：“够了，够了。我们娘儿们去买，还贵不了呢。”她说毕，转身就要走。玉子又拉着她的衣服，笑道：“妈，忙什么？你也问问要什么样的料子。”周秀峰道：“随便什么布都可以，只要是做小裤褂的材料就得了。”陈大娘答应着去了，周秀峰也自回家。

今日的天气，比昨日的天气更是暖和。周秀峰开了窗子，对着楼外闲眺。御河岸上的柳树，迤逦向南，高高低低，堆着一排绿山似的，非常醒目。路上的行人，在柳树下来来往往，仿佛另有一种趣味。不大的南风，从柳树林穿了过来，虽然扑到人身上，不但不凉，而且风里面带着一些柳叶清新之气，比花香还觉清妙。周秀峰闲眺一会儿，随手在书架上抽了一本《红楼梦》看，看到贾宝玉初搬进大观园，正是花团锦簇、春色撩人的时代。就在这个当儿，窗明几净之间，阵阵熏风入座，吹得人像受了一种什么兴奋剂一般。只觉周身舒服，精神爽快，自己也恍然置身花红柳绿的大观园中。正自出了神，忽然啦呼啦一阵吹进窗户的风，把看的书一阵乱掀，掀过去了十几页。找了一柄铜尺，将书压住，两手上举，不禁伸了一个懒腰。因为身子向上一伸，抬头看见楼下陈大娘家里，大概自己看书的时间不短，陈玉子都回来了。

玉子靠住屋子门，一只脚踏在门槛上，两只手比在一处，不知捻着什么。可是仰着头望那门外的柳树，柳条上并排站着两只燕子，和着风摆来摆去，时时伸开着翅膀，维持它身上的重点。周秀峰见玉子向着半空中出了神，跟着她的视点看去，一抹斜阳照在树梢，那颜色很好看，回头再看玉子，她依旧那样望着。清风徐来，吹动了她蓬松的秀发，她一点不觉得。周秀峰也因为景致很好，清新的空气，让人呼吸得非常舒适，伏在窗子上，也不觉得身子疲倦。

这个时候，竹子自外面回来，看见周秀峰伏在楼窗上，便对他招呼道："周先生，周先生，你看什么？"周秀峰和她点了点头。玉子听了她妹妹说话，一抬头正看见周秀峰向下瞧，于是便低了头牵牵衣服，搭讪着却和竹子说话。不一会儿工夫，陈大娘走出门来，抬头看见周秀峰，也笑了一笑。可是在这个时候，玉子便进去了。

周秀峰一个人坐在窗户下，怔怔地呆想。他想那玉子除了不识字而外，没有一件事不令人满意。至于她家穷，那是不成问题的，也无损于她的为人。在从前，我是怜惜她。这样一个好美人胎，生在穷家，就这样埋没了。在这一念怜惜之间，慢慢地就种下了爱根。本来这种片面发生的爱情，只有自己知道，她做梦也不会想到的。可是这一两个星期以来，她一相见，眉梢眼就无限地留恋，倒好像很知道我爱她了。她家穷，用我这种身份和她去攀亲，她母亲没有不同意的。就是不识字，我也可以有法子给她弥补这个缺陷。不过她是不是真相爱？或者是自己神经过敏，揣想错了，这就不敢断定。有了这种的想法，就尽管面窗而坐，忘其所以。

忽然有一个人在肩上一拍，说道："想什么呢？我站在你身后好大一会子了。"周秀峰回头看时，乃是同住的魏丹忱。他是一个美术教授，又能画，又能雕刻，而且年纪在三十上下，人又是很漂亮的。周秀峰道："你看，这一排新柳，青翠扑人。柳树西边，半边的红霞，配着多么好看！"魏丹忱道："这还是有形的景致，还有一种无形的，更是甜美。"

周秀峰被他说中了心病，倒有些不好意思，便道："你真是美术家的口吻，景致还有什么无形的？"魏丹忱道："怎么没有？我告诉你吧：住在槐树下的，最宜的是晴；住在芭蕉下的，最宜的是雨；住在梨花下的，最宜的是月；住在杨柳下的，最宜的是风。古人诗说：沾衣欲湿杏花雨，吹面不寒杨柳风。这新柳边的风吹在人身上，最是甜美的。杨柳有了风，也就变出各种舞姿，才是好看呢。若是下课回来，太阳高照着，天气是十分的和暖。那时拿了一本书，开着窗子看，杨柳风吹到屋子里来，带着一股清芬之气，于是满屋子都有春气了，能不醉心自然之美吗？"他说了这一大遍，周秀峰才知道谈的是风，和人不相干。

魏丹忱道："当这种清和时节，你这个房间实在太好了。我给你商量，我们两人把房间调换一下子，如何？"周秀峰道："你这人说话，有些不讲公德，君子不夺人之美。你明知我很爱这间屋子，为什么要和我调换?”魏丹忱道：“我自然有个很充足的理由。因为由这窗户里向外看去，这两行柳树，上配着一些屋脊，下搭着一弯浅水，景致不坏。我想在这屋子里画几张画，把它画下来。”周秀峰道：“你真是不怕麻烦，为了画两张画，倒要和我调换屋子。”魏丹忱道：“不调屋子也成。只要你允许我，你不在家的时候，让我进来画画，那也可以。”周秀峰笑道：“要画风景的地方，也就多得很，何以你单独看中了我这间屋子?”魏丹忱道：“你驳得也有理，但是我借你的房子画风景，也不妨碍你什么，你为什么不答应?”周秀峰道：“你要画这两行柳树，大门外的地方宽敞得很，随便你怎样画，你为什么舍大而就小?”

魏丹忱侧着身靠着窗户，偶然低头一看，只见对着这里，一列有三间灰房。那房子两明一暗，东边这间屋子，两扇灰色旧木窗格栏，糊了些报纸，全都用一根麻绳悬在屋檐下。由这里倒可以直看到那屋里面去，靠着墙壁，放了一张小条桌，上面放着两盏煤油灯、一面镜子。另是两个小瓦盆，有两盆草花。远远地只看见两丛绿色，什么花是认不清了，桌子横头有一把空背旧靠椅，上面坐着一个梳双髻的姑娘，就着光做针活。靠窗户这边，露出半截土炕，旧席子上堆了许多白布。

魏丹忱连忙将身子一闪，闪到墙后，笑道：“你所以不让屋子的缘故，我明白了。这一位，我遇见过几回，我以为是阔人家的小姐。后来有人说是我们的街坊，我都不肯信呢。你的眼力不错，这是值得朝夕相对的。怪不得你说，君子不夺人之美。我真不知道这一层关系。我要知道，决不说出此话的。”周秀峰道：“你说了这多，说的是什么，我全不懂。”魏丹忱道：“你还要装傻吗?那我就到窗户边去，给你挡住视线了。”周秀峰笑了一笑。

魏丹忱开了门就要走，手扶着滑闩，回头对周秀峰一笑道：“好自为之！”周秀峰道：“我知道，你这一下楼，就要给我大肆宣传。”魏丹忱笑道：“绝不，绝不！我十分盼望你成功，要极力地去替你遮掩，哪有宣传之理？”他笑着一张嘴，又点了点头，然后顺手带上门走了。

周秀峰一想，他是一个美少年，又是一个美术家，他都说这人不错，可见我心里这爱惜之念，并不是没来由。他想着又想着，便又靠住了窗户，一直等那矮屋子里，伸出一只雪白的手，解了那檐下两根绳，放下两扇窗格栏，这才坐到椅子上去。爱情这件事是很神秘的。做事的人，不牵涉到爱情二字便罢，一牵涉到了，就会像中了魔一般，把什么工作都会扔下，专去追求爱情。而且爱情藏在人心里，又有些像纸堆包着火焰，挑拨不得。越是挑拨，火焰越高，非把纸烧个干净，火不会熄灭的。这个时候，周秀峰是中了魔，心里又藏着一包火，人竟会失了常态。晚上看书的时候、睡觉的时候，都不能安静，脑筋里兀自印着一个梳双髻穿蓝衣的女郎。这晚上十二点钟了，他睡觉不能安稳，竟悄悄地爬了起来，打开那两扇窗户，向楼下看去。其实楼下的人家，为了省灯油，都睡了觉。只见一片矮矮的屋影，在夜色沉沉中。打开窗户这一看，什么也没有，这一举未免无聊，自己也好笑起来。关上窗户，又想了许久时间，方才睡去。

次日一早起来，披了衣服，什么事也不办，先且开了那两扇窗户。正在这个时候，只见小竹子提了一个小菜篮子，里面放着两个小玻璃瓶子，盛了些菜回来。她一抬头，看见周秀峰，笑了一笑。周秀峰一时失神，对她招了一招手。她会了他的意思，一会儿工夫，竟跑到楼上来，问道：“周先生，你叫我吗？有什么事？”周秀峰想了一想，笑道：“也没有什么要紧的事，不过你姐姐给我做的小裤褂，不知道买了纽扣没有？”竹子道：“都给你买好了，我姐姐把许多活计都停了，专给你赶这衣服呢。”周秀峰笑道：“你回去对你姐姐说，谢谢她。你不是爱那画片吗？你爱哪一张，你就挑哪一张去。我这里给你几张铜子票，你拿去买东西吃。”说着，在桌子抽屉里，拿了几张铜子票给她。竹子伸了一个食指到嘴里去，用牙咬着，向后退了一步，说道：“我不要。”周秀峰道：“傻孩子，拿这个去随便买些什么吃的也好。我又不和你妈说，谁知道？”竹子本想不要那钱，一想到和母亲要一两个铜子儿还非常地费事，现在有这些个钱，足够花的了，怎样不要呢？笑道：“你给我这么多。”周秀峰道：“你拿去得了，多什么？你多给我做些事，将来我还要给你呢。”竹子含着笑，把钱收去了，又在书架上挑了两张画片，很高兴地回家去。

这时，陈大娘在外面院子里，赶着洗昨日没洗完的衣服。玉子盘着两条腿，坐在炕上缝那小裤褂。竹子走进房来，举着那画片给玉子看，说道：“姐姐，你瞧，这个好不好？”玉子顺手接过来，见是两张时装美女照片，问道：“这是哪里拿来的？又是隔壁寄宿舍里的吧？”竹子道：“可不是！就是那个周先生给我的。”玉子道：“大清早的，怎么就跑到人家那里去要东西？”竹子道：“是他在窗户里叫我去，又不是我自己去的。”玉子道：“一清早，他就为着送你这画片，叫你去吗？”竹子道：“他问你哩，说是他的纽扣买了没有？我就说买了。他说我会做事，送了我两张画片。”玉子见她一只手插在衣袋里，问道：“你兜里还有什么？给我瞧瞧。”竹子道：“没有什么。”说罢，一转身就要走。玉子道：“你走！走了我就嚷起来。你老实给我瞧瞧的好。”竹子怕她真嚷起来，把兜里几张铜子票掏了出来，遥遥地举着，对玉子一晃道：“瞧什么？就是这几吊钱。人家说要我好好地做事，将来还要给我钱呢!"

玉子道:"钱我不要你的,你拿去得了。他给你钱,没有说什么吗?"竹子道:"我看他那样子,倒想说什么。想了一想,又没说出来。"玉子道:"平常你到他那儿去,他和你说些什么呢?"竹子道:"随便说些话罢了,我怎样记得起来?"玉子低头想了一想,笑道:"他没有问过咱们家里的事吗?"竹子道:"问过的。"玉子便停了手上的针,身子向前凑了一凑,问道:"他问些什么?"竹子道:"你真麻烦。我怎记得问些什么呢?"玉子笑道:"小鬼,你嚷什么?我问你,他问过我妈吗?"竹子道:"常见面的人,他问干吗?"玉子瞪了她一眼道:"你真是个蠢货!我再问你一句,他知道你几岁吗?"竹子道:"他知道。"玉子笑道:"他怎样知道呢?"竹子一撒手道:"嘿!你真贫,我不和你说了。"玉子走下炕来,一把拉住她,说道:"你别跑,你说了,下午我带你去逛市场。"

竹子道:"我索性告诉你吧,是那一天,他问我几岁了,我说十二岁,可是我妈说,我是腊月里生的,实在多说着一岁哩。"玉子道:"这就是了。他没有问我妈多大年纪吗?"竹子道:"没问,倒是问了你。"玉子听了这话,笑道:"你说了实话,我带你逛市场。他是怎样问我的呢?"竹子道:"他问着说,你姐姐多大年纪哩?我说十八岁了。他又问是哪个月生的哩?我说不知道。"玉子道:"你怎么不知道?我是八月十五生的。这是很好记的日子,怎么会忘了?竹子道:"咱们又不和他攀什么亲,干吗告诉他这些个话呢?"玉子道:"瞎嚼舌。我不和你说了。"竹子点着头道:"不和我说?好极了。"说完,一抽身就跑了。

玉子抱着膝盖,坐在炕上,低了头想这一番情形,闷坐了一会儿,把活计才拿起来做。做不了多大一会儿,又好好的停着针想起来，直待陈大娘隔着屋子叫吃饭，这才走下炕来。

这中间屋子，是陈大娘家兼作厨房，兼作祖先堂的。两边那屋，却住的是老两口儿，是卖白薯的老蔡家，中间这屋子，他也有一半是和陈大娘共用的。靠着陈大娘的壁子，摆了一张四腿桌子。桌子上这时一大瓦盘子窝窝头，正是热气腾腾的，一只大钵碗盛了一碗盐水疙瘩丝儿。玉子走出来，搬了三寸阔的白木条板凳，靠住了桌子，无精打采地坐下。竹子也端了一条凳，在横头坐着，她一看见桌上只有一只碗，噘着嘴说道："老是吃这盐水疙瘩，想喝口汤也不成，我不吃。"陈大娘道："盐水疙瘩，为什么不能吃？十二个子买半斤，也只够吃一天的。不吃，活该！你饿着吧！"玉子左手捏了一个窝窝头，咬了一口，右手拿着筷子，在盐水疙瘩丝儿里面拨了几拨，夹了两根丝儿吃了，皱着眉道："真咸！浇上一点香油和醋也好吃些。就是这样，疙瘩丝儿拌疙瘩丝，一点味儿都没有。"

陈大娘拿着几个窝窝头，坐在门口一条凳子上，吃得正有味儿，听了这话，便说道："孩子，我是容易吗？你怎么也说这话？我一天到晚洗衣服，手皮都洗掉了。我还不愿意吃好一点、穿好一点吗？这话可又说回来了，一家的嚼裹，都指望着我一个人，在我做得动的时候，做一天，吃一天，倒没有什么。若是有个三灾两病的，大家都不吃吗？所以我少花几个，积几个钱，也是为了你们，省得做不动的日子挨饿。等到我一口气转不过来，天大的事我也不问了。你们死也好，活也好，我是没法子。要是说我若活着一天的话，我就得替你姐儿俩管吃管穿，往后日子长着呢。望着你们姐儿俩都有了主儿了，知道哪一天呢……"玉子道："您瞧瞧，我只说了这么一句，您就说上这一大篇。"陈大娘道："我的话还没说完呢。你想，日子又长，钱又少，不省着一点儿哪成啊？你虽然也帮着我一点，能挣个三吊五吊，可是你又爱个花儿朵儿的，走在人前，总要这么一个面子，你挣的，也只够你自己散花的了。要说吃的，我还不想弄好一点吗？就说炒一碗豆芽吧，八个子儿豆芽，倒要添上八个子儿油盐酱醋，还是吃了上顿，没有下顿……”

玉子将半个窝窝头向空碗里一扔，把筷子啪的一声按在桌上，说道：“您老人家，有完没完？我不吃了，成不成？”陈大娘道：“我和你谈心哩。你不爱听，我不说就是了。”

这时那个卖白薯的老蔡的妻子王氏，走出房来，说道：“大婶儿，你也特省点，这干疙瘩丝儿可真不大好吃。你就凑合着买两把菠菜煮一碗汤，倒也好些。菠菜还不算贵，有一个大子儿，能买上一把了。”陈大娘道：“姥姥，您不知道，这菠菜，她们也是吃腻了的。”王氏听说，颤巍巍地在屋子里捧着一只菜碗出来，说道：“这是我们早上煮了的大半碗小白菜，让孩子们吃上一点吧。”说着，便把那碗菜送到桌上。陈大娘道：“您留着吧，两个老人家都舍不得吃，倒让我们吃了。”王氏道：“不要紧，晚上我们下面条儿吃，用不着菜。让她姐儿俩吃饱一点。”陈大娘道：“谢谢您哪。”

一言未了，只听见院子外面有人笑道：“大婶，您多礼啦，什么事这样客气？”大家回头一看，原来是旧街坊冯家四姑娘来了。这冯家四姑娘，小名叫桂贞，兄妹合算起来，排行第四，所以人家都叫她四姑娘。她父亲原是当兽医的，早去世了。她母亲冯大娘带着兄妹四个度日。她大哥自小夭折了，二哥怀德给一个马车行里赶马车，三哥怀民在一家宅门里当听差，家里就是她母女俩。冯大娘自幼学得一手好活计，后来又会打绳子物件，就接些活计，连挣钱带教桂贞做针线。陈大娘因为两个人都是孀居，很说得来，就叫玉子也跟着去学活，来往一久，玉子拜冯大娘做干妈，这就格外亲密了。

因为冯氏母女在外接活做，认识了大华公寓的一位屈先生。这屈先生三十多岁，是部里一个佥事，而且又在好几个地方弄了挂名差事，虽然各衙门里都欠薪，因为他进项多，用度少，手边很活动，而且有个七千块钱的积蓄。他有一次亲自到冯大娘家里来拿东西，看见桂贞长得十分清秀，倒看上了。恰好冯大娘不在家，又和桂贞说了几句话，见她说话从从容容的，似乎是个温柔女郎，心里不免一动。过了些日子，打听得桂贞还没有许人家，便托人做媒。他可是说明了，他云南故乡还有一房家眷，但是隔着万里地，那位夫人是不会到北京来的，所以娶过来了，也与大夫人无异。

冯大娘穷了一辈子，听说有位老爷愿来做自己的女婿，这自然是乐意的事。不过有一层，他家里还有一个大夫人，将自己的女儿嫁给人做二房，这倒要细细地商量一下子。那位屈先生见冯大娘犹豫不决，就把银行里存款的折子送给她看，说是有这些个钱，就是两房家眷全在北京，也可赁房居住，那要什么紧？

冯大娘见了这些钱，倒还罢了。唯有这桂贞姑娘，心里倒吃了一惊，心想，这一嫁过去，那六七千块钱就是我的了。做了太太，又可以发财，这样的事情，恐怕打着灯笼也没有地方找去。虽然说他还有一个人，可是在云南呢。人家常说，远不过云南、贵州。这样远的路，她还能来吗？就是能来，我先把这六七千块钱一把全拿在手上，我过我的日子，也就不怕谁了。靠着这六七千块钱，穿的、戴的、吃的、住的，哪样没有？她先听说提亲，还是愁着做二房；等到知道有六七千块钱的存款，就整整想了几天几夜，觉得还是早嫁这姓屈的为妙。她母亲一时不松口，反而焦急起来。

冯大娘自己拿不定主意，便把两个儿子叫回来，问他们怎么办。怀德、怀民都极力赞成。不过怀德说：“既然是做二房，咱们不图个名，也图个利，姓屈的多拿出几个彩礼钱就成了。”怀民说：“彩礼呢，有个两三百就成了。可有一宗，不是把人卖给他，咱们要往来的，攀一个好亲戚，得一个靠山，咱们也有个出头年月。”冯大娘道：“好哇！你们一个想发财，一个想找事，都指望着在你妹妹身上呢。这个是你妹子终身大事，我还总得问问她。”他们母子三人，在外面屋子里说话，桂贞一个人坐在屋子里叽咕着说：“问我做什么？我是全凭妈和哥哥做主。”冯大娘一听这话，知道姑娘是乐意了，就答应了屈先生的婚事。

屈先生见这边答应了婚事，倒也不惜费，照纳了二百元彩礼，又给桂贞从头置到脚下，置了一二百元的衣饰；另外还给岳母和两位舅老爷做了一套新衣，以便新亲上门。这样一来，合家皆大欢喜。放定不到两个月，桂贞便嫁过去。这时，屈先生不在公寓住了，赁了一个小独门独院的房子，做起小公馆来，也用了一个老妈子和一个十来岁做杂事的小听差。于是，冯四姑娘居然也做起屈太太来了。后来屈太太又和屈先生商量好了，一个人住在家里怪闷的，可不可以把母亲接到一块儿来住，凡事也有个照应。屈先生一想，这话也对，于是家中又多了一个外老太太。

这一桩事情发生而后，这一班穷街坊，前前后后，当成一件新闻传说，哪一个不羡慕？和桂贞同往来的女伴，她们共有七八个人，彼此都叫一声姊妹。因为大家都是在大裁缝铺里接衣裳缝纫，可以挣个十个八个子儿一件，手边有钱的时候，彼此也邀着逛逛市场、赶赶庙会，感情非常地融洽。

桂贞做了太太以后，就不大和姊妹来往。这日天气很好，带了一点东西，特意来看望玉子。走到院子里，听见陈大娘和王氏说话，便在外面先搭上话了。陈大娘一伸头，看见是她，见她穿了一件杏黄色的夹袄，外面套着颜色明亮花司葛的长坎肩，长长的，拖到脚底，露出一双平底水红鞋来。头上梳一个元宝头，左耳根上插了一朵大红色的绸制芙蓉花。这样的装束，说起来是时代思潮的落伍者了。可是陈大娘和玉子看见了，都觉得容光焕发，到眼一新。桂贞一只手提着手绢包，一只手抬起来掠着鬓发，胳膊上黄澄澄的，露出一只扁平的金镯子。

一走进门，她就向着王氏、陈大娘、玉子依次蹲着身子请安，口里就叫着姥姥、大婶、大妹。那王氏不等她说话，就先问了："大娘好？大哥好？二哥好？你屈老爷好？"桂贞依次地答应了："好。"这才走上前去握着玉子的手，笑道："好些日子不见，你倒瘦了。"玉子笑道："我瘦了吗？您倒是发了福。"王氏道："是啊，四姑娘本来就长得好模样儿，只一穿上好衣服，越发地俊啦。本来呢，过的是宽闲的日子，吃好的，穿好的，心里一宽畅，气色就会变好。四姑娘，你好造化。你妈是苦了半辈子，现在得了这么个做老爷的姑爷，总算修到啦。我说，大婶儿，明儿您也招这么一个好姑爷，您就好了。"陈大娘道："哟！姥姥，我们哪有那么大的造化呀？"

玉子听到王氏说的话，牵扯到自己身上来，便拉着桂贞到屋里去，说道："屋子里坐一会儿吧。我替你沏茶去。"桂贞道："你没有吃饭，还是吃饭吧，别费事。"玉子道："我已经吃饱了。现在是难得见面的了，见了面，茶也不给你沏一壶吗？"桂贞拉着玉子的手道："别走，谈谈吧。"于是二人在炕沿上，并排地坐着。

玉子将她浑身上下打量了一番，闻着她身上一阵阵的香味袭人，笑道："四姐你现在好了，抖起来了。我看你这样子，很由性儿吧？"桂贞道："他倒是很好说话，从前我妈没去，我还给他管些家事。现在我妈去了，我是一天到晚地闲坐，显得怪闷的，所以很想出来走走，一来，我是看看你们，二来，我还有一些东西送你。"说着，就把手绢包打开，里面是两大瓶雪花膏、两盒美容粉、一盒香胰子、一瓶凡士林油。同时又在身上摸索了一会儿，摸出一只小五彩线络，迎面一晃，香气扑人，这里面原来络着一块香精。桂贞也不等玉子说话，就把那香袋给她挂在肩下纽扣上，说道："我想这些东西，你都是用得着的，所以特意拿了来送你。"玉子笑道："四姐，你怎么送我这么多东西？你来坐坐，随便来谈谈就是了，又花这些个钱。"桂贞道："这不是买的，是他的朋友送我的呢。"玉子道："为什么不留着自己使呢？"桂贞道："我那玻璃格子里，还收着半格子呢。"

玉子笑道："四姐，你现在真是称心如意了。记得吗？去年过年，我们买了一瓶双妹牌的生发油，你挨了一顿骂，我也挨了一顿骂。现在那种油，恐怕送你擦，你也不要了。"桂贞道："你不要笑我，将来你会比我还好呢。"玉子道："四姐，你不要笑话吧，我拿什么比你呢？有好日子在后，也不会老吃窝头了。"桂贞道："哪天没有事，你带着竹子妹到我那里玩玩去。你愿意吃什么，我就弄什么给你吃。"玉子道："我不去。我穿得这样拖一片挂一片，你们家老爷，还要说是要饭的到了哩。"桂贞道："不要说那个话，我可受不起。荷花出水有高低，十个指头，也不能一般儿齐。谁人家里的亲戚朋友，都是一个样儿的。他每天一点钟，准去上衙门，到了下午五六点才能够回来。你哪天下午到我那里来？"玉子笑道："我倒是不怕人。就是没衣服，不好意思上你那儿去。"

正说到这里，陈大娘已经花了四个铜子儿，买了一小包茶叶，沏上一壶茶，送了进来，听到说桂贞要玉子去玩玩，就说：“哟，姑娘，那怎样有脸进门啦？你穿的是什么？她穿的又是什么？”说着这话，一只手掏起桂贞的长坎肩，就着亮儿看了一看，问道：“这叫什么绸？多少钱一尺？倒怪好看的。”桂贞扭着身子，牵住衣服道：“这不值什么，叫什么明花葛，五六毛一尺，就是挺好的了。他给我做了几件这样材料的衣服，说是随便出来穿。”陈大娘道：“哟！这样好的衣服，还是随便穿。姑娘，你真是好造化啊！”

桂贞一进门，受了她们这一阵恭维，倒不好怎样谦逊了，只是微笑。陈大娘忙着斟茶，又要拿钱去买两根烟卷请客。桂贞在身上掏出一盆炮台烟卷，说道：“你别费事，我这儿带着呢。”竹子在外面屋子里，看见她拿烟出来，笑道：“桂贞姐，你抽这好的烟，给一根我尝尝吧。”桂贞笑道：“我倒忘了你呢。”随手在身上一掏，掏出一卷铜子票，便交给了竹子，笑道：“你拿去买一点吃的吧。哪天你和姐姐一块儿到我家里去玩玩，我还要弄些东西，请你姐儿俩。”王氏见这面说得挺热闹，也走了过来，围着桂贞说笑。桂贞坐了一会儿，告辞自去。玉子携着她的手，送出大门口。两人因贪着说话，在柳荫里慢慢走着，不觉同行到一条石板桥上。桂贞站住了脚，说道：“你别送了，回去吧，哪天到我那里去，咱们再谈吧。”

玉子正要说什么，一抬头，只见周秀峰夹着一包书挨身而过。周秀峰因为她迎面望着，以为是打招呼呢，便用手扶着呢帽檐，点了点头。玉子不能就这样受了，也点头还礼。周秀峰过去，玉子就先对桂贞道：“这个人是大学堂里一个教员，我妈认得他。”桂贞也不知道她为什么要说这句话，也只好说了一句：

“是吗?”

桥那边停了好几辆人力车，桂贞拣了一个干净些的，也没说价钱，就坐上去。车夫问了一句：“哪儿?”扶起车把，飞也似的便跑走了。

玉子站在桥上，不住地出神，两手插在长衣袋里，一步一步，慢慢走回家去。走进屋，陈大娘又把那窝窝头蒸热了，重新端出来，说道：“你没有吃饱吧？再吃一点。”玉子道：“我也不配吃那个，搁着吧。”陈大娘道：“你瞧这孩子，好好地说话，她倒又生了气。”玉子也不向下再辩说，便盘着腿，又坐在炕上，缲那衣裳缝。

她想到桂贞虽然做了二房，看起来很值。从前是过的什么日子？现在又是过的什么日子？人生在世，不过几十年光景，不吃一点、穿一点，真算空在世上走一趟。爷儿们发财不发财，看他有没有本事。娘儿们发财不发财，就看她脸子长得好不好。有了好脸子，就可以找到好主儿。就说桂贞，她不是穷人家的姑娘？现在怎样做了太太呢？人家都说我长得漂亮，我想至少和桂贞也差不离。她能有出头之日，我就没有出头之日吗？可是话又说回来了，她是遇着了这个姓屈的，我呢？想到这里，好端端的脖子上发起热来，那缲缝的针，不觉连在左手大拇指上戳了个小窟窿。芝麻大的血珠子，直向外冒，把雪白的衣料，倒印上了一些红点儿。她赶快走下炕来，撮了一点牙粉将血眼按上。

竹子正走进房来，问道：“姐姐，怎么样？割了手吗?”玉子道：“不是割的，是针扎的。”竹子道：“嘿！这么大人做活，还戳了手，怪不怪?”玉子正要说她妹妹什么，偶然一抬头，只见对面楼上窗户边，正站着一个人呢。她就不作声，还是坐在炕上做活。妹妹去了，她自沉沉地思想，半晌，不觉叹了一口气。陈大娘在隔壁屋子里听见，说道：“你瞧这孩子，我知道你没有吃饱，叫你找补一点，你不吃，这会子，你倒饿得直叹气。”玉子听了母亲的话，不觉扑哧一笑。正是：

无人能解女儿愁，唯怨不逢知己说。

第二回

归去已无家沿街卖卜
远来原有意对榻谈诗

却说玉子因她母亲猜错了，忽然一笑。陈大娘道："你瞧我猜着你的心事不是？这大长天日子，不吃一点儿哪成？要不，我叫竹子给你买两个烧饼来吃吧？"玉子道："我不饿，什么也不吃。"陈大娘道："你既然不饿，为什么叹气呢？"玉子笑道："这话越说越远了。这么大人，难道还会饿得叹气吗？"陈大娘道："那么为着什么叹气呢？"她问到了这一句话，玉子实在没法答复，便默然不作声。陈大娘见她没有作声，便出去洗衣服。不多一会儿，想起屋子里放有请客的一壶好茶，没有喝多少，便走进屋来，要弄口茶喝喝。刚一进外屋门，又听见里面一阵长叹之声。走进屋去，只见玉子靠着被子歪着身子躺着，两只手交叉着，抱住了右腿，眼睛却望着窗户外的绿杨树梢，不知道她看什么，却这样看出了神，便道："你怎么又叹气，今天你心里又有什么事，老是不高兴。"玉子道："做活做累了，我歇一会儿，有什么不高兴的哩？"陈大娘道："你坐着怪闷的，到院子里去溜达一会子吧。"玉子也觉得这样坐着，心里郁郁不乐，到大门口柳树荫中望望也好。便起身下炕来，在抽屉里拿出来一面小镜子就着光一照，掠了掠鬓发，然后牵牵衣服，走出院子来。

走到大门口，只见卖白薯的老蔡，推着他那辆车，一颠一颠地推了回来。玉子道：“你老人家，今天回来得早啊。”老蔡将车子停住，用手一摸胡子，叹了一口气，说道：“这年头儿是不杀穷人没饭吃。什么法子呢？今儿个早上推出去，赶上一家办喜事的，门口的车子，就停得多着啦。这个时候，卖白薯的，差不多是没有，所以买的人很多。一锅白薯，倒卖了一大半，总算不赖。我看看没有什么人要了，推着车就向家里走，打算在家里再添上点，下午再出去一趟。一出胡同，大街上就摆着队伍，不让过。那些老爷们，还是一点儿不客气。你只要愣一愣，拖着枪过来，那一副情形，可真吓人。我还是这一把花白胡子啦。这要换个年轻的，真要挨个几下子。我看那种样子，不用费话啦，赶紧拉着车倒退，缩到胡同里去。我想等个一会儿，也就过去了，哪里知道，足等了这么一下午，刚才队伍收了才让过来。”玉子道：“为什么不让过呢？”老蔡道：“听说有个大家伙出来吧？可是我在胡同口上等了那么半天，也不见有一个什么人过去。后来听见巡警说，不来了。你瞧，这不是跟走道的人开玩笑？我在那里等着，买卖是没有，走又走不了，真急人。”玉子道：“你老人家也是省了一步，不会绕道回来吗？”老蔡笑道：“姑娘，这是孩子话了。咱们由东往西，他可给你由南往北地这么一截断，你从哪里绕道回来啊？真要绕道，除非绕出后门去，受得了吗？今天上午，好容易多挣两个钱，满打算多赶上一趟，你瞧，就会出这个岔儿，还赶不上往日呢！我是因为走到家门口了，索性回来，晚上再出去吧。”玉子道：“他们为什么不让人家走道？”老蔡道：“嘿！姑娘，没有听见说鼓儿词……”他正说到这里，王氏在院子里嚷道：“你这是怎么着？把一辆车横在大门口，就这样说上了。”老蔡一声不言语，便把车推进去了。

玉子刚才站在这儿，和老蔡说话，并没有向前面看去。这时一抬头，看见柳树荫下，新摆下了一张桌子，桌子前面垂了一方黄布桌围，上面写了几个大字。桌子上有两个大筒子，插了许多筹牌，又在桌子中间，堆上许多圆木头块子。一个垂着黑长胡子的人，坐在一条木凳上，靠着桌子，只是打盹儿，看那样子，倒像是个卖卜的。她正想着，这地方并没有什么人来往，怎么在这儿摆摊子做生意？只见周秀峰低着头，穿了长夹袍，缓缓地在柳荫下散步。他背着手，很随便的样子，靠近了那卜摊子。卖卜的忽然站将起来，笑着脸道："先生，算卦吗？"周秀峰摇了摇头，笑道："不算卦。"卖卜的听了，很丧气的样子，搭讪着，俯着身子吹了一吹桌上的灰，又把手扶了一扶木筒子里的筹牌。周秀峰无端给人碰了一个钉子，心里有些不过意，回转头来，却对他笑道："这个地方，从前没有看见过你呀。"卖卜的道："我在这里摆桌子，原是破题儿第一遭。"周秀峰道："这地方来往的人并不多，何以在这儿做买卖呢？"卖卜的叹了一口气道："本不打算在这儿做生意，我是在这里等人的。等了一天，也不见他来，大概是失信了。也许是我太老实，把人家一句笑话，当成真事了。"周秀峰见这人说话，从从容容的，并没有庸俗之气，倒也不讨厌，便问道："在这里做了多少钱买卖？"卖卜的摇了摇头，半晌才说道："我是又渴又饿，一天没开张了。"周秀峰道："既是这样，你等的这个人，很要紧吗？"卖卦的道："我原是在西城摆卜摊，昨日遇到一个同乡，要托他救济我。他倒是答应了，因为我落成这一副模样，不愿意找到他家里去。他说，每日都要由此经过几回的，约我在这里等着，不想他却没有来。"周秀峰道："听你的口音，好像不是京兆人。"卖卜的叹了一口气道："是京兆人，我也不干这个了。不瞒您说，我是陕西人，还侥幸在庠。唉……"他说到这里，又不住地摇头。周秀峰听说他是一个秀才，越发动了一番恻隐之心，便掏了几张铜子票，放在桌上。卖卜的连忙拱手道："先生，你要占卜吗？"周秀峰笑道："我不占卜，我这几吊钱，是奉送你的。你收了摊子，去吃饭吧。"卖卜的听了这话，立时两只眼睛发愣，几乎掉下眼泪来，对周秀峰勉强笑道："先生，这钱我是受之有愧。但是现在饿得很，只好拜领了。"

他接了钱，暂且不收桌子，便走向玉子这边来，说道："姑娘，刚才我看见有个卖白薯的进去。我想跟他买一点儿白薯吃，成吗？"他和周秀峰说的话，玉子都听见了，说道："成。你在这儿等一会儿，我给你去拿来。"说毕，她转身进去。一会儿工夫，端了一大碗煮白薯出来，左手又提着一壶茶，茶壶口上又盖着一只茶杯，一齐都送到卖卜的桌上，说道："你不是口渴吗？这壶茶是我送你喝的，这白薯你别给钱，我替你给了钱。"卖卜的道："啊哟！姑娘，怎好要你花钱？茶，我是扰了你的。白薯……"玉子不等他说完，眼皮一撩，对桌子那边站着的周秀峰看了一眼，说道："这位周先生帮助你的钱，你都收了，我送你一碗白薯，又算得了什么？"她这话虽然是对卖卜先生说的，在一旁倒乐坏了周秀峰，让人家客客气气地叫了一声周先生，比吃了白薯还要快乐几倍了，笑道："你就不要客气了，这位陈姑娘买了白薯来，还能收你的钱不成？"玉子听说，笑了一笑，依旧站到门边去，等着卖卜的剩下碗来。卖卜的一顿饱把白薯吃完，又喝了两杯茶，连称多谢。

周秀峰问道："阁下刚才说，是陕西秀才，为什么倒跑北京来卖卜呢？"卖卜的道："这话说起来也长。我吃饱了，反正也没事，不妨把这话对二位说说。我姓马，考名国栋。家里虽不算富有之家，却也不愁吃不愁穿。无奈敝县澄城，连年都在兵匪交战的旋涡里。我怕官兵派饷，又怕土匪绑票，在乡村上一点事情也不能出头来做。因为有一个同乡在北京做官，我就写了一封信，请他和我找一件事做做。蒙他的好意，请我当西席，教他少爷小姐的书。我想，教书虽然无味，到北京来瞻仰瞻仰首都风景，也是好的，所以我就来了。”周秀峰道：“大概有些不凑巧，阁下到了京，贵同乡又出京了。”那马国栋说得高兴，倒了半碗茶，一仰脖子喝了，一摸胡子，将头一摆道：“非也！”这一句话，使出了他秀才的老招，周秀峰不由得笑了。玉子也抽出胁下的手绢来捂住嘴。

周秀峰笑道：“怎样不对呢？”马国栋道：“我到了北京，倒是找到了东家，原来是教一位少爷、两位小姐的书。他们原都在学校里的，不过回家来，我给他们补习一点汉文。少爷倒是罢了，两位小姐嫌我是乡下人，很不听话。东家是有差事的人，家事就不过问。学生一不敬重先生，连听差的都不爱和我说话，常言道，‘士可杀而不可辱’，我还教什么书？就写了一封信向东家辞馆。东家虽然挽留了，我决计不干。他没法，就送了一百块钱的川资，让我回家。我因为到了北京来，马上就教书，各处的名胜都没有去看。因此搬到旅馆来住着，反正闲着身子，天天去逛名胜。不料就在这个时候，交通就断绝了。等了一个月，越等越不通，川资也就用光了。除了我那东家，北京没第二个熟人。要说再去找人家，有何脸面相见？所幸在家无事的时候，学过占卦和算命两件事，原来是好玩的，现在用得着它了，就在街上摆卦摊子度日。又怕遇见东家的下人，他们少不得嘲笑我，所以留了这一把长胡子，再弄一副眼镜一戴，人家都认不出来了。这样下来，整整有两年，交通不曾恢复。屡次写信回去，不见回信。后来写许多信给亲友，探听消息。三个月后，来了一封信。原来舍下避兵，躲进城去，不料进城之后，县城被围二百四十天，全家都饿死在城里了。至于乡下呢，村子被炮火轰掉，现在全县都是兵和匪，地上的草长有两三尺深了。我就是回去，在哪里安身？举目……”他说到这里咽住了，眼泪落在长胡子上，像珠子一般。

周秀峰看了他这样，也觉得老大不忍，便问道：“你卖卜的钱，够嚼裹吗？”马国栋道：“晴天倒是够了。可是刮风下雨，那就没法儿办。好在住在一家庙里，倒是不要店钱。一没有生意，就躺在家里挨饿。”他在这里说话，玉子已过来收碗，便问道：“马先生，你说住在庙里，庙里的和尚让你住吗？”马国栋道：“这庙里虽然有一个和尚，在家的时候很少。我住在那儿，倒替他看守这庙了。其实庙是一座破的，什么也没有。没人看守，也不要紧的。”

玉子站在桌子边听他说话，倒看了周秀峰几眼，搭讪着说道：“凭你这样的人，若是碰到机会，要找个混饭吃的事，总不很难。我想写字这样的事，你总办得了。从前我们有个亲戚，就在一个大学堂写字，一个月倒挣一二十块钱呢。”周秀峰听她的口音，已然会意，便笑道：“陈姑娘说得不错，只要你写字能快，我倒可以给你在学堂里找一个书记的事，抄写讲义。你的意思怎么样呢？”马国栋连连拱手道：“这样的好事，哪里有呢？我有个不就的吗？我还没有请教，贵衙门是……”周秀峰笑道：“我和阁下一样，也是教书。”说着，在身上掏出皮夹子，取了一张名片给他。马国栋接着名片一看，连道了“啊，啊”几个字。周秀峰道：“我就住这高的屋子里。过两天你可以来找我，那时候我给你一个实信。”马国栋听了这话，心里自然喜之不尽，先谢了周秀峰，回头又谢了谢玉子。玉子笑道：“吃一碗白薯，这算什么?”马国栋拱着手笑道:“不，幸亏姑娘给我提了一提，这位周先生就答应给我找事。要说谢的话，就应当先谢谢姑娘。”玉子心想，我给你保荐，就不好意思，你倒要给我说明。心里这样想着，脸可就红了。马国栋哪里知道，他俩还是初次交言，见玉子红了脸，还以为姑娘们脸薄，受不起人家的恭维，倒也没有注意。当时很高兴地把桌椅收拾了，道谢回去。原来他那桌子，也只徒有其名，却是四根长柳条棍儿，缚着几根绳，交叉地支着，那就算桌子腿。在柳条架子上，蒙上一块薄木板，那就算桌面。他把木板放下，架子一收，和那条窄板凳束在一起，就可以用绳子牵着负在背上。至于那桌呢，这时倒又做了包袱，把桌上卦牌筹牌，一股脑儿包上。他手上提着包袱，背上背着桌凳，就慢慢地回庙来。

这庙是一所福清古寺，在东墙根下，是个极冷僻的地方。那庙的墙，前面就倒了两堵，只把些乱砖碎石，把倒的地方堵塞上。那两扇门，虽然很高大，左边一扇，门斗坏了，不能转动，一转动就要倒下来，把一块很大的石头，将门来撑上，只留右边一扇门让它活动。马国栋在杂货店里，讨了钥匙，将庙门打开，挨身而进。这时天色已经昏黑，由亮处到庙里来，越发是看不见，摸到佛龛后面，摸着了煤油灯，擦了取灯儿，将灯点上，放到一堆土砖上。土砖对面，铺了满地的麦草帘子。麦草上，横搭着一条破棉被，这就是马国栋的床了。

他坐在草帘子上，静静地想着，我不是做梦吧?世上哪有这样好的人，萍水相逢，就给我找事吗?正这样想着，屋子里慢慢地光亮。忽然看见土砖下，有一条蓝布手巾，自己并没有这件东西，这是哪里来的?拿起来一看，一股臭汗味。心想，莫非那了空和尚回来了吗?可是小杂货店里的人，并没有告诉我，他曾取钥匙呢。便转出佛龛后面，到后面一间厢房里去看看。原来这福清寺，只有佛龛后面和这一间厢房屋上的瓦是完全的。这一间厢房，和尚自留用了，也是倒锁着。马国栋隔着门缝，向里一张望，并不见什么东西更动。原来这时的月亮，正斜照着这屋子呢。心想，怪呀！和尚没有回来，我又没有这块蓝布手巾，这是哪儿来的？庙门是锁的，也没有第三个人能进来。这样的破庙，还有贼光顾不成？就是有贼，他也没偷什么去，倒扔下一块手巾了。要不然，那就是闹鬼。

想到闹鬼，只见月亮照着廊下，昏暗暗的，一些蜘蛛网被风鼓动着，在暗中不住地晃动。看看廊下几尊有身无头、有脚无手的佛像，似乎都活动起来，这不由得浑身就是一阵麻酥，十万八千个毛孔，都向外透着凉气。自己也是在这庙虽住惯了，呆立了一阵，躲是无可躲，怕也跑不了，自己咳嗽了两声，定睛细看，觉得那些佛像，却又没有走动。心想，这是我疑心生暗鬼，管他呢！漫说没有鬼，就是有鬼，大不了，我把这一条命交给他，也就完了。像我这种人，还怕什么死不成？这样一想，倒又处之泰然。慢慢地走到佛龛后，便躺在草帘子上，再咀嚼白天和那位周先生说的话。

抬头看佛龛背板上，还放着一个破洋铁茶叶筒。拿下来摇了一摇，里面还有一撮茶叶。便拿出来，放在茶壶里，走出庙去，在南头小茶馆子里沏上一壶水，又在杂货店里，买了几个火烧和几根油条，一块儿拿回家来。走到佛龛后面，喝着热茶，吃着火烧，不由得又想到那块蓝布手巾上去。这时，更奇怪了，那块蓝布手巾，先前自己拿起来一看，便扔在土砖上的。出去的时候，记得清清楚楚，还放在土砖上，这个时候，却忽然不见了。这大概我进庙的时候，庙里藏着一个人，我始终没有看见他，我一出门去沏茶，他又把那块蓝布手巾拿回去了。这样看来，决计是个人，并没有鬼。可是他既然是个人，又是打哪里进来的呢？若是来逛逛的，他不会爬墙。爬墙进来的，一定是贼。要说贼，他又想偷什么？而且我回来大半天的工夫，他还在庙里藏着，那又为什么呢？这不是怪事吗？想想又放心不下，拿着灯在大佛殿上照了一照，也没看见什么。正在这时，一阵檐风吹来，把灯吹灭了，他心里不怕，身上不由得寒气攻心，放下灯，好容易摸索半天，才把取灯儿摸到，他摸索了一会儿，将取灯儿擦着，重新点了灯，也不敢再探照了，自回佛龛后去坐着。枯寂场中，越是觉得夜长。一个人闷闷坐了一会儿，展开破被，就在麦草帘子上睡了。

睡了一觉，偶然醒来，只听得佛殿上有踢踏踢踏之声。先还自己解释，是自己心虚。侧着耳朵仔细一听，竟是清清楚楚，有那从容缓步的声音。无论如何，这不能推为偶然的声音了。本想仗着胆，再出来探望探望，不料浑身筛糠也似的哆嗦，身子却移挪不动。这样提心吊胆地闹了一夜，到了次日清晨，浑身瘫软，竟爬不起床，原来病了。他自己一想，昨日下午回来，还是欢天喜地，精神很好。一觉睡着，人就生病了，不用提，这病是受了惊了。

睡了一会儿，先是听到胡同里有车轮声，慢慢地也有了卖东西的吆喝声。最后，卖杏仁茶的，也吆喝着过来了。穷人家里，没有钟表，除了看太阳影子猜着时间早晚，其次听街上卖东西的吆喝，也能猜出些时候来。因为做小生意的买卖人，习惯成自然，什么时候，到什么地方，是有一定规矩，不会错的。马国栋听到卖杏仁茶的声音，知道是八点半到九点的时间，觉得已不早了。自己想爬起来，却实在不能够。但是身上发烧，口渴异常，又实在想弄一点茶喝，只得才扶着地，连跪带爬地爬上正殿来。

这一出来，他又吓了一跳，只见西廊下坐着一个人，脸朝着壁，正在晒东上的太阳呢。定了一定神，只见那人穿一件破蓝布长衫，左一个窟窿，右一个窟窿，腰上却用一条粗麻绳子来束着，脑袋上的头发，乱蓬蓬的，直像戴着一个大鸦鹊窝，那麻绳子上拴着一块蓝布，倒好像昨日拾的那条手巾。他想了一想，恍然大悟，便喝道："你是什么人？昨天在这里闹了一宿，你瞧瞧，我都给你吓病了。"那人听说，回过头来，一张黄瘦的面孔，下部长了许多短茬胡子，看那样子，十分憔悴，倒不是恶人。他见马国栋在地下爬，连忙走过来搀扶。马国栋坐在地下摇手，说道："不用！不用！昨晚上你在这庙里睡觉来的吗？"那人勉强笑道："是的！我怕这庙里不肯借住，没有敢惊动。"马国栋道："这是从哪里说起？你昨晚上对我明说了，我自然让你住下。你躲着不见面，神出鬼没，闹了一宿，我只当是有邪气。"说着，摇了一摇头道："我差一点儿给你吓死了。我现在四肢无力，浑身发烧，爬着出来弄茶喝。你看，这下子，把我害苦了不是？"那人连连拱手，说是对不起。马国栋道："我看你也像是个落魄的人，不来怪你。我托你一件事，你给我弄口热茶来喝，成不成？"那人哼着道："不瞒你老人家说，我也是病人，正想喝的呢。您有盛装水的吗？"马国栋告诉他拿茶壶，又给他两个子，让他买包茶叶，上小茶铺子里去沏水。那人拿了钱，提着茶壶，慢慢地走去了。

过了一会儿，他提着茶壶回来，就和马国栋喝着茶谈心。马国栋这才知道他叫于一鸣，是个做店伙的，因为被铺掌柜辞了事，接上又害了一个多月的病，弄得一贫如洗。原住在天桥小店里，因为有三天没给店钱，被人家轰了出来。昨天下午，从庙门口经过，向门缝里一张望，里面无人，就决定在这里安身，绕着弯，从庙后一棵树上上的屋顶，然后跳下来的。原睡在这麦草上，因马国栋回来门响，便躲在西廊佛座下，睡了一晚。一早本想走，因听见佛龛后有人哼声不绝，怕是主人翁病了，想等一会儿，装着过路人进来瞧瞧。马国栋听他这样说，倒也是个好人，不免有些感动，便把昨晚被吓着的事就都忘了，便道："你没有住的地方，倒可以随便凑合，这吃呢？"于一鸣两只手捧着一只破碗，嘴就着碗边，喝那热茶，瑟瑟作响，叹了一口气道："没法，只好讨着吃了。前几天，我还是讨一半、当一半。打昨天起，我就光讨了。"马国栋道："你既然要饭，为什么盛饭的东西也没一个？"于一鸣道："要说要饭，是一件最容易不过的事啦。可是我要了这几天饭下来，我才知道比做活还难。给得起的，自然是那大宅门儿。可是你还没有走过去，听差早就嚷着过来：'没有，没有！走，走！'若是走迟了一步，他就横着眼睛，预备揍人。差一点儿的，还得瞧见人家开着门，有人在那儿，央告央告他。他们虽然不嚷，可也是那两个字：'没有！'你再要麻烦，他就说：'没有嘛。有还不给你？'关着门的，就更别提啦，没有个要饭的敲人家大门的。倒是小住家儿户，有点剩菜剩饭，倒是真给。还有走出大门，吆唤着你去给你的，这样的人家，一天又碰得到几处呢？所以要饭是不成，倒不如在胡同里追追车子，讨几个子儿，买点吃的。昨天我就只讨了上十个子儿，买了一顿吃的。"

马国栋道："你歇工的时候，手上一定还剩几个钱，为什么不回家去呢？"于一鸣道："我要有家，我早就回去了。我是山东长清人，地方上闹了两年的旱灾，又赶上这个荒乱年月，乡下人全靠吃树皮草根度命。我有两个种地的哥哥，全带着妻儿老小到关外逃难去了，现在是生死存亡，全不知道。我哪还有家呀?”马国栋道：“这真巧了，我们两人全是无家可归的了。”于一鸣听说，也问了一问马国栋的身世，便拱手道：“真对不住。我昨晚上把你给吓病了，今天你老兄是不能做买卖的了。”马国栋道：“身上还有几吊钱，今天可以对付一日，养息养息，明天再说吧。我看你倒饿得很，那佛座后面，还有一个半火烧，拿去吃了吧。”于一鸣道：“你老兄自己也要吃，我怎好拿了去?”马国栋道：“不要紧，我这儿还有钱呢。我看看你只喝茶，大概肚里饿得很，你就拿去吃了吧。”于一鸣听他这样说，果然拿了来，另外还有半截油条，也就着热茶吃了。

马国栋这天没有出去，就在家里休养一天。有于一鸣陪着谈谈说说，倒也不寂寞。到了次日，身体已复原，无奈天气不好，又下起雨来。这庙里到处漏雨，淅淅沥沥，遍地是水，阴阴暗暗，寒气袭人。马国栋还好一点，于一鸣身上只有一件破布长衫，坐在佛殿上，冷得身上只管发抖。马国栋便让他睡在草帘子上，自己盖着破棉被。

马国栋趁着今天下雨，不能摆卦摊子，便决定到御河沿去会一会那位周先生，或者有一点机会。于是买了十二两大饼，将茶叶末沏了一壶热茶，和于一鸣分着吃了。肚子吃得饱了，看看天上雨已小住，便踏着泥地，到周秀峰寄宿舍里来。走到了，两只鞋已经糊满了泥浆。两只裤脚也是溅满了泥点。生过病的人，受了这一番累，走得是上气接不上下气。在门口定了定神，然后才上前敲门。听差走了出来，见这样一个穷老头子，而且满身泥浆，就不大高兴，便问道：“你找谁?”马国栋赔着笑道：“劳驾，我是找周先生的，请你回一声儿。”听差道：“找周先生？周先生不会认识你。”说着，把手一扶门，就要关上的样子。马国栋对听差作了一个揖，笑道：“劳驾，请你回一声，就说有一个姓马的要会他。”听差道：“姓马，姓牛的，他也不会认识。他不在家。”马国栋看听差这一副神情，绝对是不肯让他进去，便在门口徘徊着，想得一个机会，或者可以碰到周秀峰。

约莫在门口转了半个钟头，隔壁侧门里，忽然走出一个妇人来，对马国栋望着说道：“你这位先生，不是姓马吗？”马国栋道：“是姓马。大嫂，你怎样认识我？”那妇人道：“我姓陈，我家大姑娘认识您。”马国栋恍然大悟，这就是那个送白薯的姑娘的母亲，便拱拱手道：“上次多谢大姑娘给我……”这“白薯”两个字，说到口边，自己都觉有些不好意思，就说不下去。陈大娘便道：“这算什么啊！说了怪寒碜的。您在这门口等什么吗？我看见您在这儿，待了好大一会儿了。”马国栋道：“是的，我要会这隔壁一位周先生。他们的听差不给我回，不知道他在家没有？”陈大娘道：“您请到我家里坐坐吧。我叫我那二丫头，给您瞧瞧去。”说着，便将马国栋向里引，果然看见那给他白薯的姑娘坐在屋里。这时，玉子正拿着活在中间屋子里做，看见马国栋进来，站起身来，笑了一笑，依旧低头做活。

陈大娘便陪着马国栋坐下来说话，因问道：“竹子哪里去了？”玉子道：“躺在屋里炕上呢。我看她那样子，好像不舒服，叫她做什么？”陈大娘道：“这位马先生要会那周先生呢。可是那边门口的王大爷，也太什么了，愣不给人家回一声儿，我想叫竹子瞧瞧去，到底他在家里没有？”玉子笑道：“不用瞧了，他不在家。”陈大娘道：“你怎么知道他不在家呢？”玉子道：“他要是在家，他那扇窗户总开着的。”说时，回头向对面高楼上一努嘴道：“你瞧，那窗户关着不是？”陈大娘笑道：“可不是，我倒没有想起。他在家里，窗户总会开着的，总可以看见他在那儿站着呢。”

马国栋道：“他既是不在家，我倒错怪了那听差。但不知道他什么时候会在家里？”玉子道：“晚上总在家里的。可是这几天不对了，总是到了半夜，那窗户里的电灯才亮，大概回来得很晚哩。”马国栋听说，面上倒现出犹豫不决之色。

陈大娘早听见玉子说了，周秀峰要给他找一个事。大概马国栋因为见不着他，所以发急，便道：“这周先生，我是常看见的，我若是见了他，给您提一声儿得了。您住在哪儿呢？有了话，我就找您去。”马国栋道：“我那地方太远，不必去吧。过一两天，我还是到您这儿来听信儿，您不嫌麻烦吗？”陈大娘道：“什么话呢？常言道，与人方便，自己方便。谁能说没有求人的地方啊？这时候，我给您帮帮忙，将来说不定也有求着您的时候呢。那周先生人很好，倒和我们……”玉子道：“妈，您老人家见生客，也是这样一说就一大套。”陈大娘笑道：“我又一大套了。我就不说吧。马先生，您有工夫就来吧，我一定给您说的。”马国栋见陈大娘为人，倒是心直口快，称谢了一番，冒着小雨，回破庙去了。

陈大娘把人家托付的事，老放在心里，却不住地向那高楼上望，看周秀峰回来了没有。一直到了晚上八点钟，才见窗户里面，电灯亮着。陈大娘将洗得了的衣服，叠上几件，便送到隔壁寄宿舍里来。门口听差王福问道：“陈奶奶，怎么您自己送来啊？”陈大娘道：“王大爷，别啊！咱们都是穷人，都靠着旁人来提拔。人家有机会，落得让人找条路子，将来总有好处。”王福不让她说完，抢着道：“我的陈奶奶，您这是怎么着？我没对您说什么呀。”陈大娘道：“王大爷，你自己还不知道吗？这样下雨的天，道儿是不好走。人家身上又害着病，走来真是不容易。他是那样来的，一定有要紧的事，你为什么不给人家回一声儿，却说是周先生不认识他哩？皇帝家里，也有三门穷亲戚，谁能说有钱的人，就不认识穷朋友啊？”她夹枪带棒，说了这一大遍。王福才明白了，原来为的是那个姓马的没见到周先生，与她自己，却一点没关系，笑道：“闹了半天，你这话，我才明白了。白天那个姓马的来，并不是我不让他进去。周先生不在家，我往哪儿让哩？”陈大娘道：“不在家，说不在家，为什么说周先生不认识他哩？”王福笑道：“陈奶奶您请吧，别嚷嚷了，让周先生听见了，他要说我的。”

陈大娘这才出了一口气，挟着衣包，一直上楼。到了周秀峰房门口，隔着门问道：“周先生在家吗？”周秀峰将房门打开，点头笑道：“怎么你自己送来？那小裤褂穿了，很合身，做得很好。”陈大娘道：“我们姑娘绸衣服都能做呢。不信，你拿材料给她做着试试，准没错。唉！就是穷。要说我那姑娘，没有什么比不上人。”她这一套话，周秀峰也不知道听过多少次，只好点头笑笑。陈大娘将周秀峰的衣服送到屋里来，就把马国栋来访，又被拒绝的话，说了一遍。周秀峰道：“哦！几乎忘了这件事。这两天我很忙，没有在学校里打听有没有写字的事。不过我既然答应了他，我总得给他设法。他现在病了，大概也不能做买卖。我现在给他一块钱，让他买点吃的。明天来了，你就把钱交给他，叫他过四五天，来听信儿吧。我是不容易在家，他也不必见我了。”陈大娘见周秀峰依然是一番热心，便信了他的话，接了钱回去了。

到了次日，马国栋来到陈家，陈大娘给了他钱，又照样把话告诉了他。马国栋倒是很感激，拿了钱回去，依然在街上卖卦。这一块钱，分了一大半给于一鸣，让他贩了一篮子落花生，傍着卦桌子前后，摆了一个地摊儿来卖。他俩都是无家可归的人，除了这样勉强度命，并无别法。好在这福清寺的和尚，却是挺慷慨，庙里虽然又添了一位不速之客，他却毫不过问。因此，于一鸣也就在这庙里寄住。

又过了四五天，马国栋还是惦挂着周秀峰答应找事的那句话，又去访他。一到门口，只见那里停着一辆崭新光亮的人力车，车的脚踏上，坐着一个年轻力壮的车夫。正要上前去，周秀峰穿了一套暗绿色的西装，领上佩着一朵鲜艳的玫瑰花，手上拿一根细条条的紫竹根手杖，满脸笑容，走出来。他身后，又有一个西装中年人，嘴上留一点小胡子。他对周秀峰道：“先来的那个人是谁？我看他，好像是个学生，怎么衣衫褴褛，穷到那个样子？”马国栋听说心里一动，将身子一闪，闪在一棵柳树后，却没有听见周秀峰说什么。一会儿工夫，只见他坐上那辆干净的人力车，飞也似的走了。这又算扑了一个空，只得垂头回去。

原来这一天，刘子厚在家里招待一个法国雕刻家欧勃琳先生。除了刘子厚夫妇一同为主人而外，又请了十几位中外陪客。其中有韦特尔参赞与其夫人、彼得武官与其夫人、约翰老博士，以上是外国的。又有张国华司长与其夫人、何源博士与其夫人、李学聃教授与其夫人、魏丹忱教授、曾美婉女士、周秀峰教授、黄丽华女士，以上是中国的。那位黄丽华女士，就是周秀峰在平安影院会见的密斯黄。当周秀峰到了刘宅的时候，刘子厚所请的客，也就到了十之七八。有几位外宾，是不认识的，也经主人介绍了。周秀峰一看在座的人，都是一对一对的。魏丹忱和曾女士虽不是一对，他们可是情人，也是未来的夫妇，唯有自己却是一个人。遇到这样文明的宴会，就让人觉得很减色了。正在这里想着，恰好那位黄女士，穿了西服，笑嘻嘻地走了进来。周秀峰一见，倒是出乎意外。主人是否有意如此安排，那倒不得而知。这种遇合，总算很有趣的了。

黄丽华进来之后，和在座的人一一周旋，最后到了周秀峰面前，笑道：“好久不见，倒是在报上看见周先生心理学的讲演，实在很好。”周秀峰笑道：“肤浅得很。那本是科学讲演会，临时派做的事。一时想不好题目，也不能有什么预备，只好粗枝大叶，讲了一点。”说话时，黄丽华就挨着这近边，在一张沙发上坐下来。她坐得这样近，秀峰偷眼看她两只胳膊，真像雪藕一般。一阵一阵幽香，随着她和悦的笑容，直向人身上扑来。这一堂之中，宾客互相谈话，周秀峰却也不住地和黄丽华说话。

那位大雕刻家欧勃琳先生坐在一张宽大的沙发上，穿了一件宽博的黑呢礼服。两腮连上下嘴唇，一片红中带黑的虬髯。脸上微微有一点皱纹，却不时地带着一点笑容。他那一双炯炯的目光，虽然有一副眼镜挡着，也不时地直射到黄丽华身上。他偶然一回头，和刘子厚目光相遇，便笑道：“这位黄女士很美丽，我可以为她刻一个像作为纪念。”黄丽华的法文，本来很好，他听欧勃琳这样说，便直接用法语答复道：“那是极欢迎的事，请约一个时候，我就可以到贵寓去拜访。”欧勃琳道：“明天下午吧。那个时候，我正没有什么事呢。”那韦特尔夫人、彼得夫人，听了这话，很羡慕似的，都走了过来，和她谈话。周秀峰转身一问刘子厚，才明白其中的缘故。见黄丽华出了这样一个风头，也为她庆幸。

何源博士和周秀峰也是最熟的朋友，便牵着他的手，在一张沙发上坐了，因低着声音问道：“这位黄女士你很熟吗？”周秀峰道：“会过几次面，都是在朋友家里，偶然遇到的。不过相认识罢了，还不能算是朋友。”何源道：“那真奇怪，我们这里，好几位熟朋友，都不能像你，和她谈到那样亲切呢。”

这里是一个极大的西式客厅，周秀峰坐的地方，离着黄丽华很远，所以他们轻轻地说话，那方面并听不到。何源道：“黄女士她很擅长交际，极好中国的文学。你也是喜欢国故的人，哪一天，你到她家里去谈一谈文学试试看，保管她欢迎。”周秀峰道：“怪不得她说出话，老是出口成章，原来她对于中国文学，也是喜欢研究的。”何源笑道：“你们正是一对同志。”魏丹忱远远地看见他两人在一处说笑，也走了过来。何源笑道：“密斯脱魏，你和黄女士也认识吗?”魏丹忱道：“我是因为密斯曾的关系认识的。她那人很聪明。”周秀峰见大家对黄丽华的评论，都是这样。对于她的音容笑貌，不由得又加上一层注意。

一会儿工夫，主人请客入席，周秀峰和那位黄女士正坐在一处，几位外宾，不明白其中缘由，都认为他们是一对。黄女士对此事，并不介意，周秀峰可就踌躇满志了。这一天的酒席，却也特别，乃是中国的酒席，用外国法子来吃。这外宾里的约翰博士，有一次在传心殿受中国教育界的招待，曾吃过一次。他是不住地称赞，说中国菜丰富与熟烂，老年人吃了最受用不过。刘子厚听了这话，就许了请他。约翰博士又说，可是使不来那筷子，还得照西洋吃法才成。说这话不久，正好欧勃琳游历北京来了。刘子厚就借了招待他的机会，办一回中餐西吃。他定的也是燕席。所有席中应有的菜肴，一样也不许落下，都按着座上的客，每人一份。水果蜜饯，也是一样，不过中国整桌的席，是先吃水果蜜饯的，这却改了，移到最后。让甜菜甜羹上过，接上就是这个。甜羹呢，就代了番菜的咖啡了。席中热炒的菜，自然好分，至于整鸡整鸭之类，改为每人要一大整块。这种吃法，材料自然是很多。上次教育界招待外宾，是每份六元。因为人多，有些菜可以将就，不至于十分破费。刘子厚请的只有十几位，馆子里以钱少不合算，却要每份八元，所以这种酒席，不是遇到刘子厚做次长的阔主人，别个是不能胜任的。

每上一样菜，坐在欧勃琳先生下手的何源博士，必要报告一番。吃到了鲜龙须菜烩腰片，欧勃琳倒说香脆而不坚硬，很是好吃，便回头问那半中国通的约翰博士："这是什么?"约翰博士道："中国水里，有一种鱼，它的肉丰润不刺，大概是这个。"他虽是英国人，却是用法语去答复的。黄丽华听了，就译给周秀峰听，他也不觉微笑起来。何源博士就老实告诉欧勃琳说："这样菜，是猪身上的。"欧勃琳听了这话，又叉了一片腰子，放在嘴里，咀嚼了一会儿，笑道："这倒有一点像兽肉，若说是猪身上的，我有些不能相信，请问，这是猪身上哪一部分的呢?"何源本想直说，这是腰子，只见坐在对面的张国华不住地以目示意。何源是博士，他立刻省悟了。这腰子是内肾，若照字直译出来，有些不雅。让外国人传说出去，中国人喜吃内肾，这就未免笑话了。而且在座有许多体面的妇女，也不便说出这话，因笑道："这的确是猪肉，不过烹饪起来，很费手续罢了。"欧勃琳信以为实，也就一笑而罢。

刘子厚将盘子敲着响了几下，然后便站起来演说，欢迎欧勃琳先生。刘子厚讲完了，欧勃琳站起来致答词，由何源翻译。他说："没有到过中国之前，所听到说中国的情形，和自己现在看见的，完全不同。尤其是中国的美术与文学他自有独立的精神。很愿在座的中国人，给我一点文学或美术有关的东西，作为纪念。我也另有一点东西奉答。"他演说之后，大家一致赞成，有要送他瓷器的，有要送他一幅画的，有要送他雕刻品的。到了黄丽华面前，刘子厚的比国太太，就问她送什么，黄丽华笑道："论文学也罢，论美术也罢，我全不懂，叫我送什么呢，舍下收藏好版子的书倒也不少，我现在找出一部乾隆版印的大字唐诗，就很好，我把那个奉送吧。”比国太太当时解释给欧勃琳听，他很是满意。

刘子厚笑向周秀峰道：“你的书法甚好，何妨写一轴小中堂送欧勃琳先生。”周秀峰还未答言，黄丽华便说道：“密斯脱周，还精于书法吗？我倒不知道，一定要请教的。”刘子厚笑道：“能写字不算奇，西洋留学生会写字，那才算奇。”说毕，便将这意思告诉了欧勃琳。他和约翰博士都说中国的字是一桩美术，很欢迎周秀峰写字相送。周秀峰笑道：“其实我不会写字，既然大家都愿意我献丑，我就只好勉强写一副对联凑数了。”何源道：“说到写对联送人，我又想起一桩佳话，从前英国女皇维多利亚，要李鸿章送他一副对联，而且要是中国书上有的话，李鸿章这一想，可难了，一来要颂扬得体，二来也不要失自己的身份，想来想去，居然让他在唐诗上找到两句。”黄丽华道：“在唐诗上找到两句吗？这很不容易了。”说时，用一只手撑着下颏，做沉吟之状，笑道：“唐诗上有恭维维多利亚的句子，这实在出人意料了。”何源道：“我们猜不出，他却用的是极熟的十四个字，乃是‘西望瑶池降王母，东来紫气满函关’。”他一说，在座的中国人，都同声赞好。刘子厚笑道：“秀峰兄，也可集一副对联试试看。”周秀峰道：“这个怕不能如意，我就不懂得作诗呢！”黄丽华道：“我想倒不一定要集句，运典贴切，自撰也可以的。”周秀峰笑道：“这样倒是路宽些，密斯黄对诗学很有研究，给我撰一副吧！”黄丽华道：“我越发不懂得什么，平常不过爱读诗罢了，作是不会的。”当时大家谦逊一番，这一件事就说过去了。

一会儿宴席已散，大家随便谈话，周秀峰因问黄丽华：“每日在家，做何消遣？”黄丽华道：“是家父的意思，每天让我读两个钟头中国书，又请了一位老先生每天到舍下来讲些书史，大概每日上午，总是在家的。”周秀峰笑道：“哪一天得闲，一定到府上去拜访，不嫌吵闹吗?”黄丽华道：“那是极端欢迎的，怎样说起‘吵闹’二字来哩?”周秀峰昂着头做沉思的样子，口里念道：“明天，后天，再后天星期六，星期六早上，没有功课吗？那天我去拜访。”黄丽华点头微笑道：“很欢迎，很欢迎。”

后来宾客慢慢地散了，黄丽华还在这儿和刘太太谈话，周秀峰也就和刘子厚闲谈不断，没有打算走，坐了很久，后来还是让黄丽华先走了。周秀峰一看墙上挂的钟，已经到了五点，人家是一点钟的宴会，坐到这时还没走，也就时间不少了。又怕马上就走，刘子厚会见笑，又坐谈了十几分钟，才回去。其实他这种感想，还有点不脱中国人的旧习气，那黄女士却并不怕男子向她表示接近的。

当她那一天，自刘宅宴会之后，便坐了她父亲的汽车先到公园里散散步，然后才回家去。他父亲黄经仁已经是等得不耐烦了，黄丽华也知道她父亲是要等着汽车坐的，不过一坐了车子出去，就把这事忘了。当时回家，用脚轻轻地踏着地毯，走到她父亲房门口，轻轻地将门向里一推，伸着头在门缝里一望，屋子里静悄悄的，并没有人，只有那张背门而设的大沙发上，一阵一阵的浓烟，在沙发背以下，卷着烟球，直向上冒。她轻轻地走过去，扶着背靠，向下一看，她父亲正半睡半坐地躺在背靠以下，衔着烟斗，在极力地抽烟呢。黄丽华笑道：“爸爸，今天刘次长家里请客，真是别致，中国菜，用外国法子来吃。”黄经仁躺着抽烟，却不理她。

黄丽华由椅子后，绕到前面来，便坐在沙发上，把身子直向父亲怀里挤，笑道：“你又生我的气不成，我又是什么事不好呢?”说时，却用一个食指，给他抹上嘴唇的胡子，黄经仁皱着眉，将黄丽华的手向下一接，说道：“这样大的人，还是这样顽皮。”黄丽华噘着嘴道：“值得这样生气吗？我知道，就是不该坐你的车出去，耽误了你的时间了。你要这样生气，不会花几块钱，租一辆车出去吗？要不，你就给我买一辆汽车也行。你想，谁不要一个面子，这样的宴会，雇了车去，多么寒碜呢!”黄经仁将烟斗里的烟灰，敲着落在茶几上的烟缸里，在身上掏出一只橡皮烟丝袋，将烟斗按上了一斗烟，又在身上取出银质的自来焓，将弹簧一按，盖子开了，冒出一道火焰，于是从从容容地点着烟斗，眼睛半开半闭，靠着沙发，静静地抽烟。黄丽华道：“哟，你还生气啦，以后我不坐你的车就是了。”说毕，一扬脖子走了。

黄丽华的皮鞋踏着地板，还是咚咚直响，黄经仁道：“唉，孩子简直惯得不像样子了。”黄丽华本来是走出房门了，听了这话，又回转身来，说道：“我以为你老人家不和我说话了呢，怎样又说出来了，左也不理人家，右也不理人家，倒说人家惯得不成个样子了。”黄经仁衔着烟斗扑哧一笑。黄丽华道：“人家生气，你倒乐了，不成，要生气就大家生气。”说时又坐到一张沙发上来，夺过他的烟斗，偏着头道：“来啊，我不让你抽烟。”黄经仁见女公子一味娇嗔，真实可爱，越发张口哈哈大笑。黄丽华道：“你瞧人家越气，他越乐了。不成，你还得生气。”黄经仁用手拍着黄丽华的头道：“不要闹，你听我说，你坐了我的车去赴宴会，我是不怪你的。据我想，宴会定的是一点钟时间，无论如何，三点钟你该回来了，我是四点钟要出去一趟，老等着车不回来，我只好雇了汽车去了。这也罢，也许是人家留着多谈了几句话，所以回来晚了，我也不来怪你。可是我回来之后，你还是没有回来，你瞧瞧，现在几点钟了，一点钟的宴会，到七点钟才回来，小姑娘，这样消磨青春的光阴，不可惜吗？生在这种时代，交际是不能免的，但是总要有一个时间，适可而止，不能太嬉游过度。”说时，他又板起面孔来。

黄丽华笑道：“你这样一说，我就全明白了。你不是指着今天这宴会说的，你不愿意我晚上出去跳舞，夜深回来呢。昨天我告诉你了，说了今天晚上要出去的，你怕到了那时候关我不住，所以先就发气不理我，好让我不敢去。这就叫先发制人哩，你当我是傻子呢，这一点儿事也不懂吗？你别冤小孩子，老实说，我猜得对不对？”说毕，两只手环抱着父亲的脖子，笑道：“你实说，你实说，我猜得对不对？”黄经仁笑道：“胡说，我不许你晚上出去，就不许你晚上出去，何必还要先管着你。不许顽皮，好好地坐着。”黄丽华听说，便放下手来，取了烟斗，让父亲衔着，又擦了火柴，给他点上灯，笑道：“我老坐你的车，实在耽误工夫，我瞧还是给我买一辆车子的好，我也不要买特好的，你交三千块钱给我包办，准能买一辆好的车子。”黄经仁道：“小孩子倒会说大话，开口就是三千四千！”黄丽华道：“你打算给多少呢？”黄经仁道：“给多少？一个子也不给，你又不用功念书，也不听我的话，这样的孩子，我还买汽车给她吗？有了汽车，更要乱跑了。”黄丽华笑道：“你要是给我买了汽车，我就听你的话，也肯念书。”黄经仁笑道：“这是你求我，不是我求你，你得先做个样子我看，我才能够花那个钱。”黄丽华道：“好吧，就是那样办，可有一层，你老人家，不要前言不符后语。”黄经仁笑道：“你瞧瞧，这倒好像我有什么要求她似的，总提防着我事后拆台呢。”正说时，黄太太出来了，老远地就笑道：“我看你爷儿俩，简直用得着六个字的批评，就是‘父不父，子不子’的。”黄经仁父女听说，都笑了。

原来这位黄先生，是南洋华侨里面的一个巨擘，家私总有上千万。不过中年有两大缺憾：其一，自己是商家出身，仅仅只有写普通账簿的技能，要写一封八行书，还得查一查尺牍大全，所以虽然有钱，总不能有身价。后来国内请了一位老夫子到新加坡去，讲了三年的中国书，才算通点文墨，在商界中的地位，也就增高起来。因为他是商人代表，常常就和政界有点往来，并且为了华侨的事，到过北京一次。他不来则已，一来之后，才知道商家无论怎样有钱，万万不如做官有威风，于是前后有十年的工夫，想做官而未得。其二，生平只养了黄丽华这一位小姐。他虽在南洋多年，究竟是中国人，脱不了中国人这男子传统观念，大有“不孝有三，无后为大”之感。可是到了最近几年来，这两种缺憾，都已弥补了：其一，政府设了一个经济局，先派了他当海外部长，因为发行公债上，替政府帮了不少的忙，后来又升为经济局总办，这是特派的差事，官儿总算不小，虽然经年欠薪，黄先生有的是钱，不在乎此。其二，黄先生在南洋时候，本想娶一位如夫人传宗接代，无如他夫人很慕欧风，不赞成此说。后来回国做了官，看见政界中人没一个没有姨太太的，黄太太到了北京，实行姨太太化，也就让黄总办讨了一房姨太太。可也奇怪，只一年工夫，这姨太太就添了一个又白又胖的少爷。到了这时，黄经仁是无所不足。可是有一层，这位黄太太又生问题了，她对外表示，她有了儿子，非常高兴；在家里呢，因为姨太太一来，就生了少爷，把她比下去了，非常地忌妒。就是对这位小少爷，也只初出世的时候，一阵欢喜，以为有了后了。后来觉得有了这孩子，提高了姨太太的地位，夺了女儿爱，这万贯家财，也是这孩子的，间接地就是姨太太的了。这样一想，觉得这孩子倒实在讨厌，反想自己生一个男孩子出来，把这孩子盖过去。常听人说，妇人不过六十岁，总有生子的希望，自己还只五十二岁，就不肯把希望打断，看到报上登了卖补药的广告，就瞒着黄经仁买了来吃，什么广嗣金丹、种子丸、生殖灵，全都尝过。黄经仁也渐渐看出他太太的意思，他就表示将来的家产，不按中国传统的继承法办理，而是所有的产业，儿、女各分一半。一方面对于女儿极力表示疼爱，表示并不因为有了儿子，就看轻了女儿，黄太太见他如此，心里才宽慰了一点儿。黄丽华得了这一个机会，就十分自由，反是黄太太看不过意，要黄经仁略加管理。这天黄丽华为了汽车的事，和父亲大起交涉，黄太太觉得黄经仁宠爱过分，所以说了两句。黄丽华便道："爸爸生气呢，我好容易把他引乐了，妈又来挑是非。"黄太太道："本来就该生气，只要一出去，就不记得回来。"黄经仁道："你还没有听见呢，她刚刚回来，又打算晚上出去跳舞，我说她回来晚了，她说我先发制人，好让她不敢出去。你说，这孩子自由到了什么地步！"他三人正在说话，家里仆人已来请吃饭。

黄家纯粹过的是西洋家庭生活，另外有饭厅，便都到饭厅里来吃饭。姨太太带着三岁的小少爷也来了。这姨太太是北京人，在旗。前清的时候，父亲还是一个知府。入了民国，父亲是早死了，哥哥就改姓了关。原来旗人是没汉姓的，他的族姓很啰唆，改革以后，不愿认为是旗人，而且愿意和汉人一样，成为嫡系的中原人。因此都改了汉姓，所姓最多的，大概是关、张、金、罗、赵几姓。姓关呢，因为他们开国以来，就崇拜关羽，所以就跟着关老爷一姓。姓张呢，这是以为张，最普通，信手拈来便用了。姓金呢，因为皇室爱新觉罗就是金的意思。姓罗呢，却是爱新觉罗的缩写。姓赵呢，那就为着百家姓上第一个字了。这姨太太的哥哥姓了关，又起号伯威。可是他为人，却与那名字相反。自小做少爷，就不大肯念书。到了清末，他父亲官运不好，闲住在京城里，只吃一点儿积蓄。他又没职业，终日提着一个鸟笼子上茶馆，或者约了个三朋四友，架着鹰，带着狗，到城外去放鹰和打狗獾子。父亲一死，他讨了亲，自己撑门面，就靠借贷过日子。到了民国，旗人都闲下来，连借贷都没路了，便把住宅卖了，剩下几个钱，勉强学着做小生意，游手好闲惯了的人，哪里能吃得这个苦呢？天天虽然愁着吃不饱，到了晚上，还要做发财的梦。因为有个同院子的在黄经仁家当听差，家中有吃有穿，非常舒服，心里很是羡慕。后来听到说黄经仁要讨妾生子，他既是大官，又有家产千万，便动了心，使了黄家五百元彩礼，就把妹妹嫁过来了。

这黄家姨太太，人很清秀，而且还认识几个字。只是拣失了婚，年岁大一点，有二十六岁了。黄太太正也不愿黄经仁讨那太年轻而又出身不好的人，所以黄姨太太的为人，对黄家的条条，竟是样样都合。她嫁过来之后，衣食倒是有了，就是很受气，不能多说话，不能多亲近丈夫，更不能夸奖自己的儿子。不过她知道黄家有钱，自己有儿子，又年轻，家产总会落到手里来。无穷的好日子，都在后面，暂时受些委屈，也就顾不得了。

这日在一桌吃饭，她依旧是默然不语，自吃她的饭。黄太太因为说话说得很高兴，便回头对她说道："姨娘，你怎样老在屋子里坐着？不运动运动，那是与卫生有碍的。"黄姨太太笑了一笑，说道："我这脾气是不好，总是懒得劳动，哪一天天气好，我可以陪着太太到公园里去走走。"黄太太道："出去活动活动，还要择日子呢。你和我们大小姐的脾气简直相反，你两个人，要各人换上一点儿就好了。"黄丽华的饭量，本来有限，这时舀了鸭子汤，泡着小半碗饭，连吃带喝，听到母亲将她和姨太太相比，好个不快活，用筷子挑着汤里的饭，有一下、没一下地吃着。忽然冷笑一声道："我怎样能和姨太太相比呢？人家是世家出身呢，我明知道学不好，玩我也是要玩的。"黄姨太太无故受了黄丽华几句抢白，不敢作声，只低了头吃饭。黄太太知道黄丽华虽是负气之言，却也有意挖苦姨太太，倒不由得笑了。

黄经仁道："你不要生气了，我看你这样子，简直饭要吃不下去。你要去跳舞，就去跳舞，我不拦阻你了。"黄丽华将筷子放在桌上，用手抚着桌沿，目光下垂，却说道："爸爸这是什么话？难道我为了不能出去，就拿姨太太来出气吗？"黄经仁看了一看夫人的脸色，然后笑道："孩子，你多心了，我何尝是这样说呢？"黄丽华道："我也没说什么，你就帮着姨太太说我。"黄经仁笑道："太太，你在这儿当面，我帮着谁说谁了哩，我晚上也不出去了，丽华，你要出去，你就坐那车子去得了，不过以后……"说时，仍旧用眼偷看太太的脸色，笑道："哈哈，以后我们不用这样拼着坐车了。我有一个朋友要出京去，留下一辆贝克式的车子，只要四千多块钱出让，若是我要，他还可以贱些，我就买来送你吧。"黄丽华听了这话，便拉着父亲的手，笑道："真的吗？别这会儿说了，让人家欢喜一阵子，事后又不给。"黄经仁站起来，甩手拍着她的头道："只要你肯听话，我哪又在乎几个钱呢？"黄丽华笑道："我一定听话的，一定听话的。"黄太太原是板着面孔，坐在一边吃饭，这才笑道："看你两人，都是'银样镴枪头'。"黄经仁是白费唇舌，吃完了饭，黄丽华换了跳舞的衣服，到底跳舞去了。

黄经仁夫妇对于女儿，就是这样的态度，所以黄丽华要什么，总是有求必遂。离这说话的日子，只隔一日两夜，到了第三天下午，黄经仁便把那辆汽车买来。汽车一直开到外院，就请黄小姐出来看汽车。正在这个时候，周秀峰前来履拜访之约，听差拿着名片一回，黄丽华说了一声：“请！”就迈步迎上前来。周秀峰取下帽子，早是一鞠躬，黄丽华笑道：“密斯脱周，真是讲信用的人，时间极准呢。”周秀峰见汽车开在院子里，笑道：“我来得似乎不凑巧，密斯黄要出去吧？”黄丽华道：“不是的，这是家父给我买的一辆新汽车，刚刚开到，我是来看车子呢。”黄丽华说着话，便引周秀峰到客厅里来坐。

这客厅里的陈设异常别致，四周墙壁，都是由黄绫子裱糊的。此外，所有沙发椅套、帐围，也用的是缎子，足下的地毯，按着桌椅的部分，配了有花纹。屋子正中安放圆桌的地方，地毯上盘着五条龙，簇拥着一个球，这桌子六个脚，恰好都放在这球上。其余的陈设，都是以黄色为主。刘子厚家里已经穷极奢华了，可是还没有黄家这样精致。靠着客厅的东边，开着一个雕花月亮门，门边垂着黄色的纱帐，在纱幔这边，看纱幔那边，也是一个客厅，里面家具，全换了中国的紫檀木仿古雕花式的，虽然看不十分清楚，也可以见一种那伟大的规模。

当时黄丽华就请他这边坐了，周秀峰和她各坐在一张沙发榻上，对面而谈。黄丽华笑道：“我是善忘得很，不是密斯脱周来了，我倒忘了这个约会。”周秀峰见她一再夸赞能守信用，心里非常高兴，笑道：“我也几乎忘了呢。我昨天晚上，出城去了，住在清华园。清早想起来，觉得我太马虎了，马上搭了火车，便赶着回京来，进城也没回家，一进就到府上来了。到了门口，我一看手表，和约定的时间，倒只差五分钟，总算没有失信。”黄丽华笑道：“所以我一见了面，就说密斯脱周守信呢。”说话时，早有一个听差，推着一张活动茶桌，到面前来，茶桌上摆着茶壶茶杯、点心碟子，这也算是仿外国人请客喝茶的办法。听差将茶壶向杯子里斟好了茶，然后才退去。黄丽华举着茶杯，对周秀峰笑道："我是忘了预备招待，简慢得很。"周秀峰道："我是向来不拘形迹的，以后要来拜访，还望密斯黄不要这样客气呢。"说毕，彼此一笑。周秀峰端起茶杯，喝了一口，便向桌上放下，刚一放下，因一时又找不出话说，复又把茶杯捧起。

倒是黄丽华先想起了一句话，因问道："欧勃琳先生那儿，我去了两次，他倒问起了密斯脱周。"周秀峰道："我正为了这个事，要和密斯黄谈谈，我这一副对联，竟想不出什么好句子来，特来请教。"黄丽华笑道："笑话了，我懂得什么呢？平常不过是念两句唐诗好玩，我只知道念得顺口，连什么叫平仄，我全不懂呢。"周秀峰道："虽然如此，我可是听到别人说，密斯黄的学问极好，很愿意领教。"说着，举起茶杯来，又喝了一口茶，在这喝茶的当儿，就瞟了她一眼。黄丽华笑道："这真是反说了，我不到教授面前去请教，教授倒反向我这样无学识的人面前来请教，有这个理吗？"周秀峰道："我这是真话，密斯黄以为是故意客气吗？我平生最爱的就是诗，遇到谈诗的朋友，我就很欢喜讨论的。"黄丽华道："密斯脱周，你看诗旧的好呢，还是新的好呢？"周秀峰知道黄丽华是喜欢念唐诗的人，当然赞成旧诗，便道："自然是旧诗好了，新诗简直不成个东西！"黄丽华道："我不是这样说，以为旧诗固然有好的，但是无意思的也不少，我就最讨厌那古典主义一派。"周秀峰道："这一点，我很和密斯黄的意相相同，比如李义山的诗，读了一遍，简直不知道他说些什么。密斯黄大概对新诗很有研究，现在新诗人，也慢慢有好的作品出来了。"黄丽华笑道："新诗人这三个字，是不能成立；若是成立了，恐怕会写白话文的，都是诗家，那中国就成了诗人国了。”周秀峰道：“密斯黄这话很是，中国旧诗人，他先就说了，‘诗人多，然后诗亡’，不过新诗作得好的，倒还指得出几个人。”黄丽华道：“密斯脱周，你于旧诗解放这一节，赞成不赞成？”这一个问题，周秀峰很难答复。先猜她是赞成旧诗，她偏又赞成新诗，跟着说了一句新诗人，她又说“新诗人”三字不能成立。她对于新旧诗，倒好像是个调和派，现在谈到旧诗解放，这折中办法，是要怎样地折中呢？

正在这里沉吟着，黄丽华自己说道：“实在旧体诗也无须解放，那些古风，不都是体裁很随便，由人布置的吗？它本来有一部分很自由的，何须乎现在的人去解放它。”周秀峰找到了这一条话缝，心里再不至于说错，便道：“是的，我们与其提倡新诗，倒不如鼓吹诗人作古风，那也无异解放了。”黄丽华道：“密斯脱周的意见，这就和我一致了，不过文字一层……”周秀峰道：“不过文字还要浅易些，不要用什么古典，密斯黄以为对不对？”黄丽华道：“我正是这个意思。”周秀峰见她说意见相同，心里为之一快。于是便根据这一点，和黄丽华大谈特谈，这一篇新旧诗的讨论，足足说了两个多钟头，黄丽华见周秀峰的意见，处处迎合自己，十分高兴，以为朋友中像他这样和蔼可亲的，不可多得，就把他当为一个可亲近的人了，正是：

只须妙舌翻腾起，终有灵犀一点通。

第三回

数语发婆心钱施万贯
一帘遮玉影人隔重山

却说周秀峰和黄丽华谈了两个钟头的话，感情很是融洽。依着她的意思，还要请周秀峰试试那辆新车。周秀峰怕黄丽华是客气，是婉辞的逐客令，便起身告辞，黄丽华急于要试那新买的汽车，也就不强留。周秀峰走了，黄丽华便叫父亲的汽车夫张德发，驾着车子由东城到西单，兜了一个圈子，又回到家里。她含笑下着汽车，很是满意。张德发抢下车来，跟在后面，叫了一声："小姐!"黄丽华一回头，张德发迎面请了一个安，笑道："小姐这辆车，找着人没有?"黄丽华道："我还没有找人，你为什么问这话?"张德发满脸是笑，又请了一个安，然后挺立着身子回话道："我有一个把兄弟，向来都在大宅门里开车，又快又稳。因为前几个月，害了一场病，把事就搁下来了，现在可在家里闲着，我想让他来伺候您，求小姐赏他一碗饭吃吃。"黄丽华道："你真会找事，不过给我开了一回车，就要荐人。"张德发道："若是那样说，德发就不敢说了，我也看着小姐没有找人，所以这样说一声儿。"黄丽华笑道："我倒不是不要人，不过觉得你荐人荐得太快了。"张德发道："回小姐，若是不快快儿的，就怕荐不上了。"黄丽华笑道："既然如此，就叫他来吧。他姓什么?"张德发道："他姓关。"黄丽华笑道："倒和我们姨太太同姓。”说了这句话，便进去了。

这时姨太太和保姆带着那个小少爷长生，在太太屋里玩，地毯上摆着一些西洋玩意儿，把长生坐在一个橡皮套的小圈椅上，大家围着他说笑。姨太太正在高兴头上，只见门一推，黄丽华进来了，笑道：“大小姐，恭喜，你今天坐新车了。”黄丽华道：“有什么可喜的，这是买的人家的旧车哩，将来长生大了，爸爸就会买新车给他坐了。”姨太太听她这话，有忌妒之意，就不便接着说，只抿嘴笑了一笑。黄丽华对她这一笑，又有些不满意，恰好太太问道：“车子有了，车夫呢？”黄丽华道：“车夫也有了，是张德发荐的，那人还是姨太太的本家呢。”姨太太本蹲在地毯上，和长生说笑，于是便站起来问道：“是吗？可是我们本家很少，也没有会开汽车的。”黄丽华道：“这人姓关，不是你的本家吗？”姨太太道：“我倒以为真是我的本家呢。若说姓关的，那可多着呢，哪里能算是本家？哪姓都有做官的，哪姓也有要饭的，那倒是没关系。”黄丽华道：“谁又说了有关系呢，因为你姓关，我们家里就不能用姓关的人吗？开汽车的人，也是一种职业，比那些游手好闲的人就强得多，说他是姨太太的本家，也不见得玷辱了你。”姨太太明知黄丽华又把话骂他哥哥，本想再说两句，一看太太红着脸，有要说话的样子，自己可不敢惹那个祸，只得默默坐在一边，不敢再说。那个保姆倒是一个直性人，她见姨太太每次受欺，老大不忍，但是因为自己是个受雇的人，不敢说什么。当时看见太太脸色不好，姨太太不免又要受指摘，便故意逗着长生说笑，问他这个，问他那个。后来问他爱谁，长生道：“我爱爸爸，我爱妈妈。”长生用小手指着黄太太道：“我爱这个妈妈。”复又回转身来，用一个小手指头，指着姨太太道：“我也爱这个妈妈。”黄太太听了这话，心里一乐，不觉就是一笑。保姆见黄太太笑了，便牵着长生的手，让他伏在黄太太的腿上，黄太太两手捧着他发胖的小脸，闻了一闻，往上抱着他到怀里去说笑，这才是满天云雾散过去了。

姨太太偷眼见太太不生气了，这才站起来，牵了一牵衣服，自回房去。关上房门，便和衣倒在床上，心想从前听到人说，做姨太太的人，只是名声差一点，论到享福，太太、少奶奶都不如她。如今看来，只有受气的份儿，享什么福呢？太太教训我罢了，大小姐是个姑娘，怎样女儿也管我呢？这都是我哥哥不好，若是争气不胡花钱，家里就不会穷，家里不穷，就不会卖我做妾了。一个人想着，眼睛里两包热泪，含着热气，直涌将出来，就不住地由眼角上流到那蓝缎绣花的软枕上去，把枕头哭湿了一大片。正在这个时候，老妈子忽然进来说道："姨太太，醒醒吧，你家舅老爷来了。"姨太太心里，正恨着她哥哥，哪里愿见他？便装睡着了，不肯作声，一面极力忍住眼泪，不让再流。老妈妈见她未醒，更是叫得厉害，姨太太在身上掏出手绢，揉着眼睛，先伸了一个懒腰，接上问道："什么事，我刚睡着，你就来了。"老妈子道："您的舅老爷来了，要见您呢。"姨太太道："他在哪儿，我不大舒服，今天懒得见他。"老妈子道："他在和老爷说话，老爷请您去呢。"姨太太见有了老爷的命令，只得对镜子擦了擦脸，又掠了一掠鬓发，然后走到黄经仁办公事的房里来。

黄经仁大模大样地坐在一张椅上抽着雪茄，她哥哥关伯威坐在旁边一张椅子上，满身现出局促不安的样子，身子是向前微微地欠着，那屁股恐怕有一寸大的地方曾沾着椅子，脸对着黄经仁，不住地答应一个"是"字。姨太太进来，微微地叫了一声哥哥，关伯威连忙站起，笑道："大妹你好，小外甥儿好？你嫂子让我带个好儿来了。"黄经仁听说，不免扑哧一笑。关伯威红着脸道："我们北方人，就是这样多礼的。"太太不在面前，姨太太说话就自由得多，笑道："人家哪里是说你多礼，嫌你说话贫呢。"关伯威对黄经仁道："总办不知道，我们这儿的规矩，托人问候一声，这就叫带个好儿来了。"黄经仁笑道："这倒有趣，回头你回家，请你对关奶奶说，我这儿也带个好儿去。"这样一说，大家都笑了。停了一停，关伯威对姨太太道："大妹什么时候，也回家去玩一玩？"姨太太道："也没有什么事，回家去做什么？"关伯威看看姨太太，又看看黄经仁，好像有一句什么话要说，又说不出来的样子。黄经仁早就知道他的用意，便对姨太太道："你陪关大哥坐一会儿吧，我要上衙门去了。"关伯威站将起来，连连说请便，黄经仁点一个头就走了。

关伯威这就先皱起眉来，口里连吸了几口气，表示不得已的样子，然后对姨太太说道："家里的事，你是知道的，我是个无用的人，什么事也办不了，蒙总办的情，给我闹了个办事员，衙门里是老不发薪水，家里孩子又多，嚼裹一天大似一天……"姨太太道："不用说了，我全都明白，不是又要借钱吗？你这种告穷的话，我至少听了五十遍了，你不会掉一个法子说吗？"关伯威笑道："你既然明白，那就很好，你看我为难的情形，你就救救我吧。"姨太太道："我救不了，我也没有钱。"关伯威道："妹妹，你别说屈心话了，你家里的洋钱，比胡同里的瓦片儿还多呢！"姨太太道："有钱那也是他黄家的钱，与我什么相干？"关伯威道："总办有钱，还不给你钱使吗？而且你又添了外甥了，给他们黄家传上了后……"姨太太又不等他说完，就呸了他一声，说道："怪不得你说我有钱，还存这个心眼呢，说起来我真给你害苦了。"

关伯威道："你怎么说这句话？难道说你过这样好的日子，

还有什么不满意的吗?”姨太太道:“我什么事可以满意,你且说出来。”关伯威笑道:“别说这种话了,不说别的,就说这样高大的洋房子,咱们哪住得着?”姨太太道:“你说这高大的洋房子住得痛快,据我看来,简直是坐牢。你是喜欢玩鸟的,我就拿鸟来打比方,你的那个鸟笼子,随便怎样好,捉一个生鸟在里面关住,它不会好好地待着吧?你不信,你把鸟笼打开试试瞧,看那鸟愿意待着呢,还是愿意飞走?”关伯威道:“这话可不是那么说,一个妇人家,总是站在房门里的人,应该在家里待着的,你以为不能在外面去逛逛,这就不称心吗?”姨太太道:“谁说要出去逛来着?但是在家里待着,也别让……”说到这里,姨太太回头望了一望,看着身后有人没有人,这才吸了一口气道:“也别让人家当着畜类一般看待。我在这里,除老头子以外,谁都不把我看在眼里,一天到晚,是看人眼色,这日子是怎样过呢?”说着,姨太太就是眼圈儿一红。关伯威怕她真哭了,这可是一场是非,连连摇手道:“大妹,大妹!你别这个样子,总办不知道缘由,还说我在这里面挑动是非呢!”

姨太太一想,这话也是,极力地忍住了眼泪,才对关伯威道:“你以后少来吧,来一回,让我伤一回心。”说毕,起身就要进去。关伯威道:“我今天是特意来和你说几句话呢,你也要让我说完了再走啊!”姨太太道:“你有什么事,无非是要钱,有了钱,你又好跟着一班狐朋狗党胡花去。你想想,不往远说,就是这个月,你花了我多少?恐怕有五六十块吧?我在老头子面前,好容易哀告几个钱零花,全让你拿去了,今天我没有钱,有钱,我也不能给你。”关伯威一气,把姨太太小名也叫出来了,瞪着双眼,说道:“大妞,别有了钱,把骨肉之情都忘了,自从老人家死后,我做哥哥的,也曾养活过你几年,就豁这一点子事,你也该接济接济我，不能瞧着我活活饿死。”姨太太道：“不错，是跟着你过了几年，可是还吃的是老人家留下来的产业，没见你在外面挣了一个小子儿回来养活谁。再说你把我骨头卖了一千块钱了，这也够还几年的饭账，就算你养活了我几年，我也没有白吃你的。”兄妹二人越说越拧，声音也就高大了。

那保姆带着长生在窗子外玩，听到二人骂起来，便把小孩子送进来要吃奶。原来有钱的人家，带小孩子，都有医生做顾问，极考究的。据医生说：在外面受雇当奶妈的人，多半无知识，而且血液多不清洁，甚至还带有什么传染病，若要这样的妇人去奶孩子，那是很危险的。所以有了小孩子，只可以雇人带着，奶还是自己奶，并且小孩子吃奶，也规定了时间，只能三个半钟头吃一次。黄经仁家产千万，只有这一个孩子，当然看得很重大，所以一切育婴的办法，都按科学去做。现在长生还不足三岁，肚子里消化机能，还不十分健全，自然还得吃奶。

当姨太太和关伯威争吵的时候，正应给小孩子吃奶，因为保姆怕她兄妹有什么私话，就没有敢进来。现在看他们吵得厉害，就抱了小孩子进来打岔，好让他们和解。保姆就推着小孩的脊梁，笑道：“舅舅在这儿，叫舅舅。”关伯威走上前，执着长生的手道：“不大看见你，你越发大得好玩了。”那小孩子向来不大和他舅舅见面，突然经他舅舅一问，以为是个生人，吓了一跳，哇的一声哭了。关伯威一番好意，倒不料惹着小孩子哭起来，臊了一鼻子灰，劝是不好，不劝也是不好，弄得手足无所措。姨太太看见，连忙将小孩子接了过去，抱着他吃奶，好容易安慰了一番，那孩子才不哭了。关伯威讨好讨不着，倒惹得小孩子大哭，心里系了一个老大的疙瘩，在这个时候，人家正不欢喜，再要和人家要钱，实在不好开口，只得默默地坐在一边。姨太太将孩子奶了，起身便向里去，关伯威一句话，未曾留住，她已走远了。

他今天到黄家来，本就打算借个三十二十的，现在一个钱也没有借到，自己的计划完全落空，好不扫兴。因见保姆还没有走，便对她道："劳你驾，你进去对姨太太说一声，我既然来了一趟，无论如何，叫她给几个钱我花花。不然的话，过两天，我还要来的，她也是个麻烦。"保姆道："舅老爷，您今天先回去吧，姨太太今日受了气，心里正不痛快呢。你要钱，过两天再来吧。"关伯威道："不成，今天去了，第二次来，更不给了。请你进去说一说，我在这儿等着。"保姆见他一定不肯走，没有法子，只得自己在身上先掏一张五元钞票，交给他道："姨太太那儿，这时实在是不好去说。我身上还有一点款子，您先带去，过几天再和姨太太要吧。"关伯威接了钱，笑着对保姆道："又叫你垫钱，我真不好意思。"保姆道："不要紧，过两天，姨太太就会给我的，你带着吧。"关伯威拿了钱，心里就先软了一半，虽然数目不够，究竟手上现在拿着，倒是一阵痛快，也就不往下说了，便道："好吧，过两天我再来吧。"他把钱揣起，看见黄经仁公事桌上，放了一筒炮台烟，便在身上掏出装烟卷的盒子，满满地装了一盒子烟卷；装好了后，另外取了一根烟卷，点着衔在口里，这才向外走。

走到里院，那第二层门房里，人语喧哗，好不热闹，伸头一看，只见桌上敞开了几个大纸包，是些卤牛肉、烧猪头之类，又放了两大瓶子酒，许多人围着，站在桌边，连吃带喝。关伯威见了，不觉一笑，原来在这里喝酒的，正是汽车夫内门房一般朋友，那车夫张德发也在旗，向来就好提个鸟笼子上茶馆，因此和关伯威早就认识，这时看了他，笑着说道："嘿，舅老爷又笑嘻嘻地出来了，准是拿个百儿八十，您哪，别忙，喝一盅去。"关伯威见了正经人物，他还没什么话说，遇到这样不三不四的人，他最是对劲儿，笑道："你们这样闹，真有个乐子，谁的东？这样大吃大喝。"一面说话，一面可就走进来了。

只见张德发端了一茶杯子酒，向空中一举，笑道："一遇到就吃，管他是谁的东西。"关伯威真不客气，接过杯子，就喝了一口，用两个指头夹了一块卤牛肉吃。张德发笑道："早就见舅老爷来了，在里面坐了这久，一定有个乐儿。"关伯威端起茶杯子，又喝了一口酒，叹了一口气道："这就合着鼓儿词上那句话，越穷越没有，越有越方便。你别瞧我坐在里面这久，不但是一个子儿没要着，倒碰了一个大钉子。"张德发道："也许舅老爷要得太多了，所以姨太太不能给。"关伯威端起茶杯，一扬脖子喝了一大杯子酒，复又将杯子放在桌上，将手按一按，好像这样使劲，就可以出口怨气似的，然后瞪着双眼，将脑袋一摆道："不能够，他们拔出一根毫毛，比咱们的腰杆子还粗呢！他们少抽两根烟卷，就够给我花的了。你别叫我舅老爷，叫人听了真寒碜，把咱们身上的钱拿出比一比，看谁的多？"那二门房李福说道："不含糊呀，为什么这样客气，就不说舅老爷，您也是衙门里的办事员，大小总是个官儿，还不算老爷吗？"关伯威道："别瞎扯臊了，什么老爷！若是老爷，身上只有五块票吗？"说着，把那张五元的钞票拿了出来，对大家揭了一揭。李福道："嘿，我说不含糊不是，一掏就是五块，今天舅老爷，不定拿一百二百的，晚上应该请咱们喝个边儿了。"

他们大开玩笑之时，正好黄丽华从外面进来。由此经过，只听到屋子里面，左一声舅老爷，右一声舅老爷，叫得好不热闹。后来又听到说拿了一百二百，心里倒有些不痛快，回到上房，便对黄太太说道："你瞧长生弟弟的母舅，真没出息，他会躲在门房里，和听差、汽车夫在一起。”黄太太道：“他是生坏了胚子的东西，总不会好，又不是我们的什么正当亲戚，由他去吧。”黄丽华道：“我还听到说呢，姨太太给了他一百多块钱了。”黄太太道：“是吗？她不能一把就给这么些钱，一定是你父亲给的钱，等你父亲回来，我要问问。”黄丽华道：“父亲很讨厌他呢，不会给那么些钱，一定是姨太太给的。”

黄太太听了这话，按捺不住，立刻跑到姨太太屋子里来劈头盖脸，就是一顿骂，指着姨太太的脸说道：“你不要发糊涂，一点儿不知道大体。你算是买过来的，和你家里人，不算什么亲戚。我们不肯让你们骨肉分离，由你们来往，这是十分看得起你了，倒是三分颜料就开染坊了，把你流氓哥哥，就当一个舅老爷看待。他是三天两天就到我这里来一趟，来了之后，不是拿一百，就是拿八十，这样下去，他要发财了。你这样津贴你的娘家，我要搜检你的箱子了，看你藏了我家多少钱？”姨太太本歪身躺在床上逗孩子，太太来了，还不曾介意，后来太太大骂而特骂，她才明白过来，便站起来说道：“这是你错怪了我了，家兄到这儿来，我没有哪回是乐意的，老爷都见了他了，我怎样能断住他不来？”黄太太还不等她说完，劈脸就是两个嘴巴，说道：“老爷怎么样？你能拿老爷来压制我吗？”

姨太太挨两下打，倒是不在乎，可是太太说的话，全叫人委屈一万分，就不由得倒在床上，抱住头痛哭。哭了，回着头指着保姆道：“太太问问她看，我和家兄说话，她在当面呢，我给了钱没有？刚才她对我说，我走了，她给我垫了五块钱，我还埋怨着她呢。”黄太太看姨太太哭得浑身颤动、泪如泉涌，很是伤心，似乎有点委屈，便问保姆道：“她说的是真话吗？”保姆道：“不是太太问我，我可不敢插嘴。那关家舅老爷来了，姨太太真不肯给他钱。后来姨太太进来了，是我看着过意不去，垫了五块钱给他了。”姨太太哭着道：“请您听她这话，我是说谎不是?”黄太太失手打了人，这个有些不好转圜，只有一个法子，索性不讲理到底，问道：“你就说没有给他钱，我也不能答应，他常常到这儿来，要个三块五块，像个什么样子？以后我这里不许他来。”说着，一扭身子，径自去了。

这姨太太受了委屈，哭得死去活来，后来哭虽然停止了，还流了半天的眼泪。不料就在这两太太一闹之间，竟把一个龙珠般的少爷吓倒了，当天晚上，不肯吃奶，就烧了一宿。黄经仁夫妇得了这个消息，都不由惊慌起来，除了把那个常充顾问的大夫常回春请来诊治之外，又请了一个德国大夫前来看视，是否还有别的毛病，可是医生都说，病虽不重，小孩子生病，不比大人，要留心看护。黄太太听了这话，便自己坐到姨太太屋子里来，看着他们带小孩，而且为了一切事情都要慎重起见，又由常回春拨了一个自己医院里的看护妇前来照顾。

长日无事，坐着谈话，看护妇就问病是怎样起的，黄太太道：“先是好好的，因为我和姨太太吵了几句，就把他吓着了。”看护妇道：“小孩子最怕是受惊，受了惊，有惊风的毛病，那就不好办了。”保姆道：“可不是？小孩子就怕这个，这是你这儿不太信佛，我就不敢说啦。这北京城里，有钱的人家，个把孩子，总会替他在佛爷面前许个愿；再不然，挂上一个长命符儿，那就有佛爷保佑，要康健得多了。还有些大宅门儿为了小孩子，给他花钱折灾星，就花得更多呢。”姨太太道：“我倒是有这个意思，给孩子许个愿，可是我又不敢做主，而且老爷也不信这个事，我怕做了，老爷倒要见怪。”保姆道：“别那样说呀，花了钱，就折了灾，像你这儿，花几个钱，还在乎吗?”黄太太一想，自己为了五块钱的事，让姨太太受了一顿委屈，就把小孩子弄病了，也许有些因果关系，只可信其有，不可信其无，花几个钱，能给小孩子折除灾星，这也是小事，未尝不可，便向保姆道：“钱要怎样花法呢?”保姆笑道：“有钱还愁着不会花吗？您要是愿意，在街上撒面票子也成，您要图着省事，买了面票子，放在各区里，可以请巡警给咱们散去。”黄太太道：“买面票子散，那太费事了，不如散钱吧，钱是怎样散法呢?”姨太太道：“这倒有个法子，我看见过有人坐了汽车在满街扔铜子儿，让人去捡，这个法子，倒是省事。”黄太太道：“那样扔钱，不见得全是穷人捡去的，还是不大妥当。”保姆道：“咱们反正花钱折灾星得了，管他谁捡着呢?”那看护妇是个稍新的人物，现在听到她们感觉有钱没法儿使，便插嘴道：“那要什么紧呢？走过街上，看见哪里有穷人，钱就向哪儿扔，那不就成了吗?”黄太太道：“这倒使得，本来我哪一年也做好事的，给我长生做点慈善事业，那也不要紧，我就散一万个铜子儿。”保姆笑道：“现在铜子儿不值钱，一块钱要换三四百铜子儿呢，一万个铜子儿，可没多少钱。”黄太太想了一想，笑道：“可不是，我倒是想愣了，这就送十万个铜子儿吧，这总不会算少了。真要做慈善事业，现在是不好用铜子儿算的。”

黄太太有钱，和别个有钱的人不同，她最怕人说她花不起钱，笑道：“让这孩子好了，我就花一千块钱，换了铜子儿，街上撒去。”姨太太道：“那更不容易办了，一千块铜子儿，别说带在汽车上跑，恐怕汽车会给它压坏了。”黄太太道：“那要什么紧？带着钞票在身上，在街上随换随散得了。”大家这样谈了一会儿，也就去了，倒没有想到黄太太真会照办。过了两天，长生的病果然好了。黄太太以为长生的病好得快，和许的愿很有关系，便和姨太太各坐了一辆汽车，车上各堆着一大堆铜子儿，吩咐汽车夫，由内城到外城，复由外城回内城，东西南北，兜了一个圈子。汽车两边的玻璃窗，都给它下了，抓着整把的铜子儿，就由车窗子向外乱扔。街上的人忽然看见两辆大汽车，在街上沿途扔铜子儿，都以为这是奇闻，都嚷了起来。黄太太看见街上人起哄越是高兴，就拼命地扔铜子儿，大半个城圈还没有跑完，一千块钱铜子儿早就撒光了。黄太太因为扔得高兴，又换了两百块钱铜子儿，以助余兴。

回到家里，黄太太对黄经仁说："我今日在北京城里，出了一个大风头，汽车开到哪里，街上的人，就跟着嚷到哪里，你看这算出风头吗?"黄经仁道："我早知道了，你在满街扔钱呢，这种风头，不出也罢。我们有钱，已经让人十分注意，再做这样花钱的事，人家以为我们把钱当瓦片儿使，并不在乎，就更要惹来麻烦了。"黄太太道："我知道你是舍不得那一千块钱，那不算什么，就算我的吧。"她这一句话，非常厉害，黄经仁就不便再说什么了。

黄经仁所说，并非过分之谈。社会上一班干慈善事业的人，打听得黄太太有此豪举，就都愿意她加入这个团体。这其中第一个来邀请的，就是世界道德会。这世界道德会的事，多半由一位副会长主持，她是一个老处女，名叫易品题，乃是一个教育家，又是一个女演说家。她早年曾一度入政界，现在觉得政界无可发展，就专门从事社会慈善事业。她住在北京，并无别事，整年地就赶到各处，加入客方的团体活动，交际一广，熟人也多，只要有机会，就替道德会在各方募捐。她原知道黄经仁是个有钱的人，也能捐款的，可是不得其门而入。现在听到说黄太太满街撒铜子儿，一天就花了一两千元、百儿八十的，自然不在乎。因此，到了第三天，便到黄宅来拜会黄太太。黄太太一见她的名片，印了许多衔名，在名片头上排着，乃是“世界道德会副会长、妇女大同盟总干事、前广西军政府顾问、前江西慕贞女子学校校长、实业联合会交际员、前广西初选当选众议员、前福建民政署顾问……”此外还有许多，把名片上半截，排得密密麻麻的，一点儿空都没有。黄太太将名片向桌上一扔，道：“瞎出风头的一个东西，见我做什么？”就吩咐听差告诉不在家。易品题虽然明知女主人趋有心挡驾，她并不在意，含笑走了。到了次日，她依然来求见，黄太太见她二次来了，越是讨厌她，还是不见。

易品题告辞出了大门，正要想个什么主意，才能得见，恰好一辆油漆光亮的人力车，迎面飞驰而来。车子到了面前，便停住了，上面坐着一个西装少年，易品题认得他，乃是周秀峰。易女士看见，连忙就是一鞠躬，连叫道：“周先生，周先生，好久不见了。”她是向来接近教育界的人，因此周秀峰认得她，只得含着笑容跳下车来，说道：“密斯易也是从黄府上来吗？”易女士笑道：“不是的，我也是刚来的，周先生和这里的黄总办认识吗？”周秀峰笑道：“认识，不过我是来拜会大小姐的。”易女士笑道：“好极了，我正想和黄小姐谈谈，因为没有人介绍，不便冒昧求见，能不能给我介绍一下？”周秀峰虽然不愿意，一来为面子所拘，二来为她和黄家有交情，顺便介绍一下也无妨，便道：“我们一块儿进去见她就是了。”

易女士一听，十分高兴，转身就跟着周秀峰一路进去。黄丽华和周秀峰是更熟识了，周秀峰常是借着事由来谈话，黄小姐因为他温存体贴，很是合人意思，也极欢迎他来。所以周秀峰来了，听差一直让到小客厅去，并不事先征求黄小姐的同意。现在周秀峰虽然另同一个人来，因为是女客，而且碍着周秀峰的面子，不将易女士单独拦阻回去，也只好由她到了客厅里。黄小姐出来相见，周秀峰只略微介绍了两句，易女士便自己拿出名片来，鞠躬呈上。黄小姐哪里知道她是母亲拒绝不见的人，认为是交际场中的一分子，所以也很殷勤招待。

易女士一看黄小姐穿一身华美的衣服，脚下穿的两截高跟皮鞋，前面一截，只好算套着几个脚指头，那双露孔挑绣红花的丝袜子，倒有十分之八九露在外面。只看这一点，就知道她是一个极时髦的人了，于是她便先笑道："密斯黄真美丽呀，在我未见以前，我是猜不到有这样美丽，可是好像在什么跳舞的地方，和密斯黄会过。"黄丽华笑道："跳舞的地方，我常去的，也许会过。"易女士道："那就对了，我记得那一天密斯黄是跳的却而斯登舞，现在知道这种舞法的人，还不多呢。在交际场中，密斯黄实在是一个大明星。"黄丽华一见面，就受她一顿恭维，很是中意，一问一答，竟让周秀峰插不上嘴去。

他不能客气了，便从中插言道："密斯黄，我今天特为一桩小事来的，后天礼拜六，我有大半天闲工夫，不知道南苑跑马，密斯黄去不去看？"黄丽华笑道："我是一定去的，我买了二十多张马票呢。"周秀峰笑道："买这样多，大概要一两百块钱了，这叫韩信点兵，多多益善。买这些票，或者有一两张碰得上呢。"黄丽华道："上海的大香宾票，一中十几万，我一向不参加。像这样的小跑马票，中个几千块钱，有什么大意见，何况是中不到。"易女士道："既然没有什么意思，为什么又要买许多呢？"黄丽华道："哪里总我要买呢？这种小跑马票，做外国人生意的商店里，大半都带卖。这些地方，我是免不了去的，他们都认得我，见着我，就劝买一张。好像那家鲜花铺，两三天，总送些花到我这儿来，所以认得我。前天我因为要挑一对鲜花篮，送一个朋友，亲自到那家花店里去了，他们一见，以为主顾已到，无论如何，要我销他三张。要是说不买吧，他们那一番恭敬，差不多五体投地，我没有法子，只得收下了。在上海住呢，这样的事更多。尤其是那几个舞台的案目，常常地说好、求情，要你给他销几个包厢。因此每年总要花去上千块钱，对付这种下等人。"易女士笑道："这区区的数目，在密斯黄又算什么呢？"黄丽华道："因为家父经商，外人不明白，以为我用钱是很宽裕的。其实外面商业上的钱，不但我不能随意用，就是家父用钱，也有种种限制呢。老人家因为我在上海花钱花得太多了，所以把我接到北京来，现在每个月是三百元的月费，拮据得了不得。"易女士笑道："天下事就是这样难说，像密斯黄这样大人家的小姐，还不免叫穷，何况别人呢？"黄丽华也笑道："这叫穷是不至于，不过为了钱的事，常常要去和老人家麻烦，我真不愿意。"易女士笑道："若是像密斯黄一样，要钱都不愿受麻烦，那只有等着钱望手里走了。"这一说，大家也就笑起来了。

周秀峰心里可想看，当一位小姐，吃了饭只管玩，有三百元的月费，还要嫌少。若像我们当教授的，天天上课，也不过挣个二三百元，那又当如何呢？因笑道："密斯黄以为麻烦，也差不多，因为她手上的三百元，和我们的三元还比不上，区区之款，自然是不甘心麻烦的了。"易女士道："可不是，听说前天黄夫人在街上撒铜子儿给穷人，汽车只走了一趟街，就是一千多块钱。这种事除了黄府，北京城里，哪里还找得到第二家？其实，做慈善事业，倒不必提什么善恶果报，只要花了这一笔钱，精神上得着安慰，这就够了。"

黄丽华正怕人家说做慈善事业是迷信，现在有易品题女士给她一解释，倒很中其意，笑道："我也是这样说，虽然社会上有许多人借着慈善事业来骗钱，但是我们只把它当真事看，花了钱，我心里愿意，那也就成了。"黄小姐说到这里，周秀峰就不住地以目示意，让她别往下说。偷眼看易女士时，她却毫不介意，她也笑道："这话是真的。就以我自己而论，每到月初，总有三四个男女孩子，到我那里去募捐，据他们自己说，是城外平民学校的学生，可是一望而知那是假的了。我因为几个小孩子怪可怜的，存心让他骗去，来一回，总是给他一块钱。甚至他们自己忘其所以了，月初来一回，月底又来一回，我倒是不吝惜那几个小钱，还是给他。我以为他们家里不十分困难，也不会做这样的事。我管他是不是平民学校，只管周济穷人得了。"周秀峰笑道："果然如此，易先生之罪不小。"易女士道："此话怎么说？我很费解。"周秀峰道："这是很显然的，像他们这些小孩子，不能阻止他，我们也就有见事不救之讥，若再给他们钱，那就是奖励为恶了。密斯黄看我这话有一部分理由没有？"黄丽华还没有答话，易女士先就说道："我先是没有这样想到，现在经周先生一说破，这话果然不错了。以后再来，我就不给他们钱了。"黄丽华笑道："密斯脱周这一句话不要紧，打散了人家一笔好生意。"

周秀峰看了一看黄丽华，又看了一看易品题，微微一笑。黄丽华到了这时，若有所悟，想起从前曾听到人说这位易女士，是专干慈善事业的，就以那张名片而论，上面就列有几个慈善组织的职务，周秀峰所说的话，正暗有所指呢。这样一想，倒觉他的话过重一点，初见面的人未免要与人以难堪，便笑道："二位喝咖啡吗？我叫他们煮一点来。"易女士道："您不用费事吧，我来惯了，是要常来的。"黄丽华道："这也不费什么事，我家里有个西餐厨房，常常预备茶点的。”说着，就按了按铃，叫一个年轻的女仆来。黄丽华道：“叫他们送一点咖啡和点心来。”女仆答应一个“是”退出去了。不到十分钟的工夫，一个穿白色衣服的厨子，便推一张有橡皮车轮的茶几前来，点心碟子、茶壶茶杯，都安排好了，放在上面。易品题虽常在交际场中走来走去，这样的洋排场，却还没有见过，这样一来，越发觉得黄家是有钱的，既然认识，千万不可放过，因此对黄丽华笑道：“我希望黄小姐极随便，不要招待，以后我好常来领教。在我没有见黄小姐以前，没有料到黄小姐这样和蔼可亲；我一见之后，这样的好朋友，是不宜失掉的，我很愿意常来，黄小姐不讨厌吗？”黄丽华心里纵然不愿意，也不便说出口，何况这时也没有觉得她怎样讨厌，当然不能说不欢迎她的话，便笑道：“那是我极欢迎的，密斯易贵府在什么地方？将来我好拜访。”易女士道：“不敢当。舍下非常窄小，招待的地方都没有，还是我常来领教吧。”

周秀峰端着咖啡杯子，含着微笑，一只手捏着小茶匙，在杯子里搅那糖块，眼光一直向易品题射来。易女士想到，我们井水不犯河水，各干各的，你为什么老有破坏我的意思，我这一走，不定你要说些什么破坏的话呢。她这样想着，周秀峰不说走，她总也不说走，尽管南天北地地胡说一阵。周秀峰是个有事的人，拼她不过，就告辞先走，他心里那一份不痛快，简直也非言语所能形容，就这样快快地回去了。

到了第二天，下课回来，刚刚坐下，便听到笃笃的敲门声。秀峰说了句：“请进。”门一推便进来一位女客，一看是易品题，事出意外，不由得道：“哦，原来是密斯易，稀客，稀客，请坐。”易品题边坐下边笑道：“密斯脱周，想不到我来做不速之客吧？”周秀峰笑道：“哪里，哪里，欢迎之至。”说着便斟了杯茶送过去。易品题接过茶杯，笑了笑，喝了一口，沉吟了一会儿，便道："说实话，我来拜访，是有目的的。"周秀峰道："我是个穷措大，又忙又穷，有什么可以帮忙之处吗?"易品题见他当天便把话拦住，觉得下面的话不好出口，好在她是个善于交际的人，便笑道："我虽然脱离了教育界，但是教育界的情况我还是知道的。我此次造府，并不是来募捐的。"周秀峰道："言重，言重。"易品题道："密斯脱周知道，我是搞慈善事业的，这也是有益于社会的。我到黄府拜访黄小姐，是想让她为社会慈善公益做一些襄助，不过我看密斯脱周似乎有些不愿意。"她这样说着，周秀峰倒未便诛求过甚，笑道："密斯易，这全是你误会了，我为人向来不多事的。漫说密斯易是我的朋友，我应该帮忙，就不是我的朋友，又没捐我的钱，我何必从中破坏呢!"易女士对周秀峰望了一眼，又微笑道："那我就很感激，将来周先生有什么事，要我去办，我一定帮忙。别的事，我是不敢夸口，论到交际场中，我倒相当地有些人缘。"

易女士坐的地方，正当着窗口，楼外的风，向里吹来，把易女士的鬓发，吹得在身边飞舞，一直披到眼角边来，周秀峰也是好意，便走过去，为她掩上那一扇玻璃窗。不料楼窗下对面，每日向这里凝望的玉子姑娘，正在那里闲眺，遥遥地看见窗户里面，有半截女子的背影，十分奇怪，心想那位周先生住在对面楼上，差不多有一年多了，我总没看见他与女客来往，怎么今天突然来了一个姑娘哩?正在这里呆想，却遥遥地听见笑语喧哗，而且那女子的肩膀，只是上下耸动，分明是笑得很厉害了。玉子正因为周秀峰前次拿了枕巾来洗，很旧了，就叫竹子拿去问周秀峰，要不要换枕头套，若是要换新的，不必买，可以做一个新的，给他套上。周秀峰因人家意态殷勤，便答应要。玉子听了这话，买了十字布回来，赶紧就挑绣起来。今天这个时候，正在给周秀峰赶起枕头套，一面做着，一面对着那块枕巾发出种种的奇怪思想。

竹子也在一边玩儿，说道："我瞧姐姐倒好像捡着什么面票子似的，坐在那儿，老是一个人乐，也不知道有什么可乐的。"玉子倒也不曾理会她妹妹的话，依然是带想带绣。后来停着没绣，抬头向那边楼窗上看来，就看到一个女子的背影。这时，不由得她不疑，不由得她不想，正打算和竹子商量，让她到隔壁寄宿舍去瞧瞧，究竟是个怎样的人，那边周秀峰偏在这个当儿，伸手来关窗子。玉子心想，是了，不愿意我在这儿望着呢。只这样一猜，四肢无力，再也安坐不住，便把炕头边的一条破被，卷着叠了几叠，堆得高高的，自己便一歪身靠在上面躺着，想来想去，说不出心里有一种什么伤感，竟会落下泪来。当日难过一天，是茶饭不想，晚上在炕上睡觉，翻来覆去也总是睡不着。一直想到半夜，听见隔壁寄宿舍里，那钟当当敲了三下，玉子心想，我这不是傻吗？这样胡思乱想一阵子，就想出个什么主意吗？一直想到大天亮，人才睡着，醒过来的时候，已是日上三竿了。

玉子下了炕，抬头一望，不由得就看了对门楼窗上，只见那两扇玻璃窗，依然向外打开，可是窗台上，突然增加两盆鲜花，开得很是灿烂夺目。这一见之下，她又奇怪起来了，从来不见窗台上摆过花，怎么现在突然摆起花来？那两盆花难道也是昨天那女子送的吗？这年头儿是大不同了，爷儿们和姑娘一样地可以交朋友，可惜我不是一个读书的女学生，要不然我这就可以去找他，一样地可以和他坐在屋子里谈话了。望着那花，正在出神，恰好周秀峰伸出半截身子，凭窗闲眺。玉子也不知道什么缘故，好好的，对他突然表示不满，不像往日，周秀峰随便站立多久，自己也不走开。这时是一赌气，身子一扭，便闪开身。到了当日下午，找出一挂旧的细竹帘子，就在窗户口上挂起来，这帘子很宽，一挂起来，恰好把整个儿窗户，遮得一点儿漏缝也没有。陈大娘道："啊哟，这帘子是早两年隔壁人家搬家扔下来的东西，我看见还是好好的，所以留着，有两年不动它了，今天干吗挂起来？"玉子道："天气一天热似一天，苍蝇、蚊子全出来了，挂起帘子，就可以挡住一点，那不好吗？"陈大娘道："我倒不是说你不该挂上，平常我叫你关上一点儿窗户，你都不愿意，说是闷得慌，这会子你倒把帘子挂起来，挡得一点儿漏缝也没有，我倒是很奇怪。"玉子叫她母亲这样说，却没有作声。其实这帘子挂在窗户上，外面瞧不见里边，里边可瞧得见外面，和关窗户又是两样了。这日玉子初挂帘子，楼上的周秀峰并没有留意。

到了次日上午，开窗子的时候，忽然见对面屋子外，垂着一幅竹帘，将两扇窗户全遮住了。周秀峰这一见，心里很是奇怪，这一个月以来，玉子是坐在她那炕上，对着这边做女工，有意无意之间，不能说是窗子原来是要开着的，现在突然挂起帘子来，分明是拒绝我在这里望她了。我并没什么事对她不住，她为什么突然有这种举动呢？昨天下午，还看见她坐在那儿，给我绣枕头套，十个雪白的指头，远远地见她忙个不了。虽然买一个新的，并不值几个钱，可是亲眼看女孩给自己赶做，而且是自动的，这可不容易。天下人彼此送东西，那不过是一种人情，不算什么，唯有女子赠男子的东西，男子收到，有一种奇异的感想。设若女子面许了男子，要送他一样东西，在这样东西未收到的时候，男子是二十四分盼望的，至于这样东西，是否宝贵，他又不遑问了。

周秀峰这两天，正是靠着窗户，鉴赏玉子给他做枕套。当他鉴赏的时候，说不出心里那一种愉快之状，而且想到这一种愉快，在黄小姐那里，决计是得不着的。所以一个人要在小家碧玉中挑选一个妻子，在室家之中，有许多事不用自己去操心，能办得很妥当。大家闺秀，虽然多知道一些事情，自己的事还样样要假手于婢仆，哪里还能给丈夫办什么琐事？所以闺房之中，要减少许多自然的情趣。他想到这里，全副精神又注射到玉子这一边来。现在玉子正在这个时候垂下帘子，周秀峰大为扫兴。大凡男子对他的情人，正有着热烈希望的时候，情形若是给他一种打击，他这种难堪，真非笔墨所能形容。所以周秀峰对于玉子挂帘子这种举动，非常不解，也非常不快。他侧着身子，把左胳膊，撑在窗台上，右手却拿了一支未曾削开的铅笔，在玻璃窗上乱画。

忽然有人在身后说道：“心里又想什么事，只是这样出神?”周秀峰回头看时，却是魏丹忱，笑道：“怎样不声不响地就进来了?”魏丹忱道：“我进来好久了，只见你一个人在这儿出神，不敢相扰。看了半天，你还是这样出神，我就忍不住要问了。”周秀峰道：“我也是学得你的，在这儿鉴赏宇宙自然之美。刚才有一群鸟，由头上飞过去，我望着它越飞越远、越远越小，一直飞到没有影子，我的心思也就和这鸟一样，想入乌何有之乡。”魏丹忱笑道：“你不要信口开河了，我看你半天，都是对着楼下那一间小屋子出神呢。我是明白你的意思了，这是《西厢》上说的话，‘外边疏帘风细，里边幽室灯青，中间一层红纸，不是云山万里，怎得个人来通消息’。”周秀峰笑道：“你这话不要胡说，人家的家庭，可不让我们开玩笑呢。”魏丹忱笑道：“你不对我说实话，那就算了。要不然，我倒有一个法子让那个人卷起帘子来。”

周秀峰听说，忙问道：“你有什么法子让她打开帘子。”魏丹忱道：“你不是说不让我开玩笑吗？既然与你无干，你又何必要人去打帘子呢？”周秀峰道：“你看，我一将就，他就卖起关子来了。”魏丹忱道：“由此说来，你一定很爱这位姑娘的了，但不知道她对你的感情如何？据我看，她对于你未必有什么感情，若是有感情，明知道你天天要看到她，心里才安慰的，为什么把帘子倒放下来了哩。”周秀峰道：“我就知道你说有什么法子，完全是鬼话，无非要骗出我的口供来。”魏丹忱听到“口供”两个字，心里就是一喜，走上前拍着周秀峰的肩膀道：“朋友，你愿不愿那帘子打开？你若愿意，你对我说实话，我就把法子告诉你。”周秀峰道：“我不能再受你的骗了，你把法子说出来，我自然会把话告诉你。因为我照你的法子去实行，你自然会知道内幕的。”魏丹忱道：“那不行，我原是要先知道呢，论起那姑娘，实在长得美，面貌也好，身段也好，风度也好……”

魏丹忱的话还未曾说完，就有人将门一推，哟了一声道：“是谁，长得这么好！”周秀峰看时，正是玉子的妹妹竹子来了。魏丹忱笑道：“你问这个人吗？她姓陈呢！”竹子走了进来，笑道：“我知道你们说谁了。”周秀峰道：“你知道他说谁？他是说他远房一个妹妹。”竹子道：“别蒙人了，他不是姓魏吗？怎么他妹妹倒姓陈呢？”周秀峰道：“是他远房的表妹，为什么不是姓陈呢？”魏丹忱笑道：“我有这样一个表妹，你的事就妥了。”竹子且不答他这话，将胁下夹的一包衣服完全向床上一抛，说道：“衣服全都来了，我们那儿没有了。”魏丹忱笑道：“呀，这样子是生气呢！”便拦住门道：“小姑娘，你别走，我有一句话问你，你们家里为什么把帘子挂起来了？”竹子道：“可不是，那一副破帘子，有什么好看，倒要挂起来？”魏丹忱道：“你回去告诉你妈，挂着怪寒碜的，把它取下来得了。”竹子道：“我妈就不愿意挂。”魏丹忱道：“谁要挂呢？”竹子回了手拿了辫梢，放在嘴里咬着，笑道：“我不告诉你们。”魏丹忱道：“我全知道。你回去对你姐姐说，把这帘子取下来吧，我们这儿一开窗户，就看见这样一个破帘子，实在……”

周秀峰连忙在身上掏了一把铜子儿，交在竹子手上说：“你拿去买吃的。他是一个傻子，你千万别信他的话，回去别说这话。你听听，外面打小锣响，快去快去！”竹子接了钱笑道：“我这么大人，还买糖人哪！”周秀峰道：“也许是耍狗熊的，去吧去吧！”说罢，连推带搡，把竹子催走。竹子走出门来，并不见有卖糖人的，倒是柳树荫下，歇了一挑豆汁担儿，五六个小朋友，坐在小板凳上，围着一大盘子咸萝卜丁儿，在那里喝豆汁。竹子看见，不觉引起兴趣来，就扔了一个子儿在担子上，也舀了一碗，站在扁担下喝。

刚喝了一口，忽有人喊道：“竹子，刚吃的一串糖葫芦，你又喝豆汁！”竹子将筷子向空中一伸，说道：“又不是你的钱，你管得着吗？”玉子碰了妹妹一个钉子，且不说什么，靠了门等她。竹子将豆汁喝完，走近前来，玉子笑着问道：“你是哪儿得来的钱？”竹子一拍身上的口袋，笑道：“有的是，你怎么样？”玉子笑道：“这孩子，人家好好地和你说话，你也是这样傻闹。”于是低着声音道：“我猜你这钱，又是周先生给的，对不对？”竹子道：“你知道还问。”玉子道：“他说我什么来？”竹子道：“提到你来着。”玉子道：“别嚷，别嚷，他说我什么，你说出来，我就不告诉妈。不然，你那些钱，妈全得拿去。”竹子道：“你别告诉妈，我就对你说，可是周先生叫我别回来说呢。”玉子道：“你只管说吧，对我说是不要紧的。”竹子道：“我还没进去的时候，那个魏先生，对周先生说，陈姑娘长得好看。我一进去，他就说是谈魏先生妹子的。”玉子道：“胡说，魏先生的妹子，怎样姓陈呢？”竹子道：“我也是这样说，他后来又说是魏先生的表妹，魏先生说他有这样一个表妹，周先生的事就妥了。”玉子笑道：“真要命！怎样说出这些话来？后来呢？”竹子道：“后来，那魏先生说你挂的帘子不好，要取下来。周先生赶忙让我出去，塞了钱在我手上，就把我推出来了。”玉子听了这话，靠住门直想得呆了半天，忽然抬头一看，脸都涨红了，连忙一转身，向里一缩，便回去了，正是：

言来自觉鹦哥慧，飞去谁惊燕子斜。

第四回

掩面怕重来人间地狱
掉头惊乍去纸上风波

却说玉子心里闷得慌，不觉就顺脚走到门外去闲看，不料一抬头，恰好周秀峰由家里出来，两人打了一个照面。说也奇怪，好好的脸上会发热，她一看人家的态度，依然像平常一般，心里舒服多了。当时低了头，默然地走回房去，坐在炕上，斟了一杯茶捧着喝，眼睛望了窗户外挂的帘子，由这帘子，更可看到周秀峰那个楼窗。陈大娘正在隔壁屋子里洗衣服，就问道："竹子，你刚才到隔壁去，接了衣服回来没有?"竹子也在外面屋子里，答道："姐姐说，以后不给那周先生洗衣服了。"陈大娘道："胡说，不知道你要人家什么东西，没有得着，又来捣乱了。"竹子道："怎么是我捣乱，你问姐姐去，她不是对我这样说的吗?"陈大娘湿了两只手，掀起一角围裙，一面擦着手，一面进来问道："孩子，人家待咱们不错，为什么不给人家洗衣服呢?"玉子一疏神，泼了一身的茶，抽了手绢，不住地拂身上的水渍，问道："又嚷嚷什么?"陈大娘道："我在外面屋子说话，你在里面屋子里怎么会听不见?"玉子笑道："我没留神，你再说一遍，也不要紧。"陈大娘道："刚才竹子送衣服到隔壁去，你为什么不让她带衣服回来?"玉子笑道："我和她闹着玩的，这样不要紧的话，你倒又肯听了，我就嫌她常到人家那儿去要东西。不给人家洗衣服了，我看她怎样和人家要去？”竹子听到，抢着跑了进来，用手指着玉子道：“你好人啦，刚才你还对我说，别告诉妈，你倒先去告诉了，告诉就告诉，我全说出来。”玉子原是随便说的两句话，以为把母亲敷衍过去，也就算了，不料竹子更是死心眼儿，她就不曾理会玉子的用意。

玉子听了她要全说出来，心理倒有些着慌，但是又不能示弱，一示弱，反要让母亲疑心了，因道：“你要全说就全说吧。我偷了人家什么？拿了人家什么？”陈大娘道：“你这么大人，怎么和她生气？”竹子道：“那周先生和魏先生在家里说姐姐呢，他说姐姐长得好看，让我听见了。周先生怕我回来说，给了我一把铜子儿。那魏先生又说，姐姐为什么……”陈大娘见竹子站在身边，头正在齐平肩下，一举手，就在她头上敲了五个爆栗，玉子听了她向下说，一直说到要向挂帘子的事了，雪白的脸都气青了，现在陈大娘给了五个爆栗，又骂道：“昏君，什么话你也说。”玉子点了头，微笑道：“该、欠，打得好。”竹子两行眼泪向下一流，一撇嘴哭道：“干吗打我？是人家说的，又不是我说的，你不许我说，又问我做什么？”陈大娘道：“胡说八道，谁问你来着？”竹子指着玉子道：“她问我的，你问她，对不对？我在那儿拿了钱回来，她就盯着我问，问我周先生说什么来着？死玉子啊，你说啊，我这话是冤枉你吗？”陈大娘轻轻骂道：“死东西，别嚷，你要嚷，我揍你。”竹子道：“你打我，我不服，我又没做错什么事，为什么打我？”玉子坐在炕沿上，一言不发，低了头，眼睛水汪汪的，只是看着地。陈大娘道：“得啦，我又没说什么，你生什么气？有道是：‘谁人背后无人说？哪个人前不说人？’这也值得生什么气？”

玉子并不是生气，只让妹妹乱七八糟地把心病嚷了出来，不好意思。在这不好意思之间，心里一急，就流出泪来了。妇人们无论是喜怒哀乐，到了无可如何的时候，她有一个极好解决的办法，就是哭。玉子虽然聪明伶俐，胜于别的女孩子，但是女孩子的本性，却是不能摆脱的，所以她就流泪。偏是母亲毫不怪她，而且说出很体贴的话来安慰她，心里一感激，索性放声大哭起来了。陈大娘道："这是怎么回事？人家直说好话，你倒哭起来了。"玉子觉得母亲说得对，也无法再驳她，就倒了下去，伏在枕头上哭。陈大娘望着她一会儿，没有办法。这时竹子靠了门，用手揉着眼珠，是大声音哭，玉子伏在枕头上，是小声音哭。陈大娘一点没有办法，叹了一口气，自出去了。玉子哭的本没来由，哭了一会儿，就先停住了，竹子还是不住地哭。玉子站起来，将横绳上挂的手巾取将下来，揩了一揩眼泪，回头看见竹子，便道："你还哭吗？"竹子道："全是你在妈那儿使坏，让我挨了揍了。你瞧，往后你叫我给你做事，你看我干不干？"

玉子听她说这话，在窗户纸的破眼里，向外看了一看，见母亲在很远的地方，向悬绳上面晾衣服，便回头对竹子道："我是当着你的面儿说的，又不是在背后说的话，怎么算是使坏？"竹子道："你说我老和人家要钱，那还不算使坏吗？"玉子忍不住微笑道："那算是我说错了，以后我还是让你到隔壁去，我还可以让他们多多给你钱，可是什么话，你也不许回来说才行。"竹子道："我从前说过吗？是你和妈提起来，我才这样说的。"玉子在身上一掏，摸出几个铜子儿，就交给竹子道："得了，这一回算我错了，你拿去买吃的，这还不成吗？"竹子道："存着你那儿吧，我身上还有呢，等我花完了再和你要。"玉子道："你今天怎么这样客气？"竹子也去拿手巾揩脸，微笑道："你不是对我客气，我也对你客气，不是一样吗？"玉子笑道："你不是对我客气，你是和我那几个铜子儿客气呢!”那钱原还捏在竹子手里，竹子一噘嘴，将铜子儿向炕上一扔，当啷一声，铜子儿撒了满炕，便道：“我不要你的，还不成吗?”玉子本想骂她两句，又怕把她得罪了，就在炕上把铜子儿捡起来，笑道：“我和你说一句玩话，你又生什么气？往后你就别和我说笑话了。”说时，把捡起来的铜子儿，依旧塞在竹子手里，又怕她再麻烦，两只手推着她的肩膀道：“去去，去买吃的吧。”竹子道：“干吗呀？一会儿和人闹，一会儿又和人好。”玉子笑道：“得啦，去买吃的吧，卖糖葫芦的又来了。”连推带搡地将竹子推到院子里。

偶然一抬头，就看见周秀峰站在对面楼窗边，看着竹子，只是微笑。玉子原也是嘻嘻哈哈地笑着，这一见有人看她，连忙缩住了手，靠了门站住。竹子抬了头向着楼窗上问道：“周先生，你乐什么?”周秀峰笑道：“你说我乐什么呢？刚才我听见你在屋子里嚷着哭的，你看，这一会子，就笑起来了。”竹子一噘嘴道：“你这个人，真不是好人，偷着听人说话。”周秀峰本来是和竹子闹着玩，被她口没遮拦地把自己心事一说穿，倒闹得真难为情，伏在窗台上，将手对竹子点了两下，笑道：“这孩子说话……”话还没有说完，他身子向里一缩，不见了。玉子听周秀峰说话，老是低着头。这时周秀峰不见了，就拍着竹子道：“傻孩子，咱们家里说话，招上人家做什么？以后可别这样。”竹子道：“都是街坊，说一句话要什么紧呢？你还常常问他。”玉子听了这话，只当没有听见，自回屋子里去了。

这时陈大娘洗衣服洗累了，正卷着两只衫袖，拿了一条小板凳，拦门一坐，迎着风受些风凉。刚才周秀峰和玉子那种情形，都看在眼里。加上竹子前前后后那些话，就看破了个五六分。心里暗暗忖道：“他们这两个人难道还有点意思吗？像我们这种穷人家的儿女，想和先生攀一个亲戚，那是千万不能的。若是姓周的凭着他那身份，花上几个钱和我们孩子胡作非为，让人知道了，脸往哪儿搁？那可不成。玉子这丫头向来就不和人家说说笑笑的，我很不明白，她倒小心眼里放下个姓周的，这可合了那句话“女大不中留”了。心里这样地想着，从这里就留下意了。玉子说是帘挡窗，挡不住苍蝇蚊子，倒闹得屋子里怪闷的，自己又把自挂的帘子给取下来了。自这帘子取下来以后，那楼上的周秀峰每天总有几次伏在窗台上，向半空里张望。玉子呢，每日头梳得光光的，衣服穿得整整齐齐的，老是在屋子里做活。陈大娘也说过两次，说是：“在屋子里怪闷的，到外面屋子里来坐坐吧。”玉子就说：“屋里多清静，到外面屋子里去做什么？”陈大娘越发看到七八成，只是她除此以外，对周秀峰又没一些别的痕迹，说不出一个所以然来。

五月里的天气，总不能把屋里的窗户给他关上。其次，大姑娘坐在屋里做事，再好不过的了，难道一定还要到外面来做事不成？明知那窗户天天洞开着，究不是件好事，可是又没有法子去干涉，心里计划着，可就想不出一个万全的法子。要把这件事好好地解决，到了晚上睡觉的时候，娘儿三个，原是并头睡在炕上，陈大娘手上拿了一把破蒲扇，只是噼噼啪啪敲了个不住。玉子问道：“妈，怎么睡不着？你老是翻来覆去的，闹得我也没法儿睡。”陈大娘一翻身道：“蚊子、白蛉子，真咬死人了，你就不怕吗？”玉子道：“我倒是不大觉得，明儿买一把香回来，晚上点两支熏熏吧。”陈大娘道：“我看光是点香也是不成，这全因为这窗户是开着的，放了蚊子、白蛉子进来。明儿买几尺冷布，把窗子挡上就好了。”玉子道：“不行吧，这窗洞里又没有格栏，冷布怎样糊得起来？要说撕去窗户上的纸，放下来糊在上面，真会闷死人。”陈大娘道：“照你这样说，就愣叫白蛉子、蚊虫叮死，也敞着这窗户吗？再说，这窗户正对着那高楼，这样热天，要光脊梁真也不方便。”陈大娘这样一说，玉子就不好再说什么。可是心里大不以为然，认为母亲是存心为难，由这一点想到比开窗子还重大若干倍的事有的是，像这样不相干的事，母亲都要从中阻碍，关于其他的事，那还能谈吗？越想心里就越烦躁，闹了一晚上，也没有睡好，一直到窗户上大亮，倒糊里糊涂睡着了。

一觉醒来，听到窗子外面有洗衣声，母亲都在洗衣服了，时候一定不早，便忙披衣下床。一只手掀开门帘子，伸头向外一望，那个对房住的老蔡，改了卖江米粽子了。他端了一盆冷粽子要往外走，看见玉子，却将盆放下来，笑道：“大姑娘，今天早上可睡得香，忘了醒了。”玉子道：“昨天晚上吹了风，中了寒了。”说时，皱着眉毛，眉峰挤了一挤。老蔡道：“是啊！这个日子，白天是热，晚上是凉，一个不小心，就准能着凉。咱们这样的穷人，别说生了病，请不起大夫瞧，停了手，也就停了口，那可怎么办？人是死得穷不得，唉……”那王氏就在屋里追了出来，说道：“老头子，你是怎么回事，就这么一句闲话，一招上了你，就没完没了，你还不赶快推车子上街去吗？”老蔡听了他老伴的话，恐怕再一耽搁，又是一番啰唆，连忙就端了那盆粽子，到院子里去，放在独轮车子上，手扶着车把颠了一颠，又站住了脚。王氏在屋子里看见，就道：“你别又想什么岔了，走吧，有什么事回来再办。”老蔡这也就不言语，推了那独轮车子，慢慢走出门去。

刚到隔壁寄宿舍门口，只见周秀峰背了两手，正昂了头看柳树枝上站的两只喜鹊。老蔡原认得他，就笑着点了点头说道：“周先生，你今天没出门？”周秀峰是个受了新思想洗礼的人，对于这种劳动阶级，向来是不肯得罪的。老蔡一问，他就答道：“我没有出去，你现在卖粽子吗?”老蔡道：“凑合一个月吧，下个月就怕不行了。”老蔡将车把一放，笑道，“挺好的，有栗子馅儿的，有红豆馅儿的，也有素的，你剥两个尝尝。”周秀峰摇了摇手笑道：“不行，我们南方人吃粽子，煮得热气腾腾的吃了下去，还怕坏事。你们这粽子，冷的倒罢了，盆里还搁上几块冰，我们真没有这结实的肚子，只好让你们北方人尝这种好口味了。”老蔡道：“其实倒是不要紧，这粽子都是煮透了的，冰只是冰着外头，不关里面什么。这话可又说回来了，这样容易冷、容易热的天气，你们斯文人，一不留心，真也就会害病。我们同院子住的那陈家大姑娘，昨晚又不知怎么着了凉，今天就嚷不舒服了。”

周秀峰忽然听到玉子生了病，心里倒不免一动，便问道：“她病了，什么病?”老蔡道：“我也是刚才要出门才知道的，害的什么病，可说不清。”周秀峰偏着头一想，她是什么病呢？老蔡见周秀峰偏着头沉思的样子，笑道：“周先生，您有什么药方儿吗？我给您捎了去。”周秀峰笑着摇了一摇头道：“我没有什么药方儿，也不能这样糊里糊涂就给人药吃。”说毕，他依旧昂首远眺，好像在想什么心事。老蔡见他没有什么话说，不能在这里老等着，推车子自走了。

周秀峰在门口站了一会儿，心想等着竹子出来，就可以问她一个详细。不料这日上午，竹子尽管在家里，总不见出来。周秀峰等了一等，没有音信，就背了两只手在柳树荫下走来走去，约莫也走有七八次的工夫。忽然有一个老头子，远远地看见，就躬身一揖，笑嘻嘻地道：“周先生，周先生，许久不见了，您好。”周秀峰猛然间看见他，似乎有些认识，可是想不起在什么地方会过他，当时和他就点了点头。那人道：“我到这儿来过好几回，请这里的陈奶奶去打听，都说您不在家。”周秀峰这才忽然想起来了，他是从前在这门口卖卦的马国栋。当时曾为了玉子的面子，许了他在学校里找个事，后来事情一耽误，就把这事忘了。他年纪老一点，倒是可以在陈家跑来跑去，想了一想，不觉露出微笑，便道：“那真是对不住了，没有事吗？请到敝寓去坐坐。”马国栋是巴不得一声，拱了拱手道：“那是极愿意领教的了。”

周秀峰在前引导，把马国栋引到寄宿舍里来，并且不把他引进客厅，一直引到楼上自己寝室里去。周秀峰先让他坐下，又在桌上茶壶里斟一杯茶，放到他面前。马国栋看见他这样客气，真是不敢当，连忙站将起来，连说不要费事。周秀峰先和他谈了一些闲话，随后就问他和那隔壁陈家很熟吧。马国栋道：“也很平常，不过为访周先生，曾到她那里去谈过两回罢了。”周秀峰点了点头道：“是，我们是同一天认识的哩，你看那陈奶奶怎样？”马国栋道：“真是热心肠的人，唉，可惜出在穷人家里，若是出在有钱人家，她就能做很多事了。”周秀峰道：“可惜她只有两个女孩子，若是男孩子，将来或者可以助她一臂之力。”马国栋笑道：“这话不应当周先生说，你是教育界的人，要讲男女平等啊！”周秀峰道：“男女平等，那自然是我们愿意提倡的，可是男女要认识平等，职业才能平等，职业平等了，其余一切就平等了。她两个姑娘都是完全旧式的，将来拿什么本事去养活她母亲呢？”马国栋道：“这话您倒是说得是，漫说她是两个女孩子，就是两个男孩子，像她这种做女工的穷人家，哪里有钱给孩子念书？”周秀峰道：“大概情形固然是这样，可是在北京城里就不同了。现在北京城里办的平民学校到处都是，无论是男是女，都可以去念书，不但不要学费，连纸笔墨砚全是学校里的。虽然求不到高深的学问，看报写信是成的了。”马国栋道：“真是不花钱，这个书可落得念。不过陈家大姑娘这么大了，不念也罢。她家那个二姑娘，正是念书的岁数儿，要上平民学校，倒是挺合适。”

周秀峰听了他的话，不很投机，便不愿向下谈这话了，因笑道：“你提起她家大姑娘，我倒想起一桩事。刚才那个卖粽子的老蔡说，那大姑娘突然病了，这个日子的天气，最容易染时症，不是闹着玩的。她若是真病了，我倒可以介绍她到一家医院里去医治，医药费全不用花，马先生要不要到隔壁去？”马国栋道：“回回来见不着周先生，我才到她家里去谈谈。现在见着周先生，今天不去了。”周秀峰道：“那个不好，往日你找不着我，就去和她谈话，今天你见着了我，已经有了事，你就过门不入，人家岂不要说你忘了朋友吗？”说着，就对马国栋笑了一笑。他听说有了事了，心里又不由得欢喜一阵，问道：“是的，承周先生的情，给我荐个事。我还忘了问周先生，不知道是什么事，兄弟可有力承担？”周秀峰道：“就是我们敝校里抄讲义的事，上次我不是说过一回吗？”马国栋承仰着脸，翘起胡子来，对周秀峰望着。一听说，脸上突然笑起来，就站起来连连对周秀峰拱手道：“真是感谢得很，就是还有什么手续吗？”周秀峰低着头，想了一想道：“这倒要让我先打一个电话，你不是要到隔壁去吗？你可以先到那里去谈谈，回头再来，我就可以给你回信了。”马国栋真也不解，为什么老要我到隔壁陈家去？他既然说，我再回来，就给我一个信儿，我去混一混好，因此就起身到陈家来。

他站在院子里，就先轻轻咳嗽了两声，然后扬着声问道：“陈奶奶在家吗？”陈大娘正因为玉子的朋友屈太太冯桂贞，带了一个信来，请她们母女去，玉子心里有些不大愿意，没有去，却让陈大娘带着竹子去了。自己一个人买了一个大子的铁蚕豆，坐在炕上，背着窗户靠住，吃着铁蚕豆消遣。忽然听得有人叫陈大娘，回转头由窗户里向外一看，见是马国栋，便连忙答应道：“马先生，请进来坐吧！”说着走出外屋来，笑着说道：“您请坐。”便拿了一只茶杯，到老蔡屋子里，因低低地对王氏道：“姥姥，我们家里来了一位客，请您到外面屋子里坐一会儿吧。”王氏听说，果然就走将出来，玉子却在他们茶壶里倒了一杯冷茶，送到马国栋所坐椅子边的桌上，笑道：“您喝杯冷茶。”马国栋向她浑身上下一看，笑道：“不是好好的吗？怎么会说病了。”玉子笑道：“怎么回事！有人说我病了？”马国栋道：“是那边的周先生听到这边蔡老爷子说的吧。周先生倒是一番好意，他还说了，若是真有病，他倒有一家医院，可以介绍，并不花钱。”玉子笑道：“说是对他老人家说了这样一句，不过起来的时候，有点脑袋晕，早就好了。”王氏道：“我们这位老的，就是这样，听了风，就是雨。”马国栋道：“这可也不能说他老人家，他是一番好心肠，用得挂心的，他才挂心，用不着挂心的，他何必管呢，您说是不是？”玉子听了这几句话，对马国栋看了一眼，心想，你这个老头子，也会说这样的话。当时也不说什么，只低了头两手抱着膝盖静坐。

马国栋道：“还有你家那二姑娘呢？”玉子道：“她也跟着我妈到我姐姐家去了。”马国栋道：“您家还有一个大姑娘吗？”玉子笑道：“哪是我的姐姐啊？口头上这样叫着的罢了。人家是个太太，我们哪有那样的造化，要人家做姐姐啊！”王氏道：“这话可不是那样说，桂贞姐没有出阁的时候，不是像咱们一样地穷吗？只要你妈给你留点心，凭你这个模样儿、心眼儿、活计儿，哪样比不上桂贞姐？”玉子听到这里，就站起身来笑道：“姥姥总是喜欢和人家开玩笑。”说毕，出门去了。王氏笑道：“姑娘总是害臊，实话嘛。马先生，你瞧瞧，这姑娘不是挺好吗？”马国栋笑了一笑，因陈家一家人都不在这里，就起身告辞出了门，仍回周秀峰这边来。

周秀峰笑问道：“那边是有一个病人吗？”马国栋摇摇头道：“不，哪里有病，好好的人，刚才我在那边倒说着笑了一阵呢。”周秀峰道：“笑了一阵吗？说些什么呢？”马国栋哪里知道，他有什么用意，就老老实实地把刚才说笑的话一齐说了。周秀峰听了很是有味，说完了还问道：“她就只说几句话吗？还说了别的没有？”马国栋道：“没有说别的什么。”周秀峰问不出什么话来，接上又微笑了一笑。马国栋看到周秀峰这种样子，倒猜了个六七成，不过也无话可说，两个人坐着倒默然起来。周秀峰笑道：“你的事情，我已经问好了，你明天到学校里去找我，我可以介绍你去见讲义部主任。但是你有了事，你还住在南城破庙内吗？那里到学校里来，未免太远吧？”马国栋道：“那再说吧，大学校旁边，有的是公寓，随便找一家公寓住都行。”周秀峰道：“我们寄宿舍附近，也有两家小公寓，你住了倒是很合适。我有点小事，我也可以请你帮点忙。”马国栋道：“你说吧，只要可以效劳的地方，我没有不尽力的。”周秀峰笑道：“现在并没有什么事，不过将来我有什么抄写的文件之类，请你代我抄抄写写。”马国栋道：“周先生今天还有什么事没有？我得先告辞，家里还有一个穷朋友，我得安顿安顿。”周秀峰就点了个头，说道：“明天再会吧。”马国栋道了一番谢，就告辞了。

马国栋回到了庙里，和他同住的于一鸣正挽着一个破旧的花生篮子要往外走，耳朵上夹着大半截黑头烟卷。马国栋道：“怎么样，今天又挣了几个钱？抽上烟卷了？”于一鸣道：“我看您脸上也是一脸笑容，今天这回准遇着了那位周先生，事情办好了吧？”马国栋听了，先将手摸了一摸胡子，接上又把两只手搓一搓，脸上堆下笑来。于一鸣道：“不用提，你的事，一定全办好了。你要是在大学当先生，随便……”马国栋笑道：“当先生，天下没有那样便宜的事，大学堂里要咱们去教什么，教人家去算卦吗？我这回去，不过是给教书的先生抄抄稿子罢了。兄弟，你还是做小生意，只要不够嚼裹，你去找我，再帮贴你一点。我们同住在庙里这么久，总算是患难朋友，我不能忘了你。”于一鸣道：“给人抄抄稿子，能挣多少钱一个月呢？”马国栋道：“那还能挣多少钱，不过十一二块钱罢了。人别不知足，不是那陈家的大姑娘给我说话，找事的人有的是，人家哪里会找到咱们头上来？”于一鸣道：“哪里有什么陈家大姑娘？我没听见你提过。”马国栋就把那天算卦起，认识周陈二人的经过，说了一遍。又说周秀峰对于玉子，好像非常地注意，可是他这样一个有学问有身份的人，何以爱上一个做女工的女孩子？这事真有些奇怪。

于一鸣笑道：“两家待你都不错，你何不做一个现成的媒？”马国栋笑道：“我够不上做媒，那陈家的姑娘也别想做太太。要是真有那么回事，像周先生那样漂漂亮亮的人，弄一个洗衣服的人做外老太太，他自己有什么面子呢？”于一鸣道：“这话可不能那样说。”说着将胳膊上挽着的花生篮子，向地下一放，身子也向下一蹲。马国栋道：“这样子，你又要和我谈上一起了，时候不早了，你出去做生意去吧。”于一鸣挽着篮子，肩膀耸了一耸，笑着去了。当天晚上，马国栋仍旧住在庙里。次日到大学附近去找公寓，他虽然说是有职业，无奈形状太穷，而且又没有铺盖行李，各家都不肯收留。没有法子，只好见了周秀峰，说是白天到学校里做事，晚上仍回庙去住。周秀峰对于他个人的行动，却也无可无不可，就听他自便。

在当日，马国栋就正式上工了。他总记得玉子初次见面那一番保荐之功，上了一礼拜的工，可就到陈大娘家来看了两回。言谈之中，自然不免向玉子表示了几番谢意。玉子抿嘴笑道：“我不过白说一声，那算什么？”马国栋道：“自然，周先生这番提拔我的意思，我是到死也不忘记的。将来周先生有要我帮忙的时候，我总竭尽全力去帮忙。就是陈大姑娘呢……”说着，用手理了一理下巴颏下的长胡子。玉子在肋下抽出掖的手绢，揩了一揩嘴唇，微微一笑，看那两片苹果色的脸上，更泛出一重淡淡的红晕。马国栋心想，这姑娘真也是喜欢害臊，这样一句不相干的话，何至于也把脸臊得通红，当时也没有接着向下说什么。陈大娘却在一边插嘴道：“她有什么要你帮助的地方呢？除非是我，将来要求求你。”马国栋仍旧理着胡子，对她母女笑了一笑。

其实陈大娘却是一句无心的话，玉子却听在心里了。次日吃午饭的时候，这句话在她心里，再忍不住了，她就问母亲道：“妈，你说有事要求求马先生，真的吗？漫说人家找着事，不是咱们的力量，就算是咱们的力量，咱们还能借着这一点缘故，就要人家帮忙吗？”陈大娘笑道：“你这孩子，真是死心眼，我哪里就有什么事要去求他哩？这也不过因话答话，顺便提上这样一句。人家问咱们有要他帮忙的地方没有，总得这样说，难道对人家说咱们用不着你帮忙吗？”玉子一头高兴，听了母亲这样说，竟是一场幻想，本来吃抻面，吃得好好的，竟不愿吃了。原来这是她母亲亲手抻的，一面抻着，一面就在屋里小炉子小锅里下。下好了，先挑起一大碗给玉子，面里虽没有什么油盐酱醋，然而放上黄瓜丝和芝麻酱，稀里呼噜一拌，在平民化的人家，也就吃个又香又脆。

玉子挑着碗里的面，一面吃着，一面和母亲说话，这时也不知什么缘由，心里自然有一种不高兴的意思，要发泄出来。于是将筷子架在面碗上，站起身就要走。陈大娘用手扯着她的衣服道："别忙走，把这一碗面吃完。"玉子道："你这倒是说得奇怪，人家吃不下去。你死乞白赖地要人家吃下去，这为什么？"陈大娘说："昨晚上吃窝头，你只嚷没有吃饱，今天早上，你什么也没有吃，又是你说的要吃抻面，怎么这会子倒不吃了？"玉子道："一见了饭，我就像饱了似的，你叫我有什么法子呢？"陈大娘道："你这孩子，我也不知道怎么回事，常常地无缘无故地就生气。"玉子道："好好地说话，谁又生了气呢？"陈大娘道："你说你不生气，你叫别人看看你那脸上的颜色，成了个什么样子？"玉子一皱眉道："你老问什么？人家心里烦吗！"陈大娘道："哟，好好的心里烦什么呢？"竹子在一边正把一碗面吃完，就拿了手上的筷子指着玉子道："妈，你不是说桂贞姐先是老在家里吵，后来找着主儿就好了吗？你也给她找一个主，她准……"玉子不等竹子说完，下死劲地呸了她一下。陈大娘也骂道："你瞎说八道，我撕你嘴。"竹子道："你不许我说，那为什么她生气？"玉子道："你再说，我就打你了。"竹子道："十年，八年，一辈子，都不给你找主，气死你这丫头。"说着，竹子还是得意扬扬地倒拿了筷子在手上，向着玉子乱点。玉子和竹子隔了一张桌面，可没奈何她，就扯着陈大娘的胳膊道："你听听她说些什么？你不打她可不成。"竹子听说，怕她母亲真个要打，放下筷子碗，撒腿就跑了。陈大娘不但不生气，倒为之扑哧一笑。玉子道："都是你惯得这样的，你还笑呢。"陈大娘道："她多大岁数，你多大岁数，你为什么和她一般见识呢？"

玉子想不到心里越加倍地意懒心灰，也说不出什么缘故，身上好像有一种病。但是这病也不怎样重，只觉心里烦人，想要睡觉而已，这样约莫也有一个星期之久。不过只是自己明白，却没有让人知道。又过了两天，他母舅家里来了人，说是姥姥病重，要她们母女去看看，陈大娘一急，于是收拾了细软，当日就出城去了。原来陈大娘娘家是庄稼人，住在离德胜门外三十里的太平村里，虽然不是有钱的人家，靠了地里打的粮食，却也能维持生活。因为陈大娘母女三人没有进项，平常也贴补一点，所以陈大娘嫁出去二十多年，依然和娘家不断地来往。现在一家三口，到乡下去，娘家也不会嫌人多，于是，这一下乡去，有两个月未曾回京。不过住的房子，每月不过一块钱，陈大娘的兄弟进城的时候，顺便就给带来。

这期间把紧邻的周秀峰真急了一个没奈何：第一，不知道玉子搬到乡下去，是不是牵涉到婚姻问题上，若果如此，真是把一颗明珠弄到泥里去了；其二，她在北京，住在那种大杂院里，都替她叫屈，而今搬到乡下去，不知道她过得惯那种生活不？其三，环境是容易变更人之本质的，玉子虽然人很聪明，终日和些蠢牛笨马在一处，她的知识也难保不受蒙蔽。这要想个什么法子，把她重引回北京来呢？自己和陈家无亲无故，就是有法子，又怎样去说？自己踌躇了会子，还是想到了马国栋。他和陈大娘一家，都混得很熟，要问陈家的事，当然还是请他去探听一下为妙。

这样想着，马上就打了一个电话到学校里去，把马国栋请了来。马国栋也不知道周先生有什么要紧的事，急巴巴地打电话前来相催，不敢怠慢，马上就到寄宿舍里来见他。周秀峰让他坐下，先谈了一些闲话，后来就问现在事情多不多，钱够用不够用，马国栋心想：人不要不知足，总说事不忙，钱也够用。周秀峰笑了一笑，然后问道："你好久没有到我这里来坐，大概陈家也没有去过吧？"马国栋道："怎么着？陈家搬走许久，周先生都不知道吗?”周秀峰笑道:“知是知道搬走了,搬走了许久,我以为该回来了。奇怪的是,一去两月,并不见她们回来,她们这里的房子又没有租出去,好像还要回来似的。”马国栋道:“这事很容易,我给你打听打听去,回头就给你回信。”周秀峰耸了一耸肩膀,笑道:“其实,和我没有什么关系,我不过白说一声罢了。她们母女在这里别的什么好处没有,破了衣服,让她缝缝补补,倒是不错。自从她们母女走后,我有好些东西破了,都还存着。所以社会小仁小惠的事,当时不见得怎样,若是没有了,事后想起来,也就放在心上,搁不下去。”马国栋道:“可不是,听说她们大姑娘还打算进平民学校呢,这一下乡去,真是可惜。”周秀峰本来就惋惜得了不得,马国栋再这样一提,他就禁不住只管咨嗟叹息,两只巴掌在大腿上连拍了几下。马国栋道:“我倒是没有事,可以到隔壁去看看。”周秀峰微笑道:“不要去吧,隔壁又没有她家人,去问谁呢?不过她家的屋子,倒是没有退租,去问一问那卖白薯的老蔡,他或者知道。”

马国栋听他这话,分明是周秀峰要他去了,于是笑着起身,向隔壁走来。周秀峰在自己楼上,就隔玻璃向这边张望。马国栋走进陈大娘住的屋子,坐了许久,满面是笑容出来了。周秀峰料得他有好消息来报告,就抽了一本书躺在床上看。马国栋推了房门进来,笑道:“那位蔡家老太太说,陈大娘回来一趟,今天一早出城的。陈大娘说她在德胜门外沟沿胡同还要住两天,两位姑娘也都在城外呢。”周秀峰道:“为什么住在那里又不回来呢?”马国栋道:“听说陈大娘的妹丈住在那里,那里的门牌,我也打听出来了,是二号,姓王,这家是开茶铺的。”

周秀峰心里想道,你不要看这老头子老实,什么都知道,便问道:“她一个人回来做什么呢?”马国栋道:“大概是为了房子的事情，但是并没有退租。”周秀峰听了这话，脸上立刻就变黄了，沉吟了一会儿，忽然笑道：“我想起一个约会，要出去了。”马国栋就答道：“我先告辞，周先生有事，一打电话，我就来了。”

周秀峰憋住一肚子的心事，正在踌躇要怎样进行，马国栋说走，他也不曾留意。想了一想，到北京来了这些年了，未曾到后门去过，今天下午无事，何不就照着马国栋说的那个地方去看看，设若碰见了她，我也要看看相隔两月，是否别来无恙？这样想着，也就不再停留，就带了一点钱在身上，走到马路上，搭了电车，直向北城而来。到了德胜门，自己计划着，听到人说，这里是贫民之窟，且不坐车，可以步行出城，看看这贫民之窟，究竟是怎样一个情形。步行到城门口，果然觉得这地方，就与别所城门不同，进进出出，都是些驮箩筐的牲口和笨重的大车。马路上的石头，像险滩上的水浪一般，高低不平，地下更是撒满了成堆的马粪和零零碎碎的秫秸和麦秸秆儿。周秀峰走到城门洞里，前面正走着一班骆驼，这时骆驼落下来的毛还没有长齐，露出漆黑的皮肤，垂着长而瘦的脖子，非常难看。它们又是在前面一步一点头，挪不了三寸，周秀峰真跟得有些不耐烦，于是身子向边一让，打算抢了过去。正要走时，只听得震天动地的一阵鼓响，非常地紧急，由身后而来，出其不意，倒吓了一跳。回头看时，那里是什么鼓响，原来是十几辆铁壳木轮空大车，由骡马拉着飞跑，轮子滚着地上的石板，在城里因应着那震动的声浪，仿佛就如擂几十面大鼓一般了。

周秀峰一想，住在北京有许多年，不是到这平民化的德胜门来，真不会知道北京还有这样绝妙的风景。一面想着，一面低了头向城外走。一出城门，就有一阵奇异的臭味扑鼻而来，这是北京护城河里一种特点，原也是领略过的，唯有这地方的臭味，却是格外厉害，扑到鼻子里来，不由得让人恶心，掏出手绢来，且捂住鼻子，一步一步地踱过石桥。据马国栋说，陈大娘住在沟沿胡同，在桥上遇见一个巡警，就向前打听，巡警用手向北指，说是在那茶馆子东边，一拐弯便是。周秀峰照他所指之处，走到茶馆前，那茶馆正立在护城河北岸，后面是一带黄土墙的矮屋，大门正对着河，是一所凉棚。这凉棚是四根歪木头柱子撑起来的，上面横七竖八用木棍、木条、木板搭了一个架子，架子上稀稀地盖了一些破烂的芦席。凉棚底下，不见什么桌椅，乃是用黄土砖砌成高低大小几个土墩，大的高的，算是桌子，小的低的，算是板凳，大概这时候还没有到喝茶的时候，棚子下只有许多嗡嗡作声的苍蝇飞来飞去。那茶棚隔壁，土墙弯进去一个小犄角，正是小露天茅厕，墙里一条浅土沟由里向外，直下护城河，还流着臭水，这一种脏象，简直不堪寓目，更不要说是鼻子里嗅着那种气味了。巡警说，要由那里拐弯，那是非走去不可的了，掏出手绢来，捏了鼻子，且顺着河沿，走向茶棚那边去。回头一看，这河里流的水，真个如“春波鸭头绿”，带着“绿柳搀黄半未匀”的那种颜色，那水里却带了不少的零碎杂样东西，其实不是水，乃是各处暗沟、明沟流过来的污秽之质，不但鼻子里不敢闻，眼睛真也不敢看。等不及问明路径了，马上就掉转身走进茶棚后那一个胡同去，一直走了几十步路，到胡同深处，料着离得护城河远了，这才回转头来看了一看胡同两边的人家。这些屋子，不能算是瓦盖，更也不像城里人家盖的那种灰棚，是石灰麻刀砌成的，这里的墙和屋顶，全是黄土抹成，高齐人肩，只看外表，不问内容，这里面大概也就脏得可观了。

左肩边有一所小门框，上面钉了一块小门牌，正是写着沟沿胡同。周秀峰看到心里先有一阵难过，难道她那样爱干净的女孩子，倒会在这种地方住家？不过马国栋说得明明白白是这里，当然不会错，且顺了这胡同找着走再说。这一家的门牌，乃是六号，过去一家是五号，向前直走，当然就可找到了。那五号门牌的人家门只有三四尺高，人得弯腰进去，门里一个方圆满丈的院子，地下躺了一只老母猪，犹如死过去了。十几只小猪，彼起此落，拱着它那腹下大堆肥乳，哼哼有声。周秀峰一想，这一条胡同的人家，都是这样的吗？未免太龌龊不堪了。这种地方，让我过五分钟也受不了，何况是经年累月老在这里过日子呢！玉子若是真在这里，我必得想个法子，把她救了出去。

想着想着，又过了两户人家，那四号门牌，倒是一所大门，里面空荡荡的一所大院子，周围列着黄土矮屋。大门口，左边斜靠着一只三尺高的粪桶，右边一辆独轮车子，架着两只腰形柳条篮，原是装粪用的。这时虽没有装粪在内，可是篮子上糊满了粪汁，成千上万的苍蝇，在车前车后飞舞。周秀峰一见，不由得便是一阵恶心，哇的一声，吐了一口清水，三脚两步，走过这一家，有一片空地。空地过去，有两株大柳树，树下一个人家，是黑漆门，虽然矮小一点，比前几家干净得多，他精神上受了刺激，又走得匆忙，有点头昏脑涨，不免站立不住，便一手扶了柳树，哗啦哗啦，只管要吐。这时，门里一个人道："哟，这是谁呀，是……"一个"是"字之下，未曾接续"他"字，那人在门里一闪，看到门外这个人了，她接上又哎哟了一声，扶着门愣住了。那人正是玉子，被姨母家留住未走，她万不料周秀峰会到这种地方来，看见人家呕吐，要上前问一问，向来又没说过话，要不理会吧，心里哪里过意得去？定了定神，自言自语地道："这是中暑了，怎么办呢？我妈也出去了，竹子也去了。"周秀峰虽然有些头晕，心里可是明白的，他听到玉子一人在那里说话，正是为着自己，索性不作声，看她说些什么。玉子在门里叫了两声，并没有人理会，只好自己走了出来。

玉子离着周秀峰约莫有一尺远，问道："周先生，您怎么了？给您一口热水喝吧。"周秀峰抬起头来微笑道："不用，我头有点晕，站立一会子就好了。"他心里可就盘算着，你这里的水，便是要了我的命，我也不能喝的。玉子道："这里只有我大姨在家，怎么办呢？要么，请到家里去坐一坐。"周秀峰道："不必了，这地方真和城里不同，脏得厉害。"说时，望了一望，对玉子微笑道："大姑娘你不是住在乡下吗？为什么到这里来？"玉子见他问话，先绯红了脸，顿了一顿，然后说道："不过是在这里做几天客，将来还是回到乡下去。"周秀峰道："城里的房子怎么样，打算退租吗？"玉子道："也许要退租，我不知道。"周秀峰道："你们家在城里过得好好的，为什么要搬乡下去？大姑娘，你在乡下，住得惯吗？"玉子听到这里，答应了不好，不答应也不好，就点了点头。周秀峰以为她是表示住不惯，便笑道："我猜大姑娘也是住不惯的，你去对你母亲说，还是搬进城来住的好。至于你们的手工钱不够嚼裹，我也知道，那倒不要紧，我可以帮你们一点忙的。"这句话却有点让玉子不好回答，便问道："你不舒服，怎么样了，现在全好了吗？"周秀峰又皱了眉道："不，我还是有点儿晕呢。"

玉子心里暗想，刚才和他说话，他老是追着问，哪里有一点病；现在问他，他又皱眉了。想到这里，不由得抿嘴微笑，便道："请你等一会儿，我找一个人去。"说着她回到院子里去，不多大一会儿，把她的姨妈找来了，姨妈道："人家是你妈的街坊，得帮着人家一点。上胡同口上，给人家雇一辆车，送人家回家去吧。”周秀峰偷眼看那妇人，有五十上下，倒也是个老实人的样子，便哼了一声道：“老太太，你这儿要是有哪位腾得出工夫来，最好多雇一辆车，送我回家，我怕在路上由车子上摔下来呢。”玉子听说，就盯了他一眼，但是他低着头，却未曾看见。姨妈道：“哟，我们这儿哪有闲人啦。”周秀峰道：“那么，请陈家大姑娘送我一送，成不成？原车去，原车子回来就是了，车钱都归我给。”一面说着，一面慢慢地靠了那树。

姨妈对于他的要求，本来有些不愿意，人家十七八岁的大姑娘，怎好送个青年男子？可是一看人家病得这样沉重，真让他一个人回家去，可也有些不放心。好在陈氏母女，又和他是很熟的街坊，青天白日，坐了车子，送人家一趟，也是不要紧的事。正在这一会子，周秀峰又接二连三地哼了个不住，玉子的姨妈看着心里过意不去，便跑到胡同口上，给他们雇了两辆人力车来。玉子原是静静地站在门口等着，见姨妈雇了人力车来，真个要送周秀峰进城，心里却有些发慌。相识了许久，话也不曾说过，今天突然地相识，又突然地还和他同行，却是出于意料之外。不过车子已经拉到面前来了，若是拒绝而不上车，那很是给周秀峰的面子上下不去，因此，不作声，就低头坐上车去。周秀峰心里这一份痛快，已是不可言喻。不过，他不肯在面子上表示出来，一手撑着腰，一手扶了额头，口里哼着，慢慢踱上车去。他的车子在前，玉子的车子在后，就拉出胡同，进城而去。

由城外河沿经过的时候，周秀峰将手掩着眼睛，看也不敢再看一眼。一直进了城，玉子的车拉着和秀峰的车子并了排，秀峰一回头，正好玉子偏过头来看他的病容，四目相射，玉子先不好意思起来，但是她立刻将面孔板住，很大方地问道：“周先生，你怎么样了，好些吗？”周秀峰道：“进城我就好了，我并不是中了什么暑，实在因为你住的那个地方，我觉得脏得很，看了犯恶心。大姑娘你是爱干净的人，怎么会在那地方住下了?”玉子道：“我们是穷人啦，那有什么法子呢?”周秀峰道：“住在城里有什么不好呢？我先说了，你家里要是不够嚼裹，我要是能帮忙，就尽量地帮忙。”玉子听了这话，却不作声，手在胁下掏起手绢来，轻轻地擦了一擦脸。周秀峰道：“我这是实在话，你老住在那种地方，不但不会长知识，而且也怕染上传染病。”玉子道：“那我有什么法子呢？我又不能做主。”说这话时，可是偏了头，望着街的另一边。周秀峰道：“你就是不能做主，你也不能对你母亲提一提吗?”玉子道：“我怎样去对母亲说呢?”周秀峰笑道：“你是一个很聪明的人，难道这样很容易的事，还不会对你母亲说吗？除非你不愿意说，你若是愿意说，你一定说得很妥当的。”这几句话，说得玉子否认是不对，承认也是不对，只是抿了嘴，微微一笑。周秀峰道：“我这话说得怎么样？你看对吗?”玉子笑道：“再说吧。”她说了这话，还是偏了头，看着街的那边。周秀峰虽然有话要和她说，看到人家这种羞答答的样子，也就不便于尽量地追着问了。

车子由大街走到了小胡同，玉子的车就在前面了。周秀峰只能看到她的后影，看不到她的面色，这就不管她害臊不害臊了，还是有一句没一句地直向下问。玉子让他说了一个够，也偶然答应一两声，及至周秀峰不问了，她又回转头来看一看，问周秀峰现在可完全好了。他们说着话，这两个车夫似乎与平常的车夫不同，他们格外跑得快，穿过一条胡同，又穿过一条胡同。周秀峰也不便说叫他们不要跑，只好由他们，但是心里想着，你以为跑得快，我就可以多给你几个钱吗？按着心里我的意思，非罚你一个白尽义务不可，一个子儿也不能给你。正是这样埋怨车夫，车子已拉出了一个小胡同口，远远地就望着自己寄宿舍高楼，隔着御河，高出一排杨柳之上了。

玉子在前面连喊着车夫停住停住，车夫以为他们到了，果然就放下车子。周秀峰也不明她的用意，且开发了车子走。车子打发走了，玉子站着笑道："周先生现在没事了，我回去吧。"周秀峰道："你都走到这儿来了，为什么不回家去看看呢。你那里不是还有蔡家姥姥，你很喜欢和她谈谈吗？"玉子红了脸道："我不愿意人家知道我送你回来的，我也希望周先生别把这话告诉人。"周秀峰笑道："那要什么紧？我们就不算是朋友，也是街坊，街坊在街上得了病，请人送回来，要什么紧？"玉子虽然口里说要回去，脚下也就情不自禁地，一步一步，跟着周秀峰走将过来。周秀峰走到看自己寄宿舍不远，又停住了，不走，因道："大姑娘，我告诉你的话，你记住了没有？无论如何，还是早一点搬回来的好，那地方我真不能去了，得了传染病，可不是闹着玩的。"

玉子只是低了头，随着后面走。恰好老蔡的老伙伴王氏正站在大门口，一见玉子，先哟了一声道："我的大姑娘，你可把我想坏了，你今天怎样有闲空回来了？"老人家说着话，已是颤巍巍地迎将上前来。玉子抢了两步，也走过去，笑道："姥姥，你好？我特意看你来了。"便搀着蔡王氏一只胳膊，慢慢地走进门去了。周秀峰走回家，一直上楼，心里非常地舒适。平常看电影，总是一个男子救了一个女子，然后和那女子成为朋友，今天这种办法，却是倒过来了。无论如何，我要在这窗户守着她，看她有什么举动。她要是相信我的话，她就会想法子搬回家来的。因此守在窗户边下，向对面看了去。

看了不多大一会儿，忽然电话来了。他们这里的听差，走到楼上房门外，先就笑道："周先生，黄小姐电话来了。"周秀峰道："挂上了吗?"听差道："没有挂上，是黄小姐自己在说话，你接不接呢?"周秀峰也没有工夫答复他这个问题，出了房门，一直就到楼下来接话。一拿话机，只喂了一声，那边黄丽华小姐先笑了，问道："周先生吗，我打了两道电话了。"周秀峰道："真对不住，我到后门去了一趟，刚回来呢。"黄小姐道："今天晚上六七点钟有工夫吗?"周秀峰想到把玉子引回来了，不知道她今天出城不出城，最好是今天还可以和她见一面。然而丽华打两三道电话来找，一定有事的，又怎可以置之不理呢?于是手上拿着电话机，就站着踌躇了一会儿。黄丽华又道："我也没什么事，不过今天晚饭，预备了几样家乡菜，想请你过来吃便饭。"周秀峰道："有哪几位客呢?"黄丽华道："既然是吃便饭，哪里还有什么客?要都像周先生这样，请客的人，不要为着打电话忙死吗?"周秀峰听她这话，倒是寓谦于讽，因笑道："我已经道歉在先了。密斯黄还不能谅解吗?"黄丽华于是乎也笑了。周秀峰道："无论如何，我一准来叨扰的。不过既然不是请客，就请不要把菜弄得太多了，再会吧。"

挂上电话，复回到屋子里去，又有一点懊悔。为了那边情侣请吃饭，把这边的情侣丢了，觉得有些不对，玉子是今天第一次通言语，可不能让人家生误会。在他这样犹豫不决的同时，桌上的小钟，当当敲过五下，看楼下对过屋子里，好像蔡家老太婆还和玉子滔滔谈个不绝，这时候还不出城，今天就走不了啦。那么，趁着这时去赴黄丽华的约会，也不见得会耽误什么事情。于是吩咐听差，叫包车夫将车子擦得亮亮的。到了六点钟，换了一套米色哔叽的西装，又换了一双白色皮鞋，然后到黄家来。这里的门房，对周先生，已认为是极熟的来宾，用不着通报，由他直入上房。周秀峰到了里院，只见丽华穿着一件短平膝盖的蓝色丁香绸旗袍，脖子上向外翻着白色套领，袖子高高的短过肘弯，露出来寸许水波纹的花边，右手倒提着一只网球拍。漏花高跟鞋，露出那肉色稀丝袜的两只光腿，袅袅婷婷地下石阶向草地上走过来。

她一看见周秀峰先笑了。她头上戴着软皮的白色学生帽，罩着那浅红色的脸，便不笑已是很美丽的，又何况是瓠犀微露地笑着呢。周秀峰笑道："暑气初消，秋高气爽，这正是体育活动的时候啊。"黄丽华将球拍向草地上一扔，在头上抓下白帽子，在手里拿着当扇子摇，笑道："只管坐着，我怕坐出毛病来，所以打着玩玩，论到这个，我是极端的外行，密斯脱周也喜欢玩这个吗？"周秀峰笑道："密斯黄自认是外行，我连外行也不敢承认。当学生的时候，就不大玩，不当学生了，简直和这样东西不大会面。"黄丽华笑道："这样说，早就会了，还是老手哩。"她一面说着，一面趄到周秀峰身后去，是让周秀峰先进屋去的意思。周秀峰一面在前走着，便觉那身后的香气，一阵一阵逼将过来，虽然不回头去看，也知道黄小姐傍着自己身子很近了。

到了小客厅里，黄丽华和他相对而坐。刚坐下去，又站起来笑道："打球打得浑身是汗，密斯脱周等我一等好不好？我要洗个澡去。"说时，站到穿衣镜前，对着镜子，两手扶了一扶乱发，又扭转身去，背身对着镜子，回头看了看身后，对周秀峰笑道："连衣服都湿了，你坐一会儿吧。"她说毕就走了。可是在她这一扭转身躯之间，身上有一条长的绿绸手绢落在地下，周秀峰连忙弯腰捡起来，要送给她，她已顺手带拢着门，走出去了。周秀峰拿着那手绢一看，是一条墨绿色纺绸的，两端拦着两条蓝色横格，一个犄角上，用蓝线绣着L·H·W三个英文字母，这正是她姓名的缩写。向来没看见她使用过这样有标记的手绢，今天初用，她就失落了，这应该送还她，不然她丢了心爱之物，要难过的。把玩一会儿，拿在鼻子下嗅了一嗅，十分浓香，和刚才她站在身后，晚风送来的香，却是一样，不过更见得浓郁些。忽转念一想，她来了，我且不告诉她，看她记得不记得？不记得，我就留下了。

过了一会儿，黄丽华又换了一套粉红色的西服出来，映着骨肉停匀的肌肤，格外美丽。周秀峰笑道："这世界上，还算金钱是好东西，有钱的人家，有了浴室，多么方便，爱什么时候洗澡，就什么时候洗澡。洗过澡之后，有下人来放水，衣服挂在衣橱子里，随便挑一件向身上一披，多么痛快。像我们洗一个澡，多么麻烦，先得凑着空子，赶上洗澡堂子里去洗，有车子坐，还好一点，若是没有车子，跑来跑去，身上先得出一身汗，费了时间，花了钱，算是白洗。"黄丽华笑道："这也是不讲究衣食住的中国家庭，才是这样。外国可就不然，极穷极穷的人家，也有一个公共的浴室。"周秀峰道："这种办法，在中国又不行了。因为外国是许多小家庭，住在一个几层楼的房子里，洗澡水有房东管理。中国稍微有饭吃的人，都讲究独门独院，像北京这地方，若是有许多人家住在一个门楼子里，那叫杂院。三四口人，住一间小房子，算是常事，哪里去找公共浴室呢？"黄丽华道："怎么这穷人家的事，密斯脱周也知道。"周秀峰道："本来不会知道，因为我寄宿舍的楼下，正对着一家大杂院，在窗户里，常常可以看到那些人家的行动，可是那还不算最穷的。今天下午，我到后门去找一个朋友，在那些黄土屋子里经过，我这才知道有人过着畜类生活，要说人间地狱，那里真可当之无愧。"

黄丽华感到诧异，问道："密斯脱周的朋友，无非教育界的人士，教育界的人虽穷，也还不至于穷到住进地狱去。这个朋友，恐怕不是教育界的人物吧?”周秀峰脸上一红，笑道：“是一个……是一个……是一个小时的同学。”黄丽华笑道：“我看密斯脱周的样子，倒有些难为情呢，其实那要什么紧。我们那位姨太太，她就常说，‘皇帝家里，还有三门穷亲戚’，何况密斯脱周去寻访的，是一位穷朋友，不是一位穷亲戚，那更没关系了。”周秀峰道：“的确的，交朋友，只要志同道合，富贵贫贱，全没有关系。比如密斯黄和我交朋友，也就比我和那位同乡交朋友差不多了。”黄丽华笑道：“刚才说是同学，怎么又变了同乡?”周秀峰脸上的红色，刚刚是要褪下去，现在又复红将起来，笑道：“本是同学，却也是同乡。”黄丽华还不曾说什么，听差来说：“晚饭已经预备好了，请去吃晚饭。”

周秀峰借了这个机会，就把这一道难关赶快地牵扯过去，笑道：“还有客，怎么没有看见?”黄丽华道：“这一餐便饭，是为了阁下特设的呢，我怕密斯脱周不肯来，所以说是请有几个客，其实吃便饭，要请上四五个客，也真寒碜。”周秀峰和她说着话，一路跟了她走，不觉走上了一层楼。在一个扇面式的内廊上，黄丽华推开一扇门，手扶着门，身子一偏，意思是让周秀峰进去。周秀峰明白了她的意思了，这也就用不着客气，走了进去。这里好像是黄女士的书房，在玻璃窗外，斜放着一张写字桌，桌上设着珊瑚色的瓷毛筒、白玉瓷的小花瓶、雨过天晴的水盂、景泰蓝的墨盒，精致极了。桌上是垫着墨绿色的细绒，不但不见一点斑渍，而且是微尘不染，一个平常写字的桌上，有这样干净，这是难得的事了。写字台边，乃是沙发转椅，垫着黄棱子绣团龙的靠背，坐在那里读书，那自然是舒服极了。写字台后，一列也有四架洋式的玻璃书橱，橱门一律锁闭，隔了橱门，看那里面的书，摆得齐齐整整。这边还有一套皮面沙发，也是黄靠垫，沙发上却扔了一本木版大字的书，此外还有些古玩和钢琴。

周秀峰刚要坐下，黄丽华却推开旁边的一扇玻璃门，再让他进去。这一间屋子，陈设得更整洁，一律是洁白的家具，配着许多鲜花，正中一张圆桌，已经陈列了酒菜。周秀峰笑道：“这一间饭厅，设在这书房里，这一定是密斯黄私人所有了。”黄丽华道：“这不是饭厅，平常来了女朋友在这里谈谈心、下下棋罢了。不是好朋友，我是不让来的。”周秀峰笑道：“这样说，我也是个好朋友了。”黄丽华先抿嘴一笑，然后说道：“这就是所谓仁者见仁，智者见智了。”于是二人对面坐下，一同用饭。这屋子原有一扇小门通外面走廊，是用不着从那书房里过的。这时有两个穿了干净衣服套着一件白坎肩的女仆，进进出出，伺候菜饭。周秀峰吃着饭，心里就默念着，她的生活实在舒服，不但是物质上可以充分地享受，就是精神上也得着相当的安慰。就以女仆而论，别家用的，那种蹄子脚和那翘尾巴头，一见之下，就让人感到一种不快。她的家庭真是考究，连用人都是支配好了的。本来她家有的是钱，要办什么都可从心所欲的，设若我有她的家产百分之一……

黄丽华用她的筷子，敲着小酱油碟子道：“你在想什么？我看你筷子上夹了一片鱼，都出了神了。”周秀峰道：“可不是，我就在这鱼上想出了神了。这鱼味非常好，我们在寄宿舍里，终年也尝不到一回，我想有室家之乐的人，究竟比一个孤独者，过浪漫生活好些啊。”黄丽华笑道：“这有些文不对题了，这鱼是厨子做的，又不是我家里哪个做的，与有家庭无家庭什么相干？密斯脱周要想吃这样的鱼，很容易，常到舍下来吃，我叫厨子做了送去也可以。”周秀峰两眼一看，两个伺候的女仆已退出去了，因笑道：“智者见智，仁者见仁。”黄丽华道：“这是怎么说？”周秀峰笑道："我也不能详细地解释，还是那八个字，智者见智，仁者见仁。"黄丽华情不自禁，在那薄施脂粉的香颊上，越发添上了一层红晕，勉强笑道："这样打哑谜的话，我一辈子也懂不了。"

周秀峰一面吃着饭，一面向屋子里四周打量。黄丽华也笑道："密斯脱周，你看了我这屋子，有什么批评没有？"周秀峰道："这还有什么批评，难道说有这样好的屋子住，还不能满意吗？"黄丽华道："我的意思，不是这样说，却是问你这屋子布置得怎样？"周秀峰想了一想，又对屋子四周看了一看，因笑道："若以西洋式的房屋而论，这里很用得上雅洁两个字。"黄丽华点点头道："这是很对的，我倒也想布置两间完全中国式的房屋，只是我对这一点，不大很内行。"

周秀峰已是吃完了饭了，就站起身来，女仆递上了一杯漱口水，另一个女仆拧了手巾把送上。黄丽华也就不吃饭了，陪着他到这屋子里来，让他在放着大本书的那张沙发上坐了。周秀峰捡起那本书一页，却是一册宋版《诗经》，因笑道："黄小姐研究经学吗？有这样好古色古香的书，这实在要一间纯粹的中国书房，方能衬配。"黄丽华道："我就喜欢中国这种木版书，既清楚又美观。"周秀峰道："美观两个字，那是没有定评的，你说美观，他又说不美观，只以人的善恶而定。像这样的宋版书，也有人嫌着纸色太黄黑哩。"黄丽华偏着头对周秀峰道："这话准吗？"周秀峰忽然觉悟了，双手连连摇着道："不不，只限于一部分罢了，并不是指着美观的全部而言。"黄丽华站起来，指着他说道："哪儿，哪儿，你这一会儿工夫，说话就前后不相符，刚才那样说，现在又这样说。"周秀峰道："并不是我说话前后矛盾，这里面自然还有一段解释：第一，对人就不是这样，因为美女，大家都认为是美女，就是千秋之后，人家也认为是美女；第二，那就要算是对各种名花，你看，无论是谁，对着那鲜艳的名花，没有不爱的；第三……”黄丽华复又坐下来，笑着点头道：“我谅解了，你不用再解释了。”

她正擦过了脸，说着话，就在身上掏出那个小粉镜匣子，打将开来，支起镜子，拿出粉扑，照着镜子轻轻地、慢慢地扑着脸上的粉，笑道：“我们还是讨论布置中国书房的那一件事吧。”周秀峰笑道：“不用讨论，我来讨这一件美差做做，不过请你带着我先去看一看那屋子，然后我才好布置。”黄丽华道：“这一时，我还不能决定用哪一间房好呢，过一两天劳你驾再来一趟，我就可以和你一同决定用哪间房子了。”周秀峰道：“我还用得着‘劳驾’两个字吗？就怕办得不好呢。”黄丽华并不曾理会他这一句话，收起了粉镜匣子，随手拿了一只茶杯，拿着旁边茶几上的茶壶，斟了一杯茶喝了。茶喝下去，失惊道：“哟，他们多粗心，都忘了敬客的茶了。”说着，就将手里的茶杯又斟上了，双手捧到周秀峰面前来，周秀峰接着那茶杯子喝了一口，只觉得随着那茶，有一股香味袭入鼻端。他喝着茶，不觉心里一动，这一阵香气，绝不是茶里的，乃是黄小姐喝茶以后，在茶杯上沾下的口脂香，古人所谓口脂暗度，像这种情形，庶几近之了。他手里捧了这一只茶杯子，慢慢地喝着，只管出神。

黄丽华看了他那样子，便笑道：“密斯脱周，你半天不作声，想什么呢？”周秀峰咕咚一声，将茶喝将下去，然后笑答道：“黄小姐出了一个布置屋子的难题，我心里就这样想着，要怎样来做一个答案。心里只管想着，就心不在焉，什么也不觉了。”黄丽华笑道：“这倒是我不好了。出了这样一个问题，闹得你精神不安，我心里很过意不去。”周秀峰将那只茶杯缓缓地放在桌上，在黄丽华对面坐下，笑起来道：“我很有点新书呆子的毛病，无论遇到一个什么问题，都要仔细去思索一下子，而且非思索出一个法子来不可。所以黄小姐对我说了，我就想，想到现在，还没有得出个答数呢。”黄丽华笑道：“不忙啊，我这又不是忙事。”嘴里说着这话，也不免向周秀峰望了一望，于是两个人都情不自禁地扑哧一笑。还是周秀峰先道：“今天坐的时候不算短了，不要耽误了密斯黄的事情，我要告辞了。”黄丽华道：“你若是有事，我就不敢留你。”周秀峰笑道：“这样说，是允许我再坐一会儿的了。”说着，一伸懒腰，靠了沙发斜躺着，手上又捡起那卷木版《诗经》，翻弄了一会儿。

黄丽华笑道：“我看你这样子坐得很倦似的，我来按一段琴给你解解闷，好吗？”周秀峰突然向上一站，鼓着掌道：“好极了，好极了，我屡次想要求这件事，又怕过于冒昧，所以不敢说。那么，就请你奏一个进行曲吧。”黄丽华道：“为什么单单点这一个曲子？”周秀峰道：“我对于音乐，完全是外行，只知道这么一个曲子，所以我就点了这么一个曲子。”黄丽华原站起来，复又坐下，笑道：“不弹了吧，我弹得太坏，不要让人笑话。”周秀峰道：“这里又没有第三个人，难道你还怕我笑话吗？那就分了界限了。对了，我知道了，大概是不肯对牛弹琴吧？”黄丽华笑着站起来道：“这样子说，我倒不能不弹了，总算我中了你的劝将不如激将法吧。”于是缓缓地走到钢琴边坐将下来，又回头对周秀峰笑道：“可不要笑话啊。”于是叮叮咚咚，将琴按起来。周秀峰对于音乐，本来是个门外汉，现在更是让那茶杯上的香气陶醉了。黄丽华弹的什么曲子，他却一点也没有理会。黄丽华将一段曲子弹完了，回头笑问道：“怎么样？”周秀峰这才醒悟了，连鼓着一阵掌道：“好极了，好极了，能不能再弹一个进行曲？”

黄丽华笑道："这就是进行曲啊，一个大教授，连这个都不知道，我就不信了。"周秀峰笑道："我被音乐陶醉了，陶醉得忘其所以了。"黄丽华笑着站起来道："你不愧是一个诗人啊，说出话来，都带上诗意哩，刚才说的这两句话，若是一行一句写着，加上新式标点，岂不是一首好诗的起句吗？"周秀峰笑道："幸而这里没有诗人在座，若是有诗人在座，岂不要说我们挖苦得太厉害了。"黄丽华自己很高兴，觉得周秀峰今天也是很高兴，无论说什么话，都会感到有趣，于是又撇下了钢琴不按，两人坐着来清谈，越谈越有趣，一直谈到晚上十一点多钟，周秀峰方才起身回去。

在他到家之时，进了屋子，只觉一阵凉风扑面，原来是临南院的两扇窗户，不曾关住。走到窗户前，伸头向外一看，只见楼下那三间屋子，还是灯火辉煌的，这不由得使他想起了今天下午将玉子引到那里去的一段事。楼下那蔡老夫妇两个，向来是早起早歇的，晚上绝不会点着长时间的煤油灯。现在到了这般时候，灯还亮着，想必因为玉子在这里，谈到夜深，还没有灭灯。

正这样想着，忽听到呀的一声，楼下南屋子的门却开了。朦胧的月色下，似乎有一个人走出来，接上那老蔡的老伴，就在屋子里叫起来："大姑娘，你开门做什么？"却听到玉子的声音道："我开门瞧瞧天气怎么样，明天我也好赶出城去啊。"说毕，又听到呀的一声关上了门，不多大一会儿，那屋子里的灯光也就熄灭了。周秀峰心里一想，也就明白了，一定是玉子看见了楼上屋子里电灯未亮，所以她老在老蔡那里候着，怕我出了别的毛病。现在屋子里电灯亮了，知道我回来了，所以她也就安心睡觉。如此看来，她之注意我的行动，大概比我之注意她的行动还要亲切几倍，这倒不能不感激人家了。这一晚上，把黄丽华的公开款洽和玉子的暗里缠绵，都躺在床上，从头至尾，仔细推敲了一遍，觉得黄丽华的情意，当时可以令人麻醉，玉子的情意，却可以令人过后欣赏。黄丽华的情，有如一只蜜桃，入口香甜；玉子的情，有如一颗橄榄，回味津津。有这样一个，人生也就幸福不浅，何况是两个呢！这倒是熊掌与鱼，不知何取何舍了。秋初的夜间，还不甚长，周秀峰自己出着问题，自己去解答，继续不断地推敲。猛然一抬头，只见玻璃窗上，已经发了白色，分明是天亮了。平白地熬了一宿未睡，自己真个有点发呆了。这才将枕着的枕头，重新叠了一叠，把盖的毯子牵了一牵，闭着眼，摒去思虑来睡，这一睡却睡了一个够。

耳旁听得有女子的声音站在身边，只管叫着周先生。周秀峰揉着眼睛看时，只见玉子的妹妹竹子，靠住桌子腿站定，笑咬着右手食指的指甲。周秀峰突然坐起来道："咦，你怎么样也来了?"竹子用手点着周秀峰笑道："昨天你和我姐姐进城，她没有回去，急得我妈闹了一宿没睡。天一亮，一开城门，我妈就带着我赶来了，敢情她上蔡姥姥那里住着呢。我妈和我姐姐一说，我姐姐就哭了，倒让我妈给她赔不是。她索性说："随便怎样，她也不出城去了。"好好的事情，给我妈一闹，闹得她没脸见人。我妈也乐意回来，出城搬东西去了，留着我在这里，我来瞧瞧你做什么呢。"周秀峰笑道："你这孩子，真是快嘴丫头，我还没有问你，你全告诉我了。"竹子听了这话，气得满脸通红，半晌无言，然后将手一撒道："怎么是我快嘴?我姐姐和我说了大半天，要我来说，我先来了一趟，你没起来，现在这又是一回了。"周秀峰走过去笑着抚摸着她的头发，笑道："孩子，我和你闹着玩的，你生什么气呢?"竹子噘了嘴道："你说的话，叫人家受得了吗?"周秀峰笑道："小孩子倒说出大人的话来，什么受不了?"一面说着一面在身上掏出几张铜子票来，竹子看到他掏钱，忍不住要笑，转过身去，将脚一顿道："我不要你的钱。"周秀峰道："得了，我说错，还不行吗？以后我不说这种话就是了。"说着话，就把铜子票塞到竹子手里。竹子笑道："人家慢慢大了，不要你的钱了。"周秀峰笑道："统共两个月没见面，你大得了多少？还是把票子收起来吧，你听听，门口卖糖葫芦的来了。"竹子手上捏着铜子票，将手推了一推。周秀峰笑道："你拿去吧，你若是不要，就是生我的气了。"竹子听了这话，就只好拿着铜子票，低头笑着走了。

周秀峰要了水洗脸，换好衣服，就到了上课的时候，站在窗户边望了一望。当他望的时候，恰好玉子拿了长鸡毛掸子，在掸那窗户上的灰尘，只一回头，不由得向他露齿一笑。这是相识半年来，她从来未有过的举动，大概是因为昨日一度同归，彼此熟识了许多，所以今天相见，不能一点表示没有，于是就笑了一笑。周秀峰本已深感到这欲隐忽现的爱情，比那如胶似漆的呆结合更加有味。现在玉子这一笑，却更是可爱得看了。玉子却只管拿了长鸡毛掸子，去掸窗户上的灰尘，从前系帘子的那两根长绳，现在还在呢，她只管用掸子，有一下没一下地打着那绳子，始终不曾回过头来。

"周先生，你还不走吗？只差十分钟了。你的车子早就拉到门口去等着哩。"周秀峰猛然一回头，只见寄宿舍里听差推着门向里，伸了半截身子，来叫上课。周秀峰道："我以为还早呢。"顺手关了门，就出门上课去了。及至下了课回来，只见陈大娘站在门口，看着人给她搬箱子、扛篮子进去。她见到周秀峰，便笑道："周先生，我又搬回来了，以后你有活，还是给我们做。"周秀峰点点头道："那是一定，就是有别的事，我也可以帮忙的。"陈大娘笑道："我就常说，周先生为人实在好，冲着周先生肯给我们帮忙，我也不能不搬回来。”周秀峰一听，这位大娘真是直心眼，怎么这样的话，一见面就在大门口说将起来，笑着点了头，便进门去了。

周秀峰坐在屋子里凭窗下望，只见玉子满脸带着笑容，进进出出，跟着搬东西，看那样子，却是非常高兴。周秀峰心里想着，女孩子的爱情是不能牵引动的，牵引动了，什么也压制不住的。古言道，女子善怀，其实情动于中，终不免形于外的。你看她的环境，不能说是不顽固，然而她还是无形中突破了。她的环境和我有一种若隐若现的表示，以前我以为她一个小家碧玉，未必懂得什么爱情真谛，若照她现在的情形看起来……想到这里，忽听到扑通一下门响，回头看时，却是魏丹忱。他两手插在两装袋里，脚一伸，将门踢将开来，他先笑道：“我真猜不到今天下午你会在家里。”周秀峰道：“那是为何?”魏丹忱道：“昨天我来找你两趟，你都不在家。问起你们这里的听差，才知道黄小姐有电话来，请你去吃晚饭。一个漂亮的女朋友，是非还礼不可的，而且非赶紧还礼不可的，因此我猜你今天一定伺候着黄小姐还礼去了。不料你居然有这样大的胆子，吃了竟自不还礼。”周秀峰笑道：“你这话真是加倍地不通，吃了朋友的东西，老惦记着还礼，而且要赶快还礼，这是做买卖了，还算得什么交情？亏你还向爱情一条路上去揣测，若爱侣之间，一餐饭都得记上支付账目，未免太亵渎爱情了。”魏丹忱被他一层一层地向下驳下去，只觉人家理直气壮，简直无可非难，只好笑了一笑，向周秀峰床上坐了下去。周秀峰笑道：“怎么样，你终于是让我驳倒了。”魏丹忱道：“在理论上面，我承认我输了。不过在事实上，不见得我的话就可以完全推翻。”周秀峰道：“你虽这样说，然而在我，是认为要完全推翻的。”

魏丹忱站了起来，在屋子里踱来踱去，偶然走到窗户边，恰好玉子在屋檐下晾手绢，偶然一回头，向楼上看来，和魏丹忱正打一个照面，她不料竟是另外一个人，马上回过头，走进屋子去了。魏丹忱跳着脚道："吾知之矣，吾知之矣，好哇！我说错了一句话，你就拿那一篇大道理来驳我，现在可让我看出破绽来了，你还有什么可说的？"说着，两手拉了周秀峰，就向窗户边跑。周秀峰笑着往后倒退，说道："什么，什么？你莫不是发了狂了？"魏丹忱道："我问你，楼下那一位，你使了什么手段，将她弄回来了，哪天搬回来的？你既和黄小姐那样交情日进，现在又把这东家墙外的碧玉牵挂住，还是熊掌与鱼，二者得兼呢，还是舍远图近呢，还是舍近图远呢？"周秀峰笑道："你看，你一口气，竟出了这么多问题，人家本在这里，来去自由，与我有什么相干，你何必胡猜。"魏丹忱道："你不要瞒着我是幸事，你若瞒了我，我将来遇到了黄女士，把这事告诉她；同时，我也把黄女士的事设法通知陈大姑娘，弄得你两败俱伤。"周秀峰听他这样一说，倒默然地笑了。

魏丹忱说着话，却坐在他写字的桌上，抽了纸笔，写起字来。周秀峰笑道："你这人，就是有这样的坏脾气，随便坐到哪里，便喜欢瞎涂。"魏丹忱只管拿了笔涂，涂了一阵子，将笔一扔道："不要瞎说了，无聊得很。我们同到市场里去走走，好不好？顺便买一点书。"周秀峰未加考虑，也就答应了去。于是顺手带着门，未曾锁上暗锁，就走了。

他们去后，恰好竹子要到周秀峰屋子里拿衣服，开了门进来，却不见人，在屋子里转了两转，却看见桌上一张白纸，写了有她姐姐玉子的名字，便拿来揣在身上，带回家给玉子看。玉子正坐在屋子里给周秀峰缝一件落了纽扣的衣服，见竹子一跳一跳地跑了进来，知道又有新闻来报告，便笑道："别嚷，别嚷，有什么事，慢慢地说吧，竹子于是在身上掏出那张纸来，递给玉子道："你瞧，那周先生又在家里写字骂你呢。"玉子接了字纸一看，上面酒杯子口那样大的字，果然有自己的名字。此外，还有许多大大小小的字，写得杂乱不成行列，其间有几行整的，倒可以看出来，乃是"陈玉子大姑娘可爱"，连着一行是"黄什么华小姐也可爱"，华字上面有一个字，却不认得。这两行是并排写的，此外还断断续续，有几处，都是将陈玉子和黄小姐夹杂写在一处的，虽然不能完全认得，然而半认半猜，却可以看得出来，那意思是"玉子和黄小姐都不错，究竟爱哪一个呢?"玉子看了这张纸，发了半天的愣，心想，我从来没有听到说他认识一个黄小姐，这黄小姐从何来？这一张字，自己又不完全认得，看不透这里面究竟是什么意思，也许自己猜得不对，也许猜得很对，只是有了这张纸，要找一个认识字的，彻底地把字意看一看才好。

自己沉吟了一会子，就找了一把剪子，把纸上所有自己的名字，完全都剪了下来，揣在身上，且不作声。到了晚上，闲着无事，便到同院子刘二婶家里来坐。她有一个十三岁的儿子，现时在平民学校读书，那孩子刘小福正在灯下温课，便叫道："大姐，你现在回来了，还跟着我学字吗?"玉子道："怎么不学，你妈呢?"小福道："我妈上街买东西去了，说不定什么时候回来呢，你在我屋子里多坐一会儿，和我说说话吧。"玉子在身上掏出纸来，放在桌上，笑道："兄弟，你瞧，这张纸上写的是些什么字?我在大门口捡来的。我看到上面剪了许多小窟窿，不知道是什么玩意儿。"刘小福将那张纸拿到手上，便念道："女士不错，黄丽华小姐也不错，女士是小家碧玉，黄丽华是千金小姐，把周秀峰为难死了，可是黄小姐请周先生吃过饭呢……"玉子听了这话，心里扑通扑通乱跳，脸上的颜色也是红一阵白一阵，白一阵青一阵，坐在椅子上只管发愣，一句话也说不出来。刘小福问道："玉子姐，你这是怎么了？身上不舒服吗?"玉子这才醒悟过来，笑道："我想一个字呢，兄弟，你看得这字条上的字，一点没有错吗?"刘小福道："这几个字，我有什么不认识的？谁写了这么一张字？缺德。"玉子道："知道是谁写的呢？我不知道这上面写的是这些不好的话，你可别对妈说，你妈知道了，会疑心是你写的。"刘小福道："这真是冤枉，我要写了这个，我就烂了我的手。"玉子笑道："你别着急，我也不过这样比方说说罢了，哪里是疑心你写的哩。我走了，我也不等你妈回来了。"说毕，便自走回房去。

玉子到了屋子里，向炕上一躺，不由得便垂下泪来。不过无端地哭起，又怕母亲知道要质问的，因此便推身上不舒服，扯开了被单，就睡下了。睡到次日上午，方才起床，蓬松着的一把头发，也懒得梳，就坐在炕沿上发呆。陈大娘看那样子，倒好像是真害了病，便道："孩子，你怎么了？是肚子疼吧，我给你找点红米酒冲点……"玉子不等她说完，便皱了眉道："谁说肚子疼了？你别瞎扯。"陈大娘道："这倒怪了，好好的，怎么会害起病来呢？你别心里老想着是有病，出来走走，散散闷吧。"玉子也觉着坐在屋子里，或者真个闷出病来，于是解散头发，慢慢地梳了两条细辫，挽了双髻，换了一件蓝布长衫，将湿手巾擦了一把脸，便由院子里踱到大门外来。

当玉子由家里走出来的时候，周秀峰恰在楼上凭窗闲眺，忽然看到她，将一条辫子改挽了双髻，又是一个样儿，心里为之一喜。因见她是缓缓走到大门口去的，心想，她一定是出去买东西去了，我且跟了去，看她有什么话说没有。想到这里，赶快戴了帽子追出大门来。走出大门时，转脸一看，就见玉子斜靠了门框，两手互抱在胸前，望着柳荫下两只长尾巴喜鹊，只管出神。那两只喜鹊一跳一跳地由岸上跳下街沟去。周秀峰不由得咳嗽了一声，随手将帽子取在手里，挽得背后，也假装看看风景。当他咳嗽的时候，玉子倒是回过头来看了一看，但是立刻回过脸去了。周秀峰以为她不曾看见，又咳嗽了一声，但是玉子始终不曾发觉他来了，还是那样站着。

周秀峰既不好硬走过去招呼，却又想不出一个好法来报告，正踌躇，恰好竹子一阵风似的，由里面跑了出来。周秀峰笑着嚷道："二姑娘，来来来。"竹子还不曾答话，周秀峰笑道："生谁的气，怎么不理我了？"竹子道："人家刚出来，怎么不理你？"周秀峰道："吃过饭没有？"竹子道："半下午了，怎么还没有吃饭？"周秀峰一面说着话，一面迎上前来问道："吃的什么，你家的窝头，蒸得很好吃，你那回送我吃过一回，我还想吃呢。"周秀峰一面说话，一面走进上来笑道："我什么事得罪了你？你今天好像大大地不高兴我呢。"竹子笑道："没有影儿的事，我为什么要不高兴你呢？"周秀峰越走越近，以为可以看看玉子究竟什么意思。不料更走近几步，玉子却突然扭转身躯，径自走进大门去了。周秀峰向来不见玉子有这种颜色来对待，望着玉子的后影，飘然而去，却愣住了。

竹子不知就里，拉着他的手问道："周先生，你为什么发愣？看见什么了？"周秀峰这才醒悟过来，因对她招了招手，轻轻地说道："你到我楼上去，我有一件好东西给你看。"竹头笑道："你别哄我。"周秀峰道："我若是哄你，我认罚，罚一吊钱，给你买糖葫芦吃。"竹子听他如此说，就笑着先在前面走。到了周秀峰楼上房间里，先就是一阵乱翻。周秀峰赶到房里，将她两只手捉住，笑道：“你先别忙，我有几句话问你。”竹子笑道：“你不说，我也明白了，这又有什么事，要问到我姐姐头上来了。”周秀峰笑道：“你很明白，居然知道了。我问你，今天你姐姐为什么生那样大的气？”说着话时，已经在衣袋里掏出十几个铜子儿，放在手掌心里，只是摇撼着叮当叮当地响。竹子一伸手，将他的手一推道：“我是来看玩意儿的，不要你的钱。”周秀峰道：“我本来就是哄你的，叫我拿什么给你看呢？你要罚我，我认罚就是了，钱先预备在这里了，你还有什么可说的呢？”说着话时，就把那些铜子儿向她手上乱塞。

竹子手上捏着钱道：“你又怎么知道我姐姐生气了？”周秀峰道：“我昨晚上听到你屋子里有人哭来着，不知道是谁。刚才我在门口，看见你姐姐满脸都是生气的样子，我猜一定是她哭了。”竹子微笑道：“可不是她吗？也不知道什么事她恼了。昨晚上，她就闹了一宿。”周秀峰吃了一惊，情不自禁地站到窗口，向对面矮屋看了一看。竹子道：“你哪里瞧得见她，她一回去，就倒在炕上睡了。”周秀峰道：“那为什么？她和你拌嘴了？”竹子道：“没有，没有，我妈还劝她来着哩，也不知什么事，她老是噘着嘴躺着。”周秀峰笑道，“你不会劝劝她吗？”竹子道：“我妈劝她，她还不爱听呢，我哪劝得了呢！”周秀峰听他这样说，大惑不解：她不是为她家里的事生气，难道果然是为着我？可是我有什么事干犯着她，致使她生气呢？便向竹子笑道：“莫不是生我的气吧？”竹子笑道：“别瞎扯了，她生你什么气？”周秀峰笑道：“好妹妹，你若是把这件事给打听出来了，我明天对你母亲说，带你去逛新世界。”竹子笑道：“逛哪儿，就是大楼吗？”周秀峰先还愣住了，想了一想，点头笑道：“对了，就是大楼。”竹子道：“我没有衣服，怎么去呢？”周秀峰道：“没有衣服不要紧，我给你做一件也不要紧。”竹子见他许了这样优厚的条件，喜欢得什么似的，就往家里跑。

周秀峰也伏在窗子上看着，恰好玉子从屋里出来，抬头望着楼上，她一见周秀峰又立刻掉头进去了。周秀峰虽好生不解，却又料她对自己必有所谓无疑，于是更急于要解决这个问题了，正是：

若非深爱何须妒，转觉微嗔却有情。

第五回

曲意为欢泪珠洒酒碗
会心不远灯火映书窗

却说周秀峰因玉子每一见面，就掉头不理，好生地疑惑。在屋子里闷坐了一会儿，按捺不住，便起身到门口来，以等竹子的回信。等了许久，也不见竹子出来，于是重新回到楼上，又凭着窗儿，向对面楼下看去。看了半下午，也不见竹子走出屋子来，心里一想，不用提，一定是玉子不高兴我，有什么话也不肯对我说了，和我恼了，那也不要紧。但是好端端的，和我恼了，叫我一点也摸不着头脑，这却叫我有些不服。好在我们的交情也淡薄得很，恼了就恼了吧。自己加此一想，索性将玻璃窗掩了，向床上倒下去睡了。这一天由白天一直到晚上，都没有得竹子的回信。到了次日，周秀峰料得是完全决裂了，于是把这件事丢到九霄云外，专门去赶编自己的讲义。

一直到第三天，竹子送了衣服来，周秀峰道："我托你的事，怎么也不回我一个信儿。"竹子笑道："哦，我把这件事都忘了，还没有给你去问哩。"周秀峰道："怎么回事，你还没有去问吗？你这孩子真是害人不浅，你赶快去问吧，要不然，以后我有事就不托付你了，可是你也别想得我的什么好处。"竹子道："那么，你就不给我钱了吗？那也不要紧，我少花俩就得了。"周秀峰笑道："钱我还给，可是你以后别再把我的话不当事了。"于是又掏了一把铜子儿，交到竹子手上，竹子一蹦一跳，下楼回家去了。约莫去了一个钟头，竹子又跑了回来。她手插在口袋里笑道："我不是成心和你捣乱，你可别骂我。"周秀峰笑道："你有什么事和我捣乱，我并不知道。"竹子手向外一掏，掏出一张字纸来，笑道："这是从你这里拿去的，我姐姐说，她就是为了这个哭的。"

周秀峰接过来一看，恍然大悟，跳起来笑道："我明白了，我明白了，你回去对你姐姐说吧，这是我的朋友魏先生和我开玩笑写的，若是真有那件事，我能自己写出来，让你拿起走吗？你这小东西，为什么把我的字纸偷去了？"竹子笑道："我原不是成心的，因为你在这上面写了我姐姐的名字，所以拿去给她瞧瞧，哪个知道，她为了这个纸条儿倒生起气来呢？"周秀峰道："你拿我这个去了，我也不怪你。你去对你姐姐说，只要说，不是我写的，就行了。不过这些话，要说起来还是很长，我又怕你一个人说不清，怎么办呢？有了，"因笑着对竹子道，"你回去问你姐姐，什么时候，她一个人到东安市场去？可是这件事，千万别让你妈知道。"竹子道："她从来没有一个人到市场去过的，她又没有什么可买的，跑到市场去做什么？"周秀峰道："我听说，你姐姐要到市场里去一趟呢，你回去问一问，我的话准不会错。"竹子道："哼，那不行，她要到市场里去逛，瞒着我，我一定得问问。"

竹子说着，一直向家里跑，看见玉子正伏在桌上，额头枕着环抱的胳膊假睡。竹子道："姐姐，你逛市场，怎么不带我去？"玉子道："什么？我要逛市场去，谁说的？"竹子道："是那周先生说的。"玉子道："胡说，他怎么知道我要逛市场？"竹子笑道："我说错了，他也没有说你要逛市场，他叫我问问，你哪一天逛市场?”玉子想了一想，忍不住笑道：“简直是胡说。不过，他是怎么会知道这一句话的呢?”竹子就将字条给他看，和他辩白的那一番话，说了一遍。玉子笑道：“他猜倒是会猜，也许明后天要到市场去走走，可是不知道哪一天是礼拜?”竹子道：“你哪天也有工夫，哪天也是礼拜，问礼拜干什么?”玉子道：“白问一声，也不要紧啦。”竹子道：“他是叫我来问这句话，要不要去，告诉他呢。”玉子道：“告诉他倒可以，你可别说实话。你就说，我是礼拜日才去，别说明后日去。”竹子道：“不告诉人家，就不告诉人家。告诉人家，为什么又要哄人家呢?”玉子笑道：“这是不相干的事，他犯不着叫你来问，他要问我，我就不告诉他实话了。”竹子道：“我得了人家的钱，还要拿话去哄人，我心里过意不去。”玉子道：“你若不给我扯谎，那么，我明天出门，就不带你去。”竹子听她这样说，觉得还是答应的好，老早把事拒绝了，将来玉子一翻脸，永不带着出去逛了。于是勉强答应下来，就到周秀峰楼上来，对他笑道：“猜，是让你猜着了，我姐姐说礼拜日子才去呢。”周秀峰道：“你是个爱逛的人，你姐姐说出来，让你知道了，你能不跟着去吗?”竹子靠着桌子站定，只是傻笑。周秀峰走上前，摸着她的头发笑道：“你这大的孩子，懂得什么?你又笑我些什么?”竹子笑道：“我不说罢了，我要说出来，你也得生气。”周秀峰看她的样子，便道：“你得说实话，要不然，你花了我的钱，你还要瞒着我，你就不是好朋友。”竹子笑道：“你瞧，我姐姐不让我说实话，你又偏要我说实话。我告诉你吧，我姐姐说，让我哄你，说是礼拜那天准去，可是她明后日带我去呢。”

周秀峰抬头一看，见挂在壁上的月份牌，今天这一张，正是红色的，因笑问道：“你知道哪一天是礼拜?”竹子道：“我又不上学读书，哪知道哪一天是礼拜呢？刚才我姐姐，也是这样问我来着，你两个人都是这样问我，好笑不好笑？”周秀峰道：“你家里有这个没有？”说着，就一指壁上的月份牌。竹子道：“我们屋子里有一个小的，是过年的时候，人家送的，我姐姐天天撕下一张来。”周秀峰低头想了一想，自言自语地道：“绝不能约的是下礼拜。”竹子道：“你一个人说些什么？”周秀峰笑道：“你不知道吗？我是一个傻子，人家拿话哄了我，我不但是一点儿不晓得，我还高兴得了不得呢。你不要在这里多说了，你在这里说多了，回头你姐姐要怪你的。”说着，将手扶了她的肩膀就向外推，笑道：“快去，快去，你姐姐还等你回她的信呢。”竹子让他推着，笑道：“周先生，你这人真是不好惹，要人家的时候，就拿铜子儿来哄人，好话不知说了多少；不要人家的时候，就把人家使劲一推，摔了你也不管。以后你瞧，我还给你做事吗？”说着，伸出一个手指头将鼻子尖一点。周秀峰笑道：“这算我的不是，可是我实在是好意，怕你姐姐叫你，你不在家，回头又得挨骂。要不然，你就在这里多玩一会儿也不要紧，反正我又没什么事，也不怕你打搅什么。”

竹子道：“今天是礼拜吗？干吗你不去上课？”周秀峰道：“瞎说，礼拜还早着呢。”竹子道：“你记着吧，礼拜那天，你得上市场去。”说时，向周秀峰做了一个鬼脸，笑着一伸舌头，回了身，低头向前一钻，便跑走了。周秀峰站在楼栏杆边，将肩膀一耸，自言自语道：“现在这个年月，连吃奶的小孩子，都不是好东西了。”竹子在楼上听了这句话，抬头向周秀峰笑了一笑，径自跑回去了。到了家里，一直跑回屋子里，玉子笑道：“跑什么？又得了什么财喜？乐得这个样子。”竹子道：“得着什么，还不是周先生给的那几个子儿，他叫我快些回来，说是怕你有什么事要问我哩。”

玉子笑了一笑，也没有说什么，坐了一会儿，站起来，将横在窗下那张桌子打开抽屉来，拿出一个雪花膏瓶子，看了一看，向桌上一扔，因问竹子道：“你怎么把我的雪花膏全使完了？”竹子听说，掉转身来就跑走了。玉子道：“平常脸也不洗，倒爱使人家的雪花膏。”陈大娘在外面听到笑道：“我说她好几回了，她总不相信，你要擦脸，你就使一点牙粉吧。”玉子道：“牙粉擦到脸上，只能当扑粉使，也擦不匀。妈，你到对过刘家嫂子那里给我借一点来使使吧。”陈大娘道：“你干吗一定要使雪花膏？”玉子沉吟了一会儿，因道：“我想到秀姐那里去看看。”陈大娘道：“她那儿也不是外人，你就擦一把脸随便去吧。”玉子道：“没有雪花膏也不要紧，可是你别对竹子说，她要是知道了，我回来又是一场麻烦。”陈大娘道：“你去吧，我不对她说，可是你总不爱带她出去玩儿，也难怪她总要和你淘气。”玉子不敢和母亲辩论，把新做的一件翠蓝竹布衫穿上了，又添了一条黑布裙子，然后悄悄地走出门来，对陈大娘道：“妈，我去一会儿就回来。”她只说得这一句，脸都红破了，然后低头走出院子。陈大娘看她挽着双鬓，头发梳得溜光，一丝儿不乱，笑嘻嘻地道：“清清丽丽的，这就很好，干吗一定要雪花膏？”

玉子也没有理会母亲的话，依旧是低了头，走出大门来。刚刚拐过来一条胡同，只见周秀峰穿了一件湖绉长衫，正背着手，在看墙上贴的小字广告。玉子慢慢走过去，一直到他身边，见他老不回头，只得先咳嗽了一声，周秀峰一回头，玉子微微笑道：“你出来好半天了，怎么还在这儿？”周秀峰道：“你不见我在楼上向北一指，又对你点点头，我是说在这儿等你哩。”玉子笑道：“你这人做事，真是冒昧，怎么在这地方等着我，让街坊看见了，真是不合适。”周秀峰道：“那要什么紧？男女交朋友，现在很平常了。我们是街坊，又是熟人，同在一条街上走道，那也不算什么。”玉子笑道：“你在大学堂里当先生的，是文明人，咱们怎么能够相比？”说这话时，可就回头看了一看身后。周秀峰笑道：“咳，你的胆子也太小了，既是如此，你就雇车先走吧，回头我就跟着来。”玉子笑道：“你先去，就在市场门口等我吧，我不愿意在市场门口站着，怪难为情的。”一面说着，一面向前走。周秀峰也就随随便便地在她后面跟着走来，想着不能在后面默然地走着，便道：“刚才你说我是文明人，难道你说你自己是野蛮人吗？”玉子道：“我不是那样说，因为我们的家庭，是守旧的，不开通，哪里会让一个大姑娘……”她脸红了，就低了头向前走。

周秀峰道：“你的话我明白了，你能说出这种话来，你这人也就很文明了。”玉子回头一笑道：“你干吗损我，扁担的一字，我认识不了三个，还文明咧。”周秀峰道：“别的什么，可以说不容易办，你要识字，这并不难，只要……将来有的是机会。”玉子听了这话，默然不语，只是向前走。周秀峰道：“真是可惜得很，像你这样聪明的人，没有机会读书，真是可惜。”玉子也不说什么，却叹了一口气。周秀峰笑道：“你不能不算文明人了，我桌上的字，让你妹妹拿去了，你都看出来了，就为这个和我生气。”说毕，又是哈哈一阵大笑。玉子笑道：“你还提这个呢，在家里没有事干，为什么拿我开心，把我的名字，写上许多。你想，写的那些话，若是让你的朋友全知道了，我成了什么人了？”周秀峰道：“我不是对你妹妹说了吗？这是那位魏先生写的，又不是我写的，你怎能怪我？”玉子道：“是你写的还不要紧，是你朋友写的，更显着这事大家都知道了。”周秀峰道：“什么事？大家都知道。”玉子低了头，只管笑着走，却不回答这句话。周秀峰因她不理，又重新问了一句，玉子道："你别问我了，我问你，那黄小姐一定长得很美吧？多大岁数了，到你寄宿舍里来过没有？"周秀峰笑道："没有的话，我哪里认得什么黄小姐、红小姐，那不过是魏先生捕风捉影，写着好玩罢了，你倒真相信了？傻子，傻子。"玉子笑道："在路上不说了，回头到了市场里，我们找一个地方慢慢地谈吧。"

玉子说着，脚步放快了一些，走上前去了许多路。周秀峰在后面笑道："不要跑，跑得摔倒了，我拉你不是，不拉你也不是，那可怎么办呢？"玉子回头对他一笑道："今天你怎么这样地快活？"说毕，又低头向前走。周秀峰笑道："我成了一个老虎了，你这样怕我，怕我吃了你吗？"说着，把脚在地上连连跺上一阵，笑道："老虎追来了，老虎追来了，小鸟儿快快跑。"玉子笑着，手扶了人家的墙壁，不向前走，停了一停，理着鬓发，微微一笑道："别闹，好好地走吧，不然，我可先雇车了。"周秀峰笑道："我也不懂是什么缘故，我一看见你，我就说不出所以然来，自然会很高兴的，有说有笑。"玉子道："这话是真吗？可是你见了那位漂亮的黄小姐，恐怕就会把我忘了。你想我一个穷人家的毛丫头，怎么能够和大宅门儿的大小姐相比呢？"周秀峰笑道："你不要那样说，我要是存着那种心眼，我何必臭也不怕，脏也不怕，老远地跑到德胜门外去找你去呢。"玉子笑道："也就为着你这一层很不错，不然，我早就恼了。"周秀峰笑道："这一趟德胜门，虽然几乎丢了一条命，可是就是为了这次的事，我们才说话，要不然，还不知道到什么时候哩。"玉子道："不是那样，我压根儿就不会搬回来。"周秀峰道："若是不搬回来，我们永远不见面了，你觉得怎么样？可是不许说假话，哪个要说假话，就不是好朋友，现在你说究竟怎么样？"玉子道："你既是不让我撒谎，我就没有什么可说的了。”周秀峰道：“那么，你不说，我也明白了，以后大家都要这样就好，心里有什么话，都得说出来。”玉子听着这话，只是笑。二人一路说着话，就没有雇车，不知不觉地，也就到了东安市场。

玉子在门口站着，停了一停，笑道：“你不论找个什么地方坐坐都成，若是只管在里面走来走去，总会碰到人的。”周秀峰笑道：“你以为我是一个大傻瓜吗？”玉子又笑了。于是二人同进了一家咖啡馆，找了一个雅座坐了下来。伙计端了咖啡、点心，放在桌上，自退出去。周秀峰将碟子里放的糖块，一块一块地放到咖啡里面去，玉子也是将糖块一块一块地放到咖啡里去。周秀峰扶起小茶匙将咖啡搅了一搅，玉子也照样搅了一搅，二人都很沉默地一句话没有说。周秀峰笑道：“你怎么不说话？”玉子道：“还说呢，不是你要我到这里说话的吗？你什么也不说，反来问我。”

周秀峰道：“话是有一句要紧的话，我先要问你，我想出几个钱送你念书去，你看可以不可以？”玉子笑道：“我早就知道你有这一番意思了。”周秀峰道：“有是有的，但是事情搁在心里，总也没有对哪个提过，你怎样会知道呢？”玉子笑道：“那位马先生有一次巴巴地到我家里来闲谈，先是把我夸奖了一番，后来就说像我这样的人不读书，太可惜了。我母亲也不知道他是什么意思，和他瞎扯了一顿，我就想着我识字不识字和他什么相干？要他来说什么劲儿？我就猜着，这一定是你的主意。但这话大概有两个月了，你想想日子对不对？”周秀峰笑道：“你实在聪明，猜得很对，这也可见你对我是步步留心的了。”玉子笑道：“你总不说好的。”说时低了头，只管用小茶匙舀咖啡喝。周秀峰道：“这都不去管他，你且说我这个办法怎么样？”玉子道：“好是好的，可是……”说时将头摆了几摆道：“你想，无缘无故地去上学，怎样对我母亲说？我母亲虽然是个直性人，可是她没有什么知识，很是顽固，说是我听信你的话去读书，她不会跳起来吗？除非……”周秀峰笑道：“除非什么？”玉子道：“我说了也不要紧，除非这事说开了，你和我们家做了真亲戚了。别说让我读书，要我到外国去留学，我妈也不能说一个不字。”

周秀峰一手撑了头，一手将小茶匙慢慢地在咖啡杯子里搅着，沉吟着道：“除非是这样吧，但是这样办，日子未免长远了，而且……我……还有一层意思。”说到这里，眼睛尽管望着咖啡，茶匙更是不停地搅，又道：“我也是不得已，因为我结婚打算要堂堂正正地办，你若是个学生，我介绍给朋友，就好说话一点了。而且朋友也会很看得起你。”说完了，周秀峰便偷眼看了一看玉子的颜色，玉子却点了一点头道：“你这话倒也是不错，不过你眼前或者有什么困难，你就稍缓一步，再等着机会，也不要紧。我又不是三十四十的，有什么等不了。”说到这里，向着周秀峰嫣然一笑。周秀峰笑道：“很难得，我以为你听了我的话，一定要怀疑的，不料你倒心平气和说出这种话来，你这人很识大体。”玉子笑道：“一直到今天你才知道我识大体吗？”周秀峰笑道：“原是知道的，可是到了现在，我更知道了。话说到现在，你应该什么都明白了，你以后总不会疑心我又生什么气吧？”玉子却只是低了头，喝着咖啡微笑。

周秀峰道：“我有点小事要求你，不知道你能不能赏光？”玉子听他很沉重地把话说出来，也不晓得有什么要求，脸先红了，一句话也说不出来。周秀峰道：“你不要害臊，我并没有什么无礼的要求，我想请你趁今天的机会，照一张相给我。可以呢，市场里有照相馆，我们就去；不可以呢……但是这是平常的事情，我想没什么不可以。”玉子将面前的咖啡杯子，向中间推了一推，笑道：“话是你一个人包说了，叫我还说什么呢?”周秀峰道：“这样说，去是不成问题的了。我还有一件事得问你，还是你一个人照呢，还是同照呢？我想总是先商定了的好，免得回头到照相馆里去还要临时会议，多不方便。”玉子站着，用手理着鬓发，笑道：“你说多了，不嫌贫吗?”周秀峰笑道：“在未得着你的允许以前，我总得把你的话问妥了。既然如此，我们就走吧。”

二人一路出了咖啡馆，就向照相馆而来。到了照相馆里，玉子原是在前走的，到了此处，忽然顿了一顿，向后一退，低了头在周秀峰后面走。周秀峰一走进照相馆，伙计迎向前一问道：“二位照相吗?”玉子被他问了这话，脸都红破了，一句话也说不出来，牙齿咬了嘴唇皮，手摸着一个纽扣，将两个指头，只管轮着。周秀峰便让玉子向前，对着镜头站定，自己也慢慢地走到前面来。那照相师正在一边打量他们的姿势，见他们慢吞吞的样子，走向前一把拉了一个，拉到一处站定。玉子想站在一处吧，这是生平第一次的事情；不站在一处吧，又未免给予照相师一种裂痕，只得低了头抿着嘴笑。照相师道：“这位别低头，要那样，就照不着脸了。”玉子只得抬起头来，向着镜头平视，照相师走到照相机后面，将黑布蒙了头看了一着，复又走出来，对周秀峰笑道：“二位站得太开一点，这姿势不大好，你先生拢一点儿，好不好?”周秀峰听说，就将脚横跨了一步，这一只右手，便在玉子左手的后面了，照相师先是不知道他们是什么关系，不便有什么主张，现在见靠得这般近也可以的，料有什么主张也不妨事，便道：“这样站着，您有半边身子会挡住的。”周秀峰笑道：“这就太难一点了，站远了既嫌姿势不好，站近了又怕挡住。”照相师道：“先生，你怎么啦，您挽住了她一只胳膊，这不就很好吗?”周秀峰和玉子的胳膊，本来紧紧地靠着的，顺手一伸，就把玉子的手挽住了。玉子好在脸是朝着镜头的，也不回头看，让他照去。

照相师站在照相机前看看，又点了一点头，微笑道：“这很自然，就这样别动。”于是他才合好了光，连拍了两张片子。照相师说了一个得字，玉子连忙抽了胳膊避到一边去。周秀峰道：“你再照一张吧。”玉子摇着头道：“行了，干吗老照呀!”周秀峰笑道：“我的意思让你再照一张半身的。”玉子笑道：“我一个人照吗?”周秀峰看看她的颜色，点头笑道：“随便你。”玉子道：“我一个人照吧。”周秀峰只是笑，不说什么。玉子又照了一张四寸半身的。照完了，二人同出照相馆，玉子轻轻地笑道：“这个照相的，真坏，干吗让我们那样照?”周秀峰道：“我以为你要说他什么不好的事呢，原来是说这个。这样照相是很平常的事了。”玉子笑道：“那是文明人的事呀，我这人并不文明，怎样比得呢?相是照了，我求你一件事，这相片，你千万别给人瞧见。”

周秀峰笑道着正要回答这个问题，忽然面前有人很和缓地道：“你二位逛市场来着。”周秀峰一看，却是马国栋，这未免有点窘，点着头，哼了一声，算是答应了一个“是”字。玉子一见，也是脚一停，不觉向后一退，自己立刻镇定着，笑道：“这真巧了，刚才遇到周先生，又遇到了您。”马国栋道：“我们常逛市场的，哪次也会碰见熟人。大姑娘买完了东西，大概要回去了，我还是刚来呢。”他也不等人家说第二句话，拱了拱手，就走开了。玉子回着头，看马国栋走远了，便向周秀峰笑道：“真糟糕，怎么今天偏偏遇到了他。”周秀峰笑道：“让他知道一点儿影子也好，将来我们的事，少不得托他出来说的，迟早是短不了他知道的呀。”玉子虽然心里十分不自在，但是已经让人家看到了，真凭实据，哪有什么法子掩饰？因道：“我一点主意也没有了。我望你见着了他，你探探他的口气，看他有什么话没有。”周秀峰道：“我保险，他决计不会把这事告诉你母亲的。”玉子道：“他若是对别人说呢？”周秀峰道：“不会的，这又不干他什么事，他为什么要到处告诉人？”玉子对于所说的理由，虽不以为然，但也没有什么法子挽回，只得怏怏地坐了车先回去。

周秀峰因她不愿同走，便又在市场里绕了一个弯子。只见远远一个人，将手抬起拿着瓜皮纱帽的小疙瘩儿，将帽子提了一提，点着头道：“周先生，好啊！”周秀峰看时，认得他是黄姨太太的哥哥关伯威，便点点头道：“好，关先生好！”关伯威道：“别那么叫，咱们认识不了三个大字的人，哪能在您面前称先生，您有事吗？我请您茶楼上喝一碗，怎么样？您南方人就讲究喝个茶。”周秀峰笑道：“不客气，今天我有事，改天我来奉陪。”关伯威道：“我也打算瞧舍妹去，那么，改天见。”周秀峰巴不得一声，点头去了。

那位关伯威还有一个朋友鲍宏才，站在后面一个摊子边，见周秀峰走了，便上前问道：“嘿，舅老爷，现在真有好朋友，这个穿漂亮西服的，也是你的朋友吗？”关伯威道：“谁和他是朋友？他是黄家大小姐的要好，我常到黄家去，会见过他，见了面不好不打个招呼。你瞧这小子那样子，将来准要发个大财。”鲍宏才道：“你又会看相了。”关伯威道：“不是我会看相，这小子有发财的命，那黄家的姐儿爱上他了，死乞白赖要想嫁他，三天两天一个电话，把他请了去，吃吃喝喝，还要唱上一段给他听，可是他还不在乎的样子。”鲍宏才道：“他凭什么？”关伯威道：“据说，他学问很好，黄家的人，有钱不是，就是几代也没个读书的。那黄家姐儿念了一个半吊子的书，不爱人说她是有贝之才的小姐，爱人说她是无贝之财的小姐，所以她看上了这小子。现在黄家的钱，一大半是她掌着，她要嫁了姓周的，你说姓周的发财不发财呢？”鲍宏才道：“家产是你外甥的，你瞧着黄小姐把洋钱向外搬，你不过问吗？”关伯威将两个指头一伸，叹了一口气道：“我妹妹是这个，我去了，谁也瞧不起，压根儿就不让说什么，我还打什么抱不平？”鲍宏才道：“你熬着吧，熬着你的外甥长大成人就好了。”关伯威叹了一口气道：“也只好那样想，反正黄家整千万的财产，那大姐儿，她总不能全带了嫁出去。我今天本想着看我外甥去的，你这一提更引起了我的心事来了。”

二人说着话，正走到一个卖玩具的摊子边，关伯威于是掏出几张铜子票，买了一只红布小骆驼和一个洋铁小花鼓，同鲍宏才告别，就向黄经仁家走来。到了黄家门首，只见几个听差，都坐在门口大横凳上闲谈天，关伯威只一点头，那些听差全站起来了，笑道：“舅老爷来了，今天赏给我们什么东西吃？”关伯威一拍腰上，卜卜两下响，笑道：“请你吃什么？我身上一个大子儿也没有，正要来想法子呢。反正是有名了，无事不登三宝殿，今天找着了财神爷，回头就请你们喝两盅；若是找不着呢，也许还要来扰你们几盅呢。”

一面说着，一面向里走，到了上房石阶下，先就朝着屋子咳嗽了两声，一个老妈子走了出来，笑道：“哟，舅爷来了，还给少爷带着东西呢。”关伯威放大了脚步，轻轻地跳了两跳，跨上台阶，走到老妈子面前，将右手拿起，掩了半边嘴，低声问道：“你们大小姐在家吗？”老妈子笑着说：“没有。”关伯威又问：“老爷在家吗？”“也没有。”关伯威又问：“太太呢？”老妈子道：“太太睡了午觉了，你要找姨太太说话吗？”关伯威将手点了点老妈子道：“真有你的，你怎么就知道我来找姨太太的？”老妈子笑道："舅爷，您别多心，我不是说别的，一个做哥哥的，到妹妹家来，干吗的呢？你到小客厅里等着，我去给你言语一声。"关伯威一想，今天算来得是个机会，好好地要和妹妹说上几句。

在客厅里坐了不大一会儿，姨太太一推门进来了，她回头看了看，就将揣在衣襟底下的一只手伸了出来。一看她手上，却捏有两张十元的钞票。她一直伸了过来，放到关伯威面前茶几上，正着颜色，轻轻地道："你怎么又来了？拿了快走吧。我给你一个痛快，盼望你也给我一个痛快。"关伯威望了茶几上的钞票，头一扭笑道："难道我一来就是要钱，我今天上市场，看见许多玩意儿，买了两件，给我小外甥少爷带来了。明知你们家里有的是西洋的、东洋的玩意儿，带来了，这也不过做舅舅的一点小意思。你见了面，一句话也不说，先给我来这个。"姨太太道："这倒是我的不是了，您别见怪。"说着话，就伸手来拿那钞票，意思是要拿回去。关伯威也一伸手，将钞票按住，另一只手点着姨太太道："妹妹，你给我来这一手，真矫情，你还是这样一点儿也不饶人。你哥哥为人，你有什么不知道的，见了白洋钱就红了眼睛了，能让煮熟了的鸭子给飞了吗？哥哥就算饶了一个虚面子，也不算什么，可是你都不让我得这个面子呢！"姨太太听他如此说，也就笑了，因道："你既然知道我晓得你的为人，为什么还要在我面前，要这个虚面子呢？你不要钱，我就收起来，难道说我留着钱还怕咬了手吗？你要知道我得几个钱，也是做贼似的得了来，可不容易呢！"关伯威道："我有什么不知道的？今天我来，还有几句话和你说。"姨太太连连摇着手道："别说了，少给我惹些是非，我就感激你了。"关伯威笑道："我还没说出来呢，你就先给我一个钉子碰。"黄姨太太道："我不是给你钉子碰，你哪里知道人家的难处？哪天我有工夫回家去的时候，你有什么话，留着那时候再说吧。”关伯威明知道妹妹在这儿，也是极端不自由，她一再地催着走，料是久坐不得的，只得走了。

姨太太见他走了，将那两件小玩意儿拿在手里，要送给她儿子长生去玩。刚一出门，只见保姆推着橡皮钢丝车子，长生笑嘻嘻的，由角道上推了过来。姨太太道：“小孩子也得运动运动，在家里的时候别让他坐车子，让他地下跑跑吧。”保姆道：“刚在公园里来，少爷坐在车上，太太自己推着，倒是个乐子。回来的时候，小车放在汽车上，他就要坐，老爷太太都哄着，才依了。一下车，这就要坐，谁敢不依？”姨太太道：“咳，这样惯着他，将来怎么办？我哥哥，自小儿也是惯得要什么给什么，你瞧现在怎么样？”

保姆听了，不住地向后偏头，带努着嘴。姨太太会意，便默然了。只在这时，黄经仁笑嘻嘻地由外边走了进来，因对姨太太道：“你手里拿着什么？”姨太太将玩意儿递到长生车子里，笑道：“你拿去玩吧，这是你那不争气的舅舅送来的，这种东西，拿来是活现眼。”黄经仁拿了小布骆驼，看了看，笑道：“不管东西值钱不值钱，倒是纯粹国货，难得这一点好心。”姨太太嘴一撇道：“这个人情，我可受不了，我花的钱，十倍也不止呢。”一面说着，一面登楼，向自己屋子里走。黄经仁在后面跟着，问道：“怎么十倍不止？他又和你要钱来了吗？”姨太太道：“可不是，一给就是十块。”说着话时，走进了房。姨太太道：“嘿，青天白日，你又跑到我这里来做什么？回头让她知道了，又是一顿臭骂，你不在乎，一缩脖子，就跑出去躲着，这闲言碎语，我面子上可搁不了。”黄经仁道：“我进门的时候，见你哥哥向门房里一缩，我猜他又来要你的钱了，我再给你一点。”说着，就在身上一掏，掏出一沓钞票来，拖住姨太太的手，便将钱交在她手里。姨太太道："我倒不在乎钱，上次你给我的一张支票，直到如今，我也没有工夫去兑，只要你想法子，能让我少受一点儿气，比给我什么都强。"说着，手一缩，将那一沓钞票随手塞在床上枕头下，便远远地靠了窗子站着，打开玻璃窗户来，伸头看了一看楼下院子里。

黄经仁也走过来，拍着她的肩膀道："别这样胆怯怯做贼似的，今天晚上，她要请几位太太吃饭，这个时候，正忙着吩咐人，不会来调查的。"姨太太道："有什么话，你说完了走吧，别给我惹祸。"说着，就用手来推。黄经仁笑道："这地方现在我站都不能站一站，这成了什么玩意儿?"姨太太却不理会，只管将他推出去，随后砰的一声关了房门。黄经仁在门外笑道："看你这样子，我倒成了强盗了，在这里多站一会儿，都会出毛病呢!"姨太太在屋子里答应道："我不敢把你当强盗，人家可把我当着贼呢，你若是还有三分好意待我，你能少到我这里来两次，我就感激不尽呢!"

黄经仁还要说什么时，听到楼梯边有步履声，就背着手，慢慢地走了开去。姨太太等黄经仁去得久了，然后才叹了一口气，不觉自言自语地道："我情愿天天啃窝头、喝豆汁，也不要住这大洋楼吃鸡鸭鱼肉。"她正这样叹息着，忽然咚咚咚的房门一阵响，姨太太问了一声谁，门外就有黄太太答道："是我，快点开门，快点开门。"姨太太心里吓得连跳几下，想道:我就知道不能让他在这里待着，怎么样，果然来了。想着，只好来开门。黄太太一见她，便道："你这为什么，又是好好的哭丧着脸。"姨太太默然无语，低了头靠了旁边一架玻璃橱子站着。黄太太道："别这样，鼓着脸蛋子噘着嘴，多么丧气。快点去换一件衣服，洗把脸，来了的客，都要见见你呢。"姨太太这才明白，原来是有客要见见，便笑道："我什么都不懂，见了客一句话也说不出来，太太给我辞辞吧。"黄太太道："干吗那样没出息？人家给你面子，人家不知道，还以为我怎样虐待了你呢。"说着，就突然向椅子上一坐，两手在胸前交叉着，望着姨太太，一语不发。姨太太一见，太太已是十分生气了，不敢再惹她生气，便笑道："太太，你有点儿误会，我是睡了觉的，刚刚醒，所以颜色不太好，要不，怎么会关着门呢？"黄太太这才开了笑颜道："我也正纳闷，怎会关上门哩？你现在总算由地狱里爬上天堂来了，吃了饭一点事也没有，就是睡觉。你看你这脸色，真像倒了几十年霉似的，赶快去洗洗，擦一点粉吧，我在下面小客厅里等你，你就来。"姨太太连连答应了几声，黄太太就起身走了。

姨太太重重地叹了两口气，于是到房后洗澡间洗了手脸，扑着粉，自己照了照镜子，总怕脸上果然有倒霉的样子，又在两颊抹上一层薄薄的胭脂。修饰完了，退了两步，远远地对着大镜子笑了一笑，觉得倒也自然。她觉得这个样子见客，客人一定会说她是很快乐的，那么，黄太太也就不嫌她故意装成可怜的样子了。她慢慢地走下楼，到了内客厅的门外，又站着凝了一会子神，然后才推着门缓步而入。这客厅里正是花团锦簇，坐了许多太太。黄太太就引着姨太太，到一个一个人面前，加以介绍，说道："这是我们姨太太。"其间有几位夫人，见着黄姨太太，笑嘻嘻地在面前一鞠躬，也就笑着微微一点头；有几位夫人，一提到"姨太太"三个字，就不由得生气，今天在黄家，黄姨太太也算是个主人翁？然而看到姨太太，究竟是不顺眼，板着面孔，只将嘴角略微动了动，那就算是对她报之以笑了。姨太太并不是个傻子，人家用这种不屑理会的态度对她，她岂有不知之理？可是客人来了，无论如何不好，没有得罪客人之理，况且是黄太太的同党，自己哪有那么大胆，敢怪人家？只好默而受之。黄太太引她和许多位夫人都见面了，然后在屋犄角下一张椅子上坐了。

她所坐的地方，正好邻近一位赵次长的太太。这位赵太太恰是由如夫人扶正过来的，不过她从前跟着赵次长在南边过活，北京很少有人知道她的历史，所以这班夫人队，便也把她拉在一处。再者她的丈夫，虽然还是个次长，然而与总统很是接近，这些夫人们，少不得耳朵里面都听见大人老爷回来说了，因之爱屋及乌，对于赵太太也是格外客气。赵太太看这样子，料是人家不知道她的底细，她就更大方了。这时，她看见黄姨太太那样受人轻视，未免引起她当年受压迫的苦怀来，看到姨太太坐到她身边，她就先笑着向姨太太道："你的北京话，说得很好。"姨太太笑道："我就是北京城里人。"赵太太听她如此说，就执着她的手侧着身子，向她浑身上下打量了一番，笑道："我以为你是南方人，或者就是我的同乡江苏人呢。原来就是北京人，这真合了平常一句话，叫着'北人南相'了。我看你贵庚，大概有二十一二了吧？"姨太太微笑着摇了一摇头道："" 二十一二岁，要望那一辈子了，痴长二十八了。"赵太太道："那真看不出来呀，我向来都觉得北方人是容易显出老的，你真算是例外了。我想你没有出阁的时候，那一定是比现在更漂亮了。"

姨太太先进门，见这些太太们，对她那样骄傲神气，实在不能忍受。现在赵太太一再地夸奖，这么一比，便觉这人实在可亲，不由得便和赵太太谈得来了。有两个司长太太和两个银行家的太太，向来都是唯赵太太的马首是瞻，现在见她二人谈得很好，就不能十分瞧不起人家，于是走到这屋子来，找椅边角坐下，凑着和姨太太说话。黄太太的意思，本只让姨太太出来见一见人，就让她回去的，现在大家都给她面子，而且还有赵太太陪着说话，只好由她在这里，坐谈了一会儿。有女仆前来向黄太太请示，席面已经摆好了，是不是就要入席。姨太太一见，就笑着对赵太太道：“我不能奉陪了。”赵太太一把将她拉住，笑道：“大家坐在一块儿多谈一谈也好，为什么要走？”姨太太被她一把拉住，笑道：“回头我再来陪赵太太谈谈得了，这个时候，还有点事情要去办一办。”说着话时，就偷眼去看黄太太的脸色。黄太太虽然是在陪客说话，可是一双眼睛，不住地向着姨太太这边偷看。现在赵太太不让她走，大有让她一同入席之势，平常在一桌吃饭，倒没有什么关系，现在自己大请其客，若让姨太太入席，显见得平常是不分什么大小，所以今天她就是正式请客，姨太太也要出来见见，当上半个主人翁，大小并立，这岂不是自己没有家教？因之，她虽不好意思明白阻止姨太太出席，但是她瞪着眼睛，向姨太太板着脸。姨太太明白了，不敢再在这里周旋，便对赵太太笑道：“我实在有一点事情，恕我不能奉陪。”说着，她就勉强地走了。

到了屋子里，将衣服换了，侧坐在床上，正要把衣服折叠好了，然后向玻璃橱子里搁，也不知怎么回事，手里做的是这件事，心里也不知道想的是什么事，把一件衣服，只管叠来叠去，叠了不算，还要铺在床上，慢慢地用手展平。正自这样出神，咚的一声，房门推将开来，黄太太就向屋里一跑，横着眼睛一瞪道：“好了好了，你居然也做起主人来了。好吧，家里的事，我都交给你，我可以不问了。”姨太太站起来，低着声音道：“是太太叫我出去见客的，又不是我自己要出去的。”黄太太冷笑道：“你倒会反咬我一口，不错，是我叫你出去的，但是我只叫你出去见客，没有叫你出去陪客。你倒趁风就上，会高攀，什么人也不沾，你就单单沾了赵太太。呸，你也不照照镜子去，你那个长相，要找赵太太说话，你也配?”姨太太靠了床柱，低了头，不敢作声。看到黄太太那种凶样子，总怕她说急了伸手一下，又得吃她的眼前亏。黄太太道：“说，还没有说你，你就装成这死样子，刚才和人家高谈阔论的情形，哪里去了?”姨太太道：“我实在是早就要回楼上来的，赵太太总不让走，若是不管人家面子是不是下得去，一定走开，似乎也不好。”黄太太向她冷笑了一声，然后坐在椅子上，停了一停，才道：“好了，你现在对外也爬起来了，人家倒非你陪着不可呢，穿起衣服来，再去吧。”姨太太也不知黄太太说此话是什么用意，站着不敢动。黄太太道：“怎么样？你还要我的好看吗？人家叫我来叫你去吃一顿，你不去，倒是我叫不动你了。”姨太太道：“我没有上过席面，不会陪客，失了规矩，反而不好，太太给我辞一辞吧。”黄太太道：“谁又说你懂规矩呢？有人愿意你吗？给你三分颜料，你就要开染坊，你到拿起乔来了。”姨太太一想，太太既是这样说了，若是不去，一定又要得罪她，只得擦了一把脸，然后又对镜子扑了一扑粉，这才穿上衣服，跟着太太下楼，到了会餐厅里。

只见设了两张圆桌，黄太太自在一边，做了主人，其余一桌，本打算请一位张太太做代表的。这张太太的丈夫，是黄经仁的秘书，要她坐下来代表主人，本来也是义不容辞的。她正要坐下，看见姨太太来了，绝没有反列入来宾席内之理，因此张太太只起身一周旋，姨太太便一直向主席的地位先站定。黄太太一见，这才省悟了，原来又把她抬高了地位，竟和正太太一同做主人，仿佛今天这一次请客，就是二人共同行动一般。但是已经把她叫出来了，若不让她上席，就怕这些客人要见怪，尤其是那位赵太太，她是非常欢喜姨太太的，当场把赵太太得罪了，她一不高兴，今天这一次宴会，就算失去了一大半作用，便正色对姨太太道："就在那边坐着给我陪客。"姨太太见她说话时，脸腮上两块肉，向下一沉，眼珠子也向中间定了一定，做出一份笑容。姨太太一看那样子，什么也不敢说了，只答应了一个"是"字。

大家入席之后，这头一杯酒，照例是仆役们预斟的。到了第二杯酒，应该是主人翁自己斟了，只上了一碗菜，黄太太忽然站起来，转向姨太太一抬手道："这边的客，也得陪陪，过来斟上一巡酒。"姨太太听了这话，怎么敢违抗？便站起来走到这边席上来，拿了酒壶，站到客人的身后，由首席斟起，斟到主席黄太太面前为止。斟客人的酒时，客人少不得还站起来，谦逊两三句。斟到黄太太面前，黄太太看也不一看，让她拿了杯子斟着，斟好了，又放到黄太太面前。因为一面放下杯子，一面放下酒壶，不免手上颤动几下，将酒洒了一点在桌上。黄太太又瞪了她一眼道："怎么斟酒斟到我这里就洒了，你真不如人家老妈子懂事。"姨太太本来就不敢和正夫人顶嘴，何况现在又有许多嘉宾在座，都是赞成一夫一妻制度，反对纳妾的正太太，若是得罪了太太，她们一定会群起而攻之的，那么，自己更无立足之地了。因此一句话也不说，找了一块白手巾来，将桌上酒痕擦了一擦，把酒擦得干了，然后才坐到自己的席上去。黄太太道："唉，你怎么这样糊涂，这边桌上的酒斟了，那边桌上就不必斟了吗?"那边桌上的客人，见姨太太已经在挨骂，就都站起来向着黄太太推辞道："我们都不是外人，何必这样客气。"黄太太勉强笑道："为公平待遇起见，既然这席斟了酒，那席就应当也斟。"姨太太也不等众位来宾答应，已经拿了酒壶，又自首席斟将起来，斟完了酒，她再入座，以为无事了。

偏是来宾一句话，又引起了难堪来。有一个女宾道："黄太太很好，有这样一个代表，将来有许多事情，都可以让姨太太代表了。”黄太太听了这话，大不高兴，以为来宾都错认为姨太太身份很高，可以代表自己，这是应该极端否认的，便笑道：“我也没有什么大不了的事，以至于分不开身去办；若是真有什么事，她这种人哪里能办？这是到我家里来了这些年，我们慢慢把她教会了，若是初来的时候，就像一个傻子一样，什么也不懂。天下一种人，就是一种材料，这种人只好靠她年轻，添两个孩子罢了。”在座一般太太们，虽不高兴姨太太，这是对于自己的姨太太如此，若是人家的姨太太就不怎样怨恨了。见黄太太对于姨太太，当面说得这样厉害，都也替她难受。姨太太却还没有什么感觉，依然坐着陪客。

因摇着酒壶里的酒空了，便起身到旁边桌上去添酒。只这一掉转身的工夫，正开了一瓶葡萄酒，向酒壶里倒，却见小茶桌上一个大酒海里，滴了几点酒，心想玻璃瓶子并不裂口，怎样会漏。正拿着酒瓶子在手里转着，检查漏缝，又有几点酒滴在酒海里，同时并有几点酒，滴在手背上，这才恍然大悟，并不是瓶子漏出酒来，乃是自己的眼睛失却一部分知觉，虽然极力地忍住眼泪不流，然而眼泪一定要流下来，自己都不知道了。心里自己警惕着道，当着这些人，自己会流出泪来，若是让这位阎王奶奶看见，那还了得？也许当场就要把我驱逐出这宴会之场了。于是低了头假装着咳嗽了两声，借着个机会，将手绢掏出来，擦了一擦眼睛，还怕脸上不免有愁容，故意笑嘻嘻地装出很喜欢的样子来。于是提了那壶酒，重新入席。姨太太正是和赵太太同席的，赵太太今天很留心她的神情，见她勉强地说笑，知道她心里很难过，刚才姨太太用手巾擦脸的时候，又看得很清清楚楚，分明是在擦眼泪了。赵太太一想，她本来不至于受这一场委屈的，都只为了自己要她入席，黄太太是不从不可，从了又十分不愿意，所以在酒席上只管用话来侮辱她，自己是个客，也不能干涉到人家的家事上去，因之也只放在心里。

一餐酒席完了，姨太太周旋一阵，借故先回房去。到了屋子里，连忙将房门一关，情不自禁哇的一声，便大哭起来。自己又怕有了声音，惊动了太太，因之横伏在床上，将手绢握了嘴，只是哽咽着。正在这会儿，只听到房门轻轻敲了几下，姨太太连忙擦干了眼泪，轻轻问是谁。门外有人答道："我姓赵，瞧瞧你来了。"姨太太知道赵太太来了，她是特别垂青的，便来开了门。赵太太也不进房，执着姨太太的手，轻轻地道："我都明白，你忍耐点吧。"姨太太真没料到赵太太特意追了来，却是来安慰自己的，便点了头道："赵太太，谢谢您！"赵太太道："你也常上公园吗？若有上公园的机会，请您打一个电话给我，我们再谈谈。"说着，又拍了拍姨太太的手，始后转身下楼堂。正当她转身的时候，恰好黄丽华由楼下上来。

赵太太知道黄小姐虽不管家，可是她在家里的威风，比黄太太还要厉害，于是故意站在夹道中，四处张望，笑道："这房子盖得很不错啊，黄小姐！"黄丽华笑道："我们这个地方，太欧化了，赵太太还要看吗？"赵太太道："我大体都看了，很好！本来要仿西洋的样子，才合卫生呢。黄小姐，楼下去谈谈吗？"黄丽华道："赵太太请便吧，我就来的。"她说了这话，可不肯走，对着姨太太的房门冷笑了一声，姨太太已经看见她上楼的，心里不免盘算，又是骑牛撞见亲家公，偏是她看见了，只得虚掩着房门，坐在屋子里。黄丽华道："妈招待了客，这里也要招待一下子，这倒很平等。又不定对人家说了一些什么呢，这件事，我倒要研究研究，和赵太太怎么认识起来的？这是谁介绍的？"姨太太忍不住了，便答道："大小姐，你别错怪了人家，我原来是不认得赵太太的，因为太太吩咐，下楼代太太斟酒，我才认识这些客人的，刚才赵太太上楼来，大概也是道谢的意思。”黄丽华冷笑道：“原来是我妈叫你去斟酒，你就抖起来了。这样拉拢，若是正式请你陪客，你还要在家里封王呢！”姨太太原是坐在屋子里的，只是隔了门说话，这时黄丽华却使劲将门一踢，闪了开来。她站在门当中，见姨太太坐在那里，便道：“说，我是说了，你打算怎么样？”姨太太坐在一张半旧的沙发上，叠着脱下来的长衣也不看她，也不理她。黄丽华道：“好哇！索性不理人了。”

姨太太还不曾答话，一个老妈子却叫道：“大小姐，周先生在前楼等着你哩。”黄丽华这才笑着哼了一声，到前楼会客室来了。周秀峰一见便笑道：“我刚才在走廊上走着，走到北头，听见你说话，你跟谁生这么大的气？”黄丽华叹了一口气道：“还有谁？不就是我们那位姨太太狐狸精吗？”周秀峰一听，心里不免有一种感触，好歹人家是一位长辈，怎么开口就骂？便强笑道：“她有什么事得罪了你？”黄丽华道：“我很少有和她在一处的时候，她倒得罪不了我。今天家母请客，要她斟酒，事后就有客亲自到楼上去谢她。”周秀峰道：“这位先生也太冒失了，怎么闯进人家的内室？”黄丽华笑道：“我这里的男宾，除了你，那还有几个能上楼的呢？是一位太太。”周秀峰道：“是位太太，那就由她道谢吧，你何必生气？我看你们这姨太太倒也是个可怜虫。”这“可怜虫”三个字，不提倒也罢了，一提之后，黄丽华的脸上不觉突然变色，一言不发。周秀峰见她这种样子，才想起她是最不满意姨太太的。在她的面前，说姨太太是个可怜虫，岂不是有意和她唱反调？因笑道：“我这句话，似乎有点不对，像她那种出身的人，现在住着这种华美的房子，穿了华美的衣服，安安稳稳地三餐一宿，日日望着她儿子大起来，本来说不上‘可怜’两个字。但是我说的可怜虫，乃是指她的态度而言。我碰见她两回，见她对着人，总有些胆怯怯的样子，我觉得这种样子很奇怪，所以说她是可怜虫。”黄丽华听他解释了一大遍，知道他是违心之论，不过为了敷衍自己，因笑道：“你自然是仁者之心，可是俗语说得好，‘清官难断家务事’，我们这位姨太太的事，是一言难尽。”

周秀峰不愿再就这问题讨论下去，便道：“这两天看了电影没有？”黄丽华道：“一个人去看电影，有什么意思呢？我打过两次电话邀你，可是你都不在家。”周秀峰道：“那算我失了好机会了。”说着，就向黄丽华周身一看，但见她穿着一件紫色亮纱的旗袍，映着里面吊带的半截式白坎肩，那两根吊带约有七八分宽，上面绣着大朵的海棠花，有了这两根带的花色，透色而出，越是显得纱衣里面上半截是无所衬托的了。黄丽华笑道：“你这样仔细地看着做什么？对于我的衣服，有什么批评吗？”周秀峰连连摇手道：“不敢，不敢，我是在这里忖度，你穿了这样时髦的衣服，一定是赴一个约会，而那地方，又必定有许多名门闺秀。”黄丽华道：“你是根据哪一点，有这样的揣想呢？”周秀峰道：“因为许多小姐们在一起，大家为了维持面子起见，衣服非做得极时髦，是不好意思穿出来的。”黄丽华道：“这种纱衣，也兴了两年了，并不见得时髦呀？”周秀峰道：“就衣料论，固然算不得时髦，但是，现在这种天气，并不十分热，纵然穿着中国国产的绸料，也并不见得难受。而今穿了这种透明的外国纱，恐怕在电扇之下，不能不说是时髦了。”黄丽华道：“这样说，我也只好承认是时髦了，但是你猜得就根本错误，我今天并没有赴什么约会，不过是到东交民巷去看了我的一个教法文的老先生，他是一个研究东方艺术的法国人。要不要见他？过两天，我打算约他到我家里来吃便饭，你也可以参与的。”周秀峰道：“是黄小姐的先生，当然是不错的，若允许我参加，我一定奉陪。”

说到这里，老妈子来说：“来的女客们，请小姐去谈谈。”黄丽华留周秀峰坐一会儿，自己便陪客去了。这个老妈子，其名曰老，其实不过二十一二岁罢了，头发梳得流光，穿了米色的茧绸裤褂，兀自有些风韵。周秀峰闲坐着无聊，就搭讪着问她道：“今天你们家请客，你们很忙吧？”老妈子道：“我是伺候小姐的，那不关我的事。”周秀峰道：“你们小姐出门，也带你去吗？”老妈子道：“带也带的，可瞧她高兴，像今天逛北海，我想去看看，就没有带我去。”周秀峰道：“你们小姐，今天不是到东交民巷去了吗？”老妈子道：“不是，周先生没去吗？今天那儿有好些个男女朋友哩！”周秀峰道：“我有事，分不开身。在场的是些什么人，你知道吗？”老妈子道：“我不清楚，听说这里面有两个西洋留学生。”周秀峰再要问时，老妈子忽然一笑，径自走开了。他心想：黄小姐交际原是广阔的，和几个朋友游北海，这也是很公开的事，为什么却要撒谎？老妈子说，这里面有两个西洋留学生，则是不肯直接告诉我的原因，就是为了这两个人吗？一个人坐在这屋子里，本也觉得无意思，于是戴了帽子径自出门去，也不和主人作别。

刚一出大门，只见一辆油光闪亮的汽车停在门口，汽车里走出一个西装少年来，只看那袖口小得像笔筒一般，就知道这是一个时髦人物。他下了车，对着黄家的大门看了一看，然后就将帽子拿到手里，露出头上的头发，光而又黑，由人面前走过，自有一种香气。他心想，这莫非就是那西洋留学生吗？望着他进门去了，然后自笑了一声，坐上包车回家了。到了家里，将帽子向衣架上一挂，就倒在床上横着躺下，睁着眼睛躺了许久，自己说道："我这不是发呆吗？难道我还干涉人家不交朋友不成，我且歇一程子不和她来往，看她和那西洋留学生，要发生什么关系。"

这样想着，就有三天之久不曾到黄家去。这一天上午，还不曾吃过午饭，马国栋却来了。周秀峰见他手上拿着一顶新草帽，身上穿了一件蓝竹布长衫，虽然未减穷酸之气，然而面容丰满，身上也是干干净净的，就不由得笑着向他道："你现在很好了？"马国栋道："那都是周先生和陈家大姑娘的照应。这两天东安市场去过吗？"他提到了玉子，不觉联想到了东安市场，因之一口就说出来，可是第二个感想，便已觉得不妥，第三个感想，待要更正时，又想不来合适的话，而且也无法更正了。周秀峰见他脸上有些难为情样子，便笑道："我这事，大概只有你知道，但是我们往来也是很光明的，只是彼此环境不同，不能不有点顾虑，将来也许我有找你帮忙的时候哩！"马国栋点着头道："一定，一定效劳。"说到这里，不由得笑了一笑道："我也有一句话，不敢告诉周先生，说出来了，一定会说我迷信的。"

周秀峰道："这也无所谓，本来你就干的是近乎迷信的职业。"马国栋笑道："也是前两天，我到陈家去，那大姑娘报了一支命给我算，我说门门都好，可是要和南方人结亲，更好一点。"周秀峰笑起来道："你这话太冒失了，怎么和人家算起这种命来？"马国栋道："这是我的经验，平白无事地大姑娘要算起命来，这总有些原因，而且十成有八九是为了婚姻，有了这样一个好机会，干吗我不去说两句话。"周秀峰道："你说过之后，她娘儿俩怎么说呢？"马国栋道："大姑娘自然是不作声，那陈大娘可说了，咱们这种人家，到哪儿去找南方人结亲去呢？她这话，我觉得有点不对，和南方人结亲，还另要一种人才行吗？后来我一想，就明白了，她说的南方人，是指着上中等社会的人而言。我想她这些话，也不是没意思的，我就不知道周先生的意思如何了，像现在这种时代，咱们哪里还会和人家分什么贵贱阶级？”

说到这里，马国栋就自言自语地道：“姑娘是一个好姑娘，人是挺聪明的，将来居家过日子，那是不必提了，一定是好的。”周秀峰笑道：“看你这样子，倒是有意做说客。”马国栋站将起来，连连将手摇了两摇道：“你可别多心，她们实在没有来托我来说什么，我不过这样比方着说罢了。”周秀峰笑道：“我也是说着玩，你又何必多心哩？”马国栋谈了一会儿，就起身告辞。周秀峰忽然想起一件事，连忙向他招了一招手，笑道：“你别忙回去，我有话和你说。”马国栋道：“我暂不回家，想到陈家去走走。”周秀峰点了一点头道，“既是如此，你就请便吧，我也没有什么话说了。”

马国栋一想：这人说话，颠三倒四，究竟是有话是无话呢？大概是有不好意思说出来的话吧。周秀峰看到那样犹豫不决的样子，他就明白了几分，笑道：“我不过留你多坐会儿，倘若你有事要到隔壁去，你回头再来坐也好，所以我不留你了。”马国栋也猜不透他这是什么意思，便到陈家来坐。陈大娘在院子里洗衣服，水淋淋提起两只手，用围裙擦着胳膊，迎上前来，笑道：“马先生早就来了，在隔壁楼上说话不是？”马国栋道：“是的，你听见我说话的声音了吗？我们说话的声音很低啊！”陈大娘道：“我没有听到，我们那大孩子耳朵尖，她听到了。”说着话，陪他走进小堂屋。首先看见玉子站了起来，将一卷字纸，向隔扇的板缝里一塞，那一张旧方桌上铺了大半张旧报纸，一块无盖的方砚池在纸角上压着，砚池角上放了半块斜脚墨，墨上架了一支笔，因笑道：“很好哇，大姑娘自己读书、写字起来了，很好很好，我说你是一个挺聪明的人不是？”玉子笑道：“你别给我高帽子戴了，我不是写字，我是拿了笔墨描鞋样子。”马国栋道：“读书是好事，干吗瞒着？好比我吧，若不是认得字，早在北京城里饿死了。大姑娘，您要是这样做下去，保管……”保管什么呢？马国栋找不出几个合适的字把这句话完成，却只是向着玉子哈哈笑了一阵。玉子见他说不完这句话，也由他去，并不追问了。马国栋道：“刚才在周先生楼上坐，周先生也就谈到念书这件事的，他说，只要是念书的人，他都愿意帮忙，也肯帮忙。”说着，自己觉得重了一句，就用手摸了两摸胡子。玉子很了解他的意思，微微一笑。

陈大娘却忙着去给他沏茶，也不曾听到。一会儿，她捧了茶来。马国栋道：“您有事去做事吧，我不过是顺便来看看您娘儿俩。”陈大娘听说，就吩咐玉子替她去洗衣，自己来陪客。马国栋望着帘子外的人影子，向陈大娘笑道：“您这位姑娘是真好，粗细都能来，可不知道哪个有福气的人，来做你的姑爷。”陈大娘还不曾答言，那对过屋子里老蔡的老婆子王氏，很快地走出屋来，笑道：“马先生，您遇上相当的主儿，您给说一个也成。我也这样说，这孩子多好哇，若是给街上一个手糊口吃的孩子，那真可惜。”马国栋道：“要说相当的人呢，我手头倒有，我就不知道陈家大嫂子意思怎么样。”这时，玉子在门外洗衣的搓擦声，一下一下地慢着，慢得至于全部停止了。陈大娘道：“哟，我的话，还有什么不好说呀？我守半辈子寡，就是这两个女孩子，只要不愁饭吃，常在我面前，我就认可了。像咱们这种穷人家，还想什么荣华富贵吗？”陈大娘说完，外面的洗衣声，又稀沙稀沙发出来。蔡王氏便道：“是啊，这样好的姑娘，让她跟了女婿远远地出门，也是怪舍不得的。别的都罢了，可别给南边人，姑爷说走，姑娘是人家的人了，哪儿留得住？咱们还能跑出几千路外去走亲戚不成?”蔡王氏说到这里，玉子的洗衣声，突然停住，她板着脸，脸上一丝笑容都没有，啪的一声，掀了那旧帘子进来，望着蔡王氏道:“姥姥，您说话干吗拿我开心呀!”蔡王氏笑道:“哟，大姑娘，你倒真是古板呢，这年头儿，讲的自由平等，多大姑娘都自由去，干吗你还害臊呢?”玉子道:“姥姥，您这话，我可不爱听。”蔡王氏笑着向陈大娘道:“大婶儿，你这姑娘真不错，她是不愿出阁的，您留着身边养老吧。”玉子听着这话，越说越不对劲儿，不愿说话了，一掀帘子又出去了。屋子里三个人看见这样子，都笑了起来。马国栋一看这情形，心里明白了一大半，只是当着蔡王氏面前，不好将玉子不嫁南人的这个建议打破，一笑之后，也就谈谈别的事情，把这问题岔开了。谈了一会儿，马国栋告辞而去。

玉子马上将洗衣盆一推，进屋来用手巾擦着手，自回屋子去了。陈大娘见她脸上很有些不高兴的样子，却不明白她这不高兴从何而起，自己没说什么话，不知道她是生马先生的气呢，还是生蔡家姥姥的气呢?若是问她，又怕得罪了蔡王氏，便不作声了。玉子回了房去，便斜躺在坑上，一想今天马国栋来说话，绝不是无由而至的，看他那意思，一面是劝我念书，一面就是探我母亲的口气，以为这件婚姻，是只有我这方面为难。我这方面若答应着，就一点都没问题，我妈倒没有说什么，只是这蔡家姥姥糊里糊涂把马先生的话拦了回去，真有点讨厌。也不知道这马先生，是不是会把这转告周秀峰，若是他和盘托出，周秀峰心里，要二十四分不痛快，自己又没法子去安人家的心，同时自己也认不得字，不能写一封信给他，倘若他真误会，灰心起来，那可怎么好呢?自己这样想着，便不觉只管看对面楼窗上，是不是有些表示。但是仔细看来，一切都如往常，并不见得他有什么不乐意。虽然那窗台上又摆着一只红胆瓶，插满了鲜花，然而这也是他那窗台常爱如此的，在这一点上也无所谓。转又想到，由我这里，可以望到他的窗子，在那窗子里，又未尝看不到这屋，离得这样近，也没什么话说着听不见，偏是像隔了几万里一样，不能通一些消息，这实在是急人。她在屋子里，就这样地想了一天，到了吃晚饭的时候，方才走出房来。

陈大娘见她脸黄黄的，有两绺头发披到脸上，因道：“孩子，你怎么了，又是不舒服吗？”玉子道：“好好的，我有什么不舒服？不过睡了一觉罢了。”这天陈家是抻面条儿做晚饭，玉子只挑了小半碗面条，将筷子挑了一点芝麻酱，在面条上一涂，随便拌了几下。陈大娘见她只夹一根面条，嘴里慢慢咀嚼着，那样懒懒的样子，似乎是十分不高兴，便道：“你说不害病，照你这神气，可是真像害病了。”

玉子道：“我胃口不好，不愿吃，害什么病呢？”陈大娘道：“你胃口不好吗？格子里还有两个鸡蛋，也还有些猪油，买一点黄花、木耳，给你打一碗卤好不好？”玉子本觉百般不是，有心要驳母亲两句，又看到母亲是这样体贴，也不忍说出什么来，只得微笑道：“我那么馋？有好吃的才肯吃。”说着，勉强将碗里的面吃了下去，放下筷子，在煮面的锅里，舀了一勺子面汤，荡漾了几下，然后当茶喝了。她虽不吃东西，肚子里原是空的，现在喝了一碗热汤，觉得肚子里倒是很受用，因之，喝完了这碗，又重新舀了一碗汤喝起来。

陈大娘道：“你这孩子，我说你没有吃饱，你又偏不肯吃，现在倒连喝两碗面汤，这是什么意思呢？”玉子笑道：“我这么大人了，要吃要喝，还有什么不明白的，这也要您费心。”陈大娘见她女儿那样娇楚可怜的样子，觉得或轻或重说她两句，都有些不好，便只望着玉子笑。玉子也不解自己什么缘故，只是心里一阵一阵地慌乱，觉得有一件什么事不曾了结，可又实在没有什么。陈大娘虽然有点奇怪，然而这半年以来，玉子常是这样，也不是生病，也不是生气，只是闷闷不乐，会终日躺在屋子里炕上，一言不发。今天这样子，大概又是犯了那个老毛病。

一到晚上，竹子的睡瘾就上来了，爬到炕上，就去打呼。陈大娘索性不进屋来，在外面屋子里，燃了一盏煤油灯，纳着鞋底，和蔡王氏有一句没一句地说笑话。玉子因妹妹在炕上睡了，就坐起来，要把桌上的煤油灯拧大。只一抬头，却见对面楼上，电灯十分光亮，一个人影子只在窗口，不住地来往晃动，仔细看时，那正是周秀峰。他在楼窗里踱来踱去，每次踱到窗口时，总要停留许久，看他那神情，正是朝这里望着。玉子手伸到拧灯头的小机钮上，不知不觉地动着，乃至醒悟过来，却是眼前漆黑，原来把那一根灯芯，扭到铜罩口里面去了，失神地哟了一声道：“灯灭了。”陈大娘道：“这灯怎么会灭呢？我早就上满了一灯油的。”玉子道：“是我一拧拧灭了。”说了这话，一看楼窗的人，格外清楚了，周秀峰却和这里点了一点头，远远地似乎还听到他有一种笑声，这一笑，又可证明他正是看着这里了。玉子于是拿了灯，到外面屋子里来，将灯点上，重新拿进屋去。陈大娘见她已有了笑容，便隔着板壁问道：“你现在不生气了，我又要多事了，你晚上没有吃饭，也不找补一点东西吃吃吗？我给你到胡同口上买两套烧饼麻花给你吃吧。”玉子这时候，的确有些饿了，虽然不好意思要吃东西，可是母亲问起来了，就不必推辞了，因道：“外面黑着啦，要吃，我自己去买吧。”陈大娘听她如此说，就起身出门去了。

玉子将灯放好，拿了一本《市民千字课》，放在灯边下，随便翻了翻。这上面的字，有一半是老蔡告诉她的，有一半是刘小福告诉她的。老蔡字是很认得的，不过他反对这书是说白话儿的，却另外介绍了一批书给玉子读，乃是《千字文》《百家姓》《女儿经》《增广贤文》《六言杂字》。他说《千字文》有一千个不同的字，而且说了许多故事，如“金生丽水，玉出昆岗”之类；《百家姓》像他姓陈的，像他姓蔡的，书上都有了；《女儿经》是闺女当念的；《贤文》可好了，古人说的什么好话，上面都有了；《六言杂字》就是一本大账簿，什么都有。玉子听了他的话，倒也相信，就私下问刘小福。刘小福道：“你别信他，那是老顽固的话，先生常对我们说，念《百家姓》《三字经》那是开倒车，是封建思想。”玉子道：“什么叫封建思想?”刘小福被她一问，望着她笑道：“先生说的，我哪里知道? 反正是不好的话就得了。”玉子道：“据你们先生说，应该念什么书呢?”刘小福道：“我们先生说，要念书，就是《市民千字课》好，只要把四本《千字课》念完，也会记账，也会写信，也会看小说，什么都成。”玉子一听他这话，分明在新人物一方面是赞成念《市民千字课》的了，因此下了决心，就专念《市民千字课》。自己一个人，只管把这书翻看，不懂的地方，就拿着书本去问人，她这样地努力以后，有了半个月，她就念完了一本多。

这天晚上，对楼的窗户，老是灯光耀眼，向这里开着窗子，玉子便想：他一定是注意我的行动了。因此索性低了头，端坐在灯下。一会儿陈大娘买了烧饼回来，玉子肚子吃得饱了，更是有精神，看了看书，又在灯下描下‘一去二三里’的红模子。陈大娘拿着鞋底，走进房来，伸了一个懒腰，打了一个呵欠，问道：“什么时候了？你还不睡觉。”玉子道：“我睡不着，躺下了，在炕上翻来翻去，反而不好，让我写写字，人倦了，一上炕就睡，那反而好些。”陈大娘道：“我倒不管你，可是你点了这大的灯照着，我睡不着哩。”她说着，倒上炕牵了一牵枕头，就睡下来。口里只说了一声：“灯头拧小一点吧。”也就缩着两腿，呼呼地睡着了。

玉子一人在灯下看着书，抬头看看对面楼上，窗子总是开的，电灯总是亮的，微微地还听到一些吟哦之声，分明他也是在念书了。听那种读书声，大概是知道我在这里读书，故意将我鼓励起来，我可不要让人家灰心。这样一来，于是格外努力看书。到了夜深，一切的声音都停止了，静沉沉的夜色里，忽然听到那楼上当当地两下钟响了，接上那个人影子，又在窗前一晃。玉子一想，人家早上还要去教书呢，我和人家拼什么？于是先拧了灯，然后再上炕睡。再看楼上时，果然电灯也灭了，正是：

甘苦一灯非有约，风尘数月本相知。

第六回

闺谑羡乘龙丝萝有托
年华伤旧木博弈犹贤

却说这天晚上玉子看了半晚的书，熄灯一睡，楼上也就熄了灯了。玉子想：这样看来，分明他是鼓励着我读书，所以隔了楼相陪的，其情是格外可感的了。想了一想，觉得猜得是一定对，心里非常舒服。玉子是向来起早的，在她每日起来漱洗以后，才觉得对过楼上的人起了床，而且有时那人回来晚了，半夜里还亮着灯时，次日，他必睡到十点钟以后。这种情形，玉子原不曾去亲身调查，也没有听到什么人说过，只是她每日眼睛看着楼上，耳朵听着楼上，心里记着楼上，自然而然地就有了这种经验。这天起来，听得周秀峰台上的小钟，敲过了七点钟，接上便听到了咳嗽声，由窗户里可以看到的一堵粉墙，那上面钉了有挂衣钩子，在人未起床的时候，穿的衣服，必然挂在上面，起床以后，穿的衣服不见，就会挂上睡衣了。这时，那衣钩上挂着的是睡衣，玉子想着，昨天晚上，他睡得是那样晚，怎么这样的早就起来了，他自己不觉得有点累吗？正这样出神地向楼窗上张望着，周秀峰抬着两手，系那西服白领子下的领带，走到窗口来，一见玉子，便笑着点点头。玉子四周一望，院子里没有人，用手理着两鬓的乱发，也向他微笑。

只在这时，有人嚷了起来道：“周先生，你对着我们笑什么？”竹子由屋子里跳了出来，将手向楼上指着。周秀峰不能不理会她，便对她招了一招手。竹子将手摸着脸道：“我刚起床，一会儿就来。”竹子连忙洗了脸，用湿手巾抹了一抹头发，就向周秀峰楼上走来。他已是穿好了衣服，带上了房门要出去了。竹子道：“幸亏我来得早一点儿，我要来晚了，你就出去了，不是白跑一趟吗？”周秀峰道：“你来有什么事？今天没衣服洗。”竹子道：“我知道你有什么事？不是你招着手叫我来的吗？”周秀峰想了一想，笑道：“是了，我是怕你闹，对你招招手的，你下午四五点钟到我这里来，我有一点事要请你母亲做一做，这一次，我也不让你白跑。”说着，在身上掏出一张铜子票，笑问道：“这个少不少？”

竹子看了铜子票，用右手一个食指，弹着嘴唇皮，将身子扭了两扭，笑道：“我不要。”周秀峰道：“你为什么不要？我又得罪了你吗？”竹子道：“我妈说的，姑娘们别乱花人家的钱，我不要了。”周秀峰笑道：“那是为什么呢？你也不说乱使钱啦。你不是给我做事来着吗？再说，你还是小孩子呢，不能算一个姑娘呀！”竹子道：“我反正不是小子，我妈叫我别乱要钱，我要了，会挨骂的。”周秀峰道：“我不对你妈说，她也不会知道。”竹子道：“你这人真傻，你就是不告诉她，我买了东西吃，我妈会不知道吗？”

周秀峰听着更是哈哈大笑，因道：“好嘛，你不要钱，回头我买东西送你吧。”竹子道：“你买东西给我，我可不要手绢。”周秀峰道：“你怎么知道我会送手绢给你呢？”竹子道：“我怎么不知道？前些日子，你不是给了我一条手绢，让我偷偷地送给姐姐吗？你还乐得什么似的呢。”周秀峰连忙向前，一把掩住了竹子的口，笑着轻轻地喝道：“你这孩子，总是信口胡说，让别人听见，闹出笑话来了，又要惹你姐姐生气。”竹子听说，一扭身躯就跑走了。

周秀峰虽觉得这小孩子天真烂漫，可是转身一想，她极端地拒绝我给钱，必定是她的母亲叮嘱了她的话，这莫非又有什么变故不成？当时也无从打听到真实消息，且自出门。到了下午四点钟，却在市场上买了几大包东西回来，手上还拿了帽子，站在楼窗口，就拿着帽子，连连向楼下招了两招。竹子正在院子里玩，一抬头，周秀峰又将手上的纸包举了一举，竹子一见，笑着点了一点头，连忙跑上楼来，推门一笑道：“你有什么东西送我？老远地把我叫了来。”周秀峰连忙拿出一个纸包，打了开来，却是一个小汽车，竹子看了，马上笑着一跳，问道：“这个是给我的吗？”周秀峰向她摇了一摇手道：“别忙，别忙，还有呢。”于是又打开了一个纸包，里面是面洋铁小军鼓，将鼓面一揭，里面有许多红红绿绿的糖果，竹子一见，连忙伸手就要来拿。

周秀峰伸手一拦，将她拦着，不让向前，笑道：“还是别忙，东西全是你的，我答应给你，不能把这东西留着我自己玩、我自己吃。我有一件事托你办一办，不知道你肯不肯？”竹子道：“我知道，你没有那么好的事，白给我东西，总得要我给你做一点事的，可是我也不愿意白拿你的。只要我做得了，我没有不做的。”周秀峰笑道：“那就好，上午你对我说，你妈不让你要我的钱，她是怎样提起来的，这个你可得说清楚一点，她是不是还说着你姐姐呢？”竹子道：“你等我想想看。”说着，将一只手蒙着半边额角，想了一想，笑道：“想起来了，是前天吃饭的时候，我把手里的铜子儿放在桌上，拿起筷子吃饭，我妈看见铜子儿，就问，这又是周先生给的吗？我说，是的，我妈就瞪了我一眼。我姐姐说，周先生给的钱，又不是她和周先生要的钱，随她去吧。

我妈说，孩子，你哪里知道，咱们穷人，就要在银钱上看得谨慎一点，要不然，人家知道了，会说闲话的。我妈说着，又对我说，你听见没有？以后周先生给你玩的、吃的，得拿回来给我看看，不许再伸手和人家要钱，你若是瞒着我，向周先生要钱，我知道了，一定打你的手心。你想，要了钱会挨打的，我还敢和你要吗？”

周秀峰笑道：“你这话学得很像，大概不是撒谎的，以后你要钱用，还是到我这里来拿，你对你妈说，是你姐姐给的就是了。不过别瞒着你姐姐，你瞒着她，她就不会给你圆谎的。这些东西，你都拿了去，这里还有两包布料，你也带回去。你说，就是我说的，你妈给我做了许多活，都没有算钱，我买这些布，是谢谢她的。”竹子道：“有给我姐姐的没有？活都是她做的呢。”周秀峰笑道：“你这人办事倒很公道，并不忘了你的姐姐，这东西你只管拿了回去，拿回去之后，也许你妈会分一些东西给她，这倒用不着你挂心。”竹子笑道：“那是什么缘故？回去问一问我妈看。”周秀峰微微瞪着眼道：“那可不行，你要和你妈瞎说，你就把那玩意儿还给我。”竹子见周秀峰伸了手来，夹了东西，一缩脖子，就跑下楼，一直回家了。

陈大娘见竹子抱了许多纸包回来，呀了一声，便问道：“你这些东西是哪里来的？”竹子道：“是周先生给你的，他说，要谢谢你给他白做活，所以买这些布给你。姐姐，我也替你问来着，他说没有东西送你。”陈大娘将竹子手上的东西夺了下来，一齐放在桌上，瞪着眼问道：“你又在周先生那里说了些什么？”竹子道：“我说了什么，他把东西交给我，我就拿回来，他还吩咐着我，不要瞎说呢。”竹子说着，连忙将自己的玩意儿，一只手举着一样，口里嚷道：“大家瞧，我有汽车，我又有洋鼓。”口里说着，就到院子里逗别个小孩儿去了。

陈大娘这才从从容容地，将东西拿到屋子里炕上，一包一包打开。看时全是些时新的花样，最老实的，也是六尺蓝格子布，另外有一包青物华葛，却是一条姑娘们的裙料，不由得笑起来道：“我怎么能穿这个？要是这样，我会成了老妖怪了。”当陈大娘拿东西进屋子来的时候，玉子还在屋子里，及至打开纸包，连看几样，都是些花样的，玉子默然不语，径自走出屋子去了。陈大娘先是看布去了，不曾留意到玉子，及至一抬头，玉子不见了，不觉又呀了一声道：“我们大姑娘哪里去了？平常街坊买了东西来，还要看看呢。现在自己有了东西，倒不要看了，这怪不怪呢？”玉子在隔壁屋子里答道：“反正是我们的，什么时候看也成，忙什么呢？”陈大娘道：“你来，你来，我有话对你说。”玉子被她母亲催不过，只得进来。可是走到房门口，她又停止不进了，看她抿着嘴，极力地忍住笑，似乎有一种极快乐的事，由心里要笑出来。

陈大娘看了一看她的神情，心中便有点明白，也不去理会，因将炕上的布料抖了两抖，问道：“你看这些料子我能穿吗？”玉子道：“穿是不能穿，反正也糟蹋不了，咱们拿去卖去，凑合一点儿现款，那也不坏呀。”陈大娘道：“咱们虽穷，还穷不到见钱眼开，人家送一点人情，也拿去卖了，让人家知道，岂不笑话？”玉子道：“小孩子穿得花哨一点总不要紧，就先挑两样给竹子做两件衣服吧，她不是早就嚷着要做衣服吗？”陈大娘将布料一推，倒在炕上坐下了，望着玉子，扑哧一声笑了。玉子也笑着问：“为什么？”陈大娘道：“你这不是成心吗？我是问你要不要，你偏是不搭茬儿。”玉子笑道：“那敢情好，可是你不说出来，我怎么会知道呢？”陈大娘道：“这些布料，我一样也不能用，要是你做衣服，倒样样能用，料子既是好看，又不算什么贵东西，穿出去，很合身份，干脆，你全拿去，你爱怎么做就怎么做。”玉子道：“是人家送您的呀，我全拿去吗?”陈大娘道：“你得了吧，你早就愿意全拿去了，你还客气呢。”

玉子让母亲说明了，也就笑了，因道：“衣服有这些个，过八九月是真够了。可是还有一些缺点，鞋子也没有，袜子也没有，闹一双皮鞋穿穿才好。”陈大娘道：“呀，什么话，孩子，怎么我们这种人家姑娘，还打算穿皮鞋啦?我听说一双皮鞋要值十块以上，这够我们家吃一个多月窝头了。”玉子道：“这个我有什么不知道?我又不是上大皮鞋庄去买，到天桥地摊上去买一双旧的，顶多也不过块儿八毛的罢了。”陈大娘道：“虽然只要块儿八毛的，可是像我们这样人家的姑娘穿了皮鞋出去，不怕人家说闲话吗?”玉子见母亲执着这样坚决反对的态度，当然是不能转圜的，也就只好默然不语。蔡王氏在屋子里听到，就走出来插言道：“大婶，你干吗那样说呀，年轻轻儿的人，谁不爱个好儿，买双鞋穿你别拦着她。”陈大娘道：“我倒不拦着她，只要我挣得出来，我也乐意她们走出去像个样儿呀。”

竹子听说，由院子里跳进屋来道：“那不成，要到天桥玩儿去，我也得算一个。”玉子道：“我还没有说好呢，你倒来先下定钱了。”玉子说了这话，坐到一张旧藤椅上，偏过脸去，只看壁上糊的一张旧报。陈大娘不由扑哧先笑了起来，说道：“这也值得生气，你要去，去就是了，不过要买皮鞋的话，宁可多花一点钱，买一双七八成新的，别买那纸糊了似的东西，穿不了几天就坏了，那可是真冤呢。”玉子道：“这可是你让我去，过两天我真要去，可别拦阻我。”陈大娘道：“哟，你的事，我不答应则已，答应了的，我还能反悔吗?”竹子见母亲真答应了，就逼着玉子，问是哪一天去，玉子先是很腻烦她问这句话，后来一抬头看了窗子外，笑了一笑，便道："衣服一件也没有得，忙什么鞋子呢？我总得把衣服做好一套，再说呀。"竹子道："那么，你也给我做一件，三天后都能得吗？"玉子笑道："要是后天天晴的话，也许可以去，我打算坐电车去。"陈大娘笑道："你高兴了，全告诉了她，那天你可不能不带她去。"竹子又听到母亲申说了一番，这是去定了的，心下非常喜欢。

次日上午，竹子送着换洗衣服到周秀峰那里去，周秀峰先就问道："你这小妹妹，又偷了懒吧，你妈是那样懂礼的人，难道昨天收了我的东西，都不叫你给我道谢一声吗？"竹子道："真不是我懒，是我妈忘了。你这东西送了去，我妈和我姐姐就议论了一阵子，我妈说是一点也不能用，全让我姐姐做了，我姐姐有了衣服，又打算买皮鞋。"说着，用右手点着左手的指头，口里念道："今儿个一天，明儿个一天，后儿个一天，就是三天，那天我们就一块上天桥买皮鞋去，我姐姐说和我一路坐电车去。"周秀峰笑道："这全是你姐姐要你对我说的吗？"竹子道："不是，是她对我说的，可没有让我告诉你。说完了，我就和她们帮助装灰线袋，好裁衣服，我又缲着我自己的纽襻儿，要不然，我怎么今天才来告诉你呢？"周秀峰笑道："不让你告诉我，怎么你偏偏告诉我呢？你母亲知道了，又该骂你，或者还要打你了。"竹子笑道："我告诉了你，难道你还能去告诉我妈吗？"周秀峰道："我倒不告诉你妈，就怕我对你说了，你自己会告诉你妈呢。我对你说，买皮鞋，用不着上天桥去买，我有一家熟皮鞋店，我要去买皮鞋，比天桥买的还要便宜得多。设若你愿意要的话，我也可以送你一双。"竹子笑道："真的吗？你可不能哄我。"周秀峰道："你这孩子就是这样矫情，哪一回我许了你的东西，后来没有给呢?”竹子笑道:“等我想想看。”说时两手伏在桌上,头又伏在胳膊上,顿了一顿,抬起头来,向他笑道:“我想不起来,反正总有一两回。”

周秀峰道:“不要说废话了,你要皮鞋不要呢?若是要的话,你就告诉你姐姐,说是我有个朋友,开了皮鞋店,若是你姐姐去买的话,只要说是我介绍去的,几毛钱就可买双极好的皮鞋。”竹子道:“有这样贱?我真也要买一双,不知道这皮鞋店在什么地方?”周秀峰道:“那地方不容易找,除非我带了你们去还差不多。不过我带你们去的话,你妈知道,一定不肯,那就买不成了。”竹子道:“我哪里会让我妈知道呢,我自然会叮嘱姐姐,不要告诉妈。”周秀峰忍不住笑,就伸手摸着她的头笑道:“你这孩子倒机灵,我不但给你买皮鞋,我还要买双丝袜子送你呢。定准哪一天什么时候,我在电车站上等你们,买好了皮鞋,我们还可以找一个地方逛逛。”竹子道:“逛什么地方?能瞧电影吗?那回你们学堂里演电影,我瞧了一回,上面有山有水,还有人打仗,真有个意思,我还想瞧瞧,你能不能带我去?”周秀峰道:“成,成,成,我决计带你去,只要你们回家不怕你妈追问,什么时候回来都可以的。”竹子听了大喜,笑嘻嘻地跑回家去,一直就向屋子里跑。

玉子在外面屋子里缲衣缝,陈大娘在院子里说闲话,竹子却在屋子里嚷道:“姐姐你快来,我有话对你说。”玉子道:“有话说就是了,鬼头鬼脑地做什么?”竹子走到房门口,用手对玉子连招了几招,笑道:“你来呀,有好事和你说。”说着向门外指指楼上,玉子一见大骇,连忙跑过去,拖了她一只胳膊,就向屋子里,轻轻地喝道:“该死的鬼,你怎么那样大声音嚷,嚷得妈听见了就好了?什么事,你说,你说。”说着,就偏头看了一看门外。竹子笑道：“我告诉周先生了，说咱们要上天桥去买旧皮鞋，周先生说……”只说到这里，陈大娘一脚踏进屋子来了，竹子就顿住了，不向下说。玉子见母亲望着她，便道：“说啊，周先生还有什么衣服要洗呢?”竹子望了陈大娘笑道：“妈来了，我不说了。”说毕，就向外跑走了。玉子笑道：“妈，你瞧这冒失鬼，说话只说半截儿，什么意思?”

陈大娘见玉子脸上，一阵红似一阵，搭讪着，在炕上清理了一会儿衣料，自取了衣料，拿到外面屋子去缝去了。玉子待在屋里，不知怎么好，停了一停，心想，这事就让母亲知道了，也不要紧，又不是为非作歹的事，就是母亲向着我们私人有了感情的一条路上去猜，也不过比我自己告诉她的时间，发觉得早一点，也就不必十分地遮瞒了。这样想着，就不去理她母亲，看她母亲另有什么办法。不过这事真让母亲发觉了，倒有点不好意思，因之只管在炕上发呆，不曾走出屋子去。坐得久了，也就拿了衣服来缝，久而久之，并不见陈大娘来质问，也就算了。

到了吃晚饭的时候，陈大娘预备了白菜馅儿饺子，将面和好了，刀切了一大海碗碎白菜叶，一齐都放在小方桌上，预备等旁边炉子上水开了，就包了饺子下锅。平常遇到包饺子，竹子是很高兴的，穷人家不常吃肉，若是有一顿包饺子，皮是白面的，馅是白菜的，那就是开荤了。玉子平常也很喜欢吃饺子，遇到包饺子，也很高兴地帮助母亲包，甚至于就由她一个人包办。可是今天这餐饺子，不但竹子没有来起哄，就是玉子坐在屋子里，也像没有听到一样，始终不曾出来。陈大娘先还不留心，现在见她们都不过问，好像是躲避自己问她们的话似的，这就更可注意了。于是提高嗓子，向院子里先喊了一声：“竹子!”竹子不曾进来，玉子却由屋子里走出来，轻轻地问道：“叫她买什么，我过买吧。”陈大娘板着脸道：“这倒奇怪，今天好像耗子躲猫似的，老不愿见我的面。这年头儿姑娘是真不容易养活，总是要叫人时刻担心。年轻的人，知道什么？总是糊涂得多。”玉子听了这话，脸上又是一红，也不肯说什么，低了头，就到桌子边去包饺子。陈大娘也坐到一处来包饺子，眼睛可就不住地偷看玉子。玉子是斜坐着的，让她母亲看着，只管低了头，那两腮上的红晕，越来越大，一直红到两耳的后面去，连脖子上都是红的。陈大娘也不能多说了，将饺子包完，自送到锅里去煮。

玉子用绳子上挂着的冷手巾擦了一把手，就回到屋子里去了。陈大娘道：“这是怎么一回事？你看见饺子下锅了，倒跑进房去。”玉子已走到屋子里面去了，轻轻地道：“好像我做了贼似的，只管瞧着我，我坐也坐不住，还吃得下去吗？”她原是无意之间，自言自语地说着，并不是要她母亲听到的，可是这两句轻言轻语的话，恰恰让陈大娘听到了，便笑道：“你这孩子说话，真是可气又可笑，你和我坐在一处，我瞧瞧你也不要紧。再说你不瞧我，又怎么知道我瞧你呢？我这话是说竹子的，又不是说你的，你多些什么心？”玉子虽听到她母亲这样勉强解释，可总是不安心的，依然藏在屋子里头，没有出来。陈大娘道：“饺子可快得了，还不出来吃吗？”玉子还是不言语，依然在屋子里坐着。陈大娘道：“你看这孩子怪不怪？她倒生了我的气了。”说着走进屋子来，拉了玉子的手，就向外走。玉子将头偏到一边，用手绢遮了脸，笑道：“好像人家几百辈子没有吃过饺子似的。”她口里这样说着，可不能不跟上她母亲走，省得闹僵了，母亲真要生气。

她走出来，在锅里盛饺子之时，竹子也由外面跑了进来，嚷道：“吃饺子瞒着我吗？得给我一碗，得给我一碗。”陈大娘见她跑着进来的，就瞪了她一眼。玉子吓了一跳，深怕母亲有什么话要说她，回头又牵扯上了周秀峰的事，面子上又要下不去，因道：“吃就吃吧，一点儿事就嚷得怕死人了。”口里说着，人站在陈大娘背后，就不住地摆手，又对竹子眨了眨眼。于是先盛了一碗，递到竹子手里道：“坐到一边去吃吧，妈正在生气，回头说了你，你一哭起来，又不能好好地吃这一餐了。”陈大娘道：“孩子，我生什么气，做娘的人，有个不盼望你们好的吗?”说毕，又深深地唉了一声。玉子红了脸，不敢再说什么，捧了一碗煮饺子，坐到一边去吃。

她斜着身子坐着，由门里恰好可以看到对面楼上。这天黄丽华正送了几大包奶油蛋糕、可可糖、口香糖之类给周秀峰。他拿了一包口香糖，抽一片，吃一片，口里不住地咀嚼，眼睛却向着玉子房上的窗户出神。他偶然一偏过头来，见玉子用筷子夹了一个白面疙瘩似的东西，整齐的白牙、胳膊肘露了一大截在外，看她那样的细手，只拿了竹筷子和麻瓷粗碗吃面疙瘩，真有点冤屈。心里这样想着，远远地看着玉子，眼珠也不转一转，玉子明知道有人远远看她，却装作不理会，只管慢慢吃她的饺子。偏是竹子端了一碗饺子，也向这边走过来，玉子坐的是矮凳子，竹子走到她身后，还比她高出一个头来，偶然将头一抬，只见周秀峰手上拿了一小包糖，靠了窗户向这里望着，便将拿筷子的手举了起来，向空中一阵乱招，口里可就笑道：“周先生，你吃口香糖吗？扔一块下来给我尝尝，行不行?”周秀峰在楼上，哪里知道她们家里，已经起了一度小小的风波，他听到竹子说话，竟在楼上搭腔道：“你在吃饭，还吃这个吗?”竹子依然拿了筷子招手道：“我能吃不能吃，你别管，反正你扔下来就得了。”周秀峰听了这话，果然拿了一小包口香糖，在窗户边将手摇了几摇，做足了势手，然后使劲对着这屋子门里一抛。他原来的打算，也不过想把这一包糖扔到屋子里来就行了，不料这一下，扔得真正凑巧，不偏不倚，恰好噗的一声，落在玉子碗里。玉子一时疏神，忘了一个多事的母亲在身边呢，溅了一脸的汤汁，且不去管他，却向着门外楼上，嫣然一笑。竹子早就放下筷子，一伸手就在她碗里把这包糖捞了起来，一撇嘴道，“你别乐，你以为这是周先生送给你的吗？这是他送给我的呢！”说着，也不问糖纸包上是否沾有面汤，连忙就向身上一揣就跑啦。

陈大娘站起身一偏头，只见周秀峰在楼上，兀自对着这里微笑，这一看，脸上立刻就显出红色。待要说两句，恰好对房门蔡王氏出来了，她笑道：“嘿，难得呀，你们家今天又吃包饺子了，什么馅儿的哩？”陈大娘顾着和蔡王氏说话，就把要说竹子的事岔过去了。玉子也看出了母亲生气的态度，不敢多说话，赶快吃完了那碗饺子，就溜到屋子里去了。所幸陈大娘生了一阵子气，把这事放下，就不曾再提。

过了两天，已经是礼拜六，玉子把所要赶出来的衣服，都做好了，穿了起来，叫着陈大娘道：“妈，你瞧瞧，都合身吗？”陈大娘道：“那还瞧什么？照了旧衣服下的剪子，那还会错到哪里去？”陈大娘原是在外头院子里晾衣服，湿淋淋的一双手，让玉子叫了进来，因为是这样不要紧的事，转身就走。玉子刚刚把衣服纽扣扣好，于是将门一拦，伸着两手笑道：“不行，你总得瞧瞧，看有什么不合适的地方没有，若是有了，我也好改过来。”陈大娘只得后退了一步，对玉子浑身上下看了一看，笑道：“做得是很好的，我们有这么好的衣服穿一辈子，就是造化了。”玉子笑道：“哟，穿一件布衣服，又是自己做的，这还要看造化吗？怪不得你说我只能上天桥去买旧鞋穿了。说到这里，我想向你告半天假，带着竹子一块儿去买双鞋，你看成不成？若是不许我去，干脆就说不许我去，别又说上一大套，我不过图省两个钱，也不一定非去不可。”说着说着，小嘴一噘，可就不是先前那样笑嘻嘻的了。陈大娘道：“这倒好，我一句话没说，你倒先生上我的气了。”玉子道：“我生你的什么气，我敢生气吗？我要买一双鞋都得先商量好几天，你看有多别扭？”陈大娘道：“姑奶奶，我什么也不说了，你就去吧，行不行呢？”玉子听了这话，才不作声了。可是这天下午，她不但没有准备到街上去，连房门都不曾出来。

到了点灯的时候，陈大娘道：“到了现在你别抱怨我说你了，你吵生吵死要出去买鞋，我答应了，你倒连房门都不出来，这是什么意思呢？”玉子道：“我自然是愿意去，可是我看你那样子勉强得很，我去是去得了，可是我回来之后，不定要挨你几天的骂呢，所以我仔细想了一想，还是不去的好。”她原是鼓了腮帮子说的，说时低了头，不抬起来。陈大娘唉了一声道：“你去吧，我不说你就是，大概用不着立下一张字据，打下脚模手印吧。”玉子扑哧一笑，才不和她母亲嘀咕了。

次日早上，玉子就当着陈大娘的面和竹子梳辫子，一面商量着怎么出门，还是雇车呢，还是坐电车呢。竹子就嚷着说十二点钟走，坐电车去，陈大娘听了也不作声。到了吃饭的时候，姊妹俩头发梳得溜光，蔡王氏看到，便笑道：“你瞧，头发梳得乌缎子似的，姐儿俩准备出门啦。”竹子道：“可不是，我们逛天桥去，姥姥，你买什么吗？我给你带回来。”玉子将筷子头反过来，轻轻地戳了竹子一下额角说：“你别太高兴，妈的话是靠不住的，也许临时变卦，我看你去什么？”竹子嘴一鼓，头一摆道：“那不行，我是去定了。”陈大娘捧着一碗饭，只管吃，依然是不理会。

吃过了饭，姊妹俩忙着洗脸打扮，玉子又当了母亲的面，叫竹子到隔壁寄宿舍里去看一看钟，现在是什么时候了。竹子去了一会儿，跑回来说，已经打过十二点了，我们赶快走吧。玉子微微瞪了她一眼，意思是让她别再往下说。于是从从容容，换了衣服，趁着母亲坐在小堂屋里做活，便笑道："妈，你买什么不买？我们去了。"陈大娘手里做活，好久不说话，抬起头来对竹子浑身上下，看了一看，冷冷地道："去吧，我没什么可买的。"玉子见母亲脸上一点笑容都没有，不敢多说话，怕惹得母亲生气。将竹子向前微推了一推，然后跟着她走了出来。

到了大门外，竹子笑着连跳了几跳道："你总说我的嘴不稳，今天我一个字都没有露出来吧。我和周先生说了，他乐着呢，已经到电车站上等咱们去了。"玉子连连拍了她几下肩膀道："该死的东西，口里说是不说，这还不是说出来了吗？走吧，待一会儿你见了他可别乱说，他要买什么东西给你，你也别伸了手就收下，我叫你怎么着，你就怎么着。"竹子道："你不是怕和爷们说话吗？回头周先生和咱们一块儿走，你不害臊吗？"玉子脸一红道："你又胡说了，都是街坊，在一块儿走也不要紧，害什么臊呢？"竹子道："你不害臊就好，可是往常在大门口你遇到人家，就往后一缩呢。"玉子让她用事实来一证明，倒弄得无话可说，便笑着说道："一会儿就和人家在一块儿走道了，你千万别瞎说吧。回头我买鞋有钱剩下来，一定给你买一个轻气球。可有一宗，你要少说话。"说时，扶了竹子的肩膀，慢慢地走。竹子道："好，我什么话也不说，回头你要和周先生说什么，对我眨一眨眼，我明白了，就会让了开去。"玉子不觉扑哧一笑，连忙说道："你这孩子，坏透了，我有什么话和周先生说？有话和周先生说，也不至于瞒着人啦，你说，刚才你说的话是什么意思？"竹子被姐姐一问，倒回过头来，向着她一笑，说：“我知道什么呢？不过这样猜罢了。”说时，她那小脸上，也红了一红。玉子一想，小孩子知道什么？越逗她越顽皮，也许真会说出不好来，这就不宜再追问她了。

二人默然地走了一阵，只见周秀峰将两手背到身后，一步一步地在路边走着。竹子高举着一只手，在空中连招了两下，嚷道：“喂，喂，我们来了。”玉子轻轻地道：“该死的鬼，这样拼命地嚷什么？”周秀峰早就知道她姊妹俩在后面来了，不便等着，故意慢慢地一步一步数着路走，让她们好追上来。现在竹子已经嚷了出来，又不便不理会，只得回头望望，笑着点了一点头，也不说什么，依然倒背着手，缓缓地向前走。竹子道：“咦，你瞧这人倒会装傻，人家越叫他，他倒是越不理。”周秀峰不敢再走了，怕她再会说出更不好的来，等了一等，让她姊妹俩走到并排，笑道：“这个小妹妹，一张嘴真是厉害，让我说是不好，不说也是不好，叫我对你真没有法子。”玉子轻轻地笑道：“我还一路叮嘱她别嚷呢。”周秀峰道：“你们打算上哪儿呢？”玉子还不曾开口，竹子便抢着道：“我们不是约好了到天桥去的吗？到现在，你还问。”周秀峰望着玉子微笑了一笑，却不说什么。玉子笑道：“周先生，你别理她，她是一个傻子。”于是二人都笑了。走上了大街，周秀峰道：“我看我们不必搭电车，还是坐洋车吧。”玉子却不大在意地答了一声：“随便。”于是他就雇了三辆人力车，直向大栅栏去。车子停下时，便是一家门面很华丽的鞋庄。竹子想起来了，因道：“周先生，你说你认识的鞋庄，就是这家吗？”玉子急了，连连扯了她几下衣服，周秀峰付了车钱，将她姊妹俩引进店里。

鞋店伙计一看周秀峰这样子，又望了一望她姊妹俩，因道：

“是这两位小姐买鞋吗?”周秀峰点了点头。于是伙计们就挑了许多新式的鞋样子，一双一双地送给玉子看，这一看不打紧，只觉没有一双不好，要哪一双，不要哪一双，自己都没有主意了。周秀峰站在一边，看见伙计拿了一双肉红色半截的高底皮鞋，在手上颠了两颠，便道：“这个很好，就买这一双吧，多少钱呢?”伙计说了一声：“八块。”玉子听到说是这样贵，便道：“不要，不要，太贵了。”伙计道：“小姐，你看这鞋子料子还不好吗？在别家这价钱还不肯卖呢。”周秀峰笑道：“你看这东西怎么样，不合意吗?”玉子低着声音说了三个字“太好了”。说时，她笑着低了头，脚上穿着一只皮鞋，还不曾脱下，脚尖竖起来，只管把脚尖往两边摆着，看那样子好不好。偏是这话伙计又听到了，便笑道：“买东西自然要好的，难道花了钱还要买不好的吗?”周秀峰就笑着劝玉子买下，同时又给竹子买了一双次一点的，花钱也有好几块。此外，又给她们买了几双丝袜子，周秀峰一共花了十几块钱了，索性穿了新皮鞋，将旧鞋子放在鞋盒子里装了，三人一同出门而去。

竹子对周秀峰笑道：“你原来的话是哄我们的，这鞋铺的掌柜，并不认得你呀。”周秀峰笑道：“管他认识不认识，反正拿钱出去，买东西进来就是了。我们现在谈到什么地方去呢?”玉子笑道：“谢谢你，我们要回去了。”竹子连忙将嘴一噘道：“那不行，周先生说了今天带咱们去玩的，我都指望着呢。现在说不去了，那可是不行。”说毕，鼻子里又哼着一阵。玉子道：“你瞧，这样大的人，一定要人家带去玩儿，多么寒碜。”周秀峰笑道：“好吧，可别上天桥了，我带你们瞧电影去吧！”竹子道：“我不干，电影院里黑漆漆的，坐在一处，谁也瞧不见谁，周先生若是请我听戏，我倒是愿意。”周秀峰笑着对玉子道：“你的意思怎么样？我看是电影院里清静一点。”竹子道：“瞧电影也成，我不懂的地方，可得说给我听，有一回我让对门的伍小姐带去了，看着挺热闹，我是一点儿不懂，让我干着急。”周秀峰笑道：“那是不成问题的，翻译的事，都交给我了。不过瞧电影还早，我先和你们到咖啡馆里去吃一点点心吧。”竹子笑着跳了一跳道：“成，这个倒成，我有吃有喝，就不捣乱了。”周秀峰向着玉子微笑，玉子只把眼睛一溜，也是不说什么。这鞋庄过去不多的路，便是一家很精致的咖啡馆，三人高高兴兴地一路走进去。

伙计看到青年男女同来，便显示他善解人意的样子，将他们一齐送到楼上小房间里去。只走过一个房子门口，听见屋子里有个熟人说话，玉子不觉向后退了一步。周秀峰见她不走，倒愣住了，玉子赶忙地走了过去，低了头，轻轻地笑着说了一声“糟糕”。三个人一路进了一间屋子。周秀峰道：“什么事？丢了什么吗？”玉子笑着向隔壁屋子里指了一指，低声道：“有这么巧，这回又碰到了人了。”周秀峰道：“谁？我认识吗？”玉子看了一看竹子，笑着没有作声。周秀峰一看，就知道这里面别有用意，也不多说了。伙计进屋来问要什么东西，玉子却不发言，竹子以为姐姐是怕发言做了土包子，自己更是外行了，因之也不说什么，只让周秀峰一个人去说。于是向伙计要了一杯豆蔻、两杯红茶，周秀峰是怕她姊妹俩不会喝洋式的饮料，干脆给她们要两杯中国固有的，那么总不至于不会用了。过了一会儿，伙计将饮料送来，接着摆了一桌子的点心糖果碟子，周秀峰笑着对竹子道：“你随便吃，可别客气。”正说时，伙计拿了一个白瓷糖块罐子来，用一个白铜夹子夹了几块，放到周秀峰杯子里去，他然后向竹子道：“小姐，你要几块？”竹子不知道这是什么意思，周秀峰就替她要了两块。伙计在红茶杯子里放了糖块，自去了。竹子笑道："这儿喝茶，还要加糖的吗?"玉子道："别嚷，别嚷。"

竹子拿了一块奶油蛋糕，一面吃着，一面听隔壁屋子里说话，将手一指道："姐姐，你听，隔壁是桂贞姐说话。"于是隔着墙喊道："桂贞姐，你也在这儿吗?"那边答道："是竹子妹妹吗?我早就听到你们说话了，可不知道确实不，没有敢言语，还有谁?"竹子答着："还有我姐姐呢。"只她这一声，人已经跑出屋子里去了。玉子低低笑道："这怎么是好！非让他们知道不可了。"周秀峰道："究竟是谁？能不能让他们知道呢?"玉子于是将桂贞和自己的关系，略略说了一点。周秀峰笑道："那倒不要紧，你就和她说了实话吧，将来也许有借重人家的日子呢。"正说到这里，就听到屋子外面，有人叫了一声"大妹子"，那正是冯桂贞了，玉子只得叫了一声"二姐"，掀着门帘子出来。桂贞抢上前一步，拉着玉子的手笑道："大妹子你好哇？许久，瞧你……"说到这里对着玉子浑身上下打量一番，这话可说不下去了。玉子也分明知道她说自己是一身新，忽然有些变态了，便笑道："瞧什么呢，不过是一件新布衣服罢了。"说着，竹子又走过来，小孩子是要把她新买的一双皮鞋，卖弄卖弄的，将脚在楼板上走得是格外地作响。旧式的女子看人本是由脚下向上看的，冯桂贞虽然也是个旧式的女子，但是玉子却是个同性，用不着害什么臊，而且是极熟的人，一见着就说话，来不及看到脚下去，所以玉子姐妹穿了新皮鞋，还不曾留意。现在竹子卖弄皮鞋声，这就惊动了她的视线了，她一看之下，觉得这更非布衣服可比，不是玉子家里所可自置的。

玉子他们所在的那个房间的门帘子虽然放下，可下端高高的，露出一尺多的空儿，桂贞正可以看到屋子里。在那空当里，露出一条西装裤子、一双男子的皮鞋，门帘子直缝里，又隐隐约约，看到一个俊美的西装男子，不时地一闪。因将玉子的袖子，轻轻一拉，眼睛望着门帘，嘴向门帘一努，微微笑着说了三个字："哪一位?"玉子脸一红，轻轻微笑道："是街坊。你和你们屈先生一块儿来的吗?"桂贞笑道："可不是，他要出来，总拉着我出来，我也落得出来解解闷，可不敢说是学时髦，你要不要见一见他?"桂贞这两句话，本来是随便说的，当然是无所指，可是玉子听了这话，倒以为她是说自己时髦，立刻把一张脸臊得通红，半晌作声不得。桂贞见她脸上通红，知道她是害臊，可不知道她这害臊是何由而起，连忙拿话来遮掩道："大婶儿这一程子都好哇，我总是想去看她，又总不得空儿，明后天我想去瞧瞧她，你看怎么样?"玉子心里一急，眉毛不由得扬了一扬，就笑道："不必了，我还有好多话要和你说，让我来瞧你吧。"桂贞明白了，便点着头笑说："那也好，我正想和你细细谈一谈哩。"说着，将头向前一伸，对着玉子耳朵里，叽咕着说道："明天上午，他就要出去的，大概晚半天才回来，咱们可以痛痛快快地谈上一谈了。"说着，向后退了一步，一掀门帘子自进房去。

不料桂贞刚一转身，自己倒吓了一跳，原来退进来的，不是自己原坐的那间屋子，而是玉子她们所在的屋子，一个漂亮的西装男子，已是笑盈盈地站起来点着头。桂贞究竟是一位太太，不像玉子那样地怕见人，便也一点头，心里已明白这就是玉子所仰望终身的意中人了。玉子到了这时，当然无可推避，就跟着进来，站在二人中间。她本是要向两方面介绍的，可是到了临时不知怎样措辞好，只随手向着桂贞指了一指说："这是我姐姐。"停了停，勉强地说了声："这是大学里的周先生。"周秀峰早已明白了，又向着桂贞点了一点头道："请在我们这边儿坐一下好吗?"桂贞也觉得突然走进来了，突然又闪了出去，也未免不像话。因此只得硬绷着脸蛋子，在桌子犄角边一张椅子上坐下，脸却偏过来，和陈氏姊妹说了几句不相干的话，于是站起整了一整衣襟，笑道："我过去了，那边屋子里还等着我呢。"玉子握了她的手，一直送到门外，笑着轻轻地道："你可别瞎说，明天我到你家里来，慢慢地谈谈。"桂贞也不说什么，将玉子的手，紧紧地捏着，摇了一摇，微微向她一笑，接上又将眼睛眨了眨。玉子红了脸，微微瞪了桂贞一眼。桂贞笑道："瞧你的，明儿见吧。"说着，她一掀门帘，自进房去了。

玉子复进房来，周秀峰低声笑道："她说你什么了?"玉子摆了摆头，又向隔壁一努嘴。周秀峰禁不住嘻嘻地笑了。还是竹子一点心事没有，看到桌上摆了许多洋点心，开怀大吃而特吃。周秀峰和玉子始终不说什么，只是彼此对望，莫逆于心地微笑着。过了一会儿，只听到冯桂贞在屋外面遥遥地高声嚷道："我们走了，明儿见吧!"玉子听到，连忙出去时，她已经下了楼了。玉子回屋来，向竹子皱眉道："都是你好吃，你瞧，碰到了熟人了。"竹子手上拿着奶油蛋糕，很匆忙地咬了一口，忙着连吃带说道："吃东西又不是见不得人的事，碰到熟人要什么紧?吃东西还要做贼似的瞒着人吗?要不，咱们回去请妈评评这个理。"

周秀峰拍着她的头道："千万不要回去对你妈说，你在我面前评这个理就行了。据我看，这件事是你说对了，我替你姐姐向你赔礼！你要什么东西，我买给你就是了。"竹子将嘴向周秀峰一撇道："狗拿耗子——多管闲事，我姐妹闹别扭，倒要你外人来赔礼。"玉子笑道："这孩子说话越说越胆大了，人家周先生这样待你好，你还对人家说这样重的话吗?"周秀峰牵着竹子一只小手，用手轻轻地拍了两下，笑道："外人不是天生成的，有时也可以变作'内人'。"玉子听说，眼皮一撩，向周秀峰微笑道：

“你可别和她说笑话，她不知道轻重，真许她回家去瞎说的。”竹子也拉了周秀峰的手跳了起来道：“周先生，只要你买东西给我，我回去就不瞎说了，你看怎么样呢？”周秀峰笑道：“当然，当然，我们大家合作。”说时，向着玉子微笑。玉子今天这大半天，什么都感不到，只有他那一张微笑的面容，始终挂在脸上，减除不下来。周秀峰向她一笑，她不是再加一度很深的笑，乃是脸上又带着一度红晕，这一种红晕，在旧式的处女脸上，有一种说不出的美丽，因之周秀峰不时地笑着向她看去，越看得多，玉子就越害臊，所以在许多微笑之中，彼此增加了无限的情爱。增加是增加了，面前夹着一个竹子，话又是无可表白的，只好彼此心照了。

在这样愉快的环境中，周秀峰忘了说走，玉子也忘了说走，还是竹子道：“也不知道你们俩捡到什么好东西，老是乐，什么时候了，过久了，回去不怕妈说你吗？”玉子这才向周秀峰笑道：“我们真要走了，先走一步了，你随后再回去吧。”周秀峰道：“就不一路走，也让我送你们到大门口，好替你们雇车子。”玉子微笑道：“难道我们这样一对人，连雇车子都不会吗？这个你就不必管了。”说着，牵了竹子的手，站了起来，一手似扶不扶地在周秀峰胳膊上按了一下道：“我们去了。”说毕，又换上旧鞋子，匆匆忙忙地拉着竹子很快下楼。竹子抱了鞋匣子，连掉了两回，埋怨道：“你跑什么？怕人瞧见吗？人早就瞧见了。”玉子气得瞪了她一眼，也没有什么可说的。

她姐妹二人坐车回到家里，陈大娘正站在大门口向四处张望，一见她姊妹俩，便道：“你们哪里来，真把我急坏了，你们恨不得把天桥都买了回来吗？”口里说着，眼光可就望着竹子手里提的鞋匣子。这一下子，玉子才恍然大悟，天桥鞋摊子上的鞋子，并没有鞋匣子装着卖的。玉子知道，事情完全败露了，正这样想着，陈大娘走上前一步，就把竹子手上的鞋匣子拿到手里，两手捧着，颠了一颠，板着脸问竹子道："这是天桥买的鞋子吗?"竹子被她母亲一问倒愣住了。玉子一见，连忙抢着道："原来不是在天桥买的，是在鞋子店里买的。"陈大娘道："鞋子店里卖得多贵呀。"玉子笑道："这也该应我走运，在路上遇到了桂贞姐，她知道我买鞋，她说有一家熟铺子，是她亲戚，就拉着我到了一家店里，给我们一人买了一双鞋，一个钱也没有花。她本来拉我到她家里去玩玩的，我因为没有对你说明，去得久了，怕你不愿意，所以我们就回来了，你不信，问一问竹子就知道了。"陈大娘也不作声，将鞋匣子拿到屋子里，连忙打开一看，呀了一声道："是这样好的鞋子呀，她为什么送这样重的礼呢?"玉子自到外面去了，好像没有听见。竹子当然是答应不出来这样一个重大问题。因之，陈大娘只好闷在心里，也就不问了。

这一天，玉子对着母亲，连说了几次，冯桂贞这人不忘本，实在相待不错，陈大娘道："这样子说，这鞋子倒真是她送的了。"玉子道："自然真是她送的，你想，我哪里有这些钱买这样好的鞋穿，我也没有什么东西谢她，她知道我穷，也用不着我谢。不过她今天要我到她家里去，我硬回断了，而今想起来，倒有些过意不去，明天我吃过饭，我得去敷衍一下子，您看好不好?"陈大娘道："你去就去吧，可别再拿人家的东西。"玉子忍不住哧的一声笑了，把这一个问题就搁下不谈。

到了次日，她也不再征求母亲的同意，吃过早饭，老老实实地就向屈太太冯桂贞家来。这日屈先生已是出门去了，冯桂贞新从了屈先生认识了几个字，拿着一份日报，靠在躺椅上，把社会新闻看得正起劲儿。听到院子里有人叫了一声"二姐"，连忙伸头隔了玻璃一望，原来是玉子，便丢了报，直迎出院子来，执着她的手，向她浑身上下一看，笑道："真俊呀，我真料不到你，今天会到我家来。"玉子和她一路走进屋来坐了，笑道："你怎么不知道我今天会来，昨天我不是和你说了，今天会来吗？"桂贞道："那不过是一句应酬话罢了，我哪能就信以为真呢？"说到这里，将声音低了道："昨天我那样一来，知道你是窘得很，一刻儿工夫，简直是想不到话说。"玉子脸上先是一红，立刻将颜色正了一正道："我今天来，正是为了昨天的事。"说到这里，面孔板不起来，却又笑了。桂贞待要追着问一声，老妈子却送了茶来，玉子坐着，牵了牵衣襟，就不说了。

老妈子去后，桂贞手上捧了一杯茶，望着玉子出神，有一口没一口地呷着。玉子原是要一口气就说出来的，被老妈子一打扯，把这一口勇气压制回去了。加上桂贞这样不住地向她脸上注视，她越是不好意思，只管将手整着衣襟，又拂拂衣襟上的灰，头是低了下去，抬不起来了。无意中一抬头，却对桂贞微笑道："你老看我做什么？"桂贞道："我看你做什么呢？我看你长得更俊了。"玉子道："你这一会儿工夫，连说这话两次了，就算我长得俊，我又不会七十二般变化，怎么忽然一会儿长得更俊哩。"桂贞笑道："我们也不用说那些废话，若不是你长得更俊的话，怎么会有昨天那一档子事呢？老妹子呀，我们都是一样的人，心眼也自然一样，有什么对我说明了，我还要助你一臂之力呢，为什么一死劲地瞒着呢？那么，你今天这一趟，也来得太没意思了。"玉子道："你完全猜错了，我这回来，并不是要拜托你什么，不过要把前天的事，解说给你听，怕您误会了。"桂贞道："我误会什么？我问你，那位周先生是不是你的朋友？"玉子顿了一顿，微笑答道："街坊罢了。"桂贞道："街坊也可以算是朋友，这倒用不着分别。既是街坊，我问你，那个人，照你看去，是不是一个好人?"玉子道:"自然是个好人,不是好人,我还能够和他往来吗?"桂贞笑道:"这不结了,男女交着朋友,彼此又很好,望着这一条路上猜,会错到哪里去呢?再说你又不是现在讲文明自由的学生,交一个朋友不算什么的,怎么能说不走上这一条路呢?"玉子道:"这条路,究竟是哪一条路,我倒不明白。"桂贞一伸手,轻轻地在玉子脸上挖了一把,笑道:"这一条路嘛,就是这一条路,你懂不懂?你若是不懂,我就要骂出来了。"玉子笑道:"我今天正正经经找你来谈几句话,你偏是老和我开玩笑,我有什么可说的呢?"桂贞道:"你既是来找我,一碗现成的冬瓜汤,我为什么不喝?你见了我,干脆说出来就是了,你是又想说又害臊。我就不愿人家做事,这样左弯右转的,所以我拿你开玩笑。"

玉子道:"并不是为这个,我想要你给我圆个谎,说买的鞋子是你送的。"桂贞将头一掉道:"这个我不干,人家送你的东西,我为什么要这个人情?再说我凭什么要送你这重的礼?说出来了,大婶也不肯信呀。"玉子道:"好姐姐,你得给我圆这个谎,你不圆谎,我可急了。"说时,拉了桂贞的手,摇着道:"答应不答应?"桂贞笑道:"你急了,急了又怎么样?关我什么事?"玉子一松手,噘了嘴,掉转身子坐着不再言语。

桂贞拍着她肩膀道:"你别生气,我给你闹着玩呢,我不但给你圆谎,我还要给你圆了这一场事。可是你要对我实说,你们是怎样认识的?交情到了什么程度?问明白了,我才有我的办法。"玉子道:"你不要骗我,你有什么办法?"桂贞道:"我怎么没有办法?我叫我们那位一出面,两面一说,那位先生自然是拍掌欢迎,正找不到这种人呢。对你母亲说,就说他们俩,本来认识的,特意出来做媒,有了这种一个姑爷,你母亲有个不乐意的吗？别说他是大学堂里一个先生，就是一个学生，也高过去好多倍呀，有了这样一门子亲，你们家还有什么可挑眼的呢？我猜你两家都愿意，就是中间少了一个能在两边说话的人，有人一说，这事准成。”玉子听了，不觉扑哧一笑，瞟了桂贞一眼道：“你就说得那样容易。”桂贞道：“自然啦，我还是说得到，做得到，就是怕你不愿意我们那一位去说。”玉子道：“那是什么话呢，这种人请还请不到哩。”桂贞笑道：“你可露了怯了，自己也承认了，那么，我说的那一条路，现在懂不懂呢？”说时，将两个嫩白的指头，捏着玉子一点耳朵下沿。玉子笑着将头一掉道：“你这个死鬼，绕了这么一个大弯子，来等我的话呢。好，我的话已经告诉你了，那不成，那不成。”桂贞道：“不成就不成，你把话拿了回去。”玉子笑道：“你真矫情，话说出来了，怎么样拿得回去？你这样子，就不是我的好朋友了。”说毕，又将嘴噘了起来。桂贞道：“我骗你的罢了，我哪里能够拿你开玩笑哩，今天不算，明天我就叫我们那一位去和周先生见面，包管是马到成功。可是有一层，他和周先生并不认识，希望你先给周先生一个通知，省得他去碰钉子。”

玉子调侃道：“他是谁？谁是他？”桂贞道：“哟，你倒拿俏皮话来说我呀，他是谁？就是我的丈夫，敞开来说，这要什么紧，至于你那个周先生呢？”玉子笑道：“你这样敞开来说，我真没有对付你的办法。我认输了，不和你说了，大家都老实，我和你不客气，事情都拜托你了。”桂贞笑着，拍了玉子的肩膀，点了点头道：“总算是你聪明，说来说去，就把我套住了。好吧，请放心吧，明天就听我的回信吧。”说着这话，只管向玉子嘻嘻地笑。玉子说到这里，无别的话可说了，也只是陪着她笑。桂贞道：“大概你一年以来和人家谈话，也没有这样快乐的吧，姊妹们都是望姊妹们好的，你将来做了……”玉子瞪了桂贞一眼道：“你可不许说，你再要那样敞开来说，我就恼了。”桂贞笑道：“我可不怕你恼，现在你正要求着我帮忙，也不敢和我恼哩。”说着，便咯咯地笑将起来。

玉子笑道：“也不知道是怎么回事，你今天就像吃醉了酒似的。”桂贞道：“可不是，我天天都醉得昏天黑地，像吃醉了酒似的呢。”说这话时，用手摸了摸脸上。玉子道：“你只管拿我开玩笑，我不坐了，要告辞了。”说着，站起身来，就要向外走。桂贞一把将她拖住，笑道：“我不和你开玩笑了，好好地谈上一谈吧。”于是将玉子拖进她自己屋子里，然后两个人斯斯文文地谈了一回。当她们谈话的时候，门帘是放下来的，老妈子在外面，只听到她们说一阵子，笑一阵子，十分地亲热，一直谈到黄昏时候。桂贞自己哟了一声，说是留客吃饭，也忘了预备菜，只好自己家里煮了一锅饭，叫老妈子到菜馆里叫了几样菜，陪着玉子吃晚饭。饭后，让老妈子雇好了车，握了玉子的手，一直送到大门外，看到玉子上车，还连说了两句“你放心”，玉子方高高兴兴地回家去了。

一到家，陈大娘便问道：“你们年轻轻儿的人，怎么也学得老妈妈似的，一见面，就说上一大车的话。”往日，玉子遇到母亲这种兜头盖脸的教训，一定是生气的，今天却不管，笑嘻嘻地走进房里去了。因见桌上的煤油灯，灯头太小了，靠了桌子，顺手将灯芯的机钮转了一转，这一使劲，把灯头又扭得过分大了些，于是又把灯芯扭了下去，就这两扭之间，也不知怎样出了神，只管一上一下，不住地扭灯芯，自己望着灯芯，不断地含着笑容。她这样将灯芯扭着一伸一缩，屋子里一明一暗，从屋子外面向里看，自然也是一明一暗的。对过的周秀峰，正在窗子下凝神，昨日和玉子一晤，不知道她母亲对于这事知道不知道，若是已经知道了，看看她家里若没有什么动静，这事情就有些希望了，可是今日一个整下午，也不见玉子出来，也不听见她说话的声音，又不知道她有什么举动。想到这里，只管向窗外看去。偶然走到窗口，只见对面窗楼下窗户，灯光一闪一闪，闹个不歇，心想，是了，这是她给我通暗号啦，我要怎样答复她呢。有了，我这里也把电灯一开一关，看她第二步怎样表示，这个女孩子，向来是极怕和男子们通消息，现在居然知道用这种法子给我打暗号，这也可算是思想进步了。于是把里边一盏电灯关闭了，只把床头的电灯亮上，站在窗口，看到对过灯光一暗，自己也把灯光一暗，对过把灯光一亮，自己也把电灯一亮，这样地互相呼应了好几次，始终不见那对面有什么第二步的表示。

不觉看了那窗户发着呆，笑将起来了。这时却听见陈大娘在那里道："这么大人，还是这样淘气，没有事拧着灯玩，这要让竹子看见，又该学你了。说了你，你倒乐了。"周秀峰连忙将电灯亮了，就不再按，这事让她母亲知道了，决计不能让她表示第二步，这是自己大意，发觉得迟了。若是早一点知道她发暗号给我，我早早地回信，就得了她的消息，明天又可在一处谈心，也未可知哩。这样一来，现在是把机会错过去了，后悔也是来不及，只有等到明天，遇着她，或者在这窗户口给她一点暗示，然后可以知道她将灯一明一暗地拧着，究竟是什么用意了。然而若是她的意思，是要我今天晚上就知道的呢，到了明天，岂不是功用全失？只管如此地一层一层推想着，也不知道站了多少时候。忽然感到右手袖子里，却是凉冰冰的，低头一看，这才明白，原来是先前曾端了一杯热茶在窗口上喝，不曾喝完，杯子放在窗台上，自己站在这里出神时，一只衣袖，正伏在茶杯口上，将大半杯茶全泼了，湿透了衣袖子了。他自己打了一个闷哈哈，忙着换衣服，才把这个问题搁起。然而当他衣服换完之后，他又觉得这样一件值得注意的事，就这样含糊地过去了，未免不对。若是值不得注意，她又何必巴巴地将灯光摇闪着呢？有可缓办的事，自然是等到明天，由竹子来告诉我呀。她这个办法办不通，未见得就不再想别的法子来通知我。这样看来，我坐在屋子里静候佳音，这究竟是自己有意把机会失掉。

如此一想，立刻起身下楼，故意在大门外散起步来。由自己大门口，走到陈家大杂院门口，只管来回地溜达，约莫走了有二三十个来回，也并不见大杂院里有什么动静。这门口河岸上，并不是通行大路，到了晚上，行人比较地稀少，看看前后无人，索性走上前一步，贴近了大杂院的门，向门缝里先张望了一下，无如由黑处望黑处看，这门缝里，却一点什么也张望不出来。于是半侧着身子，将耳朵靠了门，向内听了一听，只听到一个女子的声音，轻轻地说道："出去吧，出去吧，我来给你开大门。"周秀峰不觉一喜，总算是等着了，这又不知道是哪个多情的女伴，肯帮玉子这一个大忙，居然肯替她来开这大门，我将来一定要酬谢酬谢她。想时，那轻微的脚步声，已经走到了门边。周秀峰连忙向后一闪，靠着墙根蟹行式的，退到自己大门口来。只听呀的一声，那门开了，接上那女子吆喝着道："出去吧，出去吧，翻瘟的东西。"就在这时，嗷儿的一声，一样矮东西，由门里向外一窜，看得清楚，原来是一条带病的落毛大狗，拖夹着尾巴，由周秀峰身边跑过，跑出去几十步，还回头来望了周秀峰一望。周秀峰一想，等了半天，就等的是你，不由得自己也哈哈一笑。

正待转身，远远的一阵皮鞋声，由远而近。一个着西服的人，走到身边，他先笑着道："莫不是'月上柳梢头，人约黄昏后’，我这一来，有点不大妙了。”细看时原来是魏丹忱。周秀峰笑道：“你何所见而云然呢？”魏丹忱道：“你若不是有所约，这样黑漆漆的地方，一个人待着，有什么意思？再说……”周秀峰道：“不用再说了，我全明白了，在爱情学家眼睛里所看到的事，都是爱情资料。”魏丹忱走近一步，上了台阶，将手上拿的手杖，远远地点着门，将门向里一推，随着又将手杖横了一拦，“请进请进，我是奉使命来的，里面去读一读吧。”周秀峰觉得老在这里等着，绝无意义，魏丹忱要求进去，也不能不陪着，便和他一路笑着进去了。

进到房里，魏丹忱首先看他壁上所贴的一张功课表，笑道：“这很好，明天你下午没有钟点，我们这一趟玩定了。”周秀峰道：“哪里去玩，我恐怕不能奉陪，我要编几页讲义。”魏丹忱笑道：“这话不是那样说，明天一会，事实上、名义上，都是我陪你，并不是你陪我，我要给你演上一段戏了。”说着，在袋里拿出一张洋格子纸，两手捧了，高齐鼻尖，用着韵自念道：“‘圣旨下，今宣尔周秀峰于明日下午四时入宫，有旨面谕，不得违误’。向上谢恩啦。”周秀峰一伸手将那纸夺了过来，笑道：“你又捣些什么鬼？”魏丹忱两手向衣袋里一插，耸着肩膀道：“我是捣鬼吗？你就瞧吧。”周秀峰看时，纸上写的是：

> 舍下现已换新厨子，拟请明晚七时来一试口味，但四时我即在舍恭候，请早些来。华上。

周秀峰道：“这又是你捣的鬼。”魏丹忱道：“是我捣的鬼吗？别的什么都可以假，这上面有她的亲笔字，如何假得了？”周秀峰道：“字自然是她写的，不过谈到请客，恐怕不是她的本意，你从中怂恿成功了，又好闹一餐白吃。”魏丹忱道：“哼，我要怂愿她吗？她就怕的是我不肯吃她的饭呢。”周秀峰道：“那为什么？”魏丹忱已经坐在一张软椅上，但是手上依然拿着那根小藤手杖，没有放下。他用手杖在楼板下连画了几个圈圈，笑道：“为的是什么，你应该知道哇。”周秀峰笑道：“为的是要跟你学提琴，不对吗？”魏丹忱道：“她要学提琴，出个百十块钱的报酬，还怕没有人教她？老实说，她是为了你来请我的。可是这话又说回来了，她尽管是请我，我不能忠于其事的，依我的主张，楼下那一位，才是你的配偶。”周秀峰笑道：“说着这边吃饭的事，你又牵涉到人家去做什么？”魏丹忱举起那藤杖，向着周秀峰在空中连画了两个圈圈，笑道：“你倒给我装得好糊涂，什么是人家，什么是自家？你最近的举动以为我不知道吗？不过你也太快活了，有所谓‘这边’，有所谓‘人家’，你可知道恋爱是件苦事，三角恋爱，尤其是苦。你现在极力造成三角恋爱的形势，这是你自己找烦恼，我看你可以放下一边，进行一边，不要两方面齐头并进，以致无故生出些纠葛。”周秀峰道：“我对你有点儿要求，以后少说这种开玩笑的话，传了出去，真会生出意外来的。”魏丹忱道：“有什么意外不意外，意内又如何？”周秀峰道：“我要下逐客令了，请你回自己屋子里去吧，我还要预备讲义哩。”魏丹忱道：“好，让你预备，明日下午，好安心去赴太平宴。”说着，他随手一带门，砰的一声，关上房门去了。

周秀峰自他去后，果然埋头桌上来赶编讲义。中间在窗户口上看过两回，对面楼下矮屋子里，已是不见灯光，人已早地睡觉了。到了次日，周秀峰上午依然去教书，下午回得家来，魏丹忱已是换了雪白的领子，打着漆黑的新领结，在楼廊上来往徘徊着，似乎是等人的样子，这分明是为着昨日的约会了。魏丹忱一见，连连向楼上招手道：“到时候了，我们应该去了。”周秀峰道："去得那么早干什么？不是吃晚饭吗？"魏丹忱道："昨天我还忘了一句话，没有说，'太后'有旨，说是我们可以早到，大家找点娱乐的事情。"周秀峰举起手来搔了搔头发道："黄太太果然有这话吗？去了是乐不敌苦，我倒有点要临阵脱逃了。"魏丹忱听了这话，也不等他上楼，自迎了下来，伸了两手拦着道："不行，你也不必上楼，我们同去。"他说着下得楼来，拉了周秀峰的手，就向外面拖着走。周秀峰笑道："别拉，我就是不去，你拉也是白费力。"魏丹忱听他如此说，拉得更厉害。周秀峰笑着向门里缩，口里笑道："我刚刚回来，你也让我的车夫喘上一口气，我们舒服，把车夫活跑死吗？"魏丹忱看他那样子，已经是有去的意思了，这才放了他那一只手，便道："这一回不坐包车，也不见得有损你的尊严，我想黄家上下，也知道你有辆包车了。"周秀峰笑道："你不用拿话来激我，我去就是了。"于是也不再上楼，就随着魏丹忱一路到黄丽华家来。

但只见黄小姐正凭着窗子，看那远处的北海白塔上，带了一点西下的太阳，一阵乌鸦，绕着塔边一丛树，飞来飞去。一看魏周二人来了，就向着窗下，连连招了几下手。周秀峰不来时，倒也无所谓，既然来了，对于她，就不由得要客气一番，连忙拿了帽子在手，向空中招了两招，带笑点了一点头道："今天又要你请客，我们来不及回礼了。"黄丽华招着手道："来楼上看风景如何？"周秀峰是客，主人翁不下楼来接，客人岂有一定要主人下楼之理？于是笑嘻嘻地走上楼去。魏丹忱却一转身，看见了黄太太背了一只手在身后，沿着花园里的草地，一步一步走了过来。魏丹忱一见，就迎上前去，笑道："黄太太，兴致很好哇。"黄太太最喜欢的是穿西服的青年朋友，因之一见魏丹忱，就喜洋洋地迎上前来道："约了几位客，要早一点来，结果到了现在，还是二位先到，我们里面去坐一回去。现在虽然是秋天，然而这太阳晒到身上，究竟也热得不可当。”她说了这话，也不问他同意不同意，将魏丹忱一直就向内客厅里引。

黄家的内客厅，是极力向着舒适一方面去布置的。黄太太让魏丹忱在皮沙发上坐下，先就笑着问道：“魏先生，给你冲一点蔻蔻喝好吗？我们那外国菜厨子，做菜是不大行，倒是冲点喝的，做一两样点心，还算干净。”魏丹忱道：“随便吧，我们来一回，总要把府上打搅得不堪。”黄太太正待要吩咐时，旁边站着的一个听差，便明白了，对黄太太低声问道：“这可以叫厨房预备去吧？”黄太太略微点了一点头，听差就去了。一会子工夫，厨子将一个有轮盘的茶桌，连蔻蔻杯子和点心碟子，一路推进来，在沙发面前停下。魏丹忱看那厨子穿了白衣服，还罩上一顶白便帽，两手伸出来，又白又胖，竟完全是外国上等人家用人的派头，心想，在这种人家做客，都是舒服的，何况是做女婿，大可以当儿子继承产业呢。

心里想着，手里捧了一杯蔻蔻，只管放在嘴唇边，抿了嘴慢慢地呷着，那眼光下垂，自然就射在对面黄太太的大腿上。黄太太喝蔻蔻，是端起来喝一口复又放下的，见魏丹忱这情形，自己的眼光，也就看到大腿上来。黄太太是在南洋住有多年的人，沾着西洋风味，当然比国里的太太们更深。西洋方面，太太们、小姐们，是极喜欢人家赞她一声美丽的，就是不说出来，在眼睛里表示出一种羡慕的意思，她也是欢喜的。这时，魏丹忱的眼光，忽然射到黄太太的大腿上去，她以为人家欣赏她大腿之美，非常之高兴。表面上只当不知道，也就很静默默地喝蔻蔻，宾主二人，竟都没话可说了。魏丹忱偶一抬头，见她满脸含着笑意，乃不知此笑意由何而起，望着人倒发愣了。黄太太很想让他把自己夸奖一番，便问道："魏先生，这一晌子，跳舞吗?"魏丹忱道："不大去，因为我们吃粉笔的人，总得起早，跳舞场上，一闹就到了三四点钟，第二天早上，怎样爬得起来?黄太太也上跳舞场去吗?"黄太太道："我们大小姐每礼拜，总是到北京饭店去的。有时候，我也陪着她去，跳舞、唱歌这都是我过去的事了，魏先生，你说是不是?"说到这里以为魏丹忱又该答复一句，并没有过去。

但是魏丹忱当她说话的时候，目光正在四处张望，看到这屋子虽是洋式的，但是一半杂以东方之美。窗户是两层，里面是玻璃，外面是雕格推窗。由窗子上慢慢向上看，那天花板却是用北京油漆匠画的中国图案，非常工整雅致。魏丹忱又想到北京的油漆匠画天花板的时候，人是仰了脸画，而且不要尺，景物比例和每个图案的全体，非常整齐，中国的美术，是如何地神妙。他尽管在想他的艺术，这里黄太太的话，他几乎一句也没有听见。黄太太末了问到他"是不是"他才醒悟过来，人家要等着回话了，就很随便地答应了一个"是"字。黄太太见他承认自己是过去人物，心里大不高兴，脸色也就立刻沉下来了。魏丹忱也莫明其妙，不知是什么事得罪了黄太太，让她立刻不高兴起来。这位老太太是不可得罪的，若要得罪了，将来有许多有趣味的事情，都不能前来与会了。

正苦于无法解这个围，黄丽华和周秀峰二人一同走进来了。黄小姐今天是换了中国最时髦的装束了，穿了一件紫色织花绮华绨的长袍，那袍子腰身细、袖子细、下摆细，几乎把一件衣服，完全缚在身上，下摆开了两个岔口，将白色的丝袜、紫绒平底的扁头鞋子，将下摆一走一踢地飘荡着。那袍子的周身，也是用白绦子沿的边，很是好看。魏丹忱不觉失声赞了一声道："密斯黄，美丽呀！”黄丽华笑道：“魏先生，我们又不是生朋友，何必用这一套应酬话来做见面礼呢？”魏丹忱道：“实在的，这衣服料子好，颜色好，身材好，配衬得好。这料子是英国的呢，是法国的呢？合七块钱一尺呢，合十块钱一尺呢？”黄丽华笑道：“就凭你这句话，就知道你是瞎说的了。”魏丹忱道：“怎么会是瞎说，难道能比我所估计的价值更高不成？”黄丽华笑道：“我穿的是中国货，也不过合两块钱一尺罢了。”魏丹忱道：“这真是奇怪了，你何以肯穿起中国料子来？穿中国料子，被小姐们认为是一件可耻的事呀。”黄丽华笑道：“你这把小姐骂苦了，难道小姐们，都是崇洋媚外亡国奴一类的人物吗？这次提倡国货会，我还是里面一个重要分子呢。”说着，这就眉毛一扬，似乎很得意的样子。黄太太道：“不要提这个了，一个小姐们，就是天天提倡国货，又能提倡出什么成绩来，今天我们找点小娱乐，消磨这半天，好不好？”

周秀峰想起魏丹忱一定要他来，玩笑开够了，也要报复他一下才对，因道：“大娱乐没有，小娱乐那是随处都有的，放两张音乐片子听听好不好？”黄太太道：“那有什么意思？”周秀峰道：“不光是听，黄太太对于跳舞，是老前辈了，我们这位魏先生，也是跳得极好，我主张黄太太和魏先生合舞一套，让我学上一学。”魏丹忱对于这话，是千万不敢答应的，可也不能拒绝，微微向周秀峰一瞪眼，表示恨他的意思。周秀峰却只当不知道，又对黄太太笑道：“我想这事是不会拒绝的。”黄太太坐在魏丹忱对面，自先笑了起来，说道：“密斯脱魏跳得极好，我是不行。”

魏丹忱便站了起来道：“我想起一件事来了，我还有一个电话没有打。”说着，就走开，打电话去了。过了一会儿，他复转身回来。周秀峰对他笑道：“你的话，我替你说了，那个朋友，非要你去不可。”魏丹忱道：“这话可没有蒙着，还是你邀我来的，我岂能倒先走？黄太太，再补上一个人，我们打四圈麻将，好不好？”黄太太满心想显一显本领的，不料魏丹忱偏不凑趣，因道：“我的牌也是不行啦，总不能娘儿俩一人一角。”魏丹忱道：“这个好办，一个电话，就可以找着几个角的，黄太太说是请谁吧，我可以代打这个电话。”说着，又站起来。黄太太虽不高兴打牌，然而看着魏丹忱那样诚恳的要求，又不便过拂盛意，就偏着头笑道：“谁呢？”魏丹忱道：“李七小姐最近，或者张少奶奶也可，她是最爱打牌的。”黄丽华听说要请女客来，心里却有点不满意，便道：“就是这样办吧，我也来一角，我们又不打算谁赢谁的钱，就是娘儿俩来，那也不要紧。”黄太太本也就不打算再请什么客人的，觉得这办法妥当，便约了周魏二人一同上楼，到她平常的休息室里来。

女仆们知道要打牌，早已将场面摆好，大家随便坐下。周秀峰坐在黄丽华的上手，两个人打牌，带说笑着，不觉就挤到一个桌子角上来。魏丹忱很安静地打着，却一句笑话也不说，黄太太究竟也不甘寂寞，却笑着向他道：“魏先生平常总是做什么消遣？”魏丹忱道：“看电影、逛公园居多。”黄太太道：“艺术家总是离不开艺术的，对不对？”魏丹忱微笑着，眼睛看了手上有多少牌，随便地点着头。旁边的女仆人给周秀峰斟了一杯茶，递到他手里。周秀峰眼望着桌上，端茶正要喝，黄丽华道：“茶凉一点吧？”周秀峰喝着说：“不凉。”魏丹忱道：“密斯黄，你抓了牌，怎么不打？”黄丽华有一对白板，手上正拿了一张敲桌子消遣，听人催着打牌，啪的一声，就打出去了。魏丹忱道了一声“碰”，放下两张白板，真碰上了。周秀峰一看他面前，已是碰了一对绿发，再一碰上白板，便是两抬落地，笑道：“这牌不小呀，我看密斯黄打这张牌，并没有加以考虑，就放下去的。”这一句话，提醒了黄丽华，一看自己面前的牌，竟还有一张白板。不觉哟了一声，然而自己一对白板，拆着打给人家了，这是十分可笑的事，只就这一个哟字放了出来，就把话缩回去了。

黄太太的心，依然注意着魏丹忱说过去了的话。艺术家无往而不艺术，周秀峰说了什么，固然是没有听见，就是魏丹忱面前，碰了绿发，碰了白板，依然也是不知道。自己只图着自己的牌能成功，什么牌应当打出，什么牌不应当打出去，都没有加以考虑，刚好一个圈，自己定了和，啪的一声，把一张孤零的红中打了出去。魏丹忱把那张牌抢着向怀里一放，跳了起来道：“三元，三元，我和了。”于是将怀里的牌向外一摊，可不是三元吗?他和的是二筒、红中两对倒。黄丽华笑道：“妈，你吃了包子了，白板发财都碰了，怎么还放了红中出来哩?”黄太太这才看明，人家已是将白板、发财早对下地了，自己也不明何以一时糊涂至此，连摊在桌面上的牌都顾全不了。自己小姐这一句话，问得是实在无可回答，便笑道：“我也是只管嘴里说着话，把这事忘了。你打了白板，人家碰了，应该知道事情不好，为什么也不言语一声呢?”她这一句反问，问得更勉强，何况黄丽华是拆了白板让人家碰的，更要心虚，只微笑道：“这样说，这一块的钱，我娘儿俩对认了吧，不用妈包了。”周秀峰笑道：“这样说，那一张绿发是我放的，我也要负三分之一的责任，那么，还是大家照出吧。”

魏丹忱也笑道：“打牌的人，有这样义气的，我倒是第一次看见。大家仗义，不能我一个人独不仗义，我想最好的法子，是我不要钱，那今，这个问题就算完全解决了。”这样一说，大家就哈哈大笑起来。黄太太道：“不成问题，是我发错了牌，还是我出钱，像我们这几个人打牌，谁还想赢谁的钱，不过是消遣罢了，只要是有趣，就输几个钱也不要紧。”黄丽华道：“照妈看，这吃包子的事，有趣没有趣呢？”黄太太道：“自然是有趣，因为这一场牌是我不留心放出来的，又碰着输家争着出钱，赢家又说不要。”黄丽华两手洗着牌，向着周秀峰一瞟眼道：“听着没有。”说着，又将嘴巴向自己手摸着的牌墩一努。魏丹忱笑道：“了不得，了不得，密斯黄理了什么牌在那里了？”黄太太道：“我是不怕吃包子的，只要她那里能抓上手去，我有了还真打给她和，你想，连吃两个包子，那是多么有趣的事呀。”于是大家又笑了。

自从这一牌起，大家打着牌，就不住说笑。魏丹忱因为让黄太太吃了一个包子，心里实在过意不去，也就陪着黄太太说笑下去。黄太太得意极了，绝不注意到输了多少钱。四圈牌打完之后，听差来说：“饭已预备好了，要不要等总裁回来一同吃饭？”黄太太一看，有两位青年上宾在这里，要等老先生回来才开饭，这未免太藐视了女主人，便道：“不必等，总裁在外面有应酬，在外面什么时候回来还不能一定呢。”又对魏丹忱道：“我说在先，今天是家常便饭，口味不好可别见怪，请吧。”说着，就在前面引导，一直引到自家的小饭堂里，然后四人随便围了一张桌子吃饭。黄丽华还拿了一瓶香槟来，给大家各斟一玻璃杯。周秀峰道：“我们随便吃饭，又何必这样费事？”黄丽华举了杯子，向他一请，笑道：“又不是专为了二位特意去买了来的，家里原来有的，也可以说是随便拿出来的罢了。”说着，呷了一口，对他又请了一请，然后才放下。魏丹忱笑道：“府上真是准备齐全，几乎要什么东西都有。设若我有这样一个家庭，我就人生什么事也不想了，只愿在家里享福而已。”说着这话，眼光就向周秀峰身上一闪，那意思就是说，设若你也有这样一个家庭。

周秀峰觉得这种表示，未免太露痕迹，便举了杯子向黄太太道："伯母，我们大家干一杯。"黄太太笑道："让我喝酒，可是不行，我没有这种嗜好。我是五十岁的人了，虽然自己还提起豪兴来，但是回想当日年轻时候，那种情况，已经是挽转不回来了。现在我无聊的时候，有人就凑了一桌牌打，没有人就下下棋而已。"说着又唉的一声叹了气。魏丹忱笑道："黄太太喜欢下棋吗？不知道是会哪一种棋？"黄太太且不答他这一问，却反过来问道："魏先生能下哪一种棋呢？"魏丹忱道："我谈不上喜欢，都懂一点而已。"黄太太道："西洋跳棋，会吗？"她说着这话，手上拿了筷子，只管拨着碗里的菜，也不知道她是要夹着吃，也不道她是要把菜拨出一种新鲜味来，只管是这样地拨，眼光却射在魏丹忱的脸上，静等他的回话。

魏丹忱笑道："这个玩意儿，我们读书的时候，倒也爱玩，现在丢了多年了。"黄太太道："这个玩意儿，并不费什么脑力，只要会了，一辈子也忘不了。我就喜欢这棋简便，没有人的时候，找着小孩子的奶妈，要她陪我一阵。"魏丹忱笑道："黄太太倒是雅人深致了。"黄太太叹了一口气道："说什么雅人深致，我是五十岁的人，灯红酒绿的地方，就不大爱去，纵然去了，白讨年轻人的没趣，我又何必。所以我无事在家里，也只好自家打个小牌，解解闷儿而已。"这几句话叹息以出之，似乎有点说着了魏丹忱。因之魏丹忱不得不借故解释一下，因笑道："我们这穷措大，要说打牌，自然是奉陪不及，若是光谈下棋，好在这就连输个八天八夜，也不碍什么事。若是黄太太高兴下棋的时候，打个电话给我，我马上就来。"黄太太还不曾说出什么来，黄丽华连忙笑道："魏先生这话，大有可议了，家母是无论什么时候，都闲着的，要说爱下棋，马上就打电话请你来，你哪有那种闲工夫？这不是随便说的一句人情话吗？"魏丹忱笑道："密斯黄毕竟是个人才，一点儿空隙也不让人偷过。其实我也不能完全是说空话，不过我设下一层注解，说是以在家闲着为限。”黄太太也乐了，对黄丽华道：“交朋友，虽然应该爽直，可是有些时候，也不能不弯曲一点儿。幸而魏先生也是一个极会说话的人，要不然，让你这样一捣乱，真会下不了台呢。”

周秀峰吃饭总不说话，偶然望着黄丽华笑笑而已。黄丽华虽不知道他笑的用意何在，但是他既以笑来，也就情不自禁地报之以笑。周秀峰吃完了饭，随手举起手表来看了一看，呀了一声，黄丽华问道：“有什么约会，误了时间了吗?”周秀峰道：“没有，没有，不过我觉得今天一整天，一点事没做。我本来想回去整理一点讲义稿子的，现在快九点了，又不成了。”黄丽华笑道：“做出那样失惊的样子来，我倒不知道为了什么？既是耽误了，索性让他去耽误吧。”魏丹忱向着她和周秀峰很快地看了一眼，便笑道：“牌可是至此已足，让我陪黄太太下两盘棋。黄小姐既是劝你索性耽误一晚上，我看时候还来得及，二位可以看电影去。”周秀峰道：“赢了钱，就想推辞不来吗?”黄丽华道：“不来也罢，我也没有兴致了。”说着，抬起一只白嫩的拳头，将额头连捶了几下。黄太太已是回自己洗澡房里洗脸去了，魏丹忱也抽着烟卷，到前面小客厅里去。

黄丽华笑问道：“我们这新厨子的菜，做得怎么样?”周秀峰笑着说：“好。”黄丽华笑道：“你这完全是敷衍的话。你说好，好在什么地方?”周秀峰道：“我对于吃，不大内行，可说不出所以然来。”黄丽华笑着，且不说什么，等收拾桌椅的仆人离开了，才笑道：“我今天请你来，也不为的是吃，不过借吃为题而已。你跟我来，我另有两种东西送你。”说着，她便先走。周秀峰见她要单独送东西，料得不坏，自然不许推却，也就跟着她走去。

走到她往常弹钢琴的屋子里，她先开着门，将身子闪在一边，让周秀峰进去。周秀峰笑道："有什么东西赏我？我是先睹为快的。"黄丽华不再言语，跑到自己屋子里去，两只手捧了几个长长扁扁的匣子来，一齐放在一张紫檀的圆桌上，将手按着，笑向周秀峰道："你猜猜看，这是些什么？"周秀峰道："这还用得着猜吗？无非是些装饰品，大概又用得着我做参谋了。"黄丽华道："不是女子用的东西，你再猜一猜。"周秀峰道："不是女子用的东西，何必装潢如此美丽？"黄丽华笑道："当然那是有原因的，大概你也猜不着，我拿给你看看吧。"

于是将一个长形的匣子打开，里面也是白绒的垫子，垫子上黄灿灿的，盘着一副细条条的赤金链子，链子头上一管小别件，上面还嵌着两粒小小的钻石。再仔细看时，那链子的圈圈相套，并不一致，乃是精细的小八宝，另用小圈儿锁着。周秀峰赞道："好东西，这质料不必去管了，单是这工夫就细得非凡，应该挂什么才巧呢？"黄丽华道："我原是想打白金的。但是一想若用白金的，这钻石的光彩，就同样了，所以改用赤金。至于配的东西，自然也想好了，不然，光要这一副精致的链子，那有什么意思？"说着，又把一个小四方的匣子打开来，周秀峰看时，里面装着一个赤金打的鸡心，心形中间，有一块翡翠嵌着。黄丽华将那鸡心拿起，用手一按，开为两瓣，里面却是空的。

周秀峰一猜，这东西十之八九，就是黄丽华要相送的，故意装个不知道，笑道："这鸡心和那链子倒是相衬，密斯黄还没开过张吗？"黄丽华笑道："这种东西，自打自带没有什么意思，应该让人相送才好。"说着，眼望了周秀峰微笑了一笑道："若是你用得着的话，我就送给你，意下如何？"周秀峰笑道："言重，言重，这哪当得起？"黄丽华笑道："怎么连'言重'两个字都说出来，你且不管我送的人情分如何，你且问问你自身，是用得着用不着?”周秀峰笑道：“这样好的东西，哪有用不着之理?”黄丽华指着鸡心说：“你知道这里面，应该装什么东西吗?”说时，向周秀峰瞟了一眼，又微微一笑。周秀峰道：“这是装相片的，但是这种相片，要以爱人为限。”黄丽华道：“那么，你有爱人吗?”说着两只水汪汪的大眼，盯着周秀峰，看他怎样答复。这句话，可把周秀峰问倒了。要说没有爱人，蔑视了黄小姐；要说有爱人，自己觉得程度不够，而且也有点唐突，因笑道：“这种相片，非先预备不可，我可没有想到密斯黄突然送如此的重礼，所以我这话倒不好答复。”黄丽华对于他这话，却也有点不好接着向下说。若说自己有现成的相片相送嘛，照着“三段论法”说来，便是承认是人家的爱人，这未免不好意思；若是让他随便嵌入一张相片在内，又大非自己送礼之意，便笑道：“这个问题，暂不必讨论。我还有两样东西，是配着送礼的，免得光送一样，太单调了。”

说着，又打开了一只方形的匣子，里面却是一个又小又扁的手表，再一个是长的匣子，里面是一支自来水笔。周秀峰笑道：“这不能说是形势严重，简直是形势紧张，无功不受禄，如何当得起呢?”黄丽华将匣子一样一样关好，然后在袋里抽出一条自用的手绢，将它一齐包了，两手一捧，交到周秀峰手里，笑道：“这一点东西，是我私下拿钱买的，并不公开，请你不要对人说。我们这样的朋友，更不要谈什么谢不谢。”周秀峰心里已十分明了，心想，何不说一句好听的话，让她欢喜欢喜呢。于是笑着一说，喜得黄小姐心花怒放。要知说的是一句什么话，下回交代，正是：

黄金未必非情物，钿盒从来付爱人。

第七回

盛会集名花都沉欲海
寒宵吊瘦月忽起疑云

却说周秀峰收到黄小姐许多贵重的东西，还要和她要一样。黄丽华只要他肯开口，决计不觉他需索得多的，便笑道：“只要我可以办到的，我决计去办。”周秀峰笑道：“你一定有现存的，用不着办。”黄丽华道：“若是我有现存的，那更好办，我马上就拿来。”周秀峰笑道：“你说得这样肯定，可不要后悔呀，你不是送了我一颗鸡心，里头不是没有东西可放嘛，我想做个不情之请，要你一张小照，嵌到里面去，不知可以不可以？”黄丽华刚才说了的，这里面只能嵌爱人的相片，现在他就是要她的相片，换言之，周秀峰表示着黄丽华是他的爱人了。黄丽华送那个鸡心，本来是要引起周秀峰的注意，看他懂不懂，借此也可以试试他会不会装进别人的相片。不料他马上就把这谜底揭破，猜到心窝子里去了。这绝不能再含糊，错掉这个千载一时的机会，便笑道：“像我们这样的朋友，送一张相片，很不算一回事呀，为什么你要如此郑而重之地说。你等着，我去把相片拿来。”

于是黄小姐很高兴地跑进房去，也不过五分钟的工夫，她两手就持了七八张相片出来，大大小小，不一而足，她一齐放在桌上，却挑了一张二寸的，拿给周秀峰看，说道：“这是一张新照得的，你看怎么样，我以为这张照得最好呢。”她这一句话，分明就是告诉他，这一张就可以放在鸡心里头嵌着。周秀峰拿着在手上，做出很仔细看的样子来，便笑道：“果然是这一张大小最合适，而且是最近照的，那尤其是好，我决定用这张了。”他不再说做什么用，也不说用在什么上面最适合，只是含糊地说着。黄丽华也不表示知道做什么用，也不说因为不知道而去问他的话，只是含着微笑。周秀峰将她送的东西，用两条手绢包了，几个盒子做一包，几张相片又做一包，包完了，便笑问道：“老魏在楼下呢，我个人单独地受了这样的重礼，可以让他知道吗?”黄丽华笑道：“朋友里头，交情自然有个厚薄的分别，让他知道也不要紧。但是魏先生是个喜欢说俏皮话的人，不让他知道也好。”

周秀峰一想，她先说的一层，是表示她文明，后说的一层，是觉得情物不能公开。这个女子，真是能面面都想得到的，便笑道：“那么，我就不必去辞伯母，偷着回去得了。”黄丽华对于这个“偷”字，倒觉得有点刺耳，但是也不便指明，笑道：“朋友的交情，若不是有什么变化的话，当然是越过越浓厚，其实也用不着瞒人，让我的汽车送你回去吧。”周秀峰道：“我自己的车不拉我，也是放了空车回去。”黄丽华道：“坐着我的车子，回去快一点，不好吗？你的车夫拉了空车回去，当然也比拉着人舒服。”周秀峰道：“我来了，几乎每次都是你的车子送我回去，我很过意不去。”黄丽华笑道：“你太爱不过意了，不是我夸句海口，就是我买一辆车子送你，也不算什么大人情，只是怕你不肯受。”周秀峰道：“我当然不能受，有了汽车，要车夫，要汽油，还要车房。这都不算，有了汽车，不能光是上课而已，还要天天吃大餐、听戏，以至由东城到西城，由北城到南城，找阔人家去拜客，我到哪里找这些陪衬呢?”黄丽华笑道：“据你这样说，有汽车的人，都是堕落分子，人家有了汽车，还敢坐吗?”周秀峰道：“汽车当然是一种交通利器，许多事忙的人，可以利用汽车，节省奔走道路的时间。但是像我这黑板生涯的人，却没有坐汽车之必要。”黄丽华道：“说了半天，都不是正题，还是我叫车子来送你吧。”于是按着铃，将听差叫了来，告诉他，吩咐汽车送周先生回去，说着，向周秀峰微笑道：“我不送你下楼了，老魏遇到了，他又要取笑。”周秀峰手上提着两包东西，道了一声谢，出门上汽车而去。

到了家里，将黄丽华送的东西，一样一样放在桌上来鉴赏，忽然看到桌上放了一张名片，乃是屈鹤鸣三个字。心想，这张名片自哪里来的，我并不认识这样一个人，大概是听差将名片拿错了。于是捡起名片，就向字纸篓里一抛。他这张名片，刚刚抛下去，听差就推了门进来，说道：“周先生，有个姓屈的来拜访，他说有要紧的事面谈，今天没有遇着，明天十二点钟再来。”周秀峰道：“他真是来拜访我的，这可奇怪了，我并不认识这个人呀。”听差道：“我见他很是面生，也是这样想，问他和周先生认识吗，他说是最近认识的，是初次来拜访呢。”周秀峰想起来了，哦了一声道：“不错，是最近认识的，我没有留心，就把他忘了。他说了明天再来吗？有什么事呢?”听差交代完毕，自去了。周秀峰再将名片从字纸篓里捡起，又将反面看了一看，见上面印有“寓卷子胡同八号，原籍江苏”字样，这更无疑了，正是在咖啡馆里遇到的那位屈太太的丈夫，我并不要和他们做朋友，他为什么一定要会我说话呢？是了，他的夫人，和玉子是手帕交，玉子的事，可以告诉他夫人，他又自然可以代表他夫人和我接洽。那么，这次来，绝不是无故的，他既约了明天来，那么，且在家里等上一等，看他说些什么。若是他来正式提到玉子婚姻问题的话，自己倒不能不先考量一番，然后才有法子答复。

想到这里，将黄丽华送的一大包相片看了一看，又到书橱子里去把上次和玉子合照的相片，和玉子单人照的相片，都看了一看，将玉子的相片和黄丽华的相片比了一比。黄丽华平常在家里穿了华丽衣服，更有胭脂粉做脸上的附属品，自然好看，现在上了镜头，印在纸上之后，颜色完全失了作用，全把本相露出来了，和玉子本来面目一比较，那就差得远了。玉子虽然没有什么装饰，然而那清秀的面庞，让镜子一照，更显得眉目如画。心想，俗言道："娶妻娶德，娶妾娶色"，然而娶妻又未尝不应娶色。若说黄丽华对于"德、色"两个字，似乎都不能充分地合乎条件，玉子呢，出身贫寒，是很可以陶熔的。自己这样想着，要把黄丽华的相片嵌到鸡心里面去的计划又完全推翻，只把玉子个人的照片，立着供在桌上，用手扶了，远远地看，叹了一口气，自言自语地道："姓陈的姑娘，她是生长的地方不好，设若她也是个华侨的女儿，不又是什么交际之花、美丽之后吗？明天屈先生来了，我看他是怎样开口，若是陈家竟先有这个意思，我马上就可答应，成为事实了。这样一来，玉子一步登天，自然欢喜若狂。黄丽华要得了这个消息，她见我和贫苦女郎结婚，又要气死了。"

周秀峰想到了这里，一股子要娶玉子的热忱，不免有点摇动。心想彼此爱情虽然很好，究竟在知识方面，还差得很多。她虽然极是聪明，可是没有受过教育。我是个教育界的人，娶一个没受过教育的女子，或者有点令人诧异。最好我想还是让她先受点教育，只要她母亲愿意，我先把她送到学校里去念书，那也不错。只是她偌大年岁，又没有进过学校，这又当送到什么学校里去才恰当哩。为了这一个问题，自己一层一层地向前推想过去，耽误了整晚没有编讲义，只是傻想着。到了次日，上午两堂课一完，赶忙就跑回来等着那位屈先生。

到了上午十二点，这位屈鹤鸣先生果然来了。周秀峰看他约四十附近年纪，穿着长袍马褂，倒有点像小官僚的样子。他一进门，连忙取下帽子，两手捧了连作了几个揖，周秀峰很客气地让他坐下；先寒暄了几句，他先笑道："兄弟接连来两次，并非为了别事，还是周先生自己的事。"说时，微笑着，又拱了一拱手。周秀峰故意装不知道，问道："是为了兄弟的事吗？有劳大驾，这就不敢当了。"屈鹤鸣笑道："说起来，周先生就明白，贱内和这楼下的陈大姑娘，是最要好的姐妹，她们也无话不谈。那陈大姑娘，人才天分，实在都不错，小家碧玉四个字，还称赞她不尽，这可以说是……"他肚子里的典故，可有些不大够用。说到这里，自己搔了一搔头发，向周秀峰一笑，他说了这多话，关于他的来意，依然未曾说出。

还是周秀峰道："是的，那天在咖啡馆里，曾和你太太会着了，陈姑娘也曾介绍过。"屈鹤鸣见他自己已提起了陈姑娘，这大概直说出来，也没有多大关系，便笑道："就是第二天，陈大姑娘到舍下来了，兄弟又不在家，怠慢得很。"说到这里，自己忽然省悟过来，这话说得有点不大妥当，怠慢了陈姑娘，为什么倒向周先生道歉？看看周秀峰的颜色，倒并不注意这件事，便又接着道："她和内人谈起，内人很劝她，难得有周先生这种少年老成的人，而且又是一个大学教授，这种人不联亲再找什么人呢？她姐妹谈了一天，谈得情投意合，算来算去，就只差一个人出面来做月老。照身份说，兄弟是万万高攀不上，不过因为内人和陈大姑娘义同手足的关系，兄弟也就义不容辞地应当来走一趟。设若周先生同意的话，我就可以让内人到陈家去提议，我们不过是在双方做个提议者，将来举行喜典，自然由周先生再去请人来做正式的介绍人。”

周秀峰笑道：“屈先生，你太谦逊了，我们不都是一样的长衫朋友吗？照着中国的习惯，官是居第一位，兄弟是个教书匠，有什么身份可言？”屈鹤鸣笑道：“官僚两个字，谈到口上，似乎就有一点腐败的意味，还能有教授清高吗？这也不去管他了，兄弟今天既然来了，就愿担着一些责任，周先生的意思如何呢？”周秀峰想了一想道：“难得屈先生这样热心，我是十分感激的。我想婚姻这件事，我们是不应有阶级的观念的。”屈鹤鸣笑道：“当然哪，周先生是有革命精神的人物，思想高超，若是以忖度旁人的心事来忖度周先生，兄弟今天就不来了。这样说，那就好极了，明天就可以让内人到陈府上去谈谈，我想她母女们更是一千个肯、一万个肯了。”

周秀峰让屈鹤鸣一抬，除了赞成之外，却无别的可说，想了一想，微笑着和他道：“据屈先生看，这件事，一点困难都没有吗？”屈鹤鸣道：“除非周先生这边有困难，我看陈府上是一点困难都没有的。”周秀峰道：“固然，我这边有点困难，就是陈府上，恐怕也不能毫无困难。我想这件事，一定要烦动屈先生的，不过我的意思，应当非正式地先探一探陈大娘的口气，设若她一点留难都没有了，我就进行。我希望婚姻这件事，要精神和形式，都不受一点拘束才好。”屈鹤鸣听了这话，像引动了心事，很踌躇似的，身子向上一伸，望了周秀峰道：“难道周先生府上……”周秀峰摇了一摇头，微笑道：“这一层，请你不要误会，我要是结了婚……”他一想，这位屈先生似乎是犯了这个毛病，这话又不能说得太露骨了，因笑道：“那也不要紧，我当然要说出来，我说的形式上不受拘束，就是我和陈府上的环境不同，先要把这一层关系，安顿妥当了才好。”

屈鹤鸣昂着头，微微哦了一声，许久才道：“据周先生的意思，要怎么样才妥呢？”周秀峰道：“这也不费什么事，只要给她改一改环境，改得和我一样了，然后谈到婚姻上去，就不会令人注意。”屈先生身子一起，正有第二个疑问要说出来，周秀峰摆了摆手道：“我这话说得有点语病，我还得解释解释，我说改善她的环境，光是指环境而言，并不是指她个人的程度说，我是个大学教授，难道也要她成为一个大学教授不成？”屈鹤鸣两手同时拍了椅靠，头一点道：“我完全明白了，周先生的意思，大概是要把她送到学堂里去读书，最好寄宿都在学校里，这样周年半载之后，再举行婚礼，于是乎所娶的是女学生，不是一个旧式女子了。这种办法现在试行的很多，据我所知道的而言，结果是好的居多数。周先生若是这样办法，我十二分赞成。我们原不能分什么阶级，但是中国这种社会，向来是势利眼，他看见了你讨一个穷家庭的女子，那倒也无所谓，只是一个穷姑娘，忽然变了一位太太，知道这事根由的，对这位太太，一定要散出许多谣言来。况且你和陈府上，住得是这样的近，陈家的亲戚朋友，难保没有和你这儿的听差、车夫认识的，订了婚，大家见了面，究竟有许多不便，您说是不是？”

这位屈先生不开口则已，一开口之后，就如连珠炮似的，说上这一大堆，周秀峰就是要说什么，也插不上嘴去。但是周秀峰并不讨厌他这话，尤其是他最后几句话，说得最为动听，便不觉点头笑道：“可不是这样？就是我自己，也以不住在这里为妙。”屈鹤鸣道：“这种情形，我就是一个过来人，还有什么不知道的？不瞒周先生说，现在我这一房家眷，与您的情形，也就大同小异。您就这样办，要我帮忙的话，一叫我就来。”说着又是一笑。

周秀峰笑道："屈先生这样热心，我很感激，将来有了机会，我再来相约。不过这些话，请你不必就通知到陈家去，让我多多地考虑几天。"屈鹤鸣笑道："像您二位这种情形，自然是有情人终成眷属，还有什么考虑的？周先生还有什么事要我代办的没有？若是没有，我就不打搅，告辞了。"周秀峰昂着头想了许久，微笑着说了三个字，是"再说吧"。屈鹤鸣见没有什么可说的，就告辞走了。

周秀峰将屈鹤鸣送到大门外，然后才回身转来，自己将这事仔细想了一想。玉子这孩子果然是聪明伶俐，而且是寒苦出身，娶这种女子为妻，措大生涯，最合适不过。就是一样，知识差一点，可是话又说回来了，普通女子的眼光，总希望丈夫高她两三级，小学出来的女子，便以大学生为对象，中学出来的女子，就以博士为对象；若是一个优秀大学女子，不但她的眼光，很不容易看中人，人家也差不多不敢对她有所表示。所以一个男子要找一个知识相等的女子，很不容易。知识这样东西，似乎男子天赋独厚，用比较法比起来，女子差得多，因为女子得知识的少，有了知识，就矜贵得了不得。平常一张字，写得干净一点，也就干净一点罢了。若是一个女子写的，必要特别声明一下，表示可贵，这分明说男女知识不能一律看待。我就娶玉子为妻，似乎也不必以她知识过浅为憾，正可以利用她这一点，维持夫妻间的平衡。而且她那样聪明，娶了过来，不难慢慢地陶熔她，设若她是自己一手陶熔出来的，无论如何，她也不好意思在我面前再炫耀本事。屈鹤鸣所条陈的办法很好，我不妨找马国栋先到她家去探探口气，设若她母亲同意，我就预备百十块钱，先把她送到一个补习学校去，读个一年半载的书，再行结婚，也不为迟。越想越对，想了一夜，什么步调都想完全了。

到了次日，到学校上课的时候，就写了一个便条派人送交马国栋，约他下午到寄宿舍来说话。马国栋在校任事数月，人家都说他为人忠厚，事情很巩固，心里很感激周秀峰，自己对人又无可报答的，曾到寄宿舍来看过周秀峰两次，也不知他是否拒见，总是不在家。自己原是要对人表示感谢而已，人家既不在家，也就不必去麻烦了。今天接到周秀峰的字条，心里便想着，他会来找我，那是难得的，莫非要我到陈家去，进行那件亲事，这倒是我极愿做的一件事，不能错过。当天下午，马上就到周秀峰寄宿舍里来。走进房去，只见他右手拿了一张很美丽的请客帖子，闲着在左手心里，不住地打着，昂了头在想什么心事。看见马国栋，点了点头，就让他坐下，笑道："马先生，我们好久不见了，同在一个大学里办事，倒是见不着。"马国栋道："我到这儿来过两次，周先生都不在家，我又没有什么事，也没有留下话就走了。"周秀峰笑道："这一程子，我也不知道什么事苦忙，总是不在家的时候多。"马国栋说了一句："您本来功课忙。"他又找不着第二句话来谦逊。周秀峰一时也没有说什么，于是大家都默然了。

停了一停，周秀峰先向着马国栋微笑一下，然后才道："这件事，我就不说，你也应该知道，就是陈家……"马国栋道："知道，知道，我早有这意思，想为二位撮合。但是现在婚姻自由的时代，我又想不至于要人出来撮合。"周秀峰道："你想她那个家庭，能跟我们的思想一样吗？我的意思，打算请马先生过去……"说到这里，周秀峰又拿着手上的请帖，抚弄了一会儿。马国栋摸着胡子笑了一笑道："这个不用周先生担心，我都会说，而且是保管一说就成。"周秀峰摇了摇头，笑道："不是你那个意思。"于是把自己和屈鹤鸣商量的办法，都告诉他了。马国栋笑道："这个办法不错，我很赞成，我去一说，十有九成，你就预备喜酒我们喝吧。"周秀峰沉吟了一会儿道："你看陈大娘对于这件事，就没有一点为难之处吗?"马国栋道："您这话是什么意思？我倒没有明白。"周秀峰道："我怕她嫌我和她家门第不对。"马国栋笑了起来道："这就是笑话了，哪家择姑爷，不愿向高攀?像陈大娘这种人，更是要得一个好亲戚来帮助她。她们这种人，难道还晓得什么叫'齐大非偶'?"周秀峰沉思着，慢慢地微摆着头道："不在此……"马国栋道："不在此，那还有什么可说的?"周秀峰道："我在她眼里看来，自然和洋鬼子差不多，而且我又早和她姑娘认识了，她或者会疑心我们什么'自由'了。"说到这里，哈哈一笑。马国栋道："这不成问题，漫说她原来不知道你们的往来，就算是知道，现在名正言顺地和她去提亲，她也是很乐意的。"周秀峰点点头道："大概这一层也没有多大问题，不过……"他说了"不过"两个字，下面又举不出例子来。总而言之，他总觉得这件事不十分自然，但是这不自然的症结，又无可说明，因之往往有句什么话要说，只说了半句，自己又停止了。马国栋在客观的地位上来揣测，更不知道他命意之所在，因站起身来道："现在都是周先生这一边的意思，究竟陈大娘态度如何，还不知道。等我先去见她谈谈，然后再来报告您，您有什么想法，那就说好了。"周秀峰也觉得除了这个，并无别的好法子，也站起来了。

马国栋以为他要送几步，便道："你不必客气，我就去了。"他说着话在前走，周秀峰就也是莫明其妙地，总在后面跟着，马国栋逊了几次都不行，一直到了大门口。马国栋回转身来笑着道："你等信吧。"周秀峰道："这事也不必忙，今天你只先探一探口气得了，不必说得太切实。"马国栋说："是，都明白，请你放心。”

周秀峰在门口站了一站，自回楼来。一脚踏到楼梯上，听差已是在楼廊上乱招着手道：“周先生快接电话，黄小姐来的。”周秀峰听到听差说了个“快”字，心想：别看这些下人当面不敢说什么，可是寄宿舍里先生们的行动，他们是洞若观火，人家什么事，他也知道。走上楼来，一接电话，黄小姐先笑着问道：“有一份帖子，你接到了没有？”周秀峰道：“接到了，是‘美化同乐会’的帖子吗？”黄小姐道：“对了，这一次会，很热闹，有歌有舞，而且不拘形式，并不要穿礼服，你当然是到的了。我想明天晚上，一定是回来得很晚，洋车不便当，你可以先到我家来，一同坐汽车去，回头我用汽车送你回家，你看如何？”周秀峰道：“我正在奇怪呢，这个会，向来没有我的，何以给我下一份请帖？我猜是密斯黄介绍的吧。”黄丽华笑道：“难得的，一年一次，玩一回也不算什么。”周秀峰道：“我正踌躇着，去呢，不去呢？因为我是什么也不懂，光看人家作乐。”黄丽华道：“我也是什么也不懂，我怎么去了？你就陪我一回吧。”周秀峰听说，也就笑着含糊答应了。

原来这个“美化同乐会”，是一班西洋留学生组织的，其间虽然也有不是留学的学生，也是在文艺界很有名的分子。至于女子却不论，只要装束时髦、懂得文明交际的，就可以加入，他们都自负是雅人深致。这里面的人，以有名望、学位的人为主体，却不像平常的会，要以官爵为主体的，以官阶来分别的。黄丽华要找做官的人，那很容易，若要找学术界有名望的人，这可是只有周秀峰和周秀峰的朋友，所以这次宴会，她非抓住周秀峰一同前去不可，要不然，她只有不出席。到了次日下午，黄丽华已是接二连三地打着电话，催周秀峰前去，后来索性派了车子来接，周秀峰换了礼服就坐汽车到黄家来。

黄丽华在楼上，已是三四次打开窗户向外望着，看看接的人来了没有？汽车一直开到洋楼下，车门一开，周秀峰穿着礼服走出来，她心下大喜，连忙下了楼，一直迎上前去。周秀峰走进屋来，黄丽华就拉着他的手，向他身上偏着头看了一看，笑道："这个会，不过是大家取乐的，随随便便就行了，你何必还把礼服穿了来？"周秀峰道："我哪里知道这会的内容如何，只是知道是个有名的宴会而已。"说着话一同到了楼上小客厅里。黄丽华坐下来，笑道："我就不信你这话，难道你在教育界好几年了，连这样一个会，你都会不知道吗？"周秀峰道："虽然知道，但是没有参与过。"黄丽华道："你为什么不参加呢？"周秀峰道："我听说这个会的会员，都要一对一对前去的，不幸的我，始终没有一个异性朋友。而且这会里的人，都是文明种子，同去的女友，也要有那种资格才行。"周秀峰说完之后，自己也觉得言语有点冒失，极力想更正过来而不能。不料她听了这话，竟表现出十分高兴的神情。黄丽华本穿了一件短袖子的紫色花绒旗袍，一大截白手臂露在外面，她将两只手扭麻花儿似的互相扭着，笑着，两肩一缩道："据你这样说，我倒是个合资格的女友了。"周秀峰便笑道："当然啦，无论是说到哪一方面，你都够这个条件。"黄丽华笑道："你虽然这样恭维我，但是我依然要批评你不对，因为你我这种交情，你不该把这种客气话来对我说。"周秀峰笑道："这话我也承认的，但是我要过分不客气，恐怕你也不一定高兴。"黄丽华笑道："你这话是什么意思？我不懂，我要去换衣服了。"说着，她一起身就回房去了。

约莫有十分钟的工夫，她却打发了一个女仆来告诉周秀峰说："您一个人坐在这里，恐怕寂寞一点，请您到里面去坐。"周秀峰心想，到了这楼上的小客厅，已经够里面的了，不知道再向里面走，又要到什么地方，既是她特意派老妈子来请，就跟了去看看也好。于是跟着老妈子，踅过一道楼上的甬道，走到一间房门口，老妈子先进去了，似乎通知一声似的，立刻她手扶着门，又探出半截身子来，向周秀峰点了一点头道："请进来，请进来。"周秀峰道："小姐在里面吗?"老妈子点着头笑着说："是。"周秀峰进去看时，是个陈设很精致的大敞间，左边两扇西式拉门，却是推开的，另用白纱幔子悬着隔了起来，在屋这边，可以看见白纱那边的屋子，隐隐约约地可以看到铜床、玻璃橱、箱柜等物，分明是黄丽华的卧室了。玻璃橱子边，有架画着孔雀尾的屏风。只听到黄丽华在屏风里笑道："我浑身的衣服，都得换一换，时间长一点，把你一个人扔在小客厅里，未免不像话，所以我把你请了进来坐，这可是破天荒的举动，男朋友从来没有到我这屋子里来的。"周秀峰笑道："这个我很知道，我对于你这种优待，是表示二十四分的感谢。"黄丽华笑道："感谢那谈不到，只要你承认我是你一个靠得住的朋友，我就很满意了。"说着又咯咯地笑了一阵。周秀峰这话可不好说，说着是靠得住的朋友嘛，未免有点肉麻；说是靠不住的朋友嘛，当然事实上不可能。因之自已也只好笑了一笑，坐在外边屋子里。略等了一等，黄丽华问："咖啡要喝不要喝?"又问："点心要吃不要吃?或者弄点水果来吃。"周秀峰都说："不必。"所以二人虽不见面，倒是很不寂寞。

黄丽华修饰完了，换了一套鲜艳的衣服，提了一双米色高跟皮鞋，当着周秀峰的面来换。换好了皮鞋，将一只脚抬了起来，突然道："你看这鞋样子好不好?是我仿照美国人的样子做的。"周秀峰笑道："密斯黄，恐怕也不能完全学美国人的样子吧?我听说美国女子，多半是不穿袜子的。”黄丽华笑道：“不穿袜子也不要紧，可是在中国，这样打扮的还少。若是哪一个人这样时髦，人家不会说是好看，只当了一种怪事去传说。一个人让别人当作怪事，那是讨好不得好，何必呢？若是在街上常看到打赤脚穿鞋子的，我准打赤脚。无论什么事，是一个惯，日本人不论老少男女，大家打赤脚，也没有谁说不好呀。”周秀峰笑道：“虽然如此说，但是一件事情时兴，总要有一个人开端，若是都以为开端怕人家骂成怪物，那么，这件事就不会时兴了。”黄丽华笑道：“你这话也对，我看见外国女人，鞋带子要扣不上的时候，都是以请男朋友替她扣上一扣；若是在中国呢，这事不见得准成吧。”说着，眼皮一撩，向周秀峰一笑。周秀峰眼珠向下一沉，便看见她伸出来的那只右脚，正有一条鞋带子，搭在脚背上，不曾扣住。心想这话可不能搭腔，要不然，我得蹲下身子去，给她扣上这一条鞋带，未免太难为了，于是笑着站起身来说道：“有闲话明天说吧，我们应该赴会了。这种好宴会，我们只宜早到，不宜迟到呀。”他站了起来，就不肯坐下去，边笑着，就是要走不走样子。

黄丽华心想，这个书呆子太老实了，我给了他这样一个好机会，让他进身，委是不懂，没有法子，只得自己将皮鞋带子扣上。扣好了，站将起来，笑道：“要走就走吧，你可学点西欧派，暂时保护我一点，因为我今天这皮鞋，后跟格外地高，不论哪个时候，都可能摔上一跤呢。”说着话走起路来，身子就扭了两扭。周秀峰笑道：“保护人，这当然是义不容辞的，那我就在前面开道吧。”于是走在黄丽华前面，向楼下而来。

黄丽华真不解这位周先生是怎么回事，越告诉他法子，他竟越是不得其门而入，笑着在后面道：“你别走得那么快呀，那样走，倒真会把我走摔了。”周秀峰只是笑，一路同出了洋楼，直到上了汽车，二人才同坐在一处。黄丽华对他一笑道：“你这种忠厚人，应该多参与些盛大的交际宴会。”周秀峰道：“你的忠告，我是应当容纳的，不过你说我是忠厚人，我不大愿意接受，因为忠厚乃无用之别名。”黄丽华笑着将头一偏，几乎枕在“人家”的肩上，拖着声音道：“你自己说，是不是忠厚人呢？但是忠厚的人，我是最相信不过的。”说时，汽车开行之间，突然转个弯，车身一侧，黄丽华的头，真个枕着周秀峰的肩膀了。周秀峰这一下子，真有一种说不出的感觉，笑着对黄丽华道：“到会场里我有不知道的事情，你得点拨点拨我呀。”她也不知如何说是好，只管笑。汽车到了“美化同乐会”的会场。

这会场设在一所欧风俱乐部里，这里原是一幢旧府邸，欧西回国的留学生们，学工业的也好，学生物的也好，现在都做了官，因之大家都有钱，就凑钱买下了这所府邸做俱乐部。“美化同乐会”正是这俱乐部人员一种高尚的集会，这时西装革履的男子和袒胸露臂的女子，一对一对地向里面走，热闹极了。这会里的大厅，已经陈设得花团锦簇，音乐台上奏着西乐，静等着跳舞。东西两边的小客厅，只听到一片轰轰的笑语声，由里面传将出来。走到客厅门口，先是一阵透骨的香味阵阵逼人而来，原来这正是女士们身上的胭脂、花粉香，以及先生们头上的擦发香水香、手绢上的香精香。及至走到客厅里面，却见高低大小的椅子上，人都坐满了，坐不下的，就在人群中徘徊。

黄丽华一进来，人家知道她是著名华侨的女儿，在交际界里是极会用钱的，大家只在她用钱这一层上，早引起了充分的注意。现在她一进来，在客厅里坐着的人，十之八九，都站立起来。那些不打算站立起来的，看到大家站起，也不好意思还坐着，自然也站起来了。大家的目光，首先注视的，自然是黄小姐，其次便是周秀峰。不料黄小姐今天所携带来的伴侣，却是这一位。周秀峰是个留英学生。这英国的博士，不能像美国那样容易到手，所以他虽不是博士，在学术界里，地位却不怎样低下，而且他在报纸副刊方面，常常发表洋洋大著，他的著作，由中国旧文艺蜕化，加着老诗哲拜伦、新诗哲泰戈尔的意味，创立一种新体格。因之他的著作，很受一部分人欢迎，这“周秀峰”三个字，自然也就印到人家脑筋里去了。这会里既然有不少的学术界人物，也就有不少的人认得他。

固然，外面早有传说，说周先生和黄小姐发生了恋爱，但是并没有得着事实的证明。今天周先生和黄小姐并肩而来，这是把友谊的程度，完全公开起来，于是男的羡慕周秀峰做了富翁之婿，女的羡慕黄丽华做了诗人之妻，所有的目光，都射到他俩身上。周秀峰对此，还不免有点难为情，黄丽华却甚是得意，表示她也一脚踏进了学术之门。招待上前来，请他二人坐下。这里完全是欧美风味，当然是男女无界限的，加之中国人自有中国人的传统习惯，男女之间，终不能像欧美人那样，在交际场中，奉女人为神圣，比较地要随便些，所以这个“美化同乐会”，是有欧美男女交际公开之乐，而无男女虚伪礼节之嫌的，可说真得两性调和之趣。

周秀峰一坐下来，左边沙发上是位化妆有名的董小姐，左边小椅上是位善于跳舞的李太太，她们都是欧化的装束，在可能的范围内，尽量地露出肉体来。天下事就是这样矛盾，屋子里既有了暖气管，足见大家是怕冷，可是左边的这位董小姐，身上穿了米色薄绸的西式背心，胸前双峰微凸，两只光胳臂，连两胁都露在外面。她偏是手上拿着一柄软毛羽扇，一扇一扇，这扇子很长，她直将手臂压在周秀峰的椅靠上，向怀里扇。周秀峰便是不回过头去，这一种肉感直送到眼帘，况且那羽扇上的长毛，不时地拂了过来，正可扰乱他的视线。羽扇虽是一种装饰品，然而它既是在空气里摇摆着，自然有风，这风微微地震荡，自然把小姐们身上的香气，传递到最近的一个人，周秀峰于是陶醉了。

回国的留学生，常是分着两派，一派看透了外洋的习惯，总不如中国那样敦厚，而且觉得外国人也不过如此，我是留过学的人了，不应当跟着国里的人，胡乱模仿皮毛，因之，回国以后，一切都恢复中国人原状，所以许多名教授们，一年不露一回西装。还有一派就处处要表示他留过学，异于平常的中国人。换言之，由德国回来的，变了德国人；由美国回来的，变了美国人。周秀峰的脾气，大概是属于前者的，不过还没走到极端罢了，因此，他对于没有出洋的女子，装束那样欧化，觉得是躐等地盲从，非常不赞成。不过今天到了“美化同乐会”，看了这些洋化的太太小姐们，觉得她们自也有她们好看之处，尤其是这位董小姐，欧化得太好。

当他如此陶醉在群香国里的时候，却有一个西装男子，老远地笑着过来，这不是别人，正是从前介绍他和黄丽华认识的刘子厚。因笑着站起来，和刘子厚握了一握手。刘子厚笑道：“你现在出门，不是一个孤独者了，你当怎样地感谢我呢?”周秀峰这实在也没有什么可说的，笑了一笑道：“太太没来吗?”刘子厚道：“我们是秤不离锤、公不离婆，哪有不来之理？她在那边客厅里呢。”于是二人同在沙发上坐下，那董小姐把羽扇上的长毛拂了两拂脸，对着刘子厚似点头不点头的样子，下巴动了一动，眼珠转了一转，接着便是一个微笑。

刘子厚道：“好久没有见董小姐了，我听见一个消息，说是这个月董小姐就要‘麦累’了，真的吗？我们又得叨光一杯喜酒呀。”董小姐眼睛一眯，笑道：“谁说的，还不一定呢。”刘子厚道：“那位张先生今天来了没有？介绍我们见见吧。”董小姐对于他这一问，也不答复，也不默然，却向着个穿西服的青年，用嘴一努。周秀峰看那青年时，黄黄的脸，长得并不怎么英俊，倒是西服的料子极为讲究，手上戴着一个大钻石戒指，他正用手端着一只玻璃杯子在喝汽水，所以那个钻石戒指，精光灿灿。可以看见，他一见董小姐向他努嘴，已知道是介绍之意，便放了杯子，向刘子厚面前走来，伸着手和刘子厚握手。董小姐这才站起来介绍着道：“这是密斯脱张，这是刘子厚先生。”一个叫密斯脱，一个叫先生，这里面自然分别含着亲热与恭敬的两种意思。

那位张君听说是刘子厚，将手竭力地握着，表示他那诚恳的样子，因道：“我早听密斯董提到刘先生了。”周秀峰听他说话的口音，夹着不少的福建腔，自然是个福建人。接着刘子厚又替他介绍，周秀峰便问：“张君贵处哪里？”他笑道：“原籍是福建，不过从小就在星洲长大的。”华侨对新加坡，向来都称星洲的，这样看起来，他一定是个有钱的华侨。华侨的子弟回祖国来读书或游历，别的不敢说他有什么成就，但是必定可以找到一个极时髦而又极漂亮的女人，这女人总是心悦诚服地嫁他，不问他已娶未娶，只要他口里表示不曾娶妻就行了。周秀峰这回子看了张君，心里仿佛感触很深，便将刘子厚拉到一边，笑问道：“董小姐眼界很高，向来把时髦青年都不大看在眼里，这次怎么突然嫁了姓张的？”刘子厚笑道：“姓张的也很时髦呀，不过皮肤黑一点罢了。你要知道董女士的生活程度很高，不找一个有钱的先生，她的生活，是解决不了的。这张君的财产，除了在南洋的不算，巴黎、伦敦、纽约，都置有很好的房屋。她醉心于游历外洋的梦，不但可以达到，而且可以在外国住家了，这是她多么称心如意的事哩。”周秀峰道：“唉，女子总是这样抱拜金主义的。”刘子厚道：“那也不尽然吧，我们眼面前，就有一位不是抱拜金主义的，你大概能知道是谁。”周秀峰明知道他说的是黄丽华，就笑而不答。

本来人到了这个地方，所看见的，都是男如蝴蝶，女如花，大家洗尽了愁容，团在一处说笑。过了一会儿，只听到一阵铃响，便是开会了。会场设在舞厅，男男女女，一对一对地踏进舞场，还是成双地坐着。有少数是不成双的，也是一个男的，故意傍着一个女的坐了。凡是同乐会里，少不得先有一番钢琴独奏，先敷衍几场，接着便是跳舞了。这些在会的女郎，大半多是能舞蹈的，所以过去了一班，又是一班，有几个人合舞的，也有单人舞的，各尽其妙。近代的舞蹈，第一个条件，就是要露出两只腿，腿越露得多，越是时髦；第二个条件，便是露着手臂与胸脯，自然也是越露着多越好。因之这天在场的诸舞蹈女士，都是尽量在台上露出色相来。黄丽华在过去的一次同乐会中，也曾跳过马来人的土风舞，很出风头。今天她和周秀峰同来，周秀峰是不是愿意她跳舞，却不得而知。因之坐在来宾位上，只管看，却没什么表示。在座的老会员，倒有点奇怪，就窃窃私语起来：女子有了爱人，究竟也就有了拘束，你看黄小姐那样活泼的人，今天也就不谈跳舞了。

周秀峰进了会场之后，早就发现自己成了大家的目标，因之暗中也不时观察会众的态度，见别人的目光，不时向自己这面扫来，心里也有点省悟。于是走到刘子厚座位边，低声向他笑道：“糟了，我成了新娘子了，大家常看我，那是为什么？”刘子厚笑着把原因告诉了他，周秀峰笑道：“那是笑话，黄小姐今天是不是高兴跳舞，不得而知，若是说为了我在座的原因，我绝对不能承认，我凭什么可以阻碍旁人的自由?”刘子厚笑道：“黄小姐的舞蹈，实在也是不错，大家都等着要看，所以大家都急了，要解这个围，只有请黄小姐赶快跳舞。”周秀峰道：“那就大家快请黄小姐登台吧。”

刘子厚听了这话，就去告诉会里的干事。周秀峰归座以后，不多一会儿，就有一个人登台报告道：“现在有一件事报告诸位，就是我们会里的会员黄丽华女士，是一位舞蹈大家，这一次会，没有黄女士表演，我们似为黄女士有什么贵干，不能到会，也只好感到遗憾。可今天黄女士本人，也在会场，显系怕受累，并不是没工夫。现在有许多会员主张黄女士临时加入表演，推兄弟出来，请大家一致请愿。”报告已毕，立刻在场的人噼噼啪啪鼓起掌来。周秀峰在许多人中，却是首先鼓掌的一个。黄丽华最不放心的，就是不知道周秀峰持着什么态度，现在他首先鼓掌，那就是在暗中说，你可以去跳舞，于是笑对他道：“他们胡闹，你为什么也跟着他们起哄?”周秀峰笑道：“人家都说你的舞法高妙，我也想瞻仰瞻仰，究竟妙到什么程度。别人都知道你的舞法妙，我倒没有看过，岂不是一桩遗恨。”黄丽华笑道：“我实在没有准备跳舞的，为了你要看，我只好牺牲自己的主张了。”说着，她起身向化妆室而去。

她如此一起身，把全会场的视线都移动了，啪啪鼓掌之声，震动屋瓦。黄丽华心中也觉得风头十足，叫人到汽车上，把自己早已准备着，不曾拿下车来的跳舞衣服和鞋袜，一齐拿到化妆室里来。在会场上的人，继续在看别人的跳舞，心思就不至于放到黄丽华身上。但是周秀峰却没有去看跳舞，心里只想着，说跳舞她就跳舞起来，不知道她哪里去找跳舞的衣服，现在虽有别人的，可惜不过她是不愿借别人东西的，何况这种衣服，总要合身材方妙，她借来的衣服，也未必能合身材。他正如此想着，早又是震天震地的一阵鼓掌声，原来是有人在台上报告：“黄女士这就登台了。”黄丽华一走上台，大家又是一阵鼓掌，她今天虽然穿了舞衣，那舞衣和今天各位穿的，却是不同：质料是绸而不是纱，颜色不用红绿而用白色，只是多配些水钻。两条大腿，也不是光的，另外罩着丝袜，也不是那种兜腿缝的短裤，一抬腿便令人做遐想，她可穿着一条极长的珠络裙子。总而言之，活泼之中，多少还含点庄重性。而且最奇怪的，她并不怎样乱抬高腿，只是适可而止。好在她的舞步身段都好，而且又是一位极有钱的小姐，因之依然大受欢迎。

周秀峰也就想着，有人说，黄丽华到了交际场上，便流荡过甚，不像一个上等人物。但是据现在的情形看来，她也很能适可而止，不是人家传说的那样浪漫呀。他一高兴，自也不免跟着大家鼓了两回掌。黄女士跳舞已毕，依然换了衣服，坐到周秀峰一处来，等着游艺完了，大家都去入席，又是成双成对的。席后，再在大厅上，男女合舞，还未入场之先，黄丽华握着周秀峰的手笑道：“今天人多，熟朋友也不少，我若一个一个应酬起来，那就会把我跳得累死，请你紧紧地跟随着我，让别人不好向我开口，我只和你舞一场，说是头晕，就可以先回家了。”周秀峰道：“你既是怕累，我马上送你回去就是了。”黄丽华笑道：“不，我也要考考你的步法如何呀。”约好了，二人才进场去。周秀峰对于黄丽华虽然不能认为是自己的爱人，但是有人当了面和她跳舞，也大非自己心里所乐意，因之就照着她的话，紧紧跟随，跳舞的时候，自然也不必再说话，二人就抱着跳起来了。

周秀峰和她交了许久的朋友，都是中国式的交际，从来不像今天这个样子亲密。现在周秀峰将她搂抱着，心里有一种说不出来的愉快。而且他自从回国以后，渐渐离开了洋式的交际，不曾和女友跳过舞，跳舞场人品太杂，也一回没有去过，所以今天这一跳舞，把已隔别三四年的跳舞滋味，又重新温起。黄丽华那一只粉臂，搭在他肩上，他觉得那粉臂上，有一种极好闻的香气，眼睛由她的玉肩上，一直望到手掌上来，他几乎禁不住自己，要吻上吻。他们舞过了一套，音乐停止了。黄丽华走到一边去，果然她紧随着周秀峰，并不走开，周秀峰忙着倒了一杯苏打，两手捧了过来，请她喝。黄丽华瞟了他一眼，微微地低声说道："你不怕人家注意吗？"周秀峰也低声笑着道："有是有人家注意的了，让他们去注意吧。"黄丽华将这杯苏打喝完了，还不曾有什么表示，周秀峰已经伸着手，将杯子接过去了。

黄丽华笑道："你怎么今天特别客气起来，我的面子不小哇。"周秀峰将杯子放下，回转身来，笑道："这是我们应当尽的义务。"黄丽华道："今天你很快乐了，也该回去了吧？"周秀峰道："还早啦，忙什么，我们再合舞两回，好不好？"黄丽华低声笑道："你怎么变了态度了，不是不大赞成这种盛大的宴会吗？"周秀峰笑道："我在什么时候有这种表示？就算有这种表示，我今天来参加了这个盛会，所说的话，也应当以事实证明来取消了。"黄丽华已觉他这话，很有些勉强，自己也不愿再进一层逼他追加理由，只笑着点了点头。音乐奏将起来，二人又舞了两次，依着周秀峰，就是再在这里玩一二小时，也没有关系。但是黄丽华却很奇怪，他的态度变得很快，恐怕他是有意如此。因之坚决地要回去。周秀峰也不能比她更热烈，只得随着她走了。

刚出了大厅，要到储衣室里去取衣服，却顶头碰到了刘子厚。他一把将周秀峰拉着，拖到一边去笑道："到了这同乐会以后，你不觉得人生少不了一个美丽的爱妻吗?”周秀峰微笑着，点了一点头。刘子厚道：“不但光是美丽而已，而且还要善于交际、善于谈吐，富有人生常识，这位黄小姐，便是对劲儿的人物，我介绍的原意，到今天你算见着效验了。”周秀峰笑道：“你可不要乱说，我和黄小姐，也不过是一个平常的朋友罢了。”

刘子厚握着他一只手，着实摇撼了几下，笑道：“周先生，你急什么，我并没有说你们是特别的朋友呀，不过朋友不能走来就特别的，当然要经过一段平凡的阶梯。我们很希望你们不要永久是平凡的。”说毕，哈哈大笑而去。

黄丽华走了过来，问是什么事，周秀峰如何好实说，笑道：“他笑我不会找娱乐，这样好玩的地方，倒要先赶着回去。”黄丽华鼻子一耸，笑着摇摇头道：“你撒谎，他说的话，我听见了。”周秀峰道：“你既是听见了，何必又要问我呢?”黄丽华道：“我就为着要试试你撒谎不撒谎。”周秀峰笑道：“他这种话，似乎有点唐突你，所以我不得不撒谎，我若直说出来，你一见怪，我怎么办呢?”黄丽华瞟了一眼道：“你究竟是个傻子，若是调皮的人，他就会学着别人的口音，照实说了，我要怪你，你就可以向刘先生身上一推呀。”周秀峰道：“好在你都听见的了，我虽不说，那也没有关系。”这一句话，倒说得黄丽华默然了。

二人走出了大门，周秀峰代寻了一阵汽车，好容易找着了，搀着她上车子。车子先送黄丽华回家，到了她家门口，周秀峰先开了车门，搀着黄丽华下车，这在旁的男子，她自然认为是应有的身份，唯有周秀峰，向来不肯如此失身份的，今天突然变了一个态度，不能不引为奇怪。在下车之后，走上台阶的当儿，不知不觉握了周秀峰的手，道了一声谢谢。周秀峰不知此语何由而至，他也不知道要怎样答复她这一句话才好，只笑着点了一点头。黄丽华道："今天你不要客气了，夜深了，让我的车子送你回去吧。"周秀峰笑道："好在这种办法，也不是第一回，我也就不客气了。"说时，望了黄丽华走进屋内，这才坐了她的汽车回寄宿舍来。

刚走到楼廊子下，丁零零一阵电话铃响，自己顺手将话机拿在手上，向话机里一问话，有人问道："周秀峰先生回来没有？"周秀峰答道："我就姓周。"那人笑问道："到家了，那就好，我很惦记。"说话的正是黄小姐。周秀峰笑道："有你那样又稳又快的汽车坐着，还会在路上出个什么毛病不成？多谢你惦记。"黄丽华笑道："今天你太累了，睡觉去吧。"周秀峰道："你呢？"黄丽华先笑了一阵，然后道："我不累，但是我也要睡觉了。"说毕，道了一声"再见"，把电话挂上了。周秀峰走到房里，伸了一个懒腰，向床上躺了下去，心想，黄小姐对于我，总算用情到了二十四分，不过因为夜深点，连我坐了汽车回来，她还不放心，要打个电话来问问，这可看出她是用情周密。我看今天同乐会里的女子，比她再漂亮的，就不见有几个。至于交际的手腕，在交际场上的风头，这可是要推她坐第一把交椅，没有人比得过去。在一个新世纪里为人，总不免到交际场上去的，到了交际场上，若没有这样一个娇妻，未免减色，因为大家都很文明，有很美丽的太太同去。其间一个人，若是带一个不会交际的太太去，那就不如未曾娶妻的人，始终是个孤独者，却也没有人注意，对于面子上，也就无所谓，反之……

正想到这里，忽然一阵刺人耳鼓的声浪，破空而起，原来是这楼外，大杂院子里，有一对夫妇拌起嘴来了。有一个女的道："你这浑蛋，就是这样子把老娘敷衍过去，就算事了吗？嫁汉嫁汉，穿衣吃饭，你明天要不给我三块两块的，咱们是没完没了。"

一个男的道："这年头儿男女平等，老子一天到晚，苦扒苦挣的几个钱，不能让你去胡开心。我在外面做活，你在家里，只管串门子闲聊天，那可不行。"女的道："我不懂那些个，我不讲平等，我就只知道娘儿们应该找爷儿们要吃的，要穿的。"男的道："我没有说，不给你吃，不给你穿，可是你也得好好地过日子呀。"说到这句话时，这男子已是完全软化了，那女子似乎也感到自己占了上风，更是啰啰唆唆，只管向下说了去。那个男子到了此时，连招架之功都没有了，只是默然无声，在这样啰唆的当中，那个女子把"嫁汉嫁汉，穿衣吃饭"的话，又说了好几回。

周秀峰倒替那个男子，抽了一口凉气，不料他就为"嫁汉嫁汉，穿衣吃饭"的哲学所屈服了。没有受过教育的女子，只是讲着几套的俗话哲学，丝毫无理由可讲，这种无知识的女子，是如何可娶为妻呢？他正这样地推测，那楼下的拌嘴声，也就一阵紧似一阵，不但是听得恼人，而且那种不成理由的言辞，听了也实在可气，倒不觉得无端地替天下旧式家庭的男子们，同叹了一口气。因为这一场意外的教训，对于旧式而又无知识的女子，加了一层厌恶，他在爱情道上，又有了新发现。其实周秀峰这种揣测，未免有点错误，玉子在那院子里，听到院邻那一种无聊的吵闹，也是讨厌，睡在炕上叹了一口气道："这大杂院，真不能住，这种穷日子，对付过着吧。深更半夜，自己闹着，也不怕耽误人家的事。"陈大娘道："少说话吧，让童家嫂子听到，又说咱们多事，也不过把你吵醒了一会儿，又耽误得你什么事？"玉子道："你瞧对面楼上，还亮着电灯，人家那些大学堂里的先生，都是晚上在家里做事，第二日一早就到学堂里去的，夜里这样吵，人家怎么看书？"陈大娘道："你倒好心眼儿，替先生们着急，你和他沾亲带故，还是怎么着？"这句话一说，玉子可就无辞可答，默然睡觉了。

次日早上起来，见对面楼上的窗户依然开着，大概周秀峰并不受什么吵嘴的影响，已经上课去了。上午的时候，偶然到门口去望一望，只见一辆很漂亮的大汽车，停在隔壁教员寄宿舍门口，再走回家时，听到那楼窗户里，已经有了周秀峰的笑声了。她心想，我这一阵子，常看到他坐了汽车回来，大概今天又是坐了汽车回来了。我听到马先生说，他也不过挣三百来块钱一个月，似乎还够不上自己买一辆汽车坐，到大学堂里，不过是这一点子路，似乎也犯不上常雇汽车去。这样想着，只见竹子也由外面向里跑，于是对她招招手，微笑道："我们望望街去。"竹子道："这可是你要我去的，妈说起来，我可说是你。"玉子瞪她一眼，想了一想，又忍回去了，微笑道："你就说是我吧，那也不要紧。"竹子携着她的手一路走到大门口来，笑道："我知道，你没有那好心眼，带我望街，一定有什么事要支使我，那你可得给我钱买吃的才行。"玉子道："这么大一点小姑娘，什么也知道，我给你买吃的就是了。"到了门口，玉子故意对那辆汽车望着，笑道："这辆车子多好看，谁的?"竹子道："是周先生坐来的。"说着，扯着玉子的衣服，低了声音，对她笑道："哪一天，咱们偷偷地和周先生出去玩，借着车子跑一趟，你看好不好?"玉子道："你准知道是周先生的汽车吗?"竹子道："不是周先生的，是个黄小姐借给周先生坐的，我听到隔壁听差和那汽车夫说话。汽车夫说，他们家有三辆汽车，这一辆是小姐的。"玉子道："那黄小姐干吗老让周先生坐着她的车回来呢？自己不坐吗?"竹子道："我哪里知道？人家愿意借给他坐，咱们管得着吗?"玉子在身上掏了三个大子交给竹子道："回头卖糖葫芦的来了，你去买一串糖葫芦吃吧。你现在到周先生屋子里去看看，看他在做什么？你千万别说出真话来，说是我让你去的。”竹子道：“那你还得再给我三个大子，要不然，我不去。”玉子望了她一望，只得在袋里又掏三个大子来，交给她。竹子一摇手道：“我不要了，你还没有给我，就先生着气。”玉子笑道：“我的冤家，你拿去吧，我哪里敢生你的气呢？”说着，把三个大子，乱向竹子手心里塞。竹子含笑着拿着去了，玉子依然很自在地望街，以便得着竹子的回信。

约莫有四分钟的工夫，竹子很快地跑了来，笑道：“姐姐，真美。”玉子道：“在大门口瞎嚷什么？我怎样真美了？”竹子道：“我不是说你美，我是说那个黄小姐真美。”玉子道：“你怎样知道人家美？”竹子道：“她在周先生屋里坐着，我怎么不知道呢？”玉子道：“她坐在周先生屋子里，说了些什么？”竹子道：“我先到楼上的时候，他们的听差摇着手，不让我过去，周先生的房门也关着。后来周先生出来了，陪着那个小姐，楼上楼下，到处一看，那个小姐身上真香，过去了许久，还闻到她身上那股子香味。”玉子道：“穿了什么衣服？”竹子道：“你别忙，她就会出来的，你在门口待一会子，就看到了。”说着话时，见那汽车夫已经开着车子掉过头来。

一阵笑声，周秀峰陪着一个女子出来，玉子连忙向门框后一缩，微微地将头伸出来一点，看她是个什么美样子。那衣服的样子，说是说不上来是中式还是洋式，不过腰身是细条条儿的，袖子又小又短，把手胳膊全露在外面。衣服的颜色，红里面透着微黄，在阳光下面，倒照得有些金光闪闪的。她那头发，像那楼下的牡丹花似的，簇拥着堆起来，在鬓下压着一大朵红色的大绢花。脸子隔得路远，看不十分清楚。但见她伸着手，笑嘻嘻地和周秀峰一握，然后上车去了。车开着去了老远，周秀峰还在门口望着。

玉子一阵心里难受，立刻转回屋子里来。竹子跟到屋子里作笑问道："姐姐，你看人家不美吗?"玉子向炕上一坐，两手一扬道："哼，美什么? 不过有钱，衣服穿得好罢了。"说毕，又将嘴一撇。竹子道："听说她家真有钱，说是有好几百万呢。"玉子道："几千万也不关我什么事，提她做什么?"竹子见姐姐有些不高兴的样子，她碰钉子，转着身就向外走去。玉子道："忙什么，我还有话和你说呀。"竹子一面走进来，一面笑道："我怕你生气，我不敢在你面前待着。"玉子笑道："真是废话，你好好地告诉我，那个时髦女的，在周先生屋子里说了些什么?"竹子道："人家是个小姐，怎么叫人家时髦女的，这可是个新鲜名儿。"玉子道："什么大姐小姐? 你在她家当过下人，挣过她多少钱一个月?"竹子道："我说你在生气，我不愿意和着你说不是。"说毕，转身就要走，玉子连忙伸手一把拉住，笑道："我不生气了，你说，她坐在周先生屋子里，是怎么一个样子，你说了，我再给你三大枚。"竹子笑道："今天你待我很不错，我得实说，我到周先生楼上去的时候，看到那个小姐……不是，叫什么呀，我说不上。"玉子笑道："管她叫什么都成，你说吧，怎么样呢?"竹子道："她坐在周先生床上，周先生坐在椅子上，周先生对面望着她直乐。我听到她说了一句，说是这屋子收拾得很干净，被单衣服，都是谁洗呢?"玉子插嘴问道："周先生怎么说? 他说是送到咱们家来洗的吗?"竹子道："没有，周先生说是送到洗衣房里去洗的。"玉子点点头道："这倒是对，那女的又谈了些什么呢?"竹子道："没说什么了。她一回头看到了我，就问周先生，这里还有人带着家眷住吗? 周先生看见了我，就说是街坊，他说着，假意出来叫听差，在楼口上招了招手，叫我下来，又给了五大枚，叫我回来别对你说。往后我下了楼，他两个人也就出来了。”

玉子听了这话，许久作声不得，在身上无精打采掏了三个大铜子儿，交给竹子，用手一挥道：“你出去买东西吃吧，我脑袋晕，要躺一会儿了。”竹子道：“你是听着心里难受吧，我去给你打听打听，那小姐和周先生究竟是怎么一回事。”玉子一瞪眼，低声骂道：“别胡说了，你多大一点年纪，知道什么叫难受不难受，千万不去瞎打听，让人家知道了，可是笑话，我倒没什么，人家会说你是小妖精的。”竹子听到姐姐如此说了，以为真是一件害臊的事，就不敢再说打听了。今天两面受贿赂，得着不少的铜子儿，这就可以大大地去买吃的了。竹子去后，玉子一人横躺在炕上，心里想着，像他们在大学堂里当先生的人，有两个女朋友来往，这年头很不算什么。可是照着今天的情形，就很可疑了，干吗不让竹子回来告诉我呢？这样看起来，有钱的人还是和有钱的人在一起，不会和咱们谈得上的，既是谈不上，我就别痴心妄想了。自己一个人在屋闷想了一阵，究竟也得不着一个结论，可以疑心是周秀峰的至好朋友，也可以疑心是周秀峰的平常朋友。本打算在院子里看看周秀峰的颜色，倒是比平常怎样，然而他的楼窗，今天是始终没有打开，仿佛他也就不在家，心里一个疙瘩，也只好老让它拴着。

到了晚上，这样秋深的时候，灯火一亮，院子里各家人家，都紧紧地关了屋门，院子里的人声，自然渐渐沉寂下来了。玉子在屋子里吃过了晚饭，一人却开了屋门，到屋子外面来站了两三次，抬头看看对面的楼窗，始终是关闭的，似乎周秀峰还没有回来。然而窗户虽没有打开，屋子里的电灯，却是亮的，起初还疑心着是偶然没有熄了电灯，但是不多大一会子工夫，屋子里却有一种吟哦之声发出来，不过那吟哦之声，叽里咕噜，很像是外国话，很不易懂，这当然是周秀峰一人在屋子里寻乐，绝不是别人能在他屋子里发出这种声音的。玉子故意高声道：“竹子，你出来瞧瞧，今天的月亮多么好哇。”竹子听说，真个一跃一跳地跑了出来。抬头一看，只见一片蔚蓝色的天光，披着几块棉絮似的白云，另外一钩月亮，像一把银梳子似的，悬在天上，照着地上，微微有些昏黄的颜色。竹子道：“你这是什么话，不过有些月亮影子，你怎么倒说是好看呢?”玉子道：“也不一定要圆月亮才好看，缺的、半边的，只要有月亮，就很好看。”竹子道：“我不瞧，你说好看，你就去看到天亮吧。”说毕，她就跑进屋子去了。

玉子究竟是把这月亮看得有兴趣，一个人站在院子里，依然徘徊不走。心里想着，刚才高声说了两句，周秀峰在屋子里，当然是听见，那么，这个无线电报打了去，五分钟之内，无论如何，是应该有回电到来的。她如此想着，因之压着脚步，轻轻地、慢慢地，一步一步，在月下走着，走两步，抬头对窗户上看看，静等着周秀峰一种表示。设若他有什么表示，这就可以断言，白天那个坐汽车的女子，不过是他的平常朋友，决计没有什么关系的。不料她心里如此想着，事实却是相反，周秀峰依然是紧闭了窗门，只管在屋子里哩啰哩啰地唱着英文歌，对于窗子外这一个候信儿的人，始终不曾理会。玉子想，往常这窗户门，不到夜深不关，纵然关着，只要我在院子里有一点响动，他就把窗户开了，今天为什么我这样大声嚷着都不理呢?这绝不能说是没有缘故的了。

玉子一人想着，尽管在院子里徘徊，抬头看着天上那半钩瘦月，冷清清地悬在蔚蓝色的天上，旁边并没有什么星光陪着，更显出这月亮是清瘦的。自己的人影子，模糊不清半斜着躺在地上。回顾院子里没有人，就剩自己和这个影子，也就说不出来是如何的清冷了。正在她这样徘徊不定之际，忽然有一阵嬉笑的声音，打破了沉寂的空气，这声浪震破沉寂的空气，非同等闲，实在是由半空里传出的，原来楼窗户已经开了半扇，是哪里发出来的声音呢。玉子听到这声音之后，立刻就停住了脚，偏着头，仔细去听那窗户里发出来的声音。然而听了许久，大体可分出来是一男一女在喁喁细语，偶然就带一点笑声。究竟说的是些什么，笑的是些什么，却听不出来，这不用疑惑了，女的一定是那位黄小姐，她白天来了，晚晌有什么不能来？新式女子，就不分什么日夜的，只要是愿意到的地方，白天可以去，夜晚也可以去。今天白天，她既然来着，这不是她是谁呢？这也很容易证明，只要到大门外去看看，是不是停有一辆汽车，这件事就明白了。但是这个时候，街门已经关闭了，若是自己偷偷地去把街门打开，惊动了院子里的人，那还了得？不过也许大门没关，碰巧可以看上一看，于是自己慢慢地走到大门口来，然而大门是紧关着，还上了门闩了，这是不容易打开的，于是轻轻地移着步子，又走了回来。

在她走回来的时候，到了楼窗下，又不禁心里再拴上一个疙瘩，原来那打开的半扇窗户，现在又关上了。若说他们是无心的，窗子开着，为什么要关上？若说他们是有心的，楼上的窗子，开也好，关也好，楼下人反正是看不见里面。不过最奇怪的，偏是在自己这一移步之间，这窗子就关了，这倒好像是正对着自己而发，那么，自己在院子里徘徊，楼上人也是偷着看见的了。你们只管偷看，这在我家里，我爱怎样走就怎样走，谁管得着？想到这里，禁不住又是抬头一望，只在这一望之间，恰是缓了一分就太迟，快了一分又太早，不迟不早，正好看到两个人影子，紧紧地在一处，映在窗子上。因为窗子里已垂下了纱幔，这人影子被电灯射在窗纱上，更是显明了，不过这影子，被窗纱的纹抖乱了，分不出来是男是女，而且这一双人影子，一闪就不见了，时间极短，也不让人去仔细鉴定，只好成个疑案了。因之退后两步，对着那窗户，只管出神，以为那一双影子，若再出现，一定要看个仔细。但是那影子，绝对不出来了，不但那人影子不出来，而且喁喁笑语的声音，也绝对没有了。

呆立了许久，反而觉得这院子里静悄悄的，那天上的月亮四周，一阵子的工夫，竟铺上许多松软成片的白云。云很快地移动着，在月亮下面走，那半轮瘦月，极像一个冰梭子，在那里织棉絮团子，那么越走越快，也越来越厚，那月亮慢慢地看不见了，只剩云堆里一团白光了。云厚了，天阴了，同时院子里的寒气，也觉突然加重，两只脚上，渐渐地有一阵凉气，由下向上侵袭着。于是退了几步，退到自己卧室外的窗户边，斜斜靠着窗台，眼望着天上，心想，刚才的月亮那样子光亮，夜景多好，不大的工夫，月亮就埋藏起来了，夜色也就大大地变动了。玉子心里想着，天下的事，不就是这样难说吗？刚才还是好好的天气，月亮那样光明，现在天阴了，月亮也隐藏起来了，人生在世，不和这月亮一样吗？现在我算看透了人心了，穷人还是和穷人在一处，不必高攀了，阔人娶穷人家女子做姨太太的，还可以找得着，真说阔人和穷人结亲的，哪里看到过呢？我以前真有些痴心妄想了，这月亮似乎也有点害臊，怕见得人，我想月亮在天上照着地下，什么事她也看得见，我才该害羞呢。

她一人在此静静地想着，一阵大风，由天空过去，将屋前屋后的树木，刮得呼呼作响，对面楼上未加拴系的几扇楼窗，一齐掀了开来。陈大娘在屋子里嚷道：“你这孩子发了什么傻劲，这样凉，你还在外面站个什么劲儿。”玉子也觉这寒风由袖子里向身上钻了去，很是难受，就慢慢地推着门，走进屋子里。陈大娘一看她的脸上，都让风刮得雪白，连那嘴唇也变成紫色。陈大娘道：“你这是做什么？好好的，在外面吹得脸上这样惨白。”玉子淡笑道：“我看月亮。”陈大娘笑道：“你也想学那些有钱的人一样，闹个什么赏花赏月吗？人家知道，真会说咱们穷疯了心了。”玉子也不去和母亲辩解，悄悄地上着炕，就躺下了，然而她心里有事，哪里睡得着？全院子里人都睡了，屋子里的灯也灭了，四周静悄悄的。但是仔细向外听时，觉得那对面楼上，有一种喁喁的细语声，由空气中传出来，当大风过去的时候，那声音格外地可听。穷人没有别的胜似富人，然而这睡觉一件事，却是比富人早得多，所以玉子上了炕许久的时候，其实还不过是十二点钟。

当楼上的钟声，当当敲过了十二点的时候，接着便听到那楼上有人大声说话，跟着门轧轧外的一阵汽车声响，由近而远。然后那楼窗内，发出歌声了，歌唱的是什么，不大明白，但是听那声音，自是很欢悦的样子，这一定是周秀峰送客而后，乐得唱起歌来了。半夜里唱歌，在周秀峰那边，真是不易见的事。今天晚上，我是这样地扫兴，他倒是这样地高兴，也许他知道我在院子里听过他们说话，他故意唱歌来气我的。这样看起来，男子们是最狠心不过的，他弃了那个人不算，还要把一顿气给那个人受呢。她在这里正做此想，恰好是那边的歌声，牵连着不断，仿佛之间，听到歌词里面，有这样两句：“妹妹，我爱你，我爱你!”玉子听到，心里难过，已是不能安心躺着了，便坐了起来，爬到窗子边，将窗纸挖了一个小窟窿，向外张望。但是所看到的，只是对面电灯光所映照的那一扇楼窗，并没有别的什么。张望了许久，自己也觉得无甚趣味，依然躺下，头一靠了枕头，就思潮乱涌起来：由当初认识周秀峰想起，想到最近为止，一会儿觉得可喜，一会儿又觉得可悲，想得的结果，是做了几个月的幻梦。现在明白了，做一场梦也不要紧，然而和周秀峰同游几次，自己已觉得是他的人，而今被人抛弃，也可羞哩。想到这里，陈大娘从梦中惊醒，昂了头在外问道："孩子，怎么样，怎么样？你做梦了？"玉子道："我不怎样。"陈大娘道："你为什么哭起来了呢？你听，你说话还带着哭音呢。"正是：

本无好梦留人睡，却有痴人做梦过。

第八回

一曲清歌雪窗温绮梦
三杯淡酒野店送寒车

却说玉子在炕上一片哭声，既惊醒了她母亲，醒了过来，自己也有些不好意思，便道：“仿佛我是做了一个梦，梦见一个恶鬼，把我吓着了，别提了，我还怕呢。”陈大娘道：“你胆子也太小了，这几个人和你睡在一头，又是不停嘴地说话，你还怕什么劲儿。”玉子翻了一个身，就不再作声了，但是她心里的思潮，尽管此起彼落，却是比做梦还要不安宁些。还是听到对面楼上的时钟，当当敲了三下，方才迷迷糊糊地睡着。次日清早，自然是醒得好晚，陈大娘叫了一回，她推说头痛，也就随她的便，不去惊醒了，等她睡足了再醒过来时，已经是十二点钟了，她起来了。陈大娘说：“饭已经吃过了，听你说不好过，没有留下什么，给你熬点稀饭吧。”玉子拿了一个缺口茶杯子，倒了一杯黄而涩的温茶，坐在桌子边，有一口没一口地喝着，对陈大娘的话，没有怎样答复，只是摇了一摇头。陈大娘看她的眼睛泡儿有点浮肿，而且精神懒懒的，头抬不起来，心想也许她真是有了病，便不问了。玉子将这杯温茶喝完了，又倒了一大杯来喝着，喝一口，偏了头看着外边，似乎在想什么，又似乎在盼望什么似的，久而久之，这杯茶喝完了，接着她又喝了第三杯。陈大娘有事走开了。

竹子走到玉子身边，扯着她，低了身子，对着她耳朵轻轻地道："要不然我到对面楼上去看看，周先生现在做什么呢？"玉子望了竹子一下，摇了一摇头。竹子低声道："我瞧你很有心事，你没钱，就别给我钱，我自去和你打听一趟，那还不行吗？"玉子叹了一口气道："连你这大的小孩子，都让我教坏了，我真是罪过了。"竹子道："别瞎说八道了，我又有什么事做坏了呢？"玉子望了她一望，有一句什么话想说出来，又忍回去了。竹子道："我给你去一趟吧，不要你什么的。"她说这句话，是很大的声音，玉子不便大声拦住，只得由她跑出去了。心里想着，以后最好是耳不听、眼不见、心不烦，不过今天竹子一定要去打听，让她去打听一下也好，看他究竟是不是变了心了。她先倒是不要竹子去，这一次竹子去了，又恨不得她马上回来。不料竹子出门以后，遇到街坊两个女孩子，拖她到大街上去看大出殡，这一次看大出殡，足看了两个钟头，等她回来的时候，又把替玉子办的事，完全忘了。

当她慢慢走回家的时候，玉子在院子里看到，连忙迎上前来，哭着低声问道："你怎么去了这么久呢？"竹子道："我们去早了，出殡的老不过来，我站着，不愿意瞧了，小四儿、小喜子把我拖住，不让走。"玉子道："你说些什么，不是让你到隔壁楼上瞧瞧去的呢？你上哪儿去了呢？你简直不能办事，糊涂丫头！"竹子道："你别骂人，我又没要你的钱，爱去不去，你管得着吗？"玉子道："你为什么答应为我去？"竹子道："不错，是我答应去的，可是你摇着头，不让我去呢，我没去是听你的话，你怎么倒说我的不是？"玉子想了一下，却没有话可说了，便叹了一口气，转身向屋子里走。竹子虽见她没有说什么，实在是自己强词夺理，原是自己约了为她去打听周先生行动的，现在玩了一趟回来，当然是自己不对，要不然，姐姐把这件事记在心上，迟早终是要和自己为难的，那就不如自己先去看看吧。竹子如此想着，她就如往日一样，很自在地到隔壁教员宿舍来。

竹子走到楼上，恰好是周秀峰反手带着房门，有个要走的样子。竹子笑道："周先生出门吗？有要洗的衣没有？"周秀峰手扶着门扭，想了一想道："有是有两件，不过今天晚了，也来不及洗，明天一块儿拿去洗吧。"竹子道："明天还有衣服吗？什么时候来拿呢？"周秀峰道："你反正没有事，多跑两趟也不要紧，一早你就来候着吧。"竹子望着他，微笑道："还有别的事没有？"往日竹子问到这句话时，周秀峰一定将她引到屋子里去，要盘问一阵，玉子在家里，现在做什么事，若是没有什么可谈，甚至玉子在家里，现时吃几碗饭，吃什么菜，都得问上一问。竹子向来是知无不言、言无不尽的。说得周秀峰高兴起来，向是抓一大把铜子儿给她买东西吃。所以竹子每次来拿东西，非常欢迎周秀峰向她问话，这两天周秀峰没有什么事问她，那一大把的铜子儿，也就好久没有得着。这时来拿衣服，玉子两日以来的态度，很可以报告一番，周秀峰也有两天没问话，少不得也要详细研究一番的。说完了话，当然可以得一大批铜子儿。她心里正如此期望着，不料周秀峰今天却不理会到这一层。

竹子为了自己要得一批铜子儿起见，没有法子，只好先说了，因笑道："你暂别走，行不行？我有好些话要告诉你。"周秀峰站定，笑了一笑道："什么？你有好些话告诉我？好吧。我就迟一步走，看你说些什么？"于是趁势将门一推，先就让竹子走进去，然后也跟了进来，将帽子向衣钩上一抛，坐在沙发上，把两脚高高抬起，放在矮茶几上，不住地摇撼着。竹子站在桌子边，手扶了桌子一个犄角，向他微笑。周秀峰笑道："你说有好些事要对我说，什么事呢？你说呀！”竹子笑道：“你不问我，我说什么呢？”周秀峰笑道：“这话太有趣了，你讲有好些话对我说，我叫你说，你又要叫我先问，我一点也摸不着头脑，我又怎样问呢？”竹子道：“怎么以前你见着我就有许多话问呢？你就问我姐姐吧。”周秀峰笑道：“好吧，我就问你姐姐，她怎么样？”竹子道：“她生了气了。”周秀峰道：“哦！她生气了，好好的，她为什么生气呢？”竹子说：“我头里也不知道，后来我尽管问她，看那样子，好像为你生了气。”周秀峰将脚放下，坐着向上了伸道：“这就奇怪了，她有什么事为我生了气呢？”竹子将嘴一撇道：“你别装傻，你自己做的事，你自己会知道。”周秀峰脸色红了一红，连忙就笑起来道：“看不出你这小孩儿，你还会说俏皮话，我做了什么事会惹得你姐姐生气，我真有些想不起来。”竹子道：“你干吗好几天不理我姐姐，昨天又带了一个黄小姐来家里玩呢？你这屋子里，我姐姐瞧都没有瞧过，别人可在这里随便来坐，有说有笑，你说她不会生气吗？”周秀峰打了一个哈欠，笑道：“就是这样一件事吗？这很不值什么，你姐姐若是愿意到我这里来坐，我很欢迎，她不来，别人来了又要生气，我有什么法子呢？我的朋友很多，女朋友也不少，全不让人家到屋子里头来，你想那可能吗？你就这样回去对她说。”竹子笑道：“你这是诚心，我姐姐可不会讲自由，怎么能和你交朋友。”周秀峰笑着站起来，一拍手道：“这倒很有趣，你也知道‘自由’两个字，不过讲自由的‘讲’字，我倒不懂，这是怎么个讲法呢？”竹子道：“这句话，倒是你又不懂，你们南边人不叫讲自由，又叫什么呢？”周秀峰又笑了一笑道：“不管我们南边人叫什么吧，你先说，什么叫‘讲自由’。”竹子道：“你别考我，我全知道，这不是好话，比方说，一个姑娘，不好好在家里待着，跟人家爷儿们上街去胡溜达，这就叫‘讲自由’。我妈常说，姑娘学自由，那就不是好人。”周秀峰真乐了，头枕着沙发靠背，只管哈哈大笑。

这时，正好外面有人应声笑了进来，却是魏丹忱。周秀峰笑道：“你听到这位小姑娘讲‘自由哲学’没有，自由的定义，是这样简单明了。”魏丹忱笑道：“狗子亦有佛性，你仔细玩味玩味，这话虽浅，可以见大。”因向竹子笑道：“这话是你妈说的了，你姐姐怎样说呢？”竹子道：“我姐姐倒是没提过。”魏丹忱望着周秀峰道：“怎么样？这里就含有新旧思想的冲突。”又向竹子笑道：“现在戏园子里，男女同座，饭馆子里，爷们可以去，姑娘也可以去，你上公园去瞧瞧，一对儿一对儿的多着呢，难道说这都不是好人吗？难道爷儿们去的地方，娘儿们、姑娘就不能去吗？”竹子笑道：“您还是大学堂里的老师呢，说这样不开通的话儿，这年头儿，要讲自由维新，男女平权。”魏丹忱微笑着，向周秀峰丢了一个眼色，周秀峰也是忍不住微微一笑。魏丹忱站着，两手一拍，向竹子一伸大拇指道：“二姑娘，算你明白，现在做姑娘让人说一声‘不开通’，那是不好听的。”竹子笑道：“开通，这有什么难？谁都行。”她看到魏丹忱向她伸了一个大指头，她很是得意，只管笑着。

魏丹忱道：“你既然是开通的人，你就得讲自由。”竹子红了脸，扶着一只桌子角，用个食指在桌上乱画。魏丹忱笑道：“我知道你不反对讲自由，你同你姐姐就跟周先生一块儿出去玩过。”竹子绷着脸道：“我们小孩子要什么紧。”魏丹忱笑道：“是呀，小姑娘不要紧呀，我也是这样说呀，可是你姐姐……”周秀峰突然站起来，将手一挥，皱着眉道：“别往下谈了，成不成？”魏丹忱在他对面一张椅子上坐下，用手指着周秀峰，笑向竹子道：“他这个人近来做事，有些对不住人，可是我们做朋友的，都会劝他别胡来的，你回去对你姐姐说，尽管放心。”周秀峰正色道：“你可别胡乱开玩笑，她是一个小孩子，知道些什么！糊里糊涂的，她回去一说，真会惹出是非来。”因对竹子道：“二姑娘，你知道魏先生傻里傻气，他的话靠不住，你别信他的。”竹子嘴一撇道：“这个我还不知道吗？我回去也不会对我姐姐说的。”魏丹忱笑道：“你真聪明，我们还没有把话说出来，你就知道我们是什么意思。”周秀峰望了一望魏丹忱，先叹了一口气，接着又笑道：“我真对你没法子。”于是向竹子招了一招手道：“你来，我有话和你说。”一面说着，一面向外走，竹子见魏丹忱在屋子里，还有点不好意思跟出来，将身子扭了两扭道：“干吗呀，有话你说就是了。”可是口里虽如此说着，终于也是跟着出来了。

周秀峰靠楼栏杆等着她，先不说什么，手上早是捏了一张铜子票，就向竹子手里一塞。竹子见了，手向后一缩，摇头道：“我干吗还要你的钱？”周秀峰微笑道：“你这话说得有点奇怪，不要钱就不要钱，为什么加上一个‘还’字，这样子好像以后永不要我的钱了，为什么呢？我们恼了吗？”竹子鼓嘴道：“你不是不和我姐姐好了吗？”周秀峰摇手道：“别嚷，别嚷！让别人听见，要笑你姐姐的。你回去对你姐姐说，‘别多心’，这事就完了。”竹子道：“就是这三个字，没有别的话说吗？”周秀峰将铜子票塞在她手心里，笑道：“你别客气，把这个拿去，你不拿，那倒像是真恼了。”竹子听说一笑，就拿着钱走了。

周秀峰走回屋子来，用手指点着魏丹忱道：“你说话真不管惹是非，这话传到别人耳朵里去了，那怎么好！”魏丹忱笑道：“你装模作样干什么？你让这孩子传书带信，什么话都说了，并不怕她泄漏。我说两句很平常的笑话，就会传到别人耳朵里去吗？”周秀峰道：“你可别胡说，我并没有对竹子说过什么不可对人言的话，我想我以前的行为，或者有些不对。”魏丹忱笑道：“什么对不对，你的心事，我完全明白了，我想你最好是做个齐人，黄小姐为正，陈大姑娘副之，那么，你就得其所哉了。可是在这年头，凭着这两位的环境，陈大姑娘也然可以屈就，黄小姐也不会容纳。黄小姐自然是只‘熊掌’的了，所以到了现在，你不得不搁下一边，提起一边。”周秀峰并不答他的话，横躺到铁床上去，无故却长长地叹上了一口气。魏丹忱躺在沙发上，颠着大腿道：“这件事呢，别说是你，就是在我，也会感觉应付困难。陈大姑娘我看去什么都好，只是一点教育也不曾受过，知识太浅薄了，和这样的人结婚，岂不是开倒车?”

周秀峰就这样躺着，默默无语。魏丹忱笑道：“嘿，你为什么不作声?”正说到这里，却听到房门卜卜敲了两下，这是由欧西传来的好习惯，有人要进来，怕是不便，所以先敲两下，在英美人照例报一句“康闵”，照“康闵”的意义译出是“进来”，可是由语调的高低急缓，也可以知道屋子里是欢迎不欢迎，以及随便不随便。中国是礼仪之邦，本来就客气，遇到了欧西的礼节，学过来，常是更加一层。譬如脱帽，在欧西男朋友一相会，手扶帽檐而已，中国则不然，必脱下帽子来，两手捧了帽子，连作几个揖。如“康闵”这个意思，中国人也是一样地加重客气，改为请进，犹之译“谷得摩灵”“谷得伊文灵”为请早安请晚安一般，其实“谷得摩灵”，至多可以说是“早上好”，“请安”这两字，在中国是十分隆重的仪节，如何可以随便应酬呢?好在除了文字上以外，中国人口里要说，觉得有点别扭，所以索性洋化到底，就叫“摩登”，这“康闵”两个字，一般不懂英语的人，或者不愿说英语的人，就用一个微微的“哼”“哦”音来代表，这在住欧化式的旅馆，是常可以听到的。大学教授们，十之七八是欧化的，所以这门一响，应该报之以“康闵”。但是周秀峰心中有事，未曾顾虑到这一点。魏丹忱呢，又不便代主人叫客人进来，所以也一刻答不出来。

停了一停，那门又敲响了两下，周秀峰才哦了一声。门缓缓地向里推，闪进一个美人来，不是别个，原来是魏先生的爱人曾美婉女士。周秀峰哦了一声，连忙站起来，点着头笑道：“请进，好久不见了。”曾美婉先说了一个英文字“梭累”，表示着歉意，然后走了进来，笑道：“二位在这里谈心，我进来打搅了。”周秀峰见她穿了紫色亮绒的短旗袍，袖子短短的，露出了那很丰润的手臂，下摆也短短的，将那袈着丝袜子的圆腿，整截地露在外面，很富于诱惑性，便笑道：“密斯曾近来益发地美丽了，可喜可贺呀！”一个男子当面称女子美丽，在中国旧社会里，是可以认为是轻薄的、恶意的，然而在时髦的人物看来，却是最好的一句话了。曾美婉道：“随便怎么样美丽，也不如你心目中那位小家碧玉好吧！”魏丹忱笑道：“你还提呢，现在他为了这件事为难哩。”

曾美婉并不避什么嫌疑，就在魏丹忱坐的那个沙发上，挤着坐了下去。周秀峰看到，便笑道：“天下人，都是高蜡烛台，不照见自己脚下亮的，老魏总是和我开玩笑，其实他自己的风流韵事，就足够别人开玩笑的了。”魏丹忱道：“我有什么事可开玩笑的？”周秀峰不说什么，只平视着她和他，而且脸上，还带一点微笑。曾美婉笑道：“为什么注意我？我说的是实在话，周先生迷恋一个洗衣的女郎，已经成为公开之秘密了。”周秀峰听了她这句话，不由得脸上一红，微笑道：“密斯曾下着这样严刻的批评……”曾美婉笑道：“怎么是严刻呢？我倒不懂。”说时，回头向魏丹忱一望道：“你说？”魏丹忱道：“本来有点严刻，一个人对于所爱的对方，是只愿意人家说好，不愿人家说坏的。打破阶级的恋爱，站在我们的立场上，似乎也不能不赞同。”曾美婉向他瞟了一眼道：“这样说，你也是很愿实行的了？”

魏丹忱先耸一耸肩，然后摇着头道：“到了自己实行起来，无论什么事，都会感到困难的。”曾美婉用一个手指点了他几点道：“你呀！”只说这两个字，笑着没有其他的话可说了。魏丹忱笑道：“不说了，不说了。”今天天气凉，不能到空爽的地方去玩，魏丹忱说：“我们去看电影吧。”曾美婉道：“好，看电影。可是密斯黄请过我们许多次，我们一次也不曾回过礼，未免说不过去，今天回请一下子吧。”魏丹忱道：“要打电话请她，我们是不够资格，除非亲自到她那里去一趟。”曾美婉笑道：“打电话请她，我们不够资格，哪个够资格呢？”说着，用眼睛瞟着周秀峰一下。周秀峰笑道：“我说不用拿我开玩笑，瞧你们自己的就够了，你看，你二人左一个‘我们’，右一个‘我们’，自己说了不觉得，第三者听了，可是有一点……”他不往下说了，只是笑。曾美婉道：“‘我们’两个字，原是一个代名词，谁和谁联合起来向第三者讲话，都可以用，这有什么关系？”周秀峰道：“自然没关系，有关系就不能说了。”魏丹忱站起来摇着手道：“无谓的辩论，宣告中止，大家都到黄小姐那里去吧。”说着，急急地走出去，一会子回来，胳臂上搭着一件蓝绒的女斗篷，手上又拿着一个女子用的小皮包，先把皮包交给了曾美婉，然后两手提了斗篷的领子，轻轻地向曾美婉肩上一披，她只将背向着他，右手将斗篷领子接住，毫不客气地承受着魏丹忱的侍候。

本来这种动作，一个男子稍微对女子接近一点，都有实现的可能，谁也不以为奇，魏丹忱自然也用不着回避周秀峰。可是周秀峰今天看见，却有一种说不出来的感觉，娶新式的女子，要想妻子来为丈夫做事，妻子认为是耻辱的，因为打倒贤妻良母，是她们唯一的宗旨呀。魏丹忱看到周秀峰只管出神，笑问道："你又想到了什么事情？莫非心血来潮，不愿到黄女士那里去吗？"周秀峰一想，他二人说明了到黄家去，我若不去，黄女士知道了，那真许生出什么误会，便道："我为什么不去？自然是去。我刚才加上大衣，戴好帽子，我是要到黄家去，因为陈家小姑娘拦了回来，所以没有走成功。"曾美婉微笑道："既是周先生也去，别忙走，可以打电话给密斯黄，让她打发汽车来接我们。"周秀峰笑道："这是笑话了，为什么我要去，就叫她派汽车来接呢？"曾美婉笑道："这就是这一点俏皮劲儿，若是我们去，不但她不会吩咐汽车来，就是汽车来了，我们也不好意思坐。"周秀峰道："那为什么？你们又要把这个扯上什么男女问题吗？"魏丹忱笑道："天下有去拜访朋友，让朋友派汽车来接的吗？除非不是朋友，另有目的前去的，那么，漫说要汽车，若是隔个八百一千里的话，叫人开专车来接，也不算过分。"

正说到这里，听差进来对周秀峰说："黄小姐叫人开了汽车来了，接周先生就去。"魏丹忱一拍手，脚又一跳道："怎么样？我这不是凭空揣测之词吧，现在自然地证明我这话了。"周秀峰也没法子和他辩驳，戴上帽子就向外走，魏曾二人跟着同上汽车，一路到黄家来。

黄丽华在楼上凭窗而望，见自己的车子回来了，就迎下楼来。魏丹忱见着她，首先笑着点头道："我们真是恶客，接一个来三。"黄丽华笑道："我们这样熟的朋友，还客气什么！要来就来，不愿来就走。"曾美婉道："真的吗，要不要说明呢？若是让我说了句，一定可以把你的话驳倒。若说朋友都不分彼此，为什么你只派汽车去接周先生，不曾派过汽车接我们呢？"黄丽华对这个问题，并不觉得有什么难答，向曾美婉微笑道：“你就不能问问你自己吗?”曾美婉睁眼向她一瞟，笑道：“你能……”只说两个字，她却说不下去了。黄丽华道：“到了我家里，我总是个主人翁，多少我得让一点儿，我不向下说了。”说着，挽了她一只手一直向楼上引，周魏二人自然是在后面跟着，黄丽华引到卧室隔壁那屋子，请大家坐下。这里在魏曾二人，还是初到，见沙发是紫缎的面子，再加上紫缎绣花的软垫，已是表示这屋子是特别富丽的。楼板上本已铺着一层地毯，更又在毯子上铺着熊皮。暖气管子里，本已热气升腾，充满了全屋。那高大花瓶里插着鲜花，桌上铺着绣花桌布，银茶盘子里放好了一瓶香槟和九个紫色玻璃杯。这天气虽然有点寒意，走到屋子里来，看了这种陈设，也就只觉天地皆春了。

曾美婉笑道：“这屋子里也有一个钢琴，不说别的，光是钢琴，就有两架，密斯黄的环境，未免太好了。”黄丽华笑道：“一架钢琴，不过一两千块钱的事情，这也无所谓吧。你想，客厅里虽然有一架琴，我不能为了想唱两句，还特意跑到楼下去。”周秀峰道：“密斯曾今天才知道有两架钢琴，以前没有到楼上来过吗?”曾美婉笑道：“这样说，周先生是到楼上来过的了。”黄丽华皱了眉道：“你们也特不嫌琐碎，这样的问题，还值得再三讨论!”这时，已经有个系白围襟的女仆走了进来，开了酒瓶，在四个紫色玻璃杯子里，各满满地斟上了一大杯。黄丽华先拿过一只杯子，向大家举了一举笑道：“一口饮干，请!”曾美婉笑道：“为什么如此高兴？密斯黄。”黄丽华道：“怎么叫高兴呢？我不懂。”曾美婉道：“无缘无故，开起香槟来请客，怎么说是不懂呢?”黄丽华笑道：“就是这样一个原因吧，我家里香槟很多，随便开两瓶香槟，这也不算是高兴吧。喝，请喝!”说毕，又将玻璃杯子端起来，连举了两举。大家看她是那样高兴，自然不便煞风景，也就各端起杯子来，向黄丽华举着，一同喝将起来。她在举起杯子来以后，杯子底由下向上，直等朝着天，然后才放下来，将杯子口对了众人，笑道："我喝干了，大家怎么样呢？"大家本都只喝了半杯，经主人翁如此一劝，剩下的那半杯，也就只好咕咚一声，都喝了下去。周秀峰照了一照杯道："这总算对得住主人的了。其实中国人喝酒，不能当茶喝的，这样一来，可要下不为例。"黄丽华且不答复他的话，伸手将紫绸的窗帘向旁边一掀，露出玻璃窗来，笑道："你们看看，今天正是喝酒的时候了。"

大家向外看时，只见天色阴沉沉的，半空里正飞着鹅毛片儿的雪花。周秀峰道："下雪了，怎么不大冷呢？"魏丹忱笑道："你是成了书呆子呢，还是为着别的事，把你弄迷惑了呢？你想，在黄小姐的绣阁里，也会感觉到冷？这个人未免是凉血动物了。"黄丽华笑道："这虽是恭维我的话，什么意思，我倒是不懂。"魏丹忱道："有什么难懂的？这屋子里气管灌着暖气，上上下下，重重叠叠，又都是些护暖的东西，怎么还会凉呢？何况刚才我们又各喝了一大杯酒。"黄丽华见周秀峰斜靠对窗户的沙发坐着，也就在椅子上坐下，头并不偏过来，斜了眼睛望着他道："你看看，这雪多大，只这一会子工夫，把人家的屋顶上，已经敷了一层白粉，灰瓦都变成白色了，再要落下去，不久就有琼楼玉宇出现。"

黄小姐望着天色，又说："今天不必回去吃晚饭了，我让厨房里预备一个火锅子，大家吃个暖和，好不好？"周秀峰笑道："到此就要叨扰。"魏丹忱和曾美婉并肩站着，正看壁上挂的一幅刺绣的风景画，听了这话，回头笑道："老周现在有点北方化，喜欢沾北京人的习气。”周秀峰不知道命意所在，问道：“你何所据而云然？”魏丹忱向黄丽华道：“他刚才一句话，不是戏词吗？戏词冲口就出，当然是老戏看得不少，看老戏可是北京人一种很深的习惯。”周秀峰道：“我只说了一句很普通的应酬话，你倒绕这样一个大弯子来说我。”曾美婉向周秀峰点点头道：“你又说错了话了，怎么对密斯黄也用应酬的话去敷衍呢？人家诚意请你赏雪，你倒和人家假客气。”周秀峰被她如此指明了，自己也觉这话不高明，倒有些不好意思。黄丽华已是看出来了，笑着摇摇手道：“什么话？人家是无心说话，你二人是有心驳人，他在这种情形下，决计没有不失败的。”魏丹忱见黄丽华倒为周秀峰解围，且不说什么，却向曾美婉微笑。她心里明白，也是微笑。黄丽华也觉自己的表示太露骨了，便坐到钢琴边下，用手随便按着琴，叮咚作响。

曾美婉道：“密斯黄的指法，是非常纯熟的，弹一个曲子我们听听，可以不可以？”黄丽华指着魏丹忱道：“有个音乐大家在这儿呢，你不会命令他弹一个曲子吗？”曾美婉道：“‘命令’两个字，可不敢用。”黄丽华道：“就怕你不肯下命令，你若肯下命令的话，我料定魏先生是二十四分地欢迎。”曾美婉道：“哎，天下事都是如此哟，当局则迷的哩，密斯黄对于这一位……”说着，嘴向周秀峰一努，笑道，“若是肯下命令的话……”周秀峰笑着站了起来，用手一拍道：“我们这可以说是群居终日，言不及义的了。”

周秀峰笑向魏丹忱道：“老魏，还是我来命令你一下子，你去弹一个曲子吧。”魏丹忱道：“当然可以，只是不独弹，得有一个人配着。”周秀峰道：“那自然，请曾女士奏梵哑铃。”魏丹忱连连摇头道：“不不不，要请密斯黄唱一段。”黄丽华道：“就唱一段，又没生人在这里，唱错了也不要紧，唱什么呢?”魏丹忱道：“就唱《我爱你》吧……”说这话时，见黄丽华拿一只酒瓶在手，正向玻璃杯子里倒酒，只管看着酒，似乎没有理会到别人。魏丹忱道：“《因为你》吧，这个曲子，也是好听的。”黄丽华端起杯子来，朝着周秀峰喝了一口，笑道：“我是不赞成唱爱情曲子的，我来唱个《春到了》吧。”周秀峰道：“好的，好的。”曾美婉笑道：“我以为这个也不妙，不如把基督教的祈祷诗，唱上两段，那倒与世道人心，不无小补。”这一说，大家都笑了，商议了一阵子，还是让黄丽华唱一篇《因为你》。魏丹忱去奏琴，黄丽华背对了桌子，两手向后反扶着，面对了周秀峰。这歌词是最通行的，里面几个“因为你”，都是对情人而发，她唱时，好像一句一句，都有对周秀峰而发的意思。周秀峰心里，自有一种极愉快的意味，只是微笑。

一曲弹完，黄丽华先说了一句“献丑”。周秀峰情不自禁地，就鼓了一阵掌，笑道：“唱得好，唱得好。”魏丹忱笑道：“是不是说黄小姐的《因为你》唱得好?”周秀峰道：“对了。”魏丹忱笑道：“那么，‘因为你’这三个字，不算虚设的了。”周秀峰听他的语音，重在“因为你”三个字上，心里恍然大悟，也笑道：“像你们说话，随处安着机巧，叫人家真难于应付。”黄丽华笑道：“其实也没有什么难对付，一切置之不理，都用平常的态度来对付，他也就会感到无法可施的了。”魏丹忱笑道：“你二位倒是联合着，站在一条战线上。”黄丽华道：“你一句话说到两个人，这两个人怎能不联合反攻呢?”魏丹忱叹了一口气道：“哪个知道我们这一片苦心呢?我们虽然是在这里开玩笑，其实是愿有情人早成眷属，故意把别人所认为秘密的话，给他宣扬开来，不料你二位不明白这其间的道理，倒老要和我们辩论。”这样一说，弄得周黄二人都不好说什么，只是微微一笑。曾美婉笑道："你这人说话，是怎么样的，也未免太露骨一点，说得人家多难为情呢。"黄丽华笑道："有你们这二位一唱一随、一推一送，这只是让人家加倍地难为情罢了。好在我这人，脸皮也还不薄，你纵然用种种侧击旁敲的法子，但是我也认为无足轻重。"曾美婉道："你怎么说是无足轻重呢？"黄丽华道："并不是什么无足轻重，我以为无论一件什么事，总是真者自真，假者自假，别人开玩笑是不相干的。"曾美婉道："那么，据你说，你二位的事，是真是假呢？"黄丽华笑道："我不能答复，除非你们答复我之后，是真是假。你说，你们是真是假呢？"曾美婉和魏丹忱对望着，笑了一笑，二人均说不出所以然来。

周秀峰笑道："不必把这个话再提了，找一件事来赏雪吧。你们看看，窗外的雪，越下越大了。"黄丽华对于魏曾的笑话，也觉得有些穷于应付，也就趁了这个机会，将对外几扇楼窗的窗帘，一齐扯了开来。那外面人家屋顶上铺的雪层，遥望皆白，却有一种白光反射到屋子里，屋子里感着这种光，也不像日光，也不像灯光，只觉满室通明而已。那天空上的雪，只稀稀地飞着鹅毛片，由近而远，望到最远的地方，便白茫茫的，好像一重烟雾。她鼓着掌笑道："这雪不错，今冬第一次看到，就更觉有味。我们坐车到北海去赏赏这初雪的风景，好不好呢？"魏丹忱、曾美婉都是好动的人，一听说，各站起来道："好的，好的。"周秀峰坐在一边，却默默未作声，黄丽华看了他的颜色，却转过脸来向魏曾二人道："二位不怕冷吗？"周秀峰笑道："这样大冷天，在屋子里有暖气薰着，唱也好，说也好，吃喝也好，多么受用，而且这里凭窗远望，看着的雪景也很远，何必还要到北海去呢！"黄丽华的口吻，本来也就活动多了，现在周秀峰一表示不愿意去，她也就笑道："不去也罢，若去的话，我要加件羊毛衫裤，还要脱下丝袜子来，从里到外，足得一阵忙。我吩咐厨子，叫他做两样菜，烧上一个火锅，我们来饮酒赏雪吧。"

先望着周秀峰，然后将眼神转到魏曾二人身上去。魏丹忱笑道："我是无所谓的，无论到什么地方去也可以，完全以周先生之意旨为意旨。"周秀峰微笑着没答话，黄丽华就把老妈子叫进来，告诉她传话。黄丽华笑道："我要声明一句，大家都不许开玩笑了，因为再要开玩笑，一来觉得是太贫，二来口舌多了，总也怕伤了情感，无论做什么事，我们适可而止，也就行了。"魏丹忱站了起来，突然一拱手笑道："我谨受教。"这一下子，闹得黄丽华倒有点不好意思。魏丹忱也没理会，坐到钢琴边，轰咚轰咚，将琴一阵乱捺，口里唱着，我为你，我为你，我为你疯了，我为你疯了，连曾美婉也笑起来道："你真疯了吗？"魏丹忱笑道："不是我疯了，我觉得一个人落到情网里的时候，就会一切不顾，什么理智都克服不住了，什么理论都说不进去了。这爱情究竟是一样什么东西，倒有这样大的魔力。"他说话时，周秀峰坐在一张皮面沙发上，黄丽华也在紧靠着他的椅子上坐下，听了这话，向周秀峰微笑。周秀峰笑道："是呀，这话总得向曾女士打听了明白，我想曾女士一定能告诉你的。"曾美婉将嘴向黄丽华一努道："你忘了刚才她说的什么吗？"周秀峰道："我并不是开玩笑，我是因话答话。"

曾美婉还不曾答复这一句，一个老妈子，身上穿了白布罩褂，手洗得像敷了粉一样白，拿了一把象牙筷子和银勺子在手，走了进来，问黄丽华道："小姐，不下楼吃吗？"黄丽华点点头，这女仆在垂着绿呢幔子里的雕花木壁上，只一按，木壁中分，向两边壁夹板里一缩，闪出一个大门来，那边另是一个很精致的屋子，中间摆了紫檀桌凳，全屋没有多陈设，壁上悬着四大幅《耕织图》，配着几瓶鲜花，这里似乎是个小小饭厅的样子。黄丽华便首先站起来，向大家笑道："那边坐吧，我想厨子做的，虽然口味差一点，然而天气渐凉了，在家里吃喝，比在馆子里坐，就舒服得多。"曾美婉笑道："当然哪，你想在馆子里吃饭，有这样高雅的音乐、甜蜜的伴侣吗?"周秀峰笑道："别尽管向前说俏皮话了，说着说着，把自己卷入了旋涡，自己还不知道呢！甜蜜的伴侣，这不能说谁和谁是除外的吧。"他们说笑着，女仆已领着穿白衣服的厨子，用朱漆的提盒，送到隔壁小屋子里去，揭开盖子来看时，都是有白锡套子的座碗，擦得像银子一般雪亮，那碗都有一尺上下高，菜蔬还是在上面堆着的。

周秀峰看着笑道："这不是小吃，简直是大吃了，你看，哪一碗菜，也是堆起堆落的，这把我们当乡下人了。"黄丽华笑道："你不说这句话呢，还可以不把你当乡下人，你说了这句话之后，真成了乡下人了。这并不是碗里菜多，下面一个座子，里面是开水，上面一个大盘子，那才是菜，这是广东人的吃法，难道没有看见过吗？上海方面，差不多广东馆子里都有这种设备，用这种吃法的。"周秀峰道："家里的厨子，照着馆子里的排场，岂不是耗费过大?"黄丽华笑道："要图舒服，那就顾不得耗费一方面了，请坐吧，请坐吧。"这一张小小的圆桌子，四方配了四个圆椅，她自然是坐在下面一张椅子上的，顺手就把身边的一张圆椅子移了一移，然后，笑着向对方两个圆椅子一努嘴道："魏先生、曾女士，那边坐。"魏丹忱坐下笑道："这又何待吩咐，自然是这边坐了。"这样一说，分明黄丽华是要周秀峰坐在她身边了，这也只好各听各的缘法，分开来坐着。

黄家是最上等的人家，一切都是按着官场规矩办法，主客一坐下来，自然就是让仆人来斟酒。但是，今天黄丽华为了对客特别尊敬起见，却在女仆手上接过酒壶来，替大家一一斟上。斟酒的次序，是先曾小姐，次魏先生，最后才轮到周秀峰面前来。周秀峰见一把小银酒壶，斟着鲜红的酒出来，白玉瓷的方酒斗盛着，甚是好看，便闻了一闻，觉得很有些刺激鼻子，笑道："玫瑰酒不能这样的红，这酒叫什么名字呢？"黄丽华笑道："酒并不怎样地贵，我只图它一个颜色好看，在赏雪围炉的时候喝着，最好不过，这个酒名字叫'一品红'，是高粱烧的底子。"周秀峰笑道："你知道我是不会喝酒的，还给我来这样厉害的东西，我怎么喝得下去？还是让我分一点给你吧。"说着，便把自己酒杯拿起，向黄丽华的杯子里倒了下去。黄丽华笑着端起酒杯子来抿了一口，笑道："也不怎么的厉害，你为什么这样怕喝呢？"说毕，依然把这大半杯酒向周秀峰杯子里倒下去，又用胳膊碰了他一下，笑道："天冷，喝下去，可以增加些体温的，为什么不喝点呢？"周秀峰端起杯子，也就尝了一尝，笑着摇了一摇头道："原来有如此的辣嘴，我可喝不下去。"黄丽华笑道："总得慢慢地喝了下去，我今天晚上不怕醉，陪你一杯。"说着，自己斟上大半杯，向他一举，接着笑眯眯地看了他。周秀峰低声笑道："看你这样子，有意把我灌醉呢，还是怎么样？"黄丽华并不答复他这句话，只管举着杯子望着他，不肯将手放了下来。周秀峰没有法子推诿，只得举起杯子来微微喝了一口。黄丽华的酒量，比他的酒量大得多。她虽然是抿着喝，然而可是不住地端着杯子，喝了一口，又喝一口，不要多久的时候，就把一杯酒喝了下去。可是她喝酒的时候，总得向着周秀峰举一举杯子，周秀峰本不肯喝酒，然而在黄丽华这样一举杯子之后，总不能不敷衍她一下，因之在黄丽华喝过大半杯酒之后，他也就喝去了小半杯。黄丽华自己又斟上了半杯，将小银壶的嘴子朝向了他，他将身子一闪，笑着一摇手道："这可使不得，若是再要我喝，我就真醉了。"黄丽华道："酒斟到杯子里去是一件事，你喝下去不喝下去又是一件事，不能说不喝，斟也不让我斟。"周秀峰对于这话，无可拒绝，就只好伸过杯子来，她斟上，接着她向曾魏二人，也斟上了大半杯。

斟过之后，那火酒边炉，就送上来了，热气腾腾的，锅里的油香味向人鼻子扑来。她又举着杯子笑道："酒炉来了，这应该喝一杯的，喝吧。"说时，眼睛在满席瞟了一下子。周秀峰也觉得火酒边炉送上来，很有些助兴，情不自禁地举起杯子来，又喝了一口。就是如此过一会儿喝一口，不觉把后斟的那杯酒，也完全喝了下去，自己也觉得口里干燥，心中是不住地扑通扑通乱跳，于是要了一个小碗，舀了几勺子热汤，然后捧着碗，出了神慢慢地喝。其实他这时并不是在想什么，乃是因心中翻动得厉害，自己故作镇静，要把这心跳压上一压。不料肚子里的酒正在发作，用热汤一浇，就鼓动得更厉害，由心跳更增加到脑筋发晕，只得放下碗来，用一只手来托住头。黄丽华笑道："你喝醉了吗？吃一点水果，好不好？"周秀峰依然将手托住头，微微摆了一摆，当时，手按了桌子缓缓地站立起来，但是刚刚站起，复又坐了下去。

魏丹忱道："老周，你实在是醉了，退席来躺一会儿吧。"黄丽华笑道："你真是醉了，到沙发上去躺躺吧。"说着，站起身来，就走到周秀峰身边，手一伸，要来扶周秀峰的手臂。周秀峰一见她走近前来，不能让她当了人的面来搀住，又按着桌子站立起来，身子一摇一晃地向隔壁屋子里走。走到沙发边，仿佛就有什么东西催眠一般，头重脚轻地向下一坐，坐下去之后，头靠了沙发背，无论如何，也挺立不起来了。黄丽华丢了两位客不管，就到这边屋子来，乱按着铃子，叫这个听差，叫那个女仆，打手巾把的打手巾把，切水果的切水果，周秀峰闭了眼睛，用一只手按了额骨，缓缓地道："请你不必张罗了，让我静静地休养一会子，也就好了。"黄丽华一只手扶了沙发靠背，半侧着身子，望着周秀峰，只管皱着眉。

魏丹忱在隔壁屋子里，将筷子乱敲着碗道："主人翁，主人翁，还不来吃饭吗?"黄丽华笑着答应："来了!"就随即走到小饭厅里来陪客。曾美婉笑道："周先生酒喝得怎么样？大概真醉了。"黄丽华道："我现在很有点后悔，那样劝他的酒，现在醉了，可有点费事。"曾魏二人喝酒之后，肚子里已有七八成饱，就吃不下什么东西，连忙就退了席，向隔壁屋子里来坐。周秀峰头垂到胸面前，已经是呼呼地睡觉了。魏丹忱道："这样睡，是多么不舒服，让我来把他扶着躺下来吧。"两手刚刚一扶他的肩膀，他口里就哼着道："因为你……因为……你……"原来他沉醉之中，还念着黄丽华的歌声，依然在脑筋中盘旋，不知不觉地哼了起来呢。魏丹忱看到，就向着黄丽华笑道："这倒醉得有个意思，是不是为了酒醉着，倒大可研究呢。"周秀峰似乎有点知觉了，听了这话，睁着眼睛，向大家看了一看。魏丹忱道："老周，你醉了吧?"周秀峰脸上含着笑意，先点了一点头，接着又摇了一摇，伸起一只手来，缓缓地摸了摸胸口。黄丽华没有说话，只是皱眉。魏曾二人，却都抿了嘴微笑。

黄丽华沉吟了一会子，皱眉道："这样子总是不行。"于是找个女仆，说了几句话。不多一会儿，那女仆推了一张小铜床来，床上被褥枕头，都铺得好好的。魏曾二人一看那被面，是绿缎滚鹅黄芽条的，下面的被罩，洁白如雪，似乎不是平常人用的床铺。被的一端，压着一床毛茸茸的厚俄国毯子，这头又是白绫绣花枕头，真艳丽极了。那小铜床一直推到沙发椅子旁边，然后两个女仆弯腰给周秀峰脱了鞋子，就将他抬上小铜床去。周秀峰心里虽然明白，究竟身体支持不住，有人抬着他躺下，他也就躺下了。女仆问黄丽华道："这床推到那边屋子里去吗?"她摇头道："那边屋子里，一股子油腥味，很是难受，就让他在这里躺着吧。"魏丹忱这时走近床边了，低头一看那枕头上，有L、H两个字母，分明是丽华的英文缩写，这便是她自睡的床。像她这种阔小姐，有两张床，也不算一回事，这应当是她亲用的东西了。她对于周秀峰的这一番感情，是多么浓厚呀。黄丽华见他对于床铺那样注意，如何不省得，笑起来道："魏先生怎么了，有什么感触吗?"这种话，初听起来，好像是很平淡，可是仔细玩味，分明是她承认这件事，值得发生感触的了，便笑道："也许，但是在密斯黄一方面，还不应当如此的吗?"

说时，女仆用推行的小茶儿，送上四杯热腾腾的咖啡来，黄丽华皱眉道："你们这些人做事，也未免太呆板一点，你想，人家醉成这个样子了，还能够喝咖啡吗？你拿把勺子给人家灌下去不成?"曾美婉笑道："哪个灌呢？除非是密斯黄呀!"这一说，满屋子人都笑了。喝过了咖啡，一看窗户外面，那雪层已经铺成一片白，由远而近，一点黑色的疤纹也没有。然而地上屋上是这样白，天上的云层，倒反是昏昏沉沉，满布着夜幕。远望那墙外伸出来的电灯杆挂着的小电灯泡，已经发出亮光来了。魏丹忱向曾美婉笑道："我们来搅乱人家的时间，已经不少了，现在可以回去了吧。"曾美婉还不曾答复出来，黄丽华不免脸上一红，笑向魏丹忱道："多坐一会儿也不要紧啦，这里还有一个醉的呢。"魏丹忱道："这个醉的嘛……"说了这话，目光向着曾美婉一溜，意思是问："要不要将他一路送了走？"曾美婉笑道："我们不是约了去看电影吗？我们这就一块儿先走开吧。"说着，她已先站起身来，向女仆招招手道："把我的大衣拿来吧。"女仆笑着将大衣拿了来，两手提着，正要走到她身后，要让她穿上，黄丽华将手一拦道："越说你就越呆了，这是魏先生的差事，你胡巴结一些什么？"女仆也恍然明白了，就把大衣交到魏丹忱手上去。魏丹忱平常是伺候这种差事惯了，现在一经提明，倒真有些难为情，大衣是接到手里了，给人家披上是不好，拿着不动也是不好，倒是怔怔地站在一边。

曾美婉也省悟过来，连忙接过大衣，搭在自己一只胳膊肘上，笑道："到外面去再穿吧，屋子里穿上了，出去还是冷的。"她说着，于是在前面走，魏丹忱也不再说什么，自取了大衣，也搭在手臂上，一路跟着走下楼来。黄丽华要坚决留住人家，有些不可能，不留住人家，家里还有个醉的男子睡着呢，只得一声不言语，低了头只管跟了他俩走。到了楼下大厅外，曾美婉就回转身来连连摇着手道："外面下的雪还没有停止啦，你穿了这一点单薄的衣服，仔细到外面去受了寒，请不必客气吧。"黄丽华笑着点了点头，就站住了脚。魏丹忱原把帽子戴在头上了的，这时，复将帽子拿在手上，向黄丽华笑道："不必客气了，我们也不算什么客，少送一步，也没有多大关系。"黄丽华觉着他说的这话，还是有些言中带刺，待要加以反驳，又更显得啰唆了，因之站定了脚，向他俩微微点头一笑而已。

他们走了，黄丽华站在楼梯边，待了许久，抬头想了一想，这应该怎样？还是上楼去看看醉人呢，还是自己避到一边去呢？凝神了一会儿，觉着还是去看真醉人的好，于是走到房门外，伸头向里看了一看，只见周秀峰侧着身体，面向房子外边睡着，眼睛虽然闭着，脸上却一阵阵地现出笑容，嘴里念念有词，似乎还唱的是“因为你，因为你……”黄丽华情不自禁地，忽然说了一句：“这个傻子。”只说了这句话时，身后有人轻轻问道：“怎么在门外面站着呢？”她回头看时，原来是她母亲，因笑道：“周先生喝醉了，睡在这里了，你看怎么办呢？”黄太太听说，也向房里伸头一看，见周秀峰所睡的地方是如此，心里明白了一大半，点点头笑道：“既然如此，让他睡着吧，让一个老妈子看着他得了，料着他一刻儿工夫，也是醒不了的。”黄丽华的卧室，通到周秀峰醉卧的地方，本来还隔三间屋子，既然还有个女仆在屋子里陪着他，当然也不用得避什么嫌疑，但是还摇摇头笑道：“这样办，不大好吧？”黄太太道：“谁叫你让人家在楼上喝醉了呢？外面的雪，下得正大，也不能把人家拖上汽车就这样送回去呀！”黄丽华笑道：“那么，我到您屋子里去睡。”说着，挽了她母亲一只手臂，一路走了。

那屋子里的周秀峰这时正睡得酣，哪里知道屋子外面两位女主人，正为了这一件事在踌躇呢。他一场好睡，待着睁眼一看时，只见屋正中垂的绿纱罩电灯，清光灿烂，正现着夜半电力之足。面前一张沙发上，两个老妈子各用手托了头，歪斜着在一边打瞌睡。床面前一个大茶几，上面玻璃碟子里放了水果，此外还有茶杯和温水壶，好像伺候一个病人似的。同时，一阵阵的脂粉香气，只管向鼻子里钻来，仿佛身边有个妙龄女郎似的。但是向屋子周围四顾，只有壁上的油画风景和几张西洋美女相片外，哪里还有可以发出香味的美丽东西呢？自己如此踌躇着，那香气格外地馥郁了。及至由远及近，慢慢一看，这才恍然大悟，原来自己所盖的棉被，华丽极了，这香气应是这棉被上发生出来的呢。

他正如此出神，只见一个听差缓步走进屋子来，微鞠着躬笑道："先生，不吃点水果吗？"周秀峰两手向后，撑起了身子，向他道："什么时候了？"听差道："大概有十二点钟。"周秀峰皱了眉道："这怎么办？我非回去不可，外面车子预备好了没有？"听差听了这话，倒莫名其妙，谁又叫预备车子了，顿了一顿，答着没有。周秀峰想了一想，是了，仿佛之间，听到魏丹忱和黄丽华要过汽车，似乎自己也就跟着魏曾一路同上了汽车了。如今想起来，敢情是一场梦，自己倒不知不觉地笑了。听差以为他醉意未醒，便笑道："周先生，你还是多睡一会儿吧，我们太太、小姐都在楼下，叫我上楼来伺候周先生呢。"周秀峰心里虽然十分清醒了，然而抬了抬头，便感觉到昏沉沉的，心里决定要走的念头，自然地也就打消了。头靠了枕，自己觉得是要闭了眼才舒服点，于是也就闭了眼睛，可是一闭眼睛，人也就昏睡过去了。

第二次醒来，人自然是清楚得多，睁开眼睛，凝神了许久，抬起自己手上的手表一看，原来已是两点多钟了。四周一看，美丽绸幔和壁衣，让灿烂的电灯照着，有一种说不出来的美感，加之这种脂粉香气，阵阵袭人，尤其令人欣赏不置。这真是做梦也想不到的事，今天会睡到黄丽华的屋里来，一人睡在床上了。经过一个钟头以后，精神更觉得复原了，便走下床来，掀了窗幔，向外看看雪景。因为屋子里的暖气管，温度增加得极高，身上兀自向外出着热汗。那窗外屋头上地面上的雪，倒是只见其厚地向上堆着。玻璃上面，一因里外温度不同，满布着一层白雪，而且由上向下流着水汗珠子。他心里正若有所思，只见墙外小胡同里，一辆带篷的人力车，在雪地里，左一颠，右一歪，轮子轧着雪地，瑟瑟而去，车前有个人，弯腰曲背，挣扎着滚过去。这一下子，自己受了很深的感触：同是一个人，我就喝醉了酒，睡在这样华丽的美人家里头，他就拉着车子在雪里滚，这样夜深，还不曾回家。我纵然不能帮他们这种苦人的忙，似乎也不应该享福享得太过分了。如此一想，手扶窗幔子，竟缩不回来。

这时候，身后却有一阵轻微的脚步声，走近过来，回头一看，原来是男听差手捧一只托盘，盘子上放了一玻璃杯热腾腾的红茶；另外一个小瓷缸子，盛了一缸子糖块，因问道："什么？这个时候了，你们还不曾睡觉吗？"听差道："太太吩咐了，给周先生预备茶水，没有睡，我在门外坐着的呢。"周秀峰听到，一方面是感谢黄氏母女的感情，一方面对于听差熬夜伺候，又老大过意不去，接过红茶，自加上了糖，伸手在衣袋里掏了两张钞票，交到他手上，然后一挥手道："我再睡一觉，就天亮了，用不着你在这里伺候了。"听差对于这两块钱的赏赐，倒不感到什么，唯有周先生不让他伺候，放他去睡觉，便感到周先生是真能体谅人的，鞠躬谢着走了。

周秀峰掩上了门房，喝完了那杯红茶，复在床上躺下去，心里便想着，假如黄丽华一辈都是如此待我体贴周到的，那么，今生也就死而无憾了。然而这似乎是不可能的事，因为从来没有看到那个有钱人家的女子肯这样对待丈夫的。他思潮起伏，经过了漫漫的长夜，次日起来，一轮红日，高照在玻璃窗上，穿了过来，阳光晒到屋子里各种地毯物件上，天气已经是十分光亮了，但是天气虽然好了，那窗外屋头上地面上，积银堆玉，铺成了一片白色世界。因为各处都是白的，把天上一轮太阳，反映得成了一种蛋黄颜色，红不红、黄不黄的。

周秀峰两手撑了床，身子向上一耸，然后穿上皮鞋走下床来，只在他这皮鞋橐橐三四响之下，房门一推，黄丽华伸进头来，笑着高声道："起来了，起来了！"周秀峰背了身子，连忙系着领带，扣着纽扣，笑道："昨天晚上，闹得实在不成话了。"黄丽华缓缓地推着门走了进来，笑道："这是我不好，为什么劝你喝上许多酒呢?"周秀峰说着话，掏出背心口袋里的小金表看了一看，正是两点，这是不对了，拿着偏了头，就着耳朵听了听，里面一点响声也没有了，原来是完全停止了。黄丽华道："不用看，现在是十点钟，你这第一堂课，算是耽误了，第二堂课，也就未必赶得上。"周秀峰笑道："人生四个字，酒……"这第二个待要说出来，立刻就顿住了，笑道："酒，这样东西，真是厉害，废时荒业，怪不得古人对于这事，深以为戒，而且美国把这东西，禁得十分严，比中国戒烟还要重大了。"

黄丽华笑道："请去洗脸吧。"周秀峰道："哪里去洗脸呢?"黄丽华道："到我们浴室里去。"周秀峰没说什么，啊哟了一声。黄丽华笑道："不要紧的，就是在我卧室间壁这屋子里，我叫老妈子引你去吧。"周秀峰待要不去，一个老妈子已经走到黄丽华房门口，抬起一只手，掀起门帘子，连连点着头道："请，请。"周秀峰在两个人之中，进也不是，退也不是，情不自禁地，迈开脚步，一步一步地，缓缓走向小姐屋子里去。经过二十分钟之后，周秀峰梳洗完了出来，两手互相搓着，黄丽华看到，便笑道："那白玉瓶子镶着金边的，是巴黎来的雪花膏，你用上一点吗?"周秀峰笑道："我是向来不用雪花膏的，而且我要去上课了，当先生的人，擦了一个大白脸，走上讲堂，那也让学生们笑话。"

黄丽华道："现在不是就上课去吗?我吩咐汽车送你到学堂去得了。"周秀峰将脚在楼板上点了几点，卜卜作响，缓缓地道："坐汽车的教授，虽然也是不少，但是让我坐汽车去上课，我有点怕挨骂。"黄丽华笑道："据你这样说，我们坐了汽车，不分日夜地在外面消遣，这就不知道要受社会上如何的攻击，才对的了。”周秀峰笑道：“那又当作别论。”黄丽华道：“同是一样的人，怎么轮到我坐汽车，就当作别论呢？”周秀峰再待说什么时，黄丽华已经掉过脸去，告诉了老妈子，吩咐汽车夫开车，周秀峰待要辞谢，也是来不及。看看窗子外，雪是那样深，而且街上走路的人，都缩作一团，好像是极冷的样子。那么，让汽车送一送，也未尝不可，却也不作声了。

过了一会子，老妈子上楼来报告，汽车业已预备好了。于是周秀峰在前，黄丽华在后，一路走到大厅里来。大厅里出去，便是一重大院子，汽车一直可以开到下阶沿的人行路上来的。黄丽华抢上前一步，隔了玻璃门，向外张望了一下。周秀峰这倒不明白她是什么用意，笑道：“别过去，外边冷得很呢。”黄丽华这才笑道：“我家这些下人，全是糊涂虫，明知道外边不好走，他不会把汽车开过来。”周秀峰笑道：“如此说来，我这人未免是纸糊的了，难道走出门来，经过这一点空地，都不能够？”黄丽华道：“不是那样说，因为你是醉后的人，我怕你受了风，会感冒的，要不然，我把家父的皮大衣拿来，让你披一披吧。”周秀峰笑道：“越说越费事的了，不必不必。”一面说着，一面开了门走上车去。黄丽华不能送出门，就在玻璃门里面望着。周秀峰回转头来，在车窗里和她点了一点头，然后汽车开了。

周秀峰由学校里上了课回到寄宿舍，屋子里的热气管，烧得温度过分了，空气干燥得厉害，令人头脑涨得痛，便打开了窗户，打算放进一些清凉的空气来。只在这一开窗户之间，只见玉子穿了一件薄棉袄，露出两只光手臂，冻得红萝卜似的，那头上梳的辫子，大概是不曾清理，两边的鬓发，由耳朵边直披到两腮上来。她弯了腰，向着一个白泥炉子，用两根长铁筷子，只管向炉子口里添煤，一个一个地，由炉面上向炉口里拨下去，添火的人，不能一个一个地送煤球，一定是心眼里在想心事，想出了神了。周秀峰靠了窗台，望了她一阵，因为迎面吹来一阵风，不觉咳嗽了两声，只这样一咳嗽，玉子忽然一扭身子，回头向窗上一望。她不像往常那样一往情深，只管把眼神对着人，她现在也是绷着一个小脸蛋儿，立刻回过脸去，手上那一只铁筷子，哐啷一响，向炉面上一放，然后站起身来，直向屋子里走去，轰隆一声，把那扇向外的风门，向外一拉，然后又极力向内一带。

周秀峰看着，心中想着，难道我和黄家这样往来过，她也知道了吗？要不然，她为什么如此地发脾气？他慢慢地向着楼下看了，慢慢地关上了窗户，依然还站在窗户外边，只管对一片大雪出神，情不自禁地，忽然叹了一口气道：“多情自古空余恨。”说毕，向旁边一张睡榻上坐下，突然向下一倒，架起腿来，摇撼了几下。不过心里想着，不多一会儿，竹子一定是会来的，等她上来的时候，由她口里话里套话，总可以套出一些话来，便静静等着。不料也恰是怪，竹子一直挨到天晚，还不曾来。周秀峰心想，这一天也许是因为下雪，她家以为没衣服换，所以不曾来。

到了次日，天气已是十分清和，料着竹子必定来的，自己先换下一身衣服，放在一边等着。然而过了这一天，并不见竹子来拿什么。不时在窗户里向外张望时，始终也看不见玉子出门一步。那大杂院里的人忙着满地扫雪，竹子和几个小孩儿，在雪地里蹦蹦跳跳，并不像往日，不时地抬了头向楼上望着。周秀峰对着院子里咳嗽了两声，以为她必定要理会的了，然而竹子还是和他们的小朋友跳着玩着，不但不理会周秀峰，而且还掉过身子去，将头使劲一偏，好像故意和周秀峰生气似的。他心里对于小孩子这种举动虽然有些好笑，然而仔细想起来，这必定是她家里人有话对她说了。果然将玉子丢开，完全不理，这个时候心里很有些过不去，然而不丢开她，一直向下敷衍，只有走上婚姻的一条道，这可是现时所不乐意的一件事。他如此想着，自己也不能决定，只是看到玉子态度转变，对自己过分地冷淡，这是看得出来的。双方除了她小妹妹竹子，就失却了沟通的线索，她究竟为着什么，自己要怎样去应付，都失了主宰。这只有一个法子，把马国栋找着，托他去问问，这一天算是忍耐着。

到了第二日，就打个电话，把马国栋找了来。周秀峰从来是不大找他的，既是特意打电话相找，大概总不外乎对陈家方面的事，因之赶快抽出一点工夫，就到寄宿舍来会周秀峰。他也不便怎样直说，就是告诉他，说是隔壁陈家，有两天不通消息，也许有什么意外的事，可以去看看。马国栋心中明了，立刻就到陈家来。陈大娘在外面屋子里补棉袄，里面的房门半掩着，可以看到半截炕，巧见玉子拥着一条被，斜躺在那里。陈大娘起身相迎道："马先生真是久违了，您忙呀。"马国栋道："我早就想来瞧瞧你们，总是不得工夫，大姑娘呢?"陈大娘道："唉，她病了。"说时，在板壁的花隔扇里，张望了一阵，掏出一小包茶叶来。马国栋摇摇手道："你别张罗，刚才我在周先生那里喝了点茶。"他如此说着，玉子在隔壁，忽然连续着咳嗽了一阵，陈大娘屋子里屋子外转了一阵，找了一把茶壶，泡了一壶茶，放到桌上。

在她这样张罗的时候，马国栋用目偷看着屋子里，见玉子披了一件短平膝盖的棉袍，敞着下面一路三四个纽扣，头发蓬松披到两腮上，面孔黄黄的，显然是有几分病容。过了一会儿，她出来了，扶着门，先叫了一声"马先生"。马国栋道："怎么着，大姑娘不舒服吗？准是着了一点凉吧。"玉子用手扶理两腮的鬓发，微微一笑道："也许是的，其实也没关系。"她说着话，面带了笑容，微露着雪白的牙齿，又是在病态中露出她瘦削的形态来。马国栋道："您果然是不舒服，这日子说冷就冷，本来也就很容易招病。"玉子道："不是着了凉，好好的要病，可也没有法子。"她说着话，走向外边房屋子里来。这屋子正中，放了个白泥炉子，向外抽着几寸长的火苗，炉口上放了一把黑铁壶，呼噜呼噜响着，从盖缝里冒着热气。这屋子本来就矮小，顶棚上垂下几块破纸片和尘灰下来，这炉子里的热气，只管向上冲着，把纸片和尘灰，都冲得摇摆起来，使这个屋子的环境，又成了一种奇异的现象。

马国栋有些话想问，一时又问不出来，只好抬了头，向四处观望，忽然笑道："是的，大姑娘是很活泼的一个人，住在这房子里，也觉得空气不大好，会闷出病来的。"玉子笑道："闷出病来也不要紧，在这屋子里也住不了多久的时候了。"马国栋道："要搬家吗，看好了房子没有？"玉子笑道："我们不是搬家，在城里住腻了，我们要搬到乡下去住。"马国栋听了这话，倒猛然吃了一惊，问道："为什么搬到乡下去住呢？住不惯吧。"陈大娘道："吃饭穿衣服，走遍天下，都是一样，城里乡下，有什么分别？夏天搬到乡下去，我就不打算进城的，可是我们这位大姑娘，一定要我搬回来。我想着年轻的人，总是喜欢花花世界，就搬回来了。现时住不到几个月，她口口声声，又说城里不好，恨不得立刻就要搬了走，我真个不明白她这是什么意思。"马国栋望了玉子，犹豫着问出了"是吗"两个字。玉子突然答应道："是的，我想着城里头过日子，也没有什么好处，三天不给人洗衣服做活，就得当当。到乡下去亲戚朋友很多，借不到钱，借一点粮食，总也可以把这些难关渡过去，何必在城里天天干着急。"马国栋笑道："那是大姑娘一时高兴这样想，说一句笑话罢了。在城里过惯了的人，忽然改到乡下去住，那可是为难得很。"玉子脸色一正道："我不是说笑话，我已经下了决心，就是这样子办。在城里头，无论如何，我是不住的了，两三天内，我们就走。”

马国栋看到玉子那种愤恨不平之色，觉得她这番要走，是不肯随便取消的，便道：“真是要走的话，我还得给您送个行儿，有一定的日子，请您给我一个信儿。”玉子道：“我们又没有什么东西，几个包袱卷儿，什么也带起走了，说走就走，用不着定什么日子的。”马国栋看了这种情形，周秀峰所托探听消息的这件事，就不用进行了，只把玉子的话一齐转告周秀峰，他自然也就明白了，因起身道：“周先生还有点事要我办呢，我不坐了。”玉子往日听了周先生三个字，脸上多少有些难为情之色，今天不然，立刻将脸色一板，好像这三个字到了她耳朵里，很让她生气。马国栋道：“等一会儿，也许我还来，有话再说吧。”说着话，他已起身出了门，将这外屋的风门，给带上了。

他第二次到了周秀峰寄宿舍里，只见他横睡在床上，两只脚悬在床下，随便地摇摆着，身子却是不动，似乎也是在那里想着什么了。门一响，他就跳了起来，笑道：“马先生来了，见着她们了没有？”马国栋淡淡地答应了一声：“见着了。”然后坐下来微笑了一笑。周秀峰一见他这笑容，以为这是报告好消息的一个先兆，便道：“女子们都是这样的，喜欢使小性儿。”马国栋道：“她们说了，要到乡下去住家了，大概在这两天之内，就要搬走。”周秀峰对着马国栋的脸，很注意地望着，问道：“真的？她们要走吗？”马国栋道：“陈大娘，倒没有什么，我看那大姑娘的意思，像是很坚决。”周秀峰先微笑了一笑，接着收了笑容，现出很沉吟的样子来，便道：“实在呢，她们一家三口，并没有正当的职业，没有一点正常的收入，叫她在北京维持生活，却也是一种困难。若是搬到乡下去住，衣食住三个字，都比较会有办法。”马国栋听了这话，不由得心中跳上了几跳，心想，这可怪极了，周先生不是老早想娶玉子为妻的吗？而今她要下乡去，把这个朝夕见面的机会割断了，照说，他应该去拦阻才是。现在不但不拦阻，而且还替她们设想，是应该到乡下去住的，难道说你不愿和她常见面吗？既是不愿和她常见面，那就更没有娶她的意思，这样看起来，他莫不是变了心？

心里如此想着，眼光对了周秀峰，就不免上下多多打量一番。周秀峰似乎也看出他的情况来了，便笑道：“她们是不听我的话，若是听我的话，我倒有办法让她们维持生活。”马国栋身子微微向上一伸，似乎有一句什么要回答。然而周秀峰并不等他答复，依旧接着道：“然而这句话到现在来说，已经是迟了，什么事都是个缘分，既然是没有缘分，这些话我也就不必说了。”说毕，跟着微微地叹了一口气，头摆了一摆，似乎含有无限惋惜的神气在内。马国栋看周秀峰这种神气，分明是不肯向下进行的了，若要跟着向下说，那也是不知趣，便站起身来道：“周先生没有什么话要说的了吗？”周秀峰沉吟了许久，才道：“我也没有什么要说的了，无非是走的时候我送她们一点东西。有了确实的日期，请你通知我一声，我好买了送过去。”马国栋道：“这一两天之内，就走的，你有什么东西，今明天就送过去吧。”周秀峰微笑着，用鼻子哼了一声，马国栋越看这情形越不对，也不必多废话了，站起来就起身告辞。出得门来，也不再回陈家了，憋着一肚子的气，就回家来。

原来他因为从前寄住的那个破庙，未免距离学校太远，就在学校附近，找了个大杂院，租了一间房住着。于一鸣这个花生摊子，也摆在学校大门口，马国栋因他是个患难朋友，依然让他在一处住着。这个时候，一只白泥炉子里的煤火，抽出来四五寸高的焰，旁边放着一把黑铁壶，咕嘟咕嘟，由壶嘴里和盖子缝里，向外冒着白气。于一鸣一件短蓝布大袄子，脱在土炕上，舀了一盆水，放在方凳上，光了脊梁，弯腰在那里擦抹，洗得脸盆里的水哗哗作响。马国栋一推房门进来，赶快地关上，嘿了一声道："你真不怕凉，这要是感冒了，你打算怎么办？"于一鸣在横梁上悬的绳子上，扯下一条白布手巾来，两手在背上反拉，如拉锯的一般，拉了一阵，笑道："您不知道，站在外面做买卖，刮了一身土，不洗可不成。"马国栋说："你不会花个十枚二十枚的，到澡堂子里去烫个澡吗？"于一鸣一面穿大袄子，一面拍着身上的土，笑道："这年头儿，就将就一点儿吧，十枚二十枚，又够混半顿窝头的了。"

马国栋叹了一口气道："这年月在北京城里混饭吃，真是不容易，能混两顿窝头，就算不错了。有些人连两顿窝头都混不上，只好下乡去，我看了，心里真难过。人家帮过我的忙，我现时就对着人家白瞪眼。"于一鸣道："您唠叨了这半天，都说的是谁？"马国栋道："我不是和你提过，那个陈家大姑娘，要嫁周先生吗？"于一鸣道："他们真是造化。"马国栋道："什么造化，算完了，那周先生现在有点嫌人家穷，不干了。人家姑娘实心实意地等着他，到了现在，没有下半截，怎好意思和他见面，所以就忍下心，要搬到乡下去住。我是打算在里面喝碗'冬瓜汤'的人，自己瞧着，都有点下不了台。现时把这事扔开到一边，我好像自己为人，都有点和人开玩笑。"于一鸣道："若是真照你这个样子说，周先生可是不对。"马国栋道："不对就不对吧，哪有他的什么法子呢？这年头儿，讲的是婚姻自由，他爱上哪个就娶哪个，谁管得着？他倒丢下了一句淡话，说是陈家娘儿仨真要走的话，他要送点东西给她们。事到如今，什么人情也完了，要他送什么礼?”说着，向大土炕上一坐，两手撑了腿，只望了那火苗发呆，口里还自言自语地道：“假使他不是我的恩人，我真要说出不好听的来。”

于一鸣倒了那盆水，沏上一壶茶叶末子，斟了两杯酽茶，分放在桌子两只犄角上，斜靠了一把破椅子，伸了一个懒腰道：“舒服，今天下午不卖货，等到晚上再说了。马先生，你说我是偷懒吗?”马国栋道：“本来一个人混饭吃，也不能不分白日黑夜地老干着，所以外国人过了六天，就有一个礼拜日休息着。可是我们这块骨头，谈得上那个吗?多做一点事，多挣俩钱，就少挨一点饿。”于一鸣笑道：“这样子说，你还是说我偷懒了。”马国栋道：“今天，你还照常出去卖货吧。明天我没有工夫，你给我到陈家去一趟，问问她们究竟哪一天走，我也没有什么送人家，你明天去贩货的时候，给我带一块钱去，买两包点心送给她。”

于一鸣道：“这个月你还短两块钱使呢，薪水没发出来，做这件大袄子，你就背了三块钱债了，又哪儿去找一块钱去?”马国栋道：“今天我和同事借来一块大洋，还没有用，明天再借吧。若是借不到，把我的夹袄夹裤拿去当，总也可以当个块儿八毛的。再熬一两天，也就该发薪水了。”说着，在身上摸索了一阵，掏出了一个小蓝布手巾包，在炕上摊开来，里面有个破日记本子和十来个铜子儿，将日记本子翻了几页，在里面找出一张一元的钞票交给于一鸣道：“你尽着钱买，我今日没冻死、没饿死，总是她娘儿俩一番保举成功的。要不然，这年头儿，凭我这样一个人，哪里去找十几块钱一个月的事去，我这就觉得不免对人家不住，哪里还能够省俭呢?”于一鸣接过钞票，对它叹了一口气道：“你怎么就是和我们没缘分?那些大学堂里毕业的学生，我们不如他，那是应该的。可是有许多人，一个大字不认识，怎么也干上了督军、师长，住洋楼、坐汽车?”马国栋包起了那手巾包，用手点着他笑道：“你说这话怎么着？人家有那个‘八字’，你说些什么，你没有那个命，算是白瞪眼。”

于一鸣解开胸襟，搜出怀里的一个衣袋，用桌上一张小报，把那块钱包了，然后揣到袋里去，笑道：“你说我的‘八字’不好，我倒要小心一点，别让我的穷命连累了你，把你这块钱也丢了。”马国栋道：“这是难说的，越是穷人越容易出岔儿。”于一鸣听了这话，免不得加起一倍的小心，索性把那纸包掏出来再看看，那一张钞票是不是还在里面，看了点头笑道：“没有错，若是再丢了，也只好认命了。”二人谈笑了一阵，于一鸣就依了马国栋的话，今天依然出去卖花生。

到了次日一早，马国栋上学校去了。于一鸣去贩货，顺便就买了四包点心，送到陈大娘家去。一进屋门，便见屋子里东西杂乱地堆放着，陈大娘手提了一只大篮子，正把零零碎碎的物件，陆续着向篮子里拣。玉子坐在一张矮凳子上，用背靠了墙，十指相操，放在膝盖上，人低了头，脸皮紧绷绷的，带着十分重的愁容。他曾到这里来过一两次，彼此原来都认识的，陈大娘一回头，哟了一声道：“原来是于大哥，好久不见，您哪。”于一鸣点着头，走到屋子中间，四周看了一看，微笑道：“看这样子，您就要启程了。”陈大娘道：“收拾收拾就走了，出德胜门反正不过一二十里地，倒也不忙。”于一鸣便将手上提的一叠点心包放到桌上，笑道：“马先生说，瓜子虽少是人心，听说您要走，叫我送来，表表心意。”陈大娘道：“啊哟，这做什么？这个日子，钱紧极了，何必这样子花掉呢?”于一鸣道：“为了钱紧，他才只送这一点东西，若是有钱，这也拿得出手吗?”

正说到这里，竹子笑嘻嘻地由外面走了进来，手上抱着一包东西，只举起来让大家看。陈大娘道：“什么事？又是这样欢天喜地的？”竹子道：“刚才在大门口，遇到周先生，他听说我们要走，可不知道哪一天会面，送了我一包糖子儿。”玉子一瞪眼道：“你哪样没有吃过东西，馋鬼，要是我，一定扔到地下去。”陈大娘道：“你这孩子说话，也是不管轻重，东西虽然少，人家总是一番好意，干吗给人扔了？”竹子道：“这不结了，人家没有送你的东西，你就不服气吧。”说着，把嘴噘了，望着玉子。玉子突然站起来，啐了她一下道：“你胡说，妈，她这样胡说八道，你也不打她吗？”陈大娘道：“别闹啦，在这儿还能待几个钟头，也出去辞辞街坊。”于一鸣在一旁看着，她母女们也正忙着，在这里坐着，人家总要招待一番，不免分了人家的神，因此点着头道：“我走了，再见吧！”放下东西，就向外走。

陈大娘追出屋来，口里不住地道着谢。回屋之后，见玉子对了那一叠点心包只管出神。陈大娘道：“你瞧些什么？”玉子道：“我收人家这几包点心，我心里真过意不去。你想马先生挣多少钱一个月，送这些东西，又去了人家两三天的饭钱了。”陈大娘道：“人家也不过念着咱们那点交情……”玉子抢着道：“哼，交情？越是有交情越容易翻脸，我现在也是看透了，过一天是一天，这到乡下去，不是去过日子，简直是去送死。”陈大娘放了东西不拣，静静站着望了玉子道：“你这是什么意思？吵死吵活的，一天等不了，一天地要走，现在真走了，你倒又后悔起来。”玉子头一偏道：“谁后悔，说还不许我说一句吗？”陈大娘道：“我把东西都收拾好了，就等着你一个人，到了现在，你倒和我闹起别扭来，这是怎么一回事？”玉子噘了嘴坐在一边，默然不作声。

陈大娘看玉子这两天来，时而生气，时而发愁，又时而不言不语地像是生病，眼睛里也就看惯了。她见玉子并不作声，就一个人忙忙碌碌地把家用什物，完全归理起来。当她完全归理之后，院子里便有一个人站着叫道："哪儿是陈家呀，车子可来了。"陈大娘还不曾答言，玉子两行眼泪，犹如水注一般，突然向外涌了出来，雪白的脸上，立刻起了两道红晕，眼泪左一点右一点，只管向衣襟上落了下来，那浅色的蓝布褂子上，滴着泪水，便是一点浅、一点深的圆痕，看起来很是显然。那对房门的蔡氏，原也不时动手，帮着陈大娘收拾东西，脸上也就表示一种依依不舍的神情。这时一眼看到玉子垂下两行泪来，她就跟着掉眼泪，在袖笼子里伸出一截小褂袖子来，先后揉着两只眼角，向陈大娘道："咱们在一块儿住久了，这一下子分开来，倒是怪舍不得的。"

玉子忽然身子向上一站，跑进屋子去，连忙擦干眼泪，还在篮子里找出一面碎镜子来，将脸照着，左瞧右看，觉得总是焦黄的，这个样子去见人，未免令人好笑。说是舍不得离开北京，急着生病了。于是又从篮子里翻出扑粉缸子来，对着镜子扑了一扑粉，把衣服的折纹牵了两牵，然后含着笑容走了出来，对蔡氏道："姥姥，再见了，天气暖和了，我若进城玩儿来，就来看你。"蔡氏还是伸袖子不住地揉着眼角，慢吞吞地道："这是从哪儿说起，大家住得好好的，要分开来，让人怪舍不得的。"

那赶驴车的，将陈大娘的东西，已是一批一批地向外提了出去，玉子呆呆地在屋子里站着。陈大娘道："孩子，走吧，东西都拿出去了，你去辞辞街坊吧。"玉子哼了一声，低头走了出去。但是她走到院子里以后，已不能到各家去辞行，腿也硬了，只是僵着腰杆，站在阳光下面。陈大娘两手提了一些零零碎碎的物件出来，就对着玉子道："都辞过了吗？你先上车去坐着吧。"玉子又哼了一声，还是低着头跟了出来。大门外歇了一辆轿式骡车，又是一辆大车，搬出来的东西，都层层叠叠一齐放在大车上。竹子老早爬着坐到骡车里去，向玉子连连招手道：“姐姐，你快上车来吧，刚才周先生还在这门口站着呢。”玉子勃然变色，瞪了她一眼道：“哪个要你这样胡说八道？”一面说着，一面爬着上了车，人向车篷子里面一钻，而且将脸朝着里，不向外面看。竹子道：“你这是干什么，还害臊吗？我猜着你不好意思见周先生哩。”玉子捏了拳头，在竹子肩膀上轻轻敲了一下道：“什么鬼话，以后到了乡下，你瞧着我管你吧。”竹子大声哎哟了一声，叫道：“姐姐打死我了。”陈大娘道：“你两个人，怎么回事，一下都不肯斯文吗？回头到了大街上，要是这样子，可让满街人瞧热闹。”

赶大车的，已经抽出绳子来，将大车上的东西一齐捆束停当了，吆喝一声，拖大车的一匹瘦马，已经拉着走动了。陈大娘走上车来，两脚一盘，在车子前面坐着，这一辆骡车，同时也就转动起来。这车轮子只要咕咚一声，转动一下，玉子身子微微地颤动，也就心里跳上几跳。自己一人坐在车篷子里，不敢向外张望，耳边下，时而听到车子外冷冷清清的，时而听到车子外热闹非凡，知道有时走到冷僻的胡同里，有时走到热闹的街市上，只是心里一横，决定了车子外面有什么事情，都不去看。所以走了大半天，车子到了什么地方，也不知道。

忽然车子外有人喊着道：“我猜着总要打这儿经过的，这总算让我碰着了。”陈大娘在车上啊哟了一声，接着叫了一声“马先生”。玉子一听，就知道是马国栋，心想，他怎么会追了来，莫非是周秀峰回心转意，叫他来转圜的？这样一来，事情就明白了，多么难为情，因此坐在车子里，头也不敢伸出来张望。只听到马国栋道："您下来歇一会儿吧，天还早着啦，我在'大酒缸'这儿，已经等了大半天的了。"陈大娘道："您有什么话说吗？要是没有什么话，我就不坐了。"玉子在她母亲身后，用手推了两推，轻轻地道："人家老早地等着你，你怎么不下来坐一会儿。人家当然有话说，要不然，人家老早在这里等着做什么？"陈大娘也觉女儿的话有理，自走下车来。竹子见母亲下车，首先就跟着跳下来。

马国栋走到车子前，向车子里拱拱手道："大姑娘也下来坐坐吧，'大酒缸'里没有什么吃的，喝两杯酒冲冲寒气，也是好的。"玉子料着马国栋总有什么话要说的，静坐在车子上等消息，也是别扭，倒莫如下了车，坐在一边静听消息。于是红了脸，羞答答地走下车来，低了头，又低着声音道："马先生，您还这样客气做什么？"走下车来，扑了扑身上的灰，跟着马国栋向前走。

旧京的小酒店，有个绝怪的商标，乃是在柜台外边，放上几只大酒缸，这缸口直径，足够四五尺，所以一个酒缸，有二人环抱那样大。缸的一小部分，总埋在土里，以求安稳，缸里是否有酒，不得而知。缸面上，向来是遮着一块木盖，盖上摆了粗瓷碟子，里面装着花生仁、豆腐干、油炸麻花之类，来喝酒的人，就以缸盖为桌，坐在小方凳子上品酒。这种酒店，至少也有一口酒缸，往往店铺大半边，都让酒缸占了。因之旧京土话，直称这小酒店为"大酒缸"，倒也名副其实。这次马国栋请陈氏母女下来喝酒的，便也是"大酒缸"之一，不过这个酒店，比较地宽展些，柜外一列三口酒缸，另外还有两张二尺见方的小桌子。靠了店门，列着一块案板和一个小煤炉子，是小贩在这里搭着卖面食的。酒缸边也有几个客人在那里喝酒，有一句没一句地在那里谈天。本来大酒缸这地方，女子简直不来，只因这隔壁是个长途汽车的站头，女客等车子，也不免在这里歇歇脚。

当时店里伙计，看到进来两位女客和一个女孩子，便让到靠柜房的一口酒缸边坐下。马国栋把他放在小桌上的杯筷，也挪了过来，拱拱手笑道：“这个地方，可没有什么东西可以请客的，我不过请您下车来喝两杯酒，好冲冲寒气。”玉子笑道：“多谢马先生，我可不会喝酒。”马国栋又拱拱手道：“哪怕喝半杯呢，也是个意思。这里有下水饺子的，让他给您三位下了三碗饺子吃吃，咱们认识一场，承大婶子和大姑娘多帮忙，我真是感激不尽。可是我们这种穷人，天天凑合着过日子，又没有什么可请您的，我只有请您三位坐一会儿，表表我这一点意思。”陈大娘笑道：“早知道马先生是个仗义的人，我们家多蒙你照应，银钱算什么？有钱的人拿着当水使，也闹不出一个好来，就是各人这一点好心眼儿，不容易得着。”马国栋拱手笑道：“我是个无用的人，知道什么？我就看到你们大姑娘，是那样一个聪明人，不替她找条路，未免可惜了。唉，这也是我心有余而力不足罢了。”

玉子听这两人说话，虽都是隐隐约约地不曾说明，那意思之间，自然提到了周秀峰身上来，因之将头一低，一言不发。马国栋拿了一碟子油炸麻花，交到竹子手上，便向店里要一壶玫瑰酒，斟了两杯，向陈大娘、玉子面前，各送了一杯，一拱手道：“大婶，您要什么下酒的哩？煮一碗饺子吃吧。”陈大娘道：“您别多礼，你一番好意，我全知道，不在乎这个。我们吃了东西出门的，这会子又吃东西，在车上兜着风，也是不好。我们的路不多，车子可走得慢，不能多扰了。”说着站起身来，举了一小杯酒，咕咚一声，一仰脖子喝下去了。马国栋也站起来道：“瞧这样子，大婶敢情是海量，我得敬三大杯。”陈大娘一摆手道：“大杯子不成，我姑娘这杯，替她喝了吧。”于是把玉子面前一杯酒拿过来也喝了，将杯子交给马国栋，笑道："您再满上一杯，我喝了就走。"马国栋真个站着给她斟了一杯，自己也斟上一杯高粱酒，捧了杯子，对比一比，笑道："同干一杯吧。"马国栋喝完，和陈大娘同照了照杯。陈大娘脸上，立刻微微汪出一层红晕，在袖口里抽出一条白布毛巾，一按嘴唇，笑道："喝醉了离开北京城吧。"马国栋一看之下，觉得她们母女，虽毅然决然地要走，然而说到真离开北京城，都是有点恋恋不舍。自己虽是事外之人，一看之下，仿佛也替人难受，便拱拱手道："大婶，您娘儿仨宽着心在乡下过吧，得了空可以到城里来玩玩。我要是有一份帮忙的力量，我一定帮忙。"

陈大娘听了，心中可是纳闷，我一个寡妇、两个姑娘，你又能帮我一些什么忙？只是他已经说了这话，当然有些意思的，便笑着点点头道："我们娘儿仨，都是没有用的人，少不得求人帮忙的，将来有求着您的时候，我们还能短着来求您吗？"一面说着，一面向外走。玉子坐在一边，既不曾喝酒，也不曾吃什么，只是低了头听话。这时见陈大娘要走，也就跟着走，依然还是低了头，不作声。竹子一伸手，手按着碟子里两根麻花，眼睛可望了陈大娘，低声道："我拿两根……"马国栋笑道："小姑娘，你拿着吧，还要什么吃的不要？"玉子瞪了她一眼，低声道："你这样爱吃，我瞧你怎样舍得离开北京城。"竹子道："我舍不得离开北京城吗？可不知道是谁离不开北京城呢？我还哭……"玉子下死命地盯了她一眼，竹子见姐姐颜色都变了，总怕她事后动手打人，只得罢了。马国栋拿过那麻花，塞到竹子手上，又拿了两包花生仁，也让她拿着，然后一路送出店门来。这时，玉子已站在店门外了。

这里是德胜门外一条荒街，店门外对着一片庄稼地，到了这样冬天，地里什么东西也没有，空空的一望无际。只是半空中有几棵零落的枯树，在寒风里摇摆着挣扎着，一阵寒鸦，约莫有四五十只，在半空里叫着，呱呱而去。玉子斜侧了身子，背风而立，眼望着那人行大道，只管发呆。马国栋走到她身边，正想和她说两句话作别，只见她在衣袋里掏出一条手绢，只管去擦揉眼睛。这时候和她说话，或者有些不便，因之就向后退了一步，什么也不说了。陈大娘脸上红红的，走向骡车边，正待一脚跨上车去，一回头，看到玉子远远地站在人行路的一边，便道："怎么着，刮了一粒沙子到眼睛里去了吗?"玉子只管用手揉擦着脸，并不掉过身来，口里答道："可不是。"竹子绕了一个圈，走到玉子面前，偏了头望着她道："你瞧，还说我舍不得离开北京城呢。"玉子急忙掉转身，手一拂道："哪个和你说话。"她如此说着，脸可是偏到一边去，不让大家瞧见，到了骡车边，人就向车子里一钻。

马国栋在一边，仅是看到她眼圈儿红红的，至于是否流着眼泪，可不得而知。两只眼睛里，都刮了沙子进去，这也就巧极了。陈大娘似乎也知道玉子的态度不大对，这也就不便让马国栋看出情形来，等着她两个姑娘上了车子以后，自己跟着上车，挡在车外边。赶骡车的，见人都上了车，手上拿的鞭子一扬，口里吁了一声，骡子两耳一竖，把车轮就带动了。她们运载家具的那辆大车，因为走得慢，不曾停着，早已上前去了好几里路，所以这辆骡车，紧紧地跟着，就不停留了。马国栋站在这酒店门外，见那淡黄的日光里面，车子在人行路上颠簸着，渐远渐小，至于不见，倒怔怔地望着，替人家叹了一口气，正是：

斜阳古道寒风外，客里送人更不堪。

第九回

蝶鹣相随并肩驰陌上
泥云各别俯首过楼前

却说玉子母女下乡去了以后，所剩的空房，第二天就贴出了招租帖子。周秀峰偶然经过那大杂院的门首，见此情景，心中不免一动，心想，上次她们搬到后门去，自己一时高兴，曾跑到那臭气熏天的地方，去访过她一次，而且她们也就回来了。她再回北京，可以说是完全为了我的缘故。而今又让她回乡去，真是既有今日，何必当初了。这回那门口贴了招租帖子，绝对是她们已经谢绝了房东，不再回来的了。自此以后，也不会再演三角恋爱的喜剧，闹得自己拿不定主张。只是玉子这样一个聪明伶俐的女孩子，让她下乡去，与那村夫俗子为偶，实在可惜。自己待要去挽救她，然而除了娶她而外，一个男子怎样可以对一个青年女子说上"挽救"两个字？周秀峰在那大杂院门口看到招租帖子以后，自己就在河沿上徘徊着走了几遍，低了头，两手插在西服裤袋里，只管想心事。

这个时候，天气正寒冷，穿了单薄的西服，只管在寒风里徘徊，当然是难受。等他有了这种感觉时，已是浑身如冷水浇的一般，他匆匆忙忙跑回寄宿舍，赶快将书架下面的白兰地酒，取了一瓶出来，就在茶杯子里倒了大半杯，站着端起来喝了两口。周秀峰并不是好饮的人，平常不喝酒，也是黄丽华因他常在黄宅谈话，到夜深回家，虽是每回都用汽车送回来，然而总怕他中寒，所以又特意给他买了白兰地和威士忌，让他带了回家去。到家之后，可以开了瓶子，随便地喝上一点。周秀峰一喝酒就想到了这送酒的人，觉得黄丽华对于自己总算是体贴周到的，对于这样一个女朋友，还有什么不满意的？一个男子对于一个女子的体贴，也未必能办到这种样子吧。在周秀峰如此揣想之后，对于玉子的远别，就不怎样顾念。而且在玉子未走以前，自己的行动虽然觉得不必怎样去躲避她，但是每当黄家汽车来迎接自己的时候，总得由玻璃窗子里，向楼下大杂院里看看，不知玉子有什么感觉否？假使玉子有什么感觉，未免暴露自己用情不专一，便有些不合适了。如今玉子走了，没有了这种顾忌，行动上似乎得了许多自由，却也很是痛快。

黄丽华只要有大半天不看到他，就用电话来相招，周秀峰除了上课和著书而外，其余时间都消耗在黄家。黄家的饮食起居，是令人件件感到舒服的，这还有什么不乐意的事会侵袭到心里来呢？这个时候，周秀峰新著了一部《人间诗集》，用旧体五七言古风，化作近代的白话诗，音调铿锵，意境清新，文学也很优美。出版以后，在社会上得到了读者热烈的欢迎，周秀峰三个字，越发是无人不知。黄丽华有的是金钱，就是名誉方面，想尽了方法，也不过如此。她以为千金小姐、交际明星这种名声，表面并不是一种有能耐的表现，骨子里还是足以表示出这种人的人格堕落。女子都是这样的，嫁了大总统，就可以在白宫里接待世界名人。嫁了一个赶大车的，就只好在屋檐下帮着喂牲口。像黄丽华这种人，并不在乎钱，就是找个当大官的，靠了她家的钱多，也未尝办不到，但并不能怎样受人家尊敬。只有嫁了一个有名的学者做夫人，那才是真材实料，所以她在许多朋友中，挑上了周秀峰，人品、学问、身份，都可以做自己的丈夫。如今他的名声更大了，更有嫁他的必要，所以除了在物质方面让他享受而外，更用一番柔情去打动他。

周秀峰以往有个玉子在心里，对于黄丽华总不敢十分亲密，以免不好摆脱。现在玉子走了，只有一个黄丽华是对象，摆脱不摆脱，并没有什么关系，因之黄丽华纠缠着他的时候，不必躲闪，尽管和她来往。男子和女子来往，不论是哪一方面纠缠哪一方面，只要被纠缠者不闪开，必定是落得集合一处，无可分离。因之自此以后，周秀峰除了每日必到黄家去闲坐而外，有时还和黄丽华同出去应酬，进出一对，人家看到，虽不能揣定他们是一对未婚夫妇，然而也可以认为一对“准夫妇”。所以周秀峰这一页爱情历史，也就展了开来，慢慢公开到社会上来了。

光阴是不肯等着人的，转眼就是冬去春来，到了阴历的二月天气。这个日子，家里的暖气管并不曾关住，黄丽华穿着薄绸短袖的单衫，在屋子里喝汽水。恰是周秀峰下课以后，感到身体疲倦，来找她谈天。他现在到黄家来，是熟极了的，也不用下人通报，自己直接就走进去。走到楼梯口上来，这楼梯口上有个电铃，通到伺候黄丽华小姐两个女仆的住室里去，凡是要上楼去的人，只要将电铃一按，女仆就会走到楼梯口上来迎接。来得多了，连女仆在铃声里也听得出这是周先生来了。所以倒是她们先知会黄小姐一声，说是周先生来了，然后才到楼梯口上笑着点头道：“周先生，小姐在屋子里呢。”周秀峰走到房门口，停住了脚，或者用手将门敲两下，或者在门外低声笑着问道：“在家里吗?”其实在他说完了这句话之后，他已经推着房门走进来了。

这天黄丽华坐在楼上小屋子里皮沙发上斜躺着，手上拿了个玻璃杯子喝一口，停一会儿，似乎在想什么心事似的。周秀峰一进门来，便笑道：“哎哟，真舒服，这个日子，在家里过三伏天呢？”黄丽华站了起来，用手就握了他的手道：“来得正好，我们坐到一处来喝一点。”周秀峰一面脱大衣，一面坐下来，黄丽华早伸过手来，将他的帽子取下，和大衣一块儿接过去，替他挂到衣架上去。周秀峰笑道：“这样的客气招待，我实在有些不敢当。”黄丽华笑道：“有时候我出去，你也给我穿大衣、披斗篷，我给你接一接大衣，这也不算过分。”周秀峰笑道：“男子优待女子是应当的，女子优待男子，社会上还是例外。”黄丽华道：“怎么会是例外？难道那贤……”她说到这里，突然感到这句成语，以现在的身份，是不能说出来的，于是就顿了顿。周秀峰很知道她这句话，有些牵涉身份问题，不便逼着问的，就拿了瓶子向玻璃杯子里倒汽水，借着倒汽水的动作，把她这阵难为情就遮掩了过去。

黄丽华笑道：“你说我过三伏天，你现在喝汽水，也是过三伏天了。”周秀峰牵了牵西服上衣，笑道：“我虽然喝汽水，身上的衣服，可是春秋两季的。”黄丽华对着他身上打量了一番，微笑道：“衣服烫得一点皱纹都没有，而且又换了根新领带，这打算到哪里去？”周秀峰道：“今天平安戏院有戏，是外国人找几个中国名伶去演的，我想请你去看看，可以赏光吗？”黄丽华笑道：“这种戏，和平常演的有些不同吗？”周秀峰道：“哪有什么不同？”黄丽华笑道：“你总说我欧化，我现在可要捞一捞你的后腿了，同是中国戏子唱的戏，为什么一经外国人邀的班子，就格外起劲儿呢？”周秀峰到此，无话可说了，只是望着她微笑。黄丽华一想，回回只有我请他，这回他来请我，我怎样好拒绝？便笑道：“这是难得的事呀，我怎能不去呢？今天是星期六，德国饭店有两样好吃的菜，我先请你吃饭，然后我再和你一路去听戏，你看好不好?”

周秀峰道:“当然是好，不过我请你一回，你还要先抢着请我，这未免太客气了。”黄丽华笑道:“不是那样说，不客气的话，你们做教授的人，得来的钱，是很辛苦的;我们做大小姐的钱，来得又太容易。照理说，只应该我请你，你们做文章的人，不是要资本家拿出钱来分润分润大家吗?我是资本家的女儿，难道还不应该花钱?”周秀峰笑道:“如此说来，话就远了，资本家只应该对一班普通平民去周济周济，像我们当大学教授的，总也可以拿几百块钱一个月，有些人对我这种生活，已认为是离着神仙不远了，在大小姐眼里，我还不过是个平民吧。”黄丽华红着脸，连连摇手道:“我可不是那个意思，我可不是那个意思，我不过想请你，怕你不受……”

周秀峰见她一句抢着一句说下去，心里定是很急，便笑着摇手道:“说着笑话儿玩，没关系，你既是要请我，我们就走，吃过了饭，从从容容地去听戏，免得误了。”黄丽华虽经周秀峰如此地解释了一道，自己想着，分明耻笑人家穷，表示自己阔，这种举动，至少是失仪，完全是自己的不对。不过他已说破了，自己不能辩护，要辩护就更着痕迹了，于是向他笑道:“现在去也太早一点，德国饭店的茶房不免笑我们是一对饿死鬼。”周秀峰也笑道:“做饿死鬼若是一对，那倒也不算冤。”说着，故意向她望了一眼。周秀峰向来不肯做什么露骨表示的，更是不愿说什么俏皮话。每当周秀峰说着，她不但不以为忤，而且是很高兴，现在周秀峰于她失言之后，说出这句话，觉得比什么安慰之词还要亲切有味。

黄丽华笑道:“我们还可以坐一会子，不过我们可以找件事来消遣消遣。”周秀峰抬起一只手来，搔着鬓发，问道:“找件什么事来消遣呢?”黄丽华正抬着眼皮望着他的手，笑道：“哟，你的指甲，长得那样子长了，我来和你修剪修剪吧。”于是亲自动身，找了一把小小的修指甲的夹刀来。周秀峰是在沙发上坐着的，她就一歪身坐在沙发扶手上，提起他的一只手来，笑道：“让我来和你修吧。”到了此时，周秀峰当然是拒之有所不恭，只得自己极力将态度镇定着，含了微笑，将一只手伸到她怀里去。她握住了周秀峰的手，先且不修指甲，翻转将手心手背，都看了看，笑道：“究竟是写字的人，手是这样子干净。”周秀峰笑道：“你只知其一，不知其二，我是每次到这里来的时候，必定先在家里洗一把手脸的。”黄丽华手里和他修着指甲，笑道：“那是为什么呢?”周秀峰道：“自然是怕你嫌我脏。”她已将五个指头的指甲修完了，轻轻地抚着手背道：“我不能嫌你脏的。”周秀峰道：“那是为着什么呢?”微笑着又向她一望。

（原载 1928 年 3 月 5 日至 6 月 5 日北京《晨报》副刊《北京》，至第三回，未完；1928 年 9 月 20 日起，转载于沈阳《新民晚报》副刊《星期画报》至 1930 年夏，至第九回，仍未完。）